मानसरोवर

भाग-7

प्रेमचंद

ट्रू साइन

प्रकाशक : ट्रू साइन पब्लिशिंग हाउस

पता : SY.N0.21/2 & 21/3, सोननहल्ली,
कृष्णराजपुरल, बेंगलुरु, कर्नाटक – 560049, भारत

ईमेल: books@truesign.in

वेबसाइट: www.truesign.in

मानसरोवर भाग-7

प्रेमचंद

ISBN: 978-93-90852-09-3

संस्करण: 2022

प्रेमचंद जी का जीवन परिचय

प्रेमचंद का जन्म ३१ जुलाई १८८० को वाराणसी के निकट लमही गाँव में हुआ था। उनकी माता का नाम आनन्दी देवी था तथा पिता मुंशी अजायबराय लमही में डाकमुंशी थे। उनकी शिक्षा का आरंभ उर्दू, फारसी से हुआ और जीवनयापन का अध्यापन से पढ़ने का शौक उन्हें बचपन से ही लग गया। 13 साल की उम्र में ही उन्होंने तिलिस्म-ए-होशरुबा को पढ़ लिया और उन्होंने उर्दू के मशहूर रचनाकार रतननाथ 'शरसार', मिर्ज़ा हादी रुस्वा और मौलाना शरर के उपन्यासों से परिचय प्राप्त कर लिया था। १८९८ में मैट्रिक की परीक्षा उत्तीर्ण करने के बाद वे एक स्थानीय विद्यालय में शिक्षक के रूप में नियुक्त हो गए। नौकरी के साथ ही उन्होंने अपनी पढ़ाई जारी रखी। १९१० में उन्होंने अंग्रेजी, दर्शन, फारसी और इतिहास से इंटर पास किया और १९१९ में बी.ए. पास करने के बाद शिक्षा विभाग के इंस्पेक्टर पद पर नियुक्त हो गए थे। सात वर्ष की अवस्था में उनकी माता तथा चौदह वर्ष की अवस्था में पिता का देहान्त हो जाने के कारण उनका प्रारंभिक जीवन संघर्षमय रहा। उनका पहला विवाह उन दिनों की परंपरा के अनुसार पंद्रह साल की उम्र में हुआ जो सफल नहीं रहा। १९०६ में उनका दूसरा विवाह शिवरानी देवी से हुआ जो बाल-विधवा थीं। वे सुशिक्षित महिला थीं जिन्होंने कुछ कहानियाँ और प्रेमचंद घर में शीर्षक पुस्तक भी लिखी। उनकी तीन संताने हुईं-श्रीपत राय, अमृत राय और कमला देवी श्रीवास्तव। १८९८ में मैट्रिक की परीक्षा उत्तीर्ण करने के बाद वे एक स्थानीय विद्यालय में शिक्षक नियुक्त हो गए। नौकरी के साथ ही उन्होंने पढ़ाई जारी रखी। १९१० में उन्होंने अंग्रेजी, दर्शन, फारसी और इतिहास विषयसहित इंटर पास किया। १९१९ में बी.ए पास करने के बाद वे शिक्षा विभाग के इंस्पेक्टर पद पर नियुक्त हुए।

१९२१ ई. में असहयोग आंदोलन के दौरान महात्मा गाँधी के सरकारी नौकरी छोड़ने के आह्वान पर स्कूल इंस्पेक्टर पद से त्यागपत्र दे दिया। इसके बाद उन्होंने लेखन को अपना व्यवसाय बना लिया। मर्यादा, माधुरी आदि पत्रिकाओं में वे संपादक पद पर कार्यरत रहे। इसी दौरान उन्होंने प्रवासीलाल के साथ मिलकर सरस्वती प्रेस भी खरीदा तथा हंस और जागरण निकाला। प्रेस उनके लिए व्यावसायिक रूप से लाभप्रद सिद्ध नहीं हुआ। १९३३ ई. में अपने ऋण को पटाने के लिए उन्होंने मोहनलाल भवनानी के सिनेटोन कंपनी में कहानी लेखक के रूप में काम करने का प्रस्ताव स्वीकार कर लिया। फिल्म नगरी प्रेमचंद को रास नहीं आई। वे एक वर्ष का अनुबंध भी पूरा नहीं कर सके और दो महीने का वेतन छोड़कर बनारस लौट आए। उनका स्वास्थ्य निरंतर बिगड़ता गया। लम्बी बीमारी के बाद ८ अक्टूबर १९३६ को उनका निधन हो गया। वे आर्य समाज से प्रभावित रहे जो उस समय का बहुत बड़ा धार्मिक

और सामाजिक आंदोलन हुआ करता था। उन्होंने विधवा-विवाह का समर्थन किया और १९०६ में दूसरा विवाह अपनी प्रगतिशील परंपरा के अनुरूप बाल-विधवा शिवरानी देवी से किया। उनकी तीन संताने हुईं- श्रीपत राय, अमृत राय और कमला देवी श्रीवास्तव। १९१० में उनकी रचना सोज़े-वतन (राष्ट्र का विलाप) के लिए हमीरपुर के जिला कलेक्टर ने तलब किया और उन पर जनता को भड़काने का आरोप लगाया। सोजे-वतन की सभी प्रतियाँ जब्त कर नष्ट कर दी गईं। कलेक्टर ने नवाबराय को हिदायत दी कि अब वे कुछ भी नहीं लिखेंगे, यदि लिखा तो जेल भेज दिया जाएगा। इस समय तक प्रेमचंद, धनपत राय नाम से लिखते थे। उर्दू में प्रकाशित होने वाली ज़माना पत्रिका के सम्पादक और उनके अजीज दोस्त मुंशी दयानारायण निगम ने उन्हें प्रेमचंद नाम से लिखने की सलाह दी। इसके बाद वे प्रेमचन्द के नाम से लिखने लगे। उन्होंने आरंभिक लेखन ज़माना पत्रिका में ही किया। जीवन के अंतिम दिनों में वे गंभीर रूप से बीमार पड़े। उनका उपन्यास मंगलसूत्र पूरा नहीं हो सका और लम्बी बीमारी के बाद ८ अक्टूबर १९३६ को उनका निधन हो गया। उनका अंतिम उपन्यास मंगल सूत्र था जो उनके पुत्र अमृत ने पूरा किया था।

साहित्यिक जीवन

प्रेमचंद के साहित्यिक जीवन का आरंभ १९०१ से हुआ थ | आरंभ में वे नवाब राय के नाम से उर्दू में लिखते थे। प्रेमचंद के लेख पहली रचना के अनुसार उनकी पहली रचना अपने मामा पर लिखा व्यंग्य थी, जो अब अनुपलब्ध है। उनका पहला उपलब्ध लेखन उर्दू उपन्यास 'असरारे मआबिद' है जो धारावाहिक रूप में प्रकाशित हुआ। इसका हिंदी रूपांतरण देवस्थान रहस्य नाम से हुआ। प्रेमचंद का दूसरा उपन्यास 'हमखुर्मा व हमसवाब' है जिसका हिंदी रूपांतरण 'प्रेमा' नाम से १९०७ में प्रकाशित हुआ। १९०८ ई. में उनका पहला कहानी संग्रह सोज़े-वतन प्रकाशित हुआ। देशभक्ति की भावना से ओतप्रोत इस संग्रह को अंग्रेज़ सरकार ने प्रतिबंधित कर दिया और इसकी सभी प्रतियाँ जब्त कर लीं और इसके लेखक नवाब राय को भविष्य में लेखन न करने की चेतावनी दी। इसके कारण उन्हें नाम बदलकर लिखना पड़ा। 'प्रेमचंद' नाम से उनकी पहली कहानी बड़े घर की बेटी ज़माना पत्रिका के दिसम्बर १९१० के अंक में प्रकाशित हुई।

१९१५ ई. में उस समय की प्रसिद्ध हिंदी मासिक पत्रिका सरस्वती के दिसम्बर अंक में पहली बार उनकी कहानी सौत नाम से प्रकाशित हुई। १९१८ ई. में उनका पहला हिंदी उपन्यास सेवासदन प्रकाशित हुआ। इसकी अत्यधिक लोकप्रियता ने प्रेमचंद को उर्दू से हिंदी का कथाकार बना दिया। हालाँकि उनकी लगभग सभी रचनाएँ हिंदी और उर्दू दोनों भाषाओं में प्रकाशित होती रहीं। उन्होंने लगभग ३०० कहानियाँ तथा डेढ़ दर्जन उपन्यास लिखे।

१९२१ में असहयोग आंदोलन के दौरान सरकारी नौकरी से त्यागपत्र देने के बाद वे पूरी तरह साहित्य सृजन में लग गए। उन्होंने कुछ महीने मर्यादा नामक पत्रिका का संपादन किया। इसके बाद उन्होंने लगभग छह वर्षों तक हिंदी पत्रिका माधुरी का संपादन किया। उन्होंने १९३० में बनारस से अपना मासिक पत्र हंस का प्रकाशन शुरू किया। १९३२ ई. में

उन्होंने हिंदी साप्ताहिक पत्र जागरण का प्रकाशन आरंभ किया। उन्होंने लखनऊ में १९३६ में अखिल भारतीय प्रगतिशील लेखक संघ के सम्मेलन की अध्यक्षता की। उन्होंने मोहन दयाराम भवनानी की अजंता सिनेटोन कंपनी में कथा-लेखक की नौकरी भी की। १९३४ में प्रदर्शित फिल्म मजदूर की कहानी उन्होंने ही लिखी थी।

मरणोपरांत उनकी कहानियाँ "मानसरोवर" नाम से ८ खंडों में प्रकाशित हुईं।

रचनाएँ

बहुमुखी प्रतिभासंपन्न प्रेमचंद ने उपन्यास, कहानी, नाटक, समीक्षा, लेख, सम्पादकीय, संस्मरण आदि अनेक विधाओं में साहित्य की सृष्टि की। उनकी ख्याति कथाकार के तौर पर हुई और अपने जीवन काल में ही वे 'उपन्यास सम्राट' की उपाधि से सम्मानित हुए।

-प्रकाशक

अनुक्रमणिका

1. जेल 7
2. पत्नी से पति 15
3. शराब की दुकान 25
4. जुलूस 39
5. मैकू 48
6. समर-यात्रा 52
7. शांति 62
8. बैंक का दिवाला 74
9. आत्माराम 92
10. दुर्गा का मन्दिर 98
11. बड़े घर की बेटी 107
12. पंच-परमेश्वर 115
13. शंखनाद 124
14. जेहाद 130
15. फातिहा 138
16. बैर का अन्त 154
17. दो भाई 161
18. महातीर्थ 166
19. विस्मृति 175
20. प्रारब्ध 192
21. सुहाग की साड़ी 201
22. लोकमत का सम्मान 209
23. नाग-पूजा 215

जेल

मृदुला मजिस्ट्रेट के इजलास से जनाने जेल में वापस आयी, तो उसका मुख प्रसन्न था। बरी हो जाने की गुलाबी आशा उसके कपोलों पर चमक रही थी। उसे देखते ही राजनीतिक कैदियों के एक गिरोह ने घेर लिया और पूछने लगी, कितने दिन की हुई।

मृदुला ने विजय-गर्व से कहा - 'मैंने तो साफ-साफ कह दिया, मैंने धरना नहीं दिया। यों आप जबर्दस्त हैं, जो फैसला चाहें, करें। न मैंने किसी को रोका, न पकड़ा, न धक्का दिया, न किसी से आरजू-मिन्नत ही की। कोई ग्राहक मेरे सामने आया ही नहीं। हां, मैं दुकान पर खड़ी जरूर थी। वहां कई वालंटियर गिरफ्तार हो गए थे। जनता जमा हो गई थी। मैं भी खड़ी हो गई। बस थानेदार ने आकर मुझे पकड़ लिया।'

क्षमादेवी कुछ कानून जानती थीं। बोली - 'मजिस्ट्रेट पुलिस के बयान पर फैसला करेगा। मैं ऐसे कितने ही मुकदमें देख चुकी।'

मृदुला ने प्रतिवाद किया - 'पुलिस वालों को मैंने ऐसा रगड़ा कि वह भी याद करेंगे। मैं मुकदमें की कार्रवाई में भाग न लेन चाहती थी लेकिन जब मैंने उनके गवाहों को सरासर झूठ बोलते देखा, तो मुझसे जब्त न हो सका। मैंने उनसे जिरह करनी शुरू की। मैंने भी इतने दिनों घास नहीं खोदी है। थोड़ा-सा कानून जानती हूं। पुलिस ने समझा होगा, यह कुछ बोलेगी तो है नहीं, हम जो बयान चाहेंगे देंगे। जब मैंने जिरह शुरू की तो सब बगलें झांकने लगे। मैंने तीनों गवाहों को झूठा साबित कर दिया। उस समय जाने कैसे मुझे चोट सूझती गई। मजिस्ट्रेट ने थानेदार को दो-तीन बार फटकार भी बताई। वह मेरे प्रश्नों का ऊलजलूल जवाब देता था, तो मजिस्ट्रेट बोल उठता था - वह जो कुछ पूछती है, उसका जवाब दो, फिजूल की बातें क्यों करते हो। तब मियां जी का मुंह जरा-सा निकल आता था। मैंने सबों का मुंह बंद कर दिया। अभी साहब ने फैसला तो नहीं सुनाया, लेकिन मुझे विश्वास है, बरी हो जाऊंगी। मैं जेल से नहीं डरती लेकिन बेवकूफ भी नहीं बनना चाहती। वहां हमारे मंत्री जी भी थे और - बहुत-सी बहनें थी। सब यह कहती थी, तुम छूट जाओगी।'

महिलाएं उसे द्वेष-भरी आंखों से देखती हुई चली गई। उनमें किसी की मियाद साल-भर की थी, किसी की छह मास की। उन्होंने अदालत के सामने जबान ही न खोली थी। उनकी नीति में यह अधर्म से कम न था। मृदुला पुलिस से जिरह करके उनकी नजरों में गिर गई थी। सजा हो जाने पर उसका व्यवहार क्षम्य हो सकता था लेकिन बरी हो जाने में तो उनका कुछ प्रायश्चित ही न था।

दूर जाकर एक देवी ने कहा - 'इस तरह तो हम लोग भी छूट जाते। हमें तो यह दिखाना है, नौकरशाही से हमें न्याय की कोई आशा ही नहीं।'

दूसरी महिला बोली - 'यह तो क्षमा मांग लेने के बराबर है। गई तो थी धरना देने, नहीं दुकान पर जाने का काम ही क्या था।' वालंटियर गिरफ्तार हुए थे, आपकी बला से। आप वहां क्यों गई; अगर अब कहती है, मैं धरना देने गई ही नहीं। यह तो क्षमा मांगना हुआ, साफ।

तीसरी देवी मुंह बनाकर बोली - 'जेल में रहने के लिए बड़ा कलेजा चाहिए। उस वक्त तो वाह-वाह लूटने के लिए आ गई, अब रोना आ रहा है। ऐसी स्त्रियों को तो राष्ट्रीय कामों के नगीच ही न आना चाहिए। आँदोलन को बदनाम करने से क्या फायदा।'

केवल क्षमादेवी अब तक मृदुला के पास चिंता में डूबी खड़ी थी। उन्होंने एक उद्दंड व्याख्यान देने के अपराध में साल-भर की सजा पाई थी। दूसरे जिले से एक महीना हुआ, यहां आयी थी! अभी मियाद पूरी होवे में आठ महीने बाकी थे। यहां की पंद्रह कैदियों में किसी से उनका दिल न मिलता था। जरा-जरा-सी बातों के लिए उनका आपस में झगड़ना, बनाव-सिंगार की चीजों के लिए लेडी वार्डन की खुशामदें करना, घरवालों से मिलने के लिए व्यग्रता दिखलाना उसे पसंद न था। वही कुत्सा और कन-फुसकियां जेल के भीतर भी थी। वह आत्माभिमान, जो उसके विचार में एक पोलिटिकल कैदी में होना चाहिए, किसी में भी न था। क्षमा उन सबों से दूर रहती थी। उसके जाति प्रेम का वारापार न था। इस रंग में पगी हुई थी पर अन्य देवियां उसे घमंडी समझती थी और उपेक्षा का जवाब उपेक्षा से देती थीं। मृदुला को हिरासत में आये आठ दिन हुए थे। इतने ही दिनों में क्षमा को उससे विशेष स्नेह हो गया था। मृदुला में वह संकीर्णता और ईर्ष्या न थी, न निंदा करने की आदत, न श्रृंगार की धुन, न भद्दी दिल्लगी का शोक। उसके हृदय में करुणा थी, सेवा का भाव था, देश का अनुराग था। क्षमा ने सोचा था, इसके साथ छह महीने आनंद से कट जाएंगे, लेकिन दुर्भाग्य यहां भी उसके पीछे पड़ा हुआ था। कल मृदुला यहां से चली जायेगी। वह फिर अकेली हो जायेगी। यहां ऐसा कौन है, जिनके साथ घड़ी भर बैठकर अपना दुःख-दर्द सुनायेगी, देश-चर्चा करेगी, यहां तो सभी के मिज़ाज आसमान पर हैं।

मृदुला ने पूछा - 'तुम्हें तो अभी आठ महीने बाकी है, बहन!'

क्षमा ने हसरत के साथ कहा - 'किसी-न-किसी तरह कट ही जायेंगे बहन! पर तुम्हारी याद बराबर सताती रहेगी। इसी एक सप्ताह के अंदर तुमने मुझ पर न जाने क्या जादू कर दिया। जब से तुम आयी हो, मुझे जेल, जेल न मालूम होता था। कभी-कभी मिलती रहना।'

मृदुला ने देखा, क्षमा की आंखें डबडबा गयी थीं। ढाढस देती हुई बोली - 'जरूर मिलूंगी दीदी! मुझसे तो खुद न रहा जायेगा। भान को भी लाऊंगी। कहूंगी - चल, तेरी- मौसी आयी है, तुझे बुला रही है। दौड़ा हुआ आएगा। अब तुमसे आज कहती हूं बहन, मुझे यहां किसी की याद थी, तो भान की। बेचारा रोया करता होगा। मुझे देखकर रूठ जायगा। तुम कहां चली गई मुझे छोड़कर, क्यों चली गई? जाओ, मैं तुमसे नहीं बोलता। तुम मेरे घर से निकल जाओ। बड़ा शैतान है बहन। छन-भर निचला नहीं बैठता, सवेरे उठते ही गाता है - 'झन्ना ऊंचा लाये

अमाला', 'छीलाज का मंदिर देल में है।' जब एक झंडी कंधे पर रखकर कहता है - 'ताली-छलाब पीना हराम है।' तो देखते ही बनता है। बाप को तो कहता है - तुम गुलाम हो। वह एक अंग्रेजी कंपनी में है, बार-बार इस्तीफा देने का विचार करके रह जाते हैं। लेकिन गुजर-बसर के लिए कोई उद्यम करना ही पड़ेगा। कैसे छोड़े? वह तो छोड़ बैठे होते। तुमसे सच कहती हूं गुलामी से उन्हें घृणा है लेकिन मैं समझाती रहती हूं। बेचारे कैसे दफ्तर जाते होंगे, कैसे भान को संभालते होंगे। सासजी के पास तो रहता ही नहीं। वह बेचारी बूढ़ी, उसके साथ कहां-कहां दौड़े! चाहती हैं कि मेरी गोद में दबकर बैठा रहे। और भान को गोद से चिढ़ है। अम्मा मुझ पर बहुत बिगड़ेगी, बस यही डर लग रहा है। मुझे देखने एक बार भी नहीं आयीं। कल अदालत में बाबूजी मुझसे कहते थे, तुमसे बहुत खफा हैं। तीन दिन तक तो दाना-पानी छोड़े रही। इस छोकरी ने कुल-मरजाद डुबा दी, खानदान में दाग लगा दिया, कलमुंही, कुलच्छनी - न जाने क्या-क्या बकती रही। मैं उनकी बातों का बुरा नहीं मानती। पुराने जमाने की हैं। उन्हें कोई चाहे कि आकर हम लोगों में मिल जायें, तो यह उसका अन्याय है। चलकर मनाना पड़ेगा। बड़ी मिन्नतों से मानेंगी। कल ही कथा होगी, देख लेना। ब्राह्मण खाएंगे। बिरादरी जमा होगी। जेल का प्रायश्चित तो करना ही पड़ेगा। तुम हमारे घर दो-चार दिन रहकर तब जाना बहन। मैं आकर तुम्हें ले जाऊंगी।' क्षमा आनंद के इस प्रसंगों से वंचित है। वह विधवा है, अकेली है। जलियांवाला बाग में उसका सर्वस्व लुट चुका है, पति और पुत्र दोनों ही की आहुति जा चुकी है। अब कोई ऐसा नहीं, जिसे वह अपना कह सके। अभी उसका रूप इतना विशाल नहीं हुआ है कि प्राणिमात्र को अपना समझ सके। इन दस बरसों से उसका व्यथित रूप जाति-सेवा में धैर्य और शांति खोज रहा है। जिन कारणों का अंत करने - उनको मिटाने - में वह जी-जान से लगी हुई थी। बड़े-से-बड़े बलिदान तो वह पहले ही कर चुकी थी। अब अपने रूप के सिवाय उसके पास होम करने को और क्या रह गया था। औरों के लिए जाति-सेवा सभ्यता का एक संस्कार हो या यशोपार्जन का एक साधन, क्षमा के लिए तो वह तपस्या थी, और वह नारीतत्त्व की सारी शक्ति और श्रद्धा के साथ उसकी साधना में लगी हुई थी। लेकिन आकाश में उड़ने-वाले पक्षी को भी तो अपने बसेरे की याद आती ही है। क्षमा के लिए वह आश्रय कहां था? यही वह अवसर थे, जब क्षमा भी आत्म-संवेदना के लिए आकुल हो जाती थी। यहां मृदुला को पाकर वह अपने को धन्य मान रही थी, पर वह भी इतनी जल्द हट गई।

क्षमा ने व्यथित कंठ से कहा - 'यहां से जाकर भूल जाओगी मृदुला। तुम्हारे लिए तो यह रेलगाड़ी का परिचय है और मेरे लिये तुम्हारे वादे उसी परिचय के वादे हैं। कभी-कहीं भेंट हो जायेगी तो या तो पहचानोगी ही नहीं या जरा मुस्कराकर नमस्ते करती हुई अपनी राह चली जाओगी। यही दुनिया का दस्तूर है, अपने रोने से छुट्टी ही नहीं मिलती, दूसरों के लिए कोई क्यों कर रोए। तुम्हारे लिए तो मैं कुछ नहीं थी, मेरे लिए तुम बहुत अच्छी थी। अगर अपने प्रियजनों में बैठकर कभी-कभी इस अभागिनी को जरूर याद कर लिया करना। भिखारी के लिए चुटकी-भर आटा ही बहुत है।

दूसरे दिन मजिस्ट्रेट ने फैसला सुना दिया। मृदुला बरी हो गई। संध्या समय वह सब बहनों से गले मिलकर, रोकर, रुलाकर चली गई, मानो मैके से विदा हुई हो।

2

तीन महीने बीत गए, पर मृदुला एक बार भी न आयी। और कैदियों से मिलने वाले आते जाते थे, किसी-किसी के घर से खाने-पीने की चीजें और सौगात आ जाती थी लेकिन क्षमा का पूछने वाला कौन बैठा था? हर महीने के अन्तिम रविवार को प्रात:काल से ही मृदुला की बाट जोहने लगती। जब मुलाकात का समय निकल जाता, तो जरा देर रोकर मन को समझा लेती - जमाने का यही दस्तूर है।

एक दिन शाम को क्षमा संध्या करके आई थी कि देखा, मृदुला सामने चली आ रही है। अब न वह रूप-रंग है, न वह कांति। दौड़कर गले से लिपट गई और रोते हुई बोली - 'यह तेरी क्या दशा है मृदुला। सूरत ही बदल गई। क्या बीमार है?'

मृदुला की आंखों से आंसुओं की झड़ी लगी हुई थी। बोली - 'बीमार तो नहीं हूं बहन, विपत्ति से बिंधी हुई हूं। तुम मुझे खूब कोस रही होगी। उन सारी निठुराइयों का प्रायश्चित करने आयी हूं। अब सब चिन्ताओं से मुक्त होकर आयी हूं।

क्षमा कांप गई। अंतस्तल की गहराइयों से एक लहर-सी उठती हुई जान पड़ी, जिसमें उसका अपना जीवन टूटी हुई नौकाओं की भांति उतराता हुआ दिखाई दिया। रुंधे हुए कंठ से बोली - 'कुशल तो है बहन, इतनी जल्दी तुम यहां फिर क्यों आ गई? अभी तो तीन महीने भी नहीं हुए।'

मृदुला मुस्करायी पर उसकी मुस्कुराहट में रुदन छिपा हुआ था। फिर बोली - 'अब सब कुशल है बहन, सदा के लिए कुशल है। कोई चिन्ता ही नहीं रही। अब यहां जीवन-पर्यन्त रहने को तैयार हूं। तुम्हारे स्नेह और कृपा का मूल्य अब समझ रही हूं।'

उसने एक ठंडी सांस ली और सजल नेत्रों से बोली - 'तुम्हें बाहर की खबरें क्या मिली होंगी। परसों शहर में गोलियां चली। देहातों में आजकल संगीनों की नोक पर लगान वसूल किया जा रहा है। किसानों के पास रुपये है नहीं, दे तो कहां से तथा अनाज का भाव दिन-दिन गिरता जाता है। पौने दो रुपये में मन भर गेहूं आता है। मेरी उम्र ही अभी क्या है, अम्माजी। भी कहती हैं कि अनाज इतना सस्ता कभी नहीं था। खेत की उपज से बीजों तक के दाम नहीं आते। मेहनत और सिंचाई इसके ऊपर। गरीब किसान लगान कहां से दें? उस पर सरकार का हुक्म है कि लगान कड़ाई के साथ वसूल किया जाए। किसान इस पर भी राजी हैं कि हमारी जमा-जथा नीलाम कर लो, अपनी जमीन ले लो, मगर यहां तो अधिकारियों को अपनी कारगुजारी दिखाने की फिक्र पड़ी हुई है। वह चाहे प्रजा को चक्की में पीस ही क्यों न डालें, सरकार उन्हें मना न करेगी। मैंने सुना है कि वह उल्टे और शह देती है। सरकार को तो अपने कर से मतलब है। प्रजा मरे या जिए, उससे कोई प्रयोजन नहीं। अधिकतर जमींदारों ने तो लगान वसूल करने से इंकार कर दिया है। अब पुलिस उनकी मदद पर भेजी गई है। भैरोगंज का सारा इलाका लूटा जा रहा है। मरता क्या न करता, किसान भी घर-बार छेड़-छाड़कर भागे जा रहे हैं। एक किसान के घर में घुसकर कई कांस्टेबलों ने उसे पीटना शुरू किया। बेचारा बैठ मार खाता रहा। उसकी स्त्री से न

रहा गया। शामत की मारी कांस्टेबलों को कुवचन कहने लगी। बस, एक सिपाही ने उसे नंगा कर दिया। क्या कहूं बहन, कहते शर्म आती है। हमारे ही भाई इतनी निर्दयता करें, इससे ज्यादा दु:ख और लज्जा की और क्या बात होगी? किसान से जब्त न हुआ। कभी पेट भर गरीबों को खाने को तो मिलता नहीं, इस पर इतना कठोर परिश्रम, न देह में बल है, न दिल में हिम्मत, पर मनुष्य का हृदय ही तो ठहरा। बेचारा बेदम पड़ा हुआ था। स्त्री का चिल्लाना सुनकर उठ बैठा और उस दुष्ट सिपाही को धक्का देकर जमीन पर गिरा दिया। फिर दोनों से कुश्तम-कुश्ती होने लगी। एक किसान किसी पुलिस के आदमी के साथ इतनी बेअदबी करे, इसे भला वह बरदाश्त कर सकती है? सब कांस्टेबलों ने गरीब को इतना मारा कि वह मर गया।

क्षमा ने कहा - 'गांव के और लोग तमाशा देखते रहे होंगे।'

मृदुला तीव्र कंठ से बोली - 'बहन, प्रजा की तो हर तरह से मरण है। अगर दस-बीस आदमी जमा हो जाते, तो पुलिस कहती, हमसे लड़ने आये हैं। डंडे चलाना शुरू करती और अगर कोई आदमी क्रोध में आकर एकाध कंकड़ फेंक देता तो पुलिस गोलियां चला देती। दस-बीस आदमी भून जाते। इसलिए लोग जमा नहीं होते लेकिन जब वह किसान मर गया तो गांव वालों को तैश आ गया, लाठियां ले लेकर दौड़ पड़े और कांस्टेबलों को घेर लिया। सम्भव है, दो चार आदमियों ने लाठियां चलायी भी हों। कांस्टेबलों ने गोलियां चलाना शुरू कीं। दो-तीन सिपाहियों के हल्की चोटें आयीं। उसके बदले में बारह आदमियों की जानें ले ली गईं और कितनों ही के अंग-भंग कर दिये गए। इन छोटे आदमियों को इसलिए तो इतने अधिकार दिए गए हैं कि उनका दुरुपयोग करें। आधे गांव का कत्लेआम करके पुलिस विजय का नगाड़ा बजाती हुई लौट गई। गांव वालों की फरियाद कौन सुनता। गरीब हैं, बेबस हैं, जितने आदमियों को चाहो, मार डालो। अदालत और हाकिमों से तो उन्होंने न्याय की आशा करना ही छोड़ दिया। आखिर सरकार ही ने तो कांस्टेबलों को यह मुहिम सर करने के लिए भेजा था। वह किसान की फरियाद क्यों सुनने लगी? मगर आदमी का दिल, फरियाद किये बगैर नहीं मानता। गांव वालों ने अपने शहर के भाइयों से फरियाद करने का निश्चय किया। जनता और कुछ नहीं कर सकती, हमदर्दी तो करती है। दुख-कथा सुनकर आंसू तो बहाती है। दुखियारों को हमदर्दी के आंसू भी कम प्यारे नहीं होते। अगर आस-पास के गांवों के लोग जमा होकर उनके साथ रो लेते तो गरीबों के आंसू पूंछ जाते किन्तु पुलिस ने उस गांव की नाकाबंदी कर रखी थी, चारों सीमाओं पर पहरा बिठा दिए गए थे। यह घाव पर नमक था। मारते भी हो और रोने भी नहीं देते। आखिर लोगों ने लाशें उठायी और शहर वालों को अपनी विपत्ति की क्या सुनाने चले। इस हंगामें की खबर पहले ही शहर में पहुंच गई थी। इन लोगों को देखकर जनता उत्तेजित हो गई और जब पुलिस के अध्यक्ष ने इन लाशों का जुलूस निकालने को अनुमति न दी, तो लोग और भी झल्लाए। बहुत बड़ा जमाव हो गया। मेरे बाबूजी भी इसी दल में थे। और मैंने उन्हें रोका - मत जाओ, आज का रंग अच्छा नहीं है। तो कहने लगे - मैं किसी से लड़ने थोड़े ही जाता हूं। जब सरकार की आशा के विरुद्ध जनाजा चला तो पचास हजार आमदनी साथ थे। उधर पांच सौ सशस्त्र पुलिस रास्ता रोके खड़ी थी - सवार, प्यादे, सारजंट - पूरी फौज थी। हम निहत्थों के सामने इन नामर्दों को तलवार चमकाते झंकारते शर्म भी नहीं आती। जब बार-बार पुलिस की धमकियों पर भी लोग नहीं भागे,

तो गोलियां चलाने का हुक्म हो गया। घंटे भर बराबर फैर होते रहो पूरे घंटे भर तक। कितने मरे, कितने घायल हुए, कौन जानता है। मेरा मकान सड़क पर है। मैं छज्जे पर खड़ी, दोनों हाथों से दिल थामे, कांपती थी।

पहली बाढ़ चलते ही भगदड़ पड़ गई। हजारों आदमी बदहवास भागे चले आ रहे थे। बहन! वह दृश्य अभी तक आंखों के सामने है। कितना भीषण, कितना रोमांचकारी और कितना लज्जास्पद! ऐसा जान पड़ता था कि लोगों के प्राण आंखों से निकल पड़ते हैं, मगर इन भागने वालों के पीछे वीर व्रतधारियों का दल था, जो पर्वत की भांति अटल खड़ा, छातियों पर गोलियां खा रहा था और पीछे हटने का नाम न लेता था। बंदूकों की आवाजें साफ सुनाई देती थी और हरेक धांय-धांय के बाद हजारों गलों से जय की गहरी गगन-भेदी ध्वनि निकलती थी। उस ध्वनि में कितनी उत्तेजना थी, कितना आकर्षण, कितना उन्माद! बस यही जी चाहता था कि जाकर गोलियों के सामने खड़ी हो जाऊं और हंसते-हंसते मर जाऊं। उस समय ऐसा आज होता था कि मर जाना कोई खेल है। अम्मा जी कमरे में भान को लिये मुझे बार-बार भीतर बुला रही थी। जब मैं न गयी, तो वह भान को लिए हुए छज्जे पर आ गईं। उसी वक्त, दस-बारह आदमी एक स्ट्रेचर पर हृदयेश की लाश लिए हुए द्वार पर आए। अम्मा की उन पर नजर पड़ी। समझ गई। मुझे जैसे सकता-सा हो गया। अम्मा ने जाकर एक बार बेटे को देखा, उसे छाती से लगाया, चूमा और आशीर्वाद दिया और उन्मत्त दशा में चौरस्ते की तरफ चली, जहां से अब भी धांय और जय की ध्वनि बारी-बारी से आ रही थी। मैं हतबुद्धि-सी खड़ी कभी स्वामी की लाश को देखती थी, कभी अम्मा को। न कुछ बोली, न जगह से हिली, न रोयी, न घबरायी। मुझमें जैसे स्पंदन ही न था। चेतना जैसे लुप्त हो गई हो।

क्षमा - 'तो क्या अम्मा भी गोलियों के स्थान पर पहुंच गई?'

मृदुला -' हां, यही तो विचित्रता है बहन! बंदूक की आवाजें सुनकर कानों पर हाथ रख लेती थी। खून देखकर मूर्च्छित हो जाती थी। वही अम्मा वीर सत्याग्रहियों की सफों को चीरती हुई खड़ी हो गई और एक ही क्षण में उनकी लाश भी जमीन पर गिर पड़ी। उनके गिरते ही योद्धाओं का धैर्य टूट गया, व्रत का बंधन टूट गया। सभी के सिरों पर खून-सा सवार हो गया। निहत्थे, अशक्त थे, पर हर एक अपने अंदर अपार-शक्ति का अनुभव कर रहा था। पुलिस पर धावा कर दिया। सिपाहियों ने इस बाढ़ को आते देखा तो होश जाते रहे। जानें लेकर भागे मगर भागते हुए भी गोलियां चलाते जाते थे। भान छज्जे पर खड़ा था, न जाने किधर से एक गोली आकर उसकी छाती में लगी। मेरा लाल वहीं पर गिर पड़ा, सांस तक न ली, मगर मेरी आंखों में अब भी आंसू न थे। मैंने प्यारे भान को गोद में उठा लिया। उसकी छाती से खून के फव्वारे निकल रहे थे। मैंने उसे जो दूध पिलाया था, उसे वह खून से अदा कर रहा था। उसके खून से तर कपड़े पहने हुए मुझे वह नशा हो रहा था, जो शायद उसके विवाह में गुलाल से तर रेशमी कपड़े पहनकर भी न होता। लड़कपन, जवानी और मौत, तीनों मंजिलें एक ही हिचकी में तमाम हो गई। मैंने बेटे को बाप की गोद में लेटा दिया। इतने में कई स्वयं सेवक अम्माजी को भी लाये। मालूम होता था,

लेटी हुई मुस्करा रही हैं। मुझे तो रोकती रहती थी और खुद इस तरह जाकर आग में कूद पड़ी मानो वह स्वर्ग का मार्ग हो। बेटे ही के लिए जीती थी। बेटे को अकेले कैसे छोड़ती।

जब नदी के किनारे तीनों लाशें एक ही चिता में रखी गई, तब मेरा सकता टूटा, होश आया। एक बार जी में आया चिता में जा बैठूं सारा कुनबा एक साथ ईश्वर के दरबार में जा पहुंचे। लेकिन फिर सोचा - तूने अभी ऐसा कौन काम किया है, जिसका इतना ऊंचा पुरस्कार मिले? बहन! चिता की लपटें में मुझे ऐसा मालूम हो रहा था कि अम्माजी सचमुच भान को गोद में लिए बैठी मुस्करा रही हैं और स्वामीजी खड़े मुझसे कह रहे हैं, तुम जाओ और निश्चित होकर काम करो। मुख पर कितना तेज था! रक्त और अग्नि ही में तो देवता बसते हैं।

मैंने सिर उठा कर देखा। नदी के किनारे न जाने कितनी चिताएं जल रही थी। दूर से यह चितावली ऐसी मालूम होती थी, मानो देवता ने भारत का भाग्य गढ़ने के लिए भट्ठियां जलाई हों।

जब चिंताएं राख हो गई, तो हम लोग लौटे लेकिन उस घर में जाने की हिम्मत न पड़ी। मेरे लिए अब वह घर-घर न था! मेरा घर तो अब यह है, जहां बैठी हूं या फिर वही चिता। मैंने घर का द्वार भी नहीं खोला। महिला-आश्रम में चली गई। कल की गोलियों से कांग्रेस-कमेटी का सफाया हो गया था। यह संध्या बागी बना डाली गई थी। उसके दफ्तर पर पुलिस ने छपा मारा और उस पर अपना ताला डाल दिया। महिला-आश्रम पर भी हमला हुआ। इस पर अपना ताला डाल दिया। हमने एक वृक्ष की छांह में अपना नया दफ्तर बनाया और स्वच्छंदता के साथ काम करते रहे। यहां दीवारें हमें कैद न कर सकती थी। हम भी वायु के समान मुक्त थे।

संध्या समय हमने एक जुलूस निकालने का फैसला किया। कल के रक्तपात की स्मृति, हर्ष और मुबारकबाद में जुलूस निकालना आवश्यक था। लोग कहते हैं, जुलूस निकालने से क्या होता है। इससे यह सिद्ध होता है कि हम जीवित हैं, अटल हैं और मैदान से हटे नहीं हैं। हमें अपने हार न मानने वाले आत्माभिमान का प्रमाण देना था। हमें यह दिखाना था कि हम गालियों और अत्याचारों से भयभीत होकर अपने लक्ष्य से हटने वाले नहीं और हम उस व्यवस्था का अंत करके लेंगे, जिसका आधार स्वार्थपरता और खून पर है। उधर पुलिस ने जुलूस को रोककर अपनी शक्ति और विजय का प्रमाण देना आवश्यक समझा। शायद जनता को धोखा हो गया कि कल की घटना ने नौकरशाही का नैतिक ज्ञान जागृत कर दिया है। इस धोखे को दूर करना उसने अपना कर्त्तव्य समझा। वह यह दिखा देना चाहती थी कि हम तुम्हारे ऊपर शासन करने आये हैं और शासन करेंगे। तुम्हारी खुशी या नाराजी की हमें परवाह नहीं है। जुलूस निकालने की मनाही हो गई। जनता को चेतावनी दे दी गई कि खबरदार। जुलूस में न आना, वही दुर्गति होगी। इसका जनता ने वह जवाब दिया, जिसने अधिकारियों की आंखें खोल दी होंगी। संध्या समय पचास हजार आदमी जमा हो गए। आज का नेतृत्व मुझे सौंपा गया था। मैं अपने लय में एक विचित्र बल और उत्साह का अनुभव कर रही थी।

एक अबला स्त्री जिसे संसार का कुछ ज्ञान नहीं, जिसने कभी घर से बाहर पांव नहीं निकाला, आज अपने प्यारों के उत्सर्ग की बदौलत उस महान् पद पर पहुंच गई थी, जो बड़े-बड़े अफसरों को भी, बड़े-बड़े महाराजा को भी प्राप्त नहीं - मैं इस समग्र जनता के हृदय पर राज कर रही

थी। पुलिस अधिकारियों की इसीलिए गुलामी करती है कि उसे वेतन मिलता है। पेट की गुलामी उससे सब कुछ करवा लेती है।

महाराजा का हुक्म लोग इसीलिए मानते हैं कि उससे उपकार की आशा या हानि का भय होता है। यह अपार जन-समूह क्या मुझसे किसी फायदे की आशा रखता था, उसे मुझसे किसी हानि का भय था? कदापि नहीं। फिर भी वह मेरे कड़े-से-कड़े हुक्म को मानने के लिए तैयार था। इसीलिए कि जनता मेरे बलिदानों का आदर करती थी इसीलिए कि उनके दिलों में स्वाधीनता की जो तड़प थी, गुलामी की जंजीरों को तोड़ देने की जो बेचैनी थी, मैं उस तड़प और बेचैनी की सजीव मूर्ति समझी जा रही थी।

निश्चित समय पर जुलूस ने प्रस्थान किया। उसी वक्त पुलिस ने मेरी गिरफ्तारी का वारंट दिखाया। वारंट देखते ही तुम्हारी याद आई। पहले तुम्हें मेरी जरूरत थी। उस वक्त तुम मेरी हमदर्दी की भूखी थी। अब मैं सहानुभूति की भिक्षा मांग रही हूं। मगर मुझमें अब लेश-मात्र भी दुर्बलता नहीं। मैं चिंताओं से मुक्त हूं। मजिस्ट्रेट जो कठोर-से-कठोर दंड प्रदान करे उसका स्वागत करूंगी। अब मैं पुलिस के किसी आक्षेप या असत्य आरोपण का प्रतिवाद न करूंगी क्योंकि मैं जानती हूं मैं जेल के बाहर रहकर जो कुछ कर सकती हूं जेल के अन्दर रहकर उससे कहीं ज्यादा कर सकती हूं। जेलों के बाहर भूलों की सम्भावना है, बहकने का भय है, समझौते का प्रलोभन है, स्पर्धा की चिन्ता है, जेल सम्मान और भक्ति की एक रेखा है, जिसके भीतर शैतान कदम नहीं रख सकता। मैदान में जलता हुआ अलाव वायु में अपनी उष्णता को खो देता है लेकिन-इंजिन में बन्द होकर वहीं आग संचालन शक्ति का अखंड भंडार बन जाती है।

अन्य देवियां भी आ पहुंची और मृदुला सबके गले मिलने लगी। फिर भारत की जय ध्वनि जेल की दीवारों को चीरती हुई आकाश में जा पहुंची।

***

पत्नी से पति

मिस्टर सेठ को सभी हिंदुस्तानी चीजों से नफरत थी और उनकी सुंदर पत्नी गोदावरी को सभी विदेशी चीजों से चिढ़। मगर धैर्य और विलय भारत की देवियों का आभूषण है। गोदावरी दिल पर हजार जब्र करके पति की लाई हुई विदेशी चीजों का व्यवहार करती थी, हालांकि भीतर-ही-भीतर उसका हृदय अपनी परवशता पर रोता था। वह जिस वक्त अपने छज्जे पर खड़ी होकर सड़क पर निगाह दौड़ाती और कितनी ही महिलाओं को खद्दर की साड़ियां पहने गर्व से सिर उठाए चलते देखती, उसके भीतर की वेदना एक ठंडी आह बन कर निकल जाती थी। उसे ऐसा मालूम होता था कि मुझसे ज्यादा बदनसीब औरत संसार में नहीं हैं। मैं अपने स्वदेश-वासियों की इतनी भी सेवा नहीं कर सकती। शाम को मिस्टर सेठ के आग्रह करने पर वह कहीं मनोरंजन या सैर के लिए जाती, तो विदेशी कपड़े पहने हुए निकलते समय शर्म से उसकी गर्दन झुक जाती थी। वह पत्रों में महिलाओं के जोश-भरे व्याख्यान पढ़ती तो उसकी आंखें जगमगा उठतीं, थोड़ी देर के लिए वह भूल जाती कि मैं यहां बंधनों में जकड़ी हुई हूं।

होली का दिन था, आठ बजे रात का समय। स्वदेश के नाम पर बिके हुए अनुरागियों का जुलूस आकर मिस्टर सेठ के मकान के सामने रुका और उसी चौड़े मैदान में विलायती कपड़ों की होली जलाने की तैयारियां होने लगी। गोदावरी अपने कमरे में खिड़की पर खड़ी यह समारोह देखती थी पैर दिल मसोस कर रह जाती थी। एक वह है, जो यों खुश-खुश, आजादी के नशे से मतवाले, गर्व से सिर उठाए होली जला रहे हैं, और एक मैं हूं कि पिंजड़े में बंद पक्षी की तरह फड़फड़ा रही हूं। इन तीलियों को कैसे तोड़ दूं? उसने कमरे में निगाह दौड़ाई। सभी चीजें विदेशी थी। स्वदेशी का एक सूत भी न था। यही चीजें वहां जलायी जा रही थी और वही चीजें यहां उसके लय में संचित ग्लानि की भांति संदूक में रखी हुई थी। उसके जी में एक लहर उठ रही थी कि इन चीजों को उठाकर उसी होली में डाल दे, और उसकी सारी ग्लानि और दुर्बलता जलकर भस्म हो जाय। मगर पति की अप्रसन्नता के भय ने उसका हाथ पकड़ लिया। सहसा मि. सेठ ने अंदर आकर कहा - 'जरा इन सिरफिरो को देखो, कपड़े जला रहे हैं। यह पागलपन, उन्माद और विद्रोह नहीं तो और क्या है? किसी ने सच कहा है, हिंदुस्तानियों को न अक्ल आयी है न आएगी। कोई जरा भी तो सीधा नहीं।' गोदावरी ने कहा - 'तुम भी हिंदुस्तानी हो।'

सेठ ने गर्म होकर कहा - हां, लेकिन मुझे इसका हमेशा खेद रहता है कि ऐसे अभागे देश में क्यों पैदा हुआ। मैं नहीं चाहता कि कोई मुझे हिंदुस्तानी कहे या समझे। कम-से-कम मैंने आचार-व्यवहार, वेश-भूषा, रीति-नीति, कर्म-वचन में कोई ऐसी बात नहीं रखी, जिससे हमें कोई हिंदुस्तानी होने का कलंक लगाए। पूछिए, जब हमें आठ आने गज में बढ़िया कपड़ा मिलता है, तो हम क्यों मोटा टाट खरीदें। इस विषय में हर एक को पूरी स्वाधीनता होनी चाहिए। न जाने

क्यों गवर्नमेंट ने इन दुष्टों को यहां जमा होने दिया। अगर मेरे हाथ में अधिकार होता, तो सब को जहन्नुम रसीद कर देता। तब आटे-दाल का भाव मालूम होता।

गोदावरी ने अपने शब्दों में तीक्ष्ण तिरस्कार भर कहा - 'तुम्हें अपने भाइयों का जरा भी ख्याल नहीं आता? भारत के सिवा और कोई भी देश है, जिस पर किसी दूसरी जाति का शासन हो? छोटे-छोटे राष्ट्र भी किसी दूसरी जाति के गुलाम बनकर नहीं रहना चाहते। क्या एक हिंदुस्तानी के लिए यह लज्जा की बात नहीं हैं कि वह अपने थोड़े से फायदे के लिए सरकार का साथ देकर अपने ही भाइयों के साथ अन्याय करे?'

सेठ ने भौंह चढ़ाकर कहा - 'मैं इन्हें अपना भाई नहीं समझता।'

गोदावरी - 'आखिर तुम्हें सरकार जो वेतन देती है, वह इन्हीं की जेब से तो आता है।'

सेठ - 'मुझे इससे कोई मतलब नहीं कि मेरा वेतन किसकी जेब से आता है। मुझे जिसके हाथ से मिलता है, वह मेरा स्वामी है। न जाने इन दुष्टों को क्या सनक सवार हुई है। कहते हैं, भारत आध्यात्मिक देश है। क्या अध्यात्म का यही आशय है कि परमात्मा के विधानों का विरोध किया जाय? जब यह मालूम है कि परमात्मा की इच्छा के विरुद्ध एक पत्ती भी नहीं हिल सकती, तो यह कैसे मुमकिन है कि यह इतना बड़ा देश परमात्मा की अर्जी बगैर अंग्रेजों के अधीन हो? क्यों इन दीवानों को इतनी अक्ल नहीं आती कि जब तक परमात्मा की इच्छा न होगी, कोई अंग्रेजों का बाल भी बांका न कर सकेगा।

गोदावरी - 'तो फिर क्यों नौकरी करते हो? परमात्मा की इच्छा होगी, तो आप-ही-आप भोजन मिल जायेगा। बीमार होते हो, तो क्यों दौड़े वैद्य के घर जाते हो? परमात्मा उन्हीं की मदद करता है, जो अपनी मदद अप करते हैं।'

सेठ - 'बेशक करता है, लेकिन अपने घर में आग लगा देना, घर की चीजों को जला देना, ऐसे काम हैं, जिन्हें परमात्मा कभी पसंद नहीं कर सकता।'

गोदावरी - 'तो यहां के लोगों को चुपचाप बैठे रहना चाहिए?'

सेठ - 'नहीं, रोना चाहिए। इस तरह रोना चाहिए, जैसे बच्चे माता के दूध के लिए रोते हैं।'

सहसा होली जली, आग की शिखाएं आसमान से बातें करने लगीं, मानो स्वाधीनता की देवी अग्नि-वस्त्र धारण किए हुए आकाश के देवताओं से गले मिलने जा रही हो।

दीनानाथ ने खिड़की बंद कर दी, उनके लिए यह दृश्य भी असह्य था।

गोदावरी इस तरह खड़ी ही, जैसे कोई गाय कसाई के खूंटे पर खड़ी हो। उसी वक्त किसी के गाने की आवाज आई -

'वतन की देखिए तकदीर कब बदलती है।'

गोदावरी के विषाद से भरे हुए हृदय में एक चोट लगी। उसने खिड़की खोल दी और नीचे की तरफ झांका। होली अब भी जल रही थी और एक अंधा लड़का अपनी खंजरी बजाकर गा रहा था -

'वतन की देखिए तकदीर कब बदलती है।'

वह खिड़की के सामने पहुंचा, तो गोदावरी ने पुकारा - 'ओ अंधे! खड़ा रह।'

अंधा खड़ा हो गया। गोदावरी ने संदूक खोला, पर उसमें उसे एक पैसा न मिला। नोट और रुपये थे, मगर अंधे फकीर को नोट या रुपये देने का तो सवाल ही न था। पैसे अगर दो-चार मिल जाते, तो इस वक्त वह जरूर दे देती। पर वहां एक ही पैसा था, वह भी इतना घिसा हुआ कि कहार बाजार से लौटा लाया था। किसी दुकानदार ने न लिया था। अंधे को वह पैसा देते हुए गोदावारी को शर्म आ रही थी। वह जरा देर तक पैसे को हाथ में लिए संशय में खड़ी रही तब अंधे को बुलाया और पैसा दे दिया।

अंधे ने कहा - 'माताजी, कुछ खाने को दीजिए। आज दिन भर से कुछ नहीं खाया।'

गोदावरी - 'दिन भर मांगता है, तब भी तुझे खाने को नहीं मिलता?'

अंधा - 'क्या करूं माता, कोई खाने को नहीं देता।'

गोदावरी - 'इस पैसे का चबेना लेकर खा ले।'

अंधा - 'खा लूंगा माताजी, भगवान आपको खुशी रखे। अब यही सोता हूं।'

2

दूसरे दिन प्रातःकाल कांग्रेस की तरफ से एक आम जलसा हुआ। मिस्टर सेठ ने विलायती टूथ पाउडर विलायती ब्रुश से दांतों पर मला, विलायती साबुन से नहाया, विलायती चाय विलायती प्यालों में पी, विलायती बिस्कुट विलायती मक्खन के साथ खाया, विलायती दूध पिया। फिर विलायती सूट धारण करके विलायती सिगार मुंह में दबाकर घर से निकले, और अपनी मोटर साइकिल पर बैठ फ्लावर शो देखने चले गए।

गोदावरी को रात भर नींद नहीं आयी थी, दुराशा और पराजय की कठिन यंत्रणा किसी कोड़े की तरह उसके हृदय पर पड़ रही थी। ऐसा मालूम होता था कि उसके कंठ में कोई कड़वी चीज अटक गई है। मिस्टर सेठ को अपने प्रभाव में लाने की उसने वह सब योजनाएं की, जो एक रमणी कर सकती है, पर उस भले आदमी पर उसके सारे हाव-भाव, मृदु-मुस्कान और वाणी-विलास का कोई असर न हुआ। खुद तो स्वदेशी वस्त्रों के व्यवहार करने पर क्या राजी होते, गोदावरी के लिए एक खद्दर की साड़ी लाने पर भी सहमत न हुए। यहां तक कि गोदावरी ने उनसे कभी कोई चीज मांगने की कसम खा ली।

क्रोध और ग्लानि ने उसकी सद्भावनाओं को इस तरह विकृत कर दिया, जैसे कोई मैली वस्तु निर्मल जल को दूषित कर देती है। उसने सोचा, जब यह मेरी इतनी-सी बात नहीं मान सकते, तब फिर मैं क्यों इनके इशारों पर चलूं, क्यों इनकी इच्छाओं की लौंडी बनी रहूं? मैंने इनके हाथ अपनी आत्मा नहीं बेची है। अगर आज ये चोरी या गबन करें तो क्या मैं सजा पाऊंगी उसकी सजा ये खुद झेलेंगे। उसका अपराध इनके ऊपर होगा। इन्हें अपने कर्म और वचन का अख्तियार है, मुझे अपने कर्म और वचन का अख्तियार। यह अपनी सरकार की गुलामी करें, अंग्रेजों की चौखट पर नाक रगड़ें, मुझे क्या गरज है कि उसमें उनका सहयोग करूं। जिसमें आत्माभिमान नहीं, जिसने अपने को स्वार्थ के हाथों बेच दिया, उसके प्रति अगर मेरे मन में भक्ति न हो, तो मेरा दोष नहीं। यह नौकर हैं या गुलाम, नौकरी और गुलामी में अंतर है। नौकर कुछ नियमों के अधीन अपना निर्दिष्ट काम करता है। वह नियम स्वामी और सेवक दोनों ही पर लागू होता है। स्वामी अगर अपमान करे, अपशब्द कहे तो नौकर उसको सहन करने के लिए मजबूर नहीं। गुलाम के लिए कोई शर्त नहीं, उसकी दैहिक गुलामी पीछे होती है, मानसिक गुलामी पहले ही हो जाती है। सरकार ने इनसे कब कहा है कि देशी चीजें न खरीदें। सरकारी टिकट तक पर यह शब्द लिखे होते है 'स्वदेशी चीजें खरीदो।' इससे विदित है कि सरकार देशी चीजों का निषेध नहीं करती, फिर भी यह महाशय सुर्खरू बनने की फिक्र में सरकार से भी दो अंगुल आगे बढ़ना चाहते हैं।

मिस्टर सेठ ने कुछ झेंपते हुए कहा - 'कल फ्लावर शो देखने चलोगी?'

गोदावरी ने विरक्त अब से कहा - 'नहीं।'

'बहुत अच्छा तमाशा है।'

'मैं कांग्रेस के जलसे में जा रही हूं।'

मिस्टर सेठ के ऊपर यदि छत गिर पड़ी होती या उन्होंने बिजली का तार हाथ से पकड़ लिया होता, तो भी वह इतने बदहवास न होते। आंखें फाड़कर बोले - 'तुम कांग्रेस के जलसे में जाओगी?'

'हां, जरूर जाऊंगी।'

'मैं नहीं चाहता कि तुम वहां जाओ।'

'अगर तुम मेरी परवाह नहीं करते, तो मेरा धर्म नहीं कि तुम्हारी हर एक आज्ञा का पालन करूं।

मिस्टर सेठ ने आंखों में विष भरकर कहा - 'नतीजा बुरा होगा।'

गोदावरी मानो तलवार के सामने छाती खोलकर बोली - 'इसकी चिंता नहीं, तुम किसी के ईश्वर नहीं हो।'

मिस्टर सेठ खूब गर्म पड़े, धमकियां दी, आखिर मुंह फेरकर लेट रहे। प्रात:काल फ्लावर शो जाते समय भी उन्होंने गोदावरी से कुछ न कहा।

3

गोदावरी जिस समय कांग्रेस के जलसे में पहुंची, तो कई हजार मर्दों और औरतों का जमाव था। मंत्री ने चंदे की अपील की थी और कुछ लोग चंदा दे रहे थे। गोदावरी उस जगह खड़ी हो गई, जहां और स्त्रियां जमा थी और देखने लगी कि लोग क्या देते है। अधिकांश लोग दो-दो चार-चार आना ही दे रहे थे। वहां ऐसा धनवान था ही कौन? उसने अपनी जेब टटोली, तो एक रुपया निकला। उसने समझा, यह काफी है। इसी इंतजार में थी कि झोली सामने आवे तो उसमें डाल दूं? सहसा वही अंधा लड़का जिसे कि उसने पैसा दिया था, न जाने किधर से आ गया और ज्यों ही चंदे की झोली उसके सामने पहुंची, उसने उसमें कुछ डाल दिया। सबकी आंखें उसकी तरफ उठ गई। सबको कुतूहल हो रहा था कि अंधे ने क्या दिया? कहीं एक आधा पैसा मिल गया होगा। दिन भर गला फाड़ता है, तब भी तो उस बेचारे को रोटी नहीं मिलती। अगर यही गाना पिश्वाज और साज के साथ किसी महफिल में होता तो रुपये बरसते, लेकिन सड़क पर गाने वाले अंधे की कौन परवाह करता है।

झोली में पैसा डालकर अंधा वहां से चल दिया और कुछ दूर जाकर गाने लगा -

'वतन की देखिए तकदीर कब बदलती है।'

सभापति ने कहा - 'मित्रों देखिए, यह वह पैसा है, जो एक गरीब अंधा लड़का इस झोली में डाल गया है। मेरी आंखों में इस एक पैसे की कीमत किसी अमीर के एक हजार रुपये से कम नहीं। शायद यही इस गरीब की सारी बिसात होगी। जब ऐसे गरीबों की सहानुभूति हमारे साथ है, तो मुझे सत्य की विजय में कोई संदेह नहीं मालूम होता। हमारे यहां क्यों इतने फकीर दिखाई देते हैं? या तो इसलिए कि समाज में इनके लिए कोई काम नहीं रह गया कि कुछ काम करें या भिक्षा-वृत्ति ने इनमें सामर्थ्य ही नहीं छोड़ी। स्वराज्य के सिवा इन गरीबों का अब उद्धार कौन कर सकता है? देखिए, वह गा रहा है' -

'वतन की देखिए तकदीर कब बदलती।'

इस पीड़ित हृदय में कितना उत्सर्ग है! क्या अब भी कोई संदेह कर सकता है कि यह किसकी आवाज है? (पैसा ऊपर उठाकर) आपमें कौन इस रत्न को खरीद सकता है?

गोदावरी के मन में जिज्ञासा हुई, कहीं वह वही पैसा तो नहीं है, जो रात मैंने उसे दिया था? क्या उसने सचमुच रात को कुछ नहीं खाया?

उसने जाकर समीप से पैसे को देखा, जो मेज़ पर रख दिया गया था। उसका हृदय धक से हो गया। यह वही घिसा हुआ पैसा था।

उस अंधे की दशा, उसके त्याग का स्मरण करके गोदावरी अनुरक्त हो उठी। कांपते हुए स्वर में बोली - 'मुझे आप यह पैसा दे दीजिए, मैं पांच रुपये दूंगी।'

सभापति ने कहा - 'एक बहन इस पैसे के दाम पांच रुपये दे रही हैं।'

दूसरी आवाज आयी - 'दस रुपये।'

तीसरी आवाज आयी - 'बीस रुपये।'

गोदावरी ने इस अंतिम व्यक्ति की ओर देखा। उसके मुख पर आत्माभिमान झलक रहा था, मानो कह रहा हो कि यहां कौन है, जो मेरी बराबरी कर सके! गोदावरी के मन में स्पर्धा का भाव जाग उठा। चाहे कुछ हो जाये, इसके हाथ में यह पैसा न जाये समझता है, इसने बीस रुपये क्या कह दिए, सारे संसार को मोल ले लिया।

गोदावरी ने कहा - 'चालीस रुपये।'

उस पुरुष ने तुरंत कहा - 'पचास रुपये।'

हजारों आंखें गोदावरी की ओर उठ गई, मानो कह रही हों, अब आप ही हमारी लाज रखिए।

गोदावरी ने उस आदमी की ओर देखकर धमकी से मिले हुए स्वर में कहा - 'सौ रुपये।'

धनी आदमी ने भी तुरंत कहा - 'एक सौ बीस रुपये।'

लोगों के चेहरे पर हवाइयां उड़ने लगी। समझ गए, इसी के हाथ विजय रही। निराश आंखों से गोदावरी की ओर ताकने लगे, मगर ज्यों ही गोदावरी के मुंह से निकला डेढ़ सौ, कि चारों तरफ से तालियां पड़ने लगी, मानो किसी दंगल के दर्शक अपने पहलवान की विजय पर मतवाले हो गए हों।

उस आदमी ने फिर कहा - 'पौने दो सौ।'

'दो सौ।'

फिर चारों तरफ से तालियां पड़ी। प्रतिद्वन्द्वी ने अब मैदान से हट जाने ही में अपनी कुशल समझी।

गोदावरी विजय के गर्व पर नम्रता का पर्दा डाले हुए खड़ी थी और हजारों शुभ कामनाएं उस पर फूलों की तरह बरस रही थी।

4

जब लोगों को मालूम हुआ कि यह देवी मिस्टर सेठ की बीवी हैं, तो उन्हें एक ईर्ष्यामिव आनंद के साथ उस पर दया भी आयी।

मिस्टर सेठ अभी फ्लावर शो में ही थे कि एक पुलिस अफसर ने उन्हें यह घातक संवाद सुनाया। मिस्टर सेठ सकते में पड़ गए, मानो सारी देह शून्य पड़ गई हो। फिर दोनों मुट्ठियां बांध ली। दांत पीसे, ओठ चबाये और उसी वक्त घर चले। उनकी मोटर-साइकिल कभी इतनी तेज न चली थी।

घर में कदम रखते ही उन्होंने चिनगारियां-भरी आंखों से देखते हुए कहा - 'क्या तुम मेरे मुंह में कालिख पुतवाना चाहती हो?'

गोदावरी ने शांत भाव से कहा - 'कुछ मुंह से तो कहो या गालियां ही दिए जाओगे? तुम्हारे मुंह में कालिख लगेगी, तो क्या मेरे मुंह में न लगेगी? तुम्हारी जड़ झुकेगी, तो मेरे लिए दूसरा कौन-सा सहारा है?'

मिस्टर सेठ - 'सारे शहर में तूफान मचा हुआ है। तुमने मेरे रुपये लिये क्यों?'

गोदावरी ने उसी शांत भाव से कहा - 'इसलिए कि मैं उसे अपना ही रुपया समझती हूं।'

मिस्टर सेठ दांत किटकिटाकर बोले - 'हरगिज नहीं, तुम्हें मेरा रुपया खर्च करने का कोई हक नहीं है।'

गोदावरी - 'बिलकुल गलत, तुम्हारे रुपये खर्च करने का तुम्हें जितना अख्तियार है उतना ही मुझको भी है। हां, जब तलाक का कानून पास करा लोगे और तलाक दे दोगे, तब न रहेगा।'

मिस्टर सेठ ने अपना हैट इतने जोर से मेज़ पर फेंका कि वह लुढ़कता हुआ जमीन पर गिर पड़ा और बोले, 'मुझे तुम्हारी अक्ल पर अफसोस आता है। जानती हो, तुम्हारी इस उद्दंडता का क्या नतीजा होगा? मुझसे जवाब तलब हो जायेगा। बतलाओ, क्या जवाब दूंगा? जब यह जाहिर है कि कांग्रेस सरकार से दुश्मनी कर रही है तो कांग्रेस की मदद करना सरकार के साथ दुश्मनी करना है।'

'तुमने तो नहीं की कांग्रेस की मदद।'

'तुमने तो की।'

'इसकी सजा मुझे मिलेगी या तुम्हें? अगर मैं चोरी करूं, तो क्या तुम जेल जाओगे?'

'चोरी की बात और है, यह बात और है।'

'तो क्या कांग्रेस की मदद करना चोरी या डाके से भी कहीं बुरा है।'

'हां, सरकारी नौकर के लिए चोरी या डाके से भी कहीं बुरा है।'

'मैंने यह नहीं समझा था।'

'अगर तुमने यह नहीं समझा था, तो तुम्हारी ही बुद्धि का भ्रम था। रोज अखबारों में देखती हो, फिर भी मुझसे पूछती हो। एक कांग्रेस का आदमी प्लेटफार्म पर बोलने खड़ा होता है, तो बीसियों सादे कपड़े वाले पुलिस अफसर उसकी रिपोर्ट लेने बैठे हैं। कांग्रेस के सरगनाओं के पीछे कई-कई मुखबिर लगा दिए जाते हैं, जिनका काम यही है कि उन पर कड़ी निगाह रखें। चोरों के साथ तो इतनी सख्ती कभी नहीं की जाती। इसलिए हजारों चोरियां, डाके और खून रोज होते रहते हैं, किसी का कुछ पता नहीं चलता, न पुलिस इसकी परवाह करती है। अगर पुलिस को जिस मामले में राजनीति की गंध भी आ जाती है, फिर देखो पुलिस की मुस्तैदी। इंस्पेक्टर जनरल से लेकर कांस्टेबल तक एड़ियों तक का जोर लगाते है। सरकार को चोरों से भय नहीं।

चोर सरकार पर चोट नहीं करता। कांग्रेस सरकार के अख्तियार पर हमला करती है, इसलिए सरकार भी अपनी रक्षा के लिए अपने अख्तियार से काम लेती है। यह तो प्रकृति का नियम है।'

मिस्टर सेठ आज दफ्तर चले, तो उनके कदम पीछे रहे जाते थे! न जाने आज वहां क्या हाल हो। रोज की तरह दफ्तर पहुंचकर उन्होंने चपरासियों को डांट नहीं, क्लर्कों पर रोब नहीं जमाया, चुपके से जाकर कुर्सी पर बैठ गए। ऐसा मालूम होता था, कोई तलवार सिर पर लटक रही है। साहब की मोटर की आवाज सुनते ही उनके प्राण सूख गए। रोज वह कमरे में बैठे रहते थे। जब साहब आकर बैठ जाते थे, तब आधा घंटे के बाद फाइलें लेकर पहुंचते थे। आज वह बरामदे में खड़े थे, साहब उतरे तो झुककर उन्होंने सलाम किया। मगर साहब ने मुंह फेर लिया।

लेकिन वह हिम्मत नहीं हारे। आगे बढ़कर पर्दा हटा दिया। साहब कमरे में गए तो सेठ साहब ने पंखा खोल दिया, मगर जान सूखी जाती थी कि देखें, कब सिर पर तलवार गिरती है। साहब ज्यों ही कुर्सी पर बैठे, सेठ ने लपक कर सिगार केस और दियासलाई मेज़ पर रख दी।

एकाएक ऐसा मालूम हुआ, मानो आसमान फट गया हो। साहब गरज रहे थे - 'तुम दगाबाज आदमी है।'

सेठ ने इस तरह साहब की ओर देखा, जैसे उनका मतलब नहीं समझे।

साहब ने फिर गरज कर कहा - 'तुम दगाबाज आदमी है।'

मिस्टर सेठ का खून गर्म हो उठा, बोले - 'मेरा तो ख्याल है कि मुझसे बड़ा राजभक्त इस देश में न होगा।'

साहब - 'तुम नमक-हराम आदमी है।'

मिस्टर सेठ के चेहरे पर सुर्खी आई - 'आप मेरी बेइज्जती कर रहे हैं। ऐसी बातें सुनने की मुझे आदत नहीं है।'

साहब - 'चुप रहो, यू ब्लड़ी। तुमको सरकार पांच सौ रुपये इसलिए नहीं देता कि तुम अपने वाइफ के हाथ से कांग्रेस को चंदा दिलाओ। तुमको इसलिए सरकार रुपया नहीं देता।'

मिस्टर सेठ को अब अपनी सफाई देने का अवसर मिला। बोले - 'मैं आपको विश्वास दिलाता हूं कि मेरी वाइफ ने सरासर मेरी मर्जी के खिलाफ रुपये दिए हैं। मैं तो उस वक्त शो देखने गया था, जहां मिस फ्राक का गुलदस्ता पांच रुपये में लिया। वहां से लौटा, तो मुझे यह खबर मिली।'

साहब - 'ओ तुम हमको बेवकूफ बनाता है?'

यह बात अग्नि-शिखा की भांति ज्यों ही साहब के मस्तिष्क में घुसी, उनके मिज़ाज पर पारा उबाल के दर्जे तक पहुंच गया। किसी हिंदुस्तानी की इतनी मजाल कि उन्हें बेवकूफ बनाए। वह जो हिंदुस्तान के बादशाह हैं, जिनके पास बड़े-बड़े ताल्लुकेदार सलाम करने आते हैं, जिनके नौकरों को बड़े-बड़े रईस नजराना देते है, उन्हीं को कोई बेवकूफ बनाए। उसके लिए वह असह्य था। रूल उठकर दौड़ा।

लेकिन मिस्टर सेठ भी मजबूत आदमी थे। यों वह हर तरह की खुशामद किया करते थे, लेकिन यह अपमान स्वीकार न कर सके। उन्होंने रूल को तो हाथ पर लिया और एक डग आगे बढ़कर ऐसा घूंसा साहब के मुंह पर रसीद किया कि साहब की आंखों के सामने अंधेरा छा गया। वह इस मुष्ठप्रहार के लिए तैयार न थे। उन्हें कई बार इसका अनुभव हो चुका था कि नेटिव बहुत शांत, दब्बू और गमखोर है। विशेषकर साहबों के सामने तो उसकी जबान तक नहीं खुलती। कुर्सी पर बैठकर नाक का खून पोंछने लगा। फिर मिस्टर सेठ से उलझने की उसकी हिम्मत न पड़ी, मगर दिल में सोच रहा था, इसे कैसे नीचा दिखाऊं।

मिस्टर सेठ भी अपने कमरे में आकर इस परिस्थिति पर विचार करने लगे। उन्हें बिलकुल खेद न था बल्कि वह अपने साहस पर प्रसन्न थे। इसकी बदमाशी तो देखो कि मुझ पर रूल चला दिया। जितना दबता था, उतना ही दबाए जाता था। मेम यारों को लिए घूमा करती है, उससे बोलने की हिम्मत नहीं पड़ती। मुझसे शेर बन गया। अब दौड़ेगा कमिश्नर के पास। मुझे बर्खास्त कराए बगैर न छोड़ेगा। यह सब कुछ गोदावरी के कारण हो रहा है। बेइज्जती तो हो ही गई। अब रोटियों को भी मोहताज होना पड़ा। मुझसे तो कोई पूछेगा भी नहीं, बरखास्तगी का परवाना आ जाएगा। अपील कहां होगी। सेक्रेट्री हैं हिंदुस्तानी, मगर अंग्रेजों से भी ज्यादा अंग्रेज। होम मेम्बर भी हिंदुस्तानी है, मगर अंग्रेजों के गुलाम। गोदावरी के चंदे का हाल सुनते ही उन्हें जुड़ी चढ़ आएगी। न्याय की किसी से आशा नहीं, अब यहां से निकल जाने में ही कुशल है।

उन्होंने तुरंत एक इस्तीफा लिखा और साहब के पास भेज दिया। साहब ने उस पर लिख दिया, 'बरखास्त'।

5

दोपहर को जब मिस्टर सेठ मुंह लटकाए हुए घर पहुंचे तो गोदावरी ने पूछा - 'आज जल्दी कैसे आ गए?'

मिस्टर सेठ दहकती हुई आंखों से देखकर बोले - 'जिस बात पर लगी थी, वह हो गई। अब रोओ, सिर पर हाथ रख के।'

गोदावरी - 'बात क्या हुई, कुछ कहो भी तो?'

सेठ - 'बात क्या हुई, उसने आंखें दिखाई, मैंने चांटा जमाया और इस्तीफा देकर चला आया।'

गोदावरी - 'इस्तीफा देने को क्या जल्दी थी?'

सेठ - 'और क्या सिर के बाल नुचवाता तुम्हारा यही हाल है, तो आज नहीं, तो कल अलग होना ही पड़ता।'

गोदावरी - 'खैर, जो हुआ, अच्छा ही हुआ। आज से तुम कांग्रेस में शरीक हो जाओ।

सेठ ने होंठ चबाकर कहा - 'लजाओगी तो नहीं, ऊपर से घाव पर नमक छिड़कती हो।'

गोदावरी - 'लजाऊं क्यों, मैं तो खुश हूं कि तुम्हारी बेड़ियां कट गई।'

सेठ - 'आखिर कुछ सोचा है, काम कैसे चलेगा?'

गोदावरी - 'सब सोच लिया है। मैं चलाकर दिखा दूंगी। हां, मैं जो कुछ कहूं वह तुम किए जाना। आज तक मैं तुम्हारे इशारे पर चलती थी, अब से तुम मेरे इशारे पर चलना। मैं तुमसे किसी बात की शिकायत न करती थी, तुम जो कुछ खिलाते थे, खाती थी, जो कुछ पहनाते थे, पहनती थी। महल में रखते, महल में रहती। झोपड़ी में रखते, झोपड़ी में रहती। उसी तरह तुम भी रहना। जो काम करने को कहूं वह करना। फिर देखूं कैसे काम नहीं चलता? बड़प्पन सूट-बूट और ठाठ-बाट में नहीं है। जिसकी आत्मा पवित्र हो, वहीं ऊंचा है। आज तक तुम मेरे पति थे, आज से मैं तुम्हारी पति हूं।

सेठजी उसकी और स्नेह की आंखें से देखकर हंस पड़े।

***

शराब की दुकान

कांग्रेस-कमेटी में यह सवाल पेश था - शराब और ताड़ी की दुकानों पर कौन धरना देते जाये? कमेटी के पच्चीस मैंबर सिर झुकाए बैठे थे पर किसी के मुंह से बात न निकलती थी। मामला बड़ा नाजुक था। पुलिस के हाथों गिरफ्तार हो जाना तो ज्यादा मुश्किल बात न थी। पुलिस के कर्मचारी अपनी जिम्मेदारियों को समझते हैं। चूंकि अच्छे और बुरे सभी जगह होते हैं, लेकिन पुलिस के अफसर, कुछ लोगों को छोड़कर सभ्यता से इतने खाली नहीं होते कि जाति और देश पर जान देने वालों के साथ दुर्व्यवहार करें लेकिन नशेबाजों में यह जिम्मेदारी कहां? उनमें तो अधिकांश ऐसे लोग होते है, जिन्हें घुड़की-धमकी के सिवा और किसी शक्ति के सामने झुकने की आदत नहीं। मारपीट से नशा हिरन हो सकता है पर शांतवादियों के लिए तो वह दरवाजा बंद है। तब कौन इस ओखली में सिर दे, कौन पियक्कड़ों की गालियां खाए? बहुत सम्भव है कि वे हाथापाई कर बैठें। उनके हाथों पिटना किसे मंजूर हो सकता था? फिर पुलिसवाले भी तमाशा न देखेंगे। उन्हें और भी भड़काते रहेंगे। पुलिस की शह पाकर ये नशे के बंदे जो कुछ न कर डालें, वह थोड़ा! ईंट का जवाब पत्थर से नहीं दे सकते और इस समुदाय पर विनती का कोई असर नहीं।

एक मैंबर ने कहा - 'मेरे विचार में तो इन जातों में पंचायतों को फिर संभालना चाहिए। इधर हमारी लापरवाही से उनकी पंचायतें निर्जीव हो गई हैं। इसके सिवा मुझे तो और कोई उपाय नहीं सूझता।'

सभापति ने कहा - 'हां, एक उपाय है। मैं इसे नोट किए लेता हूं पर धरना देना जरूरी है।'

दूसरे महाशय बोले - 'उनके घरों पर जाकर समझाया जाय, तो अच्छा असर होगा। सभापति ने अपनी चिकनी खोपड़ी सहलाते हुए कहा - 'यह भी अच्छा उपाय है अगर धरने को हम लोग त्याग नहीं सकते।'

फिर सन्नाटा हो गया।

पिछली कतार में एक देवी भी मौन बैठी हुई थी। जब कोई मैंबर बोलता, वह एक नजर उसकी तरफ डालकर फिर सिर झुका लेती थी। यही कांग्रेस की लेडी नेस्टर थी। उनके पति महाशय जी. पी. सक्सेना कांग्रेस के अच्छे काम करने वालों में थे। उनका देहान्त हुए तीन साल हो गए थे। मिसेज सोना ने इधर एक साल से कांग्रेस के कामों में भाग लेना शुरू कर दिया था और कांग्रेस कमेटी ने उन्हें अपना मैंबर चुन लिया था। वह शरीफ घरानों में जाकर स्वदेशी और खद्दर का प्रचार करती थी। जब कभी कांग्रेस के प्लेटफार्म पर बोलने खड़ी होती तो उनका जोश देखकर ऐसा मालूम होता था, आकाश में उड़ जाना चाहती है। कुंदन का-सा रंग लाल हो

जाता था, बड़ी-बड़ी करुण आंखें, जिनमें जल धरा हुआ मालूम होता था, चमकने लगती थी। बड़ी खुशमिज़ाज और इसके साथ बला की निर्भीक स्त्री थी। दबी हुई चिनगारी थी, जो हवा पाकर दहक उठती है। उसके मामूली शब्दों में इतना आकर्षण कहां से आ जाता था, कह नहीं सकते। कमेटी के कई जवाब नेस्टर, जो पहले कांग्रेस में बहुत कम आते थे, अब बिना नागा आने लगे थे। मिसेज सक्सेना कोई भी प्रस्ताव करें, उनका अनुमोदन करने वालों की कमी न थी। उनकी सादगी, उनका उत्साह, उनकी विनय, उनकी मृदु-वाणी कांग्रेस पर उनका सिक्का जमाए देती थी। हर आदमी उनकी खातिर-सम्मान की सीमा तक करता था पर उनकी स्वाभाविक नम्रता उन्हें अपने दैवी साधनों से पूरा-पूरा फायदा न उठाने- देती थी। जब कमरे में आती, लोग खड़े हो जाते थे पर वह पिछली सफ से आगे न बढ़ती थीं।

मिसेज सक्सेना ने प्रधान से पूछा - 'शराब की दुकानों पर औरतें धरना दे सकती हैं?' सबकी आंखें उनकी ओर उठ गई। इस प्रश्न का आशय सब समझ गए।

प्रधान ने कातर स्वर में कहा - 'महात्माजी ने तो यह काम औरतों ही को सुपुर्द करने पर जोर दिया है पर...

मिसेज सक्सेना ने उन्हें अपना वाक्य पूरा न करने दिया। बोली - 'तो मुझे इस काम पर भेज दीजिए।'

लोगों ने कुतूहल की आंखों से मिसेज सक्सेना को देखा। यह सुकुमारी जिसके कोमल अंगों में शायद हवा भी चुभती हो, गंदी गलियों में, ताड़ी और शराब की दुर्गन्ध-भरी दुकानों के सामने जाने और नशे से पागल आदमियों की कलुषित आंखों और बातों का सामना करने को कैसे तैयार हो गयी।

एक महाशय ने अपने समीप के आदमी के कान में कहा - 'बला की निडर औरत है।' उन महाशय ने जले हुए शब्दों में कहा - 'हम लोगों को कांटों में घसीटना चाहती है और कुछ नहीं।' वह बेचारी क्या पिकेटिंग करेंगी। दुकान के सामने खड़ी तक तो हुआ न जायेगा।

प्रधान ने सिर झुकाकर कहा - 'मैं आपके साहस और उत्सर्ग की प्रशंसा करता हूं लेकिन मेरे विचार में अभी इस शहर की दशा ऐसी नहीं है कि देवियां पिकेटिंग कर सकें। आपको खबर नहीं, नशेबाज लोग कितने मुंहफट होते है। विनय तो वे जानते ही नहीं।'

मिसेज सक्सेना ने व्यंग्य-भाव से कहा - 'तो क्या आपका विचार है कि कोई ऐसा जमाना भी आयेगा, जब शराबी लोग विनय और शील के पुतले बन जायेंगे? यह दशा तो हमेशा ही रहेगी। आखिर महात्माजी ने कुछ समझकर ही तो औरतों को यह काम सौंपा है। मैं नहीं कह सकती कि मुझे कहां तक सफलता होगी, पर इस कर्त्तव्य को टालने से काम न चलेगा।' प्रधान ने पशोपेश में पड़कर कहा - 'मैं तो आपको इस काम के लिए घसीटना उचित नहीं समझता, आगे आपको अख्तियार है।'

मिसेज सक्सेना ने जैसे विजय का आलिंगन करते हुए कहा - 'मैं आपके पास फरियाद लेकर न आऊंगी कि मुझे फलां आदमी ने मारा या गाली दी। इतना जानती हूं कि अगर मैं

सफल हो गई, तो ऐसी स्त्रियों की कमी न रहेगी, जो इस काम को सोलहों आने अपने हाथ में न ले लें।'

इस पर एक नौजवान मेम्बर ने कहा - 'मैं सभापति जी से निवेदन करूंगा कि मिसेज सक्सेना को यह काम देकर आप हिंसा का सामना कर रहे हैं। इससे यह कहीं अच्छा है कि आप मुझे यह काम सौंपे।'

मिसेज सक्सेना ने गर्म होकर कहा - 'आपके हाथों हिंसा होने का डर और भी ज्यादा है।'

इस नौजवान मैंबर का नाम था जयराम। एक बार एक कड़ा व्याख्यान देने के लिए जेल हो आए थे, पर उस वक्त उनके सिर गृहस्थी का भार न था। कानून पढ़ते थे। अब उनका विवाह हो गया था, दो-तीन बच्चे भी हो गए थे, दशा बदल गई थी। दिल में वहीं जोश, वहीं तड़प, वही दर्द था, पर अपनी हालत से मजबूर थे।

मिसेज सक्सेना की ओर नम्र आग्रह से देखकर बोले - 'आप मेरी खातिर से इस गंदे काम में हाथ न डालें। मुझे एक सप्ताह का अवसर दीजिए। और इस बीच में कहीं दंगा हो जाय, तो आपको मुझे निकाल देने का अधिकार होगा।'

मिसेज सक्सेना जयराम को खूब जानती थी। उन्हें मालूम था कि यह त्याग और साहस का पुतला है और अब तक परिस्थितियों के कारण पीछे दुबका हुआ था। इसके साथ ही वह यह भी जानती थी कि उसमें वह धैर्य और बर्दाश्त नहीं है, जो पिकेटिंग के लिए लाजिमी है। जेल में उसने दरोगा को अपशब्द कहने पर चांटा लगाया था और उसकी सजा तीन महीने और बढ़ गई थी। बोली - 'आपके सिर गृहस्थी का भार है। मैं घमंड नहीं करती, पर जितने धैर्य से मैं यह काम कर सकती हूं आप नहीं कर सकते।'

जयराम ने उसी आग्रह के साथ कहा - 'आप मेरे पिछले रिकार्ड पर फैसला कर रही है। आप भूल जाती हैं कि आदमी की अवस्था के साथ उसकी उद्दंडता घटती जाती है।'

प्रधान ने कहा - 'मैं चाहता हूं महाशय जयराम इस काम को अपने हाथों में लें। जयराम ने प्रसन्न होकर कहा - 'मैं सच्चे हृदय से आपको धन्यवाद देता हूं।'

मिसेज सक्सेना ने निराश होकर कहा - 'महाशय जयराम, आपने मेरे साथ बड़ा अन्याय किया है और मैं इसे कभी क्षमा नहीं करूंगी। आप लोगों ने इस बात का आज नया परिचय दे दिया कि पुरुषों के अधीन स्त्रियां अपने देश की सेवा भी नहीं कर सकती।'

2

दूसरे दिन, तीसरे पहर जयराम पांच स्वयंसेवकों को लेकर बेगमगंज शराब की दुकान के शराबखाने में पिकेटिंग करने जा पहुंचे। ताड़ी और शराब - दोनों की दुकानें मिली हुई थी। ठेकेदार भी एक ही था। दुकान के सामने, सड़क की पटरी पर, अंदर के आंगन में नशेबाजों की टोलियां विष में अमृत का आनन्द लूट रही थी। कोई वहां अफलातून से कम न था। कहीं वीरता

की डींग थी, कहीं अपने दान-दक्षिणा के पचड़े, कहीं अपने बुद्धि-कौशल का आलाप। अहंकार नशे का मुख्य रूप है।

एक बूढ़ा शराबी कह रहा था.. भैया, जिंदगानी का भरोसा नहीं। हां कोई भरोसा नहीं। मेरी बात मान लो, जिंदगानी का कोई भरोसा नहीं। बस, यहीं खाना-खिलाना याद रह जाएगा। धन-दौलत, जगह-जमीन सब धरी रह जायेगी।

दो ताड़ी वालों में एक-दूसरी बहस छिड़ गई थी -

'हम-तुम रिआया हैं भाई! हमारी मजाल है कि सरकार के सामने सिर उठा सकें।'

'अपने घर में बैठकर बादशाह को गालियां दे लो, लेकिन मैदान में आना कठिन है।'

'कहां की बात भैया, सरकार तो बड़ी चीज है। लाल पगड़ी देखकर तो घर भाग जाते हो।'

छोटा आदमी भर-पेट खाकर बैठता है, तो समझता है, अब बादशाह हम हैं। लेकिन अपनी हैसियत को भूलना न चाहिए।'

'बहुत पक्की बात कहते हो खां साहब! अपनी असलियत पर डटे रहो। जो राजा है, वह राजा है, जो परजा है, वह परजा है। भला, परजा कहीं राजा हो सकता है?'

इतने में जयराम ने आकर कहा - 'राम राम भाइयों, राम राम।'

पांच-छह खद्दरधारी मनुष्यों को देखकर सभी लोग उनकी ओर शंका और कुतूहल से ताकने लगे। दुकानदार ने चुपके से अपने एक नौकर के कान में कुछ कहा और नौकर दुकान से उतरकर चला गया।

जयराम ने झंडे को जमीन पर खड़ा करके कहा - 'भाइयों, महात्मा गांधी का हुक्म है कि आप लोग ताड़ी शराब न पिये। जो रुपये आप यहां उड़ा देते है, वह अगर अपने बाल-बच्चों को खिलाने-पिलाने में खर्च करें, तो कितनी अच्छी बात हो। जरा देर के नशे के लिए आप लोग अपने बाल-बच्चों को भूखा मारते है, गंदे घरों में रहते है, महाजन की गालियां खाते हैं। सोचिए, इस रुपये से आप अपने बाल-बच्चों को कितने आराम से रख सकते हैं।'

एक बूढ़े शराबी ने अपने साथी से कहा - 'भैया, है तो बुरी चीज, घर तबाह करके छोड़ देती है। मुदा इतनी उमर पीते कट गई, तो अब मरते दम क्या छोड़े। उसके साथी ने समर्थन किया - पक्की बात कहते हो चौधरी! अब इतनी उमिर पीते कट गई, तो अब मरते दम क्या छोड़े?'

जयराम ने कहा - 'वाह चौधरी, यही तो उमिर है छेड़ने को। जवानी तो दीवानी होती है, उस वक्त सब कुछ माफ है।'

चौधरी ने तो कोई जवाब न दिया लेकिन उसके साथी ने, जो काला कोट, बड़ी-बड़ी मूंछें वाला आदमी था, सरल आपत्ति के भाव से कहा - 'अगर पीना बुरा है, तो अंग्रेज क्यों पीते हैं?'

जयराम वकील था, उससे बहस करना भिड़ के छत्ते को छेड़ना था। बोला - 'यह तुमने बहुत अच्छा सवाल पूछा भाई। अंग्रेजों के बाप-दादा अभी डेढ़-दो सौ साल पहले लुटेरे थे। हमारे-

तुम्हारे बाप-दादा ऋषि-मुनि थे। लुटेरों की सन्तान पिए, तो पीने दो। उनके पास न कोई धर्म है न नीति लेकिन ऋषियों की सन्तान उनकी नकल क्यों करे? हम और तुम उन महात्माओं की सन्तान है, जिन्होंने दुनिया को सिखाया, जिन्होंने दुनिया को आदमी बनाया। हम अपना धर्म छोड़ बैठे, उसी का फल है कि आज हम गुलाम हैं। लेकिन अब हमने गुलामी की जंजीर को तोड़ने का फैसला कर लिया है और -

एकाएक थानेदार और चार-पांच कांस्टेबल आ खड़े हुए।

थानेदार ने चौधरी से पूछा - 'यह लोग तुमको धमका रहे हैं?'

चौधरी ने खड़े होकर कहा - 'नहीं हुजूर यह तो हमें समझा रहे हैं। कैसे प्रेम से समझा रहे हैं के वाह!

थानेदार ने जयराम से कहा - 'अगर यहां फसाद हो जाये, तो आप जिम्मेदार होंगे?'

जयराम - 'मैं उस वक्त तक जिम्मेदार हूं जब तक आप न रहें।'

'आपका मतलब है कि मैं फसाद करने आया हूं।'

'मैं यह नहीं कहता लेकिन आप आये हैं तो अंग्रेजी साम्राज्य की अतुल शक्ति का परिचय जरूर ही दीजिएगा। जनता में उत्तेजना फैलेगी। तब आप पिल पड़ेंगे और दस-बीस आदमियों को मार गिरायेंगे। यही सब जगह होता है और यहां भी होगा।'

सब-इंस्पेक्टर ने ओठ चबाकर कहा - 'मैं आपसे कहता हूं यहां से चले जाइए, वरना मुझे जाब्ते की कार्रवाई करनी पड़ेगी।'

जयराम ने अविचल भाव से कहा - 'और मैं आपसे कहता हूं कि आप मुझे अपना काम करने दीजिए। मेरे बहुत से भाई यहां जमा हैं और मुझे उनसे बात-चीत करने का उतना ही हक है, जितना आपको।

इस वक्त तक सैकड़ों दर्शक, जमा हो गये थे। दरोगा ने अफसरों से पूछे बगैर और कोई कार्रवाई करना उचित न समझा। अकड़ते हुए दुकान पर गये और कुर्सी पर पांव रखकर बोले - 'ये लोग तो मानने वाले नहीं हैं।'

दुकानदार ने गिड़गिड़ाकर - 'हुजूर मेरी तो बधिया बैठ जायेगी।'

दारोगा - 'दो-चार गुंडे बुलाकर भगा क्यों नहीं देते? मैं कुछ न बोलूंगा। हां, जरा एक बोतल अच्छी-सी भेज देना। कल न जाने क्या भेज दिया, कुछ मजा ही नहीं आया।'

थानेदार चला गया, तो चौधरी ने अपने साथी ने कहा - 'देखा कल, थानेदार कितना बिगड़ रहा था? सरकार चाहती है कि हम लोग खूब शराब पियें और कोई हमें समझाने न पाए। शराब का पैसा भी तो सरकार ही में जाता है।'

कल्लू ने दार्शनिक भाव से कहा - 'हर एक बहाने से पैसा खींचते हैं सब।'

चौधरी - 'अच्छा तो यह लो, आज से अगर पिये तो दोगला!'

यह कहते हुए चौधरी ने बोतल जमीन पर पटक दी। आधी बोतल शराब जमीन पर बहकर सूख गई।

जयराम को शायद जिंदगी में कभी इतनी खुशी न हुई थी। जोर-जोर से तालियां बजाकर उछल पड़े।

उसी वक्त दोनों ताड़ी पीने वालों ने भी 'महात्माजी की जय' पुकारी और अपनी हांडी जमीन पर पटक दी। एक स्वयंसेवक ने लपक कर फूलों की माला ली और चारों आदमियों के गले डाल दी।

3

सड़क की पटरी पर कई नशेबाज बैठे इन चारों आदमियों की तरफ उस दुर्बल भक्ति से ताक रहे थे, जो पुरुषार्थहीन मनुष्यों का लक्षण है। वहां एक भी ऐसा व्यक्ति न था, जो अंग्रेजों को, मांस-मदिरा या ताड़ी को जिंदगी के लिए अनिवार्य समझता हो और उसके बगैर जिंदगी की कल्पना भी न कर सके। सभी लोग नशे को दूषित समझते थे, केवल दुर्बलेन्द्रिय होने के कारण नित्य आकर पी जाते थे। चौधरी जैसे घाघ पियक्कड़ को बोतल पटकते देखकर उनकी आंखें खुल गई।

एक मरियल दाढ़ी वाले आदमी ने आकर चौधरी की पीठ ठोंकी चौधरी ने उसे पीछे ढकेल कर कहा - 'पीठ क्या ठोकते हो जी, जाकर अपनी बोतल पटक दो।'

दाढ़ी वाले ने कहा - 'आज और पी लेने दो चौधरी! अल्लाह जानता है, कल से इधर भूलकर भी न आऊंगा।'

चौधरी - 'जितनी बची हो, उसके पैसे हमसे ले लो। घर जाकर बच्चों को मिठाई खिला देना।' दाढ़ी वाले ने जाकर बोतल पटक दी और बोला - 'लो, तुम भी क्या कहोगे? अब तो हुए खुश!'

चौधरी ने कहा - 'अब तो न पियोगे कभी?'

दाढ़ी वाले ने कहा अगर तुम न पियोगे, तो मैं भी न पीऊंगा। जिस दिन तुमने पी, उसी दिन फिर शुरू कर दी।'

चौधरी की तत्परता ने दुराग्रह की जड़े हिला दी। बाहर अभी पांच-छह आदमी और थे। वे सचेत निर्लज्जता से बैठे हुए अभी तक पीते जाते थे। जयराम ने उनके सामने जाकर कहा - 'भाइयों ने अभी आपके सामने अपनी-अपनी बोतल पटक दी। क्या आप उन लोगों को बाजी जीत ले जाने देंगे?'

एक ठिगने, काले आदमी ने जो किसी अंग्रेज का खानसामा मालूम होता था, लाल-लाल आंखें निकालकर कहा - 'हम पीते हैं, तुमसे मतलब? तुमसे भीख मांगने तो नहीं जाते?'

जयराम ने समझ लिया, अब बाजी मार ली। गुमराह आदमी जब विवाद करने पर उतर आए, तो समझ लो, वह रास्ते पर आएगा। चुप्पा ऐब वह चिकना घड़ा है जिस पर किसी बात का असर नहीं होता।

जयराम ने कहा - 'अगर मैं अपने घर में आग लगाऊं, तो उसे देखकर क्या आप मेरा हाथ न पकड़ लेंगे? मुझे तो इसमें रत्ती-भर सन्देह नहीं है कि आप मेरा हाथ ही न पकड़ लेंगे, बल्कि मुझे वहां से जबरदस्ती खींच ले जायेंगे।'

चौधरी ने खानसामा की तरफ मुग्ध आंखों से देखा, मानो कह रहा है इसका तुम्हारे पास क्या जवाब है? और बोला - 'जमादार, अब इसी बात पर बोतल पटक दो।'

खानसामा ने जैसे काट खाने के लिए दांत तेज कर लिए और बोला - 'बोतल क्यों पटक दूं, पैसे नहीं दिये हैं?'

चौधरी परास्त हो गया। जयराम से बोला - 'इन्हें छोड़िए बाबूजी, यह लोग इस तरह मानने वाले आसामी नहीं हैं। आप इनके सामने जान भी दे दें तो शराब न छोड़ेंगे। हां, पुलिस की एक घुड़की पा जाये तो फिर कभी इधर भूलकर भी न आयें।'

खानसामा ने चौधरी की ओर तिरस्कार के भाव से देखा, जैसे कह रहा हो - क्या तुम समझते हो कि मैं ही मनुष्य हूं, यह सब पशु हैं? फिर बोला - 'तुमसे क्या मतलब है जी, क्यों बीच में कूद पड़ते हो? मैं तो बाबूजी से बात कर रहा हूं। तुम कौन होते हो बीच में बोलने वाले? मैं तुम्हारी तरह नहीं हूं कि बोतल पटककर वाह-वाह कराऊं। कल फिर मुंह में कालिख लगाऊं, और घर पर मंगवाकर पीऊं? जब यहां छोड़ेंगे, तो सच्चे दिल से छोड़ेंगे, फिर कोई लाख रुपये भी दे तो आंख उठाकर न देखें।'

जयराम मुझे आप लोगों से ऐसी ही आशा है।

चौधरी खानसामा की ओर कटाक्ष करके कहा - 'क्या समझते हो, मैं कल फिर पीने आऊंगा?'

खानसामा ने उद्दंडता से कहा - 'हां-हां, कहता हूं तुम आओगे और बदकर आओगे। कहो, पक्के कागज पर लिख दूं?'

चौधरी - 'अच्छा भाई, तुम बड़े धर्मात्मा हो, मैं पापी सही। तुम छोड़ोगे तो जिंदगी-भर के लिए छोड़ोगे, मैं आज छोड़कर कल फिर पीने लगूंगा, यही सही। मेरी एक बात गांठ बांध लो। तुम उस वक्त छोड़ोगे, जब जिन्दगी तुम्हारा साथ छोड़ देगी। इसके पहले तुम नहीं छोड़ सकते।'

खानसामा - 'तुम मेरे दिल का क्या हाल जानते हो?'

चौधरी - 'जानता हूं, तुम्हारे जैसे सैकड़ों आदमी को भुगत चुका हूं।'

खानसामा - 'तो तुमने ऐसे-वैसे बेशर्म को देखा होगा। हयादार आदमियों को न देखा होगा।'

यह कहते हुए उसने जाकर बोतल पटक दी और बोला - 'अब अगर तुम इस दुकान पर देखना, तो मुंह में कालिख लगा देना।'

चारों तरफ तालियां बजने लगी। मर्द ऐसे होते हैं।

ठेकेदार ने दुकान से नीचे उतरकर कहा - 'तुम लोग अपनी-अपनी दुकान पर क्यों नहीं जाते जी? मैं तो किसी की दुकान पर नहीं जाता।'

एक दर्शक ने कहा - 'खड़े हैं, तो तुमसे मतलब? सड़क तुम्हारी नहीं है। तुम गरीबों को लूटे जाओ। किसी के बाल-बच्चे भूखों मरें, तुम्हारा क्या बिगड़ता है। (दूसरे शराबियों से) क्या यारों, अब भी पीते जाओगे। जानते हो यह किसका हुक्म है? अरे, कुछ तो शर्म हो?'

जयराम ने दर्शकों से कहा - 'आप लोग यहां भीड़ न लगायें और न किसी को भला-बुरा कहें।'

मगर दर्शकों का समूह बढ़ता जाता था, अभी तक चार-पांच आदमी बेदम बैठे हुए कुल्हड़-पर-कुल्हड़ चढ़ा रहे थे। एक मनचले आदमी ने जाकर उस बोतल को उठा लिया, जो उसके बीच में रखी हुई थी और उसे पटकना चाहता था कि चारों शराबी उठ खड़े हुए और उसे बचाने की चेष्टा करने लगे कि चारों उसे छोड़कर जयराम की तरफ लपके। दर्शकों ने देखा कि जयराम पर मार पड़ा चाहती है, तो कई आदमी झल्लाकर उन चारों शराबियों पर टूट पड़े। लातें, घूंसे और डंडे चलाने लगे। जयराम को इसका कुछ अवसर न मिलता था कि किसी को समझाए। दोनों हाथ फैलाए उन चारों के वारों से बच रहा था, वह चारों भी आपे से बाहर होकर दर्शकों पर डण्डे चला रहे थे। जयराम दोनों तरफ से मार खाता था। शराबियों के वार भी उस पर पड़ते थे, तमाशाई के वार भी उसी पर पड़ते थे, पर वह उनके बीच से हटता न था। अगर वह इस वक्त अपनी जान बचाकर हट जाता, तो शराबियों की खैरियत न थी। इसका दोष कांग्रेस पर पड़ता। वह कांग्रेस को इस आक्षेप से बचाने के लिए अपने प्राण देने पर तैयार था। मिसेज सक्सेना को अपने ऊपर हंसने का मौका वह न देना चाहता था।

आखिर उसके सिर पर डण्डा इस जोर से पड़ा कि वह सिर पकड़कर बैठ गया। आंखों के सामने तितलियां उड़ने लगी। फिर उसे होश न रहा।

4

जयराम सारी रात बेहोश पड़ा रहा। दूसरे दिन सुबह जब उसे होश आया, तो सारी देह में पीड़ा हो रही थी और कमजोरी इतनी थी कि रह-रहकर जी डूब जाता था। एकाएक सिरहाने की तरफ आंख उठ गई, तो मिसेज सक्सेना बैठी नजर आईं। उन्हें देखते ही स्वयंसेवकों के मना करने पर भी उठ बैठा। दर्द और कमजोरी दोनों जैसे गायब हो गई। एक-एक अंग में स्फूर्ति दौड़ गई।

मिसेज सक्सेना ने उसके सिर पर हाथ रखकर कहा - 'आपको बड़ी चोट आयी। इसका सारा दोष मुझ पर है।'

जयराम ने भक्तिमय कृतज्ञता के भाव से देखकर कहा - 'चोट तो ऐसी ज्यादा न थी, इन लोगों ने बरबस पट्टी-सट्टी बांधकर जख्मी बना दिया।'

मिसेज सक्सेना ने ग्लानि होकर कहा - 'मुझे आपको न जाने देना चाहिए था।' जयराम - 'आपका वहां जाना उचित न था। मैं आपसे अब भी यही अनुरोध करूंगा कि उस तरफ न जाइयेगा।'

मिसेज सक्सेना ने जैसे उन बाधाओं पर हंसकर कहा - 'वाह! मुझे आज से वहां पिकेट करने की आज्ञा मिल गई है।'

'आप मेरी इतनी विनय मान जाइयेगा। शोहदों के लिए आवाज कसना बिलकुल मामूली बात है।'

'मैं आवाजों की परवाह नहीं करती।'

'तो फिर मैं भी आपके साथ चलूंगा।'

'आप इस हालत में?' - मिसेज सक्सेना ने आश्चर्य से कहा।

'मैं बिलकुल अच्छा हूं सच।'

'यह नहीं हो सकता। जब तक डॉक्टर यह न कह देगा कि अब आप वहां जाने के योग्य हैं, आपको न जाने दूंगी। किसी तरह नहीं।'

'तो मैं भी आपको न जाने दूंगा।'

मिसेज सक्सेना ने मृदु-व्यंग्य के साथ कहा - 'आप भी अन्य पुरुषों ही की भांति स्वार्थ के पुतले हैं। सदा यश खुद कमाना चाहते हैं, औरतों को कोई मौका नहीं देना चाहते। कम-से-कम यह तो देख लीजिए कि मैं भी कुछ कर सकती हूं या नहीं।'

जयराम ने व्यथित कंठ से कहा - 'जैसी आपकी इच्छा।'

5

तीसरे पहर मिसेज सक्सेना चार स्वयंसेवकों के साथ बेगमगंज चली। जयराम आंखें बंद किए चारपाई पर पड़ा था। शोर सुनकर चौंका और अपनी स्त्री से पूछा - 'यह कैसा शोर है?'

स्त्री ने खिड़की से झांककर देखा और बोली - 'वह औरत, जो कल आयी थी, झंडा लिये कई आदमियों के साथ जा रही है। इसे शर्म भी नहीं आती।'

जयराम ने उसके चेहरे पर क्षमा की दृष्टि डाली और विचार में डूब गया। फिर वह उठ खड़ा हुआ और बोला - 'मैं भी वहीं जाता हूं।'

स्त्री ने उसका हाथ पकड़कर कहा - 'अभी कल मार खाकर आये हो, आज फिर जाने की सूझी।'

जयराम ने हाथ छुड़ाकर कहा - 'तुम उसे मार कहती हो, मैं उसे उपहार समझाता हूं।' स्त्री ने उसका रास्ता रोक लिया - 'कहती हूं तुम्हारा जी अच्छा नहीं है, मत जाओ। क्यों मेरी जान के गाहक हुए हो? उसकी देह -में हीरे नहीं जड़े हैं जो वहां कोई नोंच लेगा।' जयराम ने मिन्नत करके कहा - 'मेरी तबीयत बिलकुल अच्छी है चम्मू! अगर कुछ कसर है तो वह भी मिट जाएगी। भला सोचो, यह कैसे मुमकिन है कि एक देवी उन शोहदों के बीच में पिकेटिंग करने जाये और मैं बैठा रहूं। मेरा वहां रहना जरूरी है। अगर कोई बात आ पड़ी, तो कम-से-कम मैं लोगों को समझा तो सकूंगा।

चम्मू ने जलकर कहा - 'यह क्यों नहीं कहते कि कोई और चीज खींचे लिए जाती है।' जयराम ने मुस्कराकर उसकी ओर देखा, जैसे कह रहा हो - यह बात तुम्हारे दिल से नहीं, कंठ से निकल रही है और कतरा कर निकल गया। फिर द्वार पर खड़ा होकर बोला - 'शहर में तीन लाख से कुछ ही कम आदमी हैं। कमेटी में भी तीस मेम्बर हैं, मगर सब-के-सब जी चुरा रहे हैं। लोगों को अच्छा बहाना मिल गया कि शराबखानों पर धरना देने के लिए स्त्रियों ही की जरूरत है। आखिर क्यों स्त्रियों ही को इस काम के लिये उपयुक्त समझा जाता है? इसलिए कि मर्दों के सिर भूत सवार हो जाता है और जहां नम्रता से काम लेना चाहिए, वहां लोग उग्रता से काम लेने लगते हैं। वे देवियां क्या इसी योग्य हैं कि शोहदों के फिकरे सुनें और उनकी कुदृष्टि का निशाना बनें? कम-से-कम मैं यह नहीं देख सकता।

वह लंगड़ाता हुआ घर से निकल पड़ा। चम्मू ने फिर उसे रोकने का प्रयास नहीं किया। रास्ते में एक स्वयंसेवक मिल गया। जयराम जे उसे साथ लिया और एक तांगे पर बैठकर चला। शराबखाने से कुछ दूर इधर लेमनेड-बर्फ की दुकान थी। उसने तांगे को छोड़ दिया और वालंटियर को शराबखाने भेजकर खुद उसी दुकान में जा बैठा।

दुकानदार वे लेमनेड का एक गिलास उसे देते हुए कहा - 'बाबूजी, कल वाले चारों बदमाश आज फिर आये हुए हैं। आपने न बचाया होता तो आज शराब या ताड़ी की जगह हल्दी-गुड़ पीते होते।

जयराम ने गिलास लेकर कहा - 'तुम लोग बीच में न कूद पड़ते, तो मैंने उन सबों को ठीक कर लिया होता।'

दुकानदार ने प्रतिवाद किया - 'नहीं बाबूजी, वह सब छंटे हुए गुंडे हैं। मैं तो उन्हें अपनी दुकान के सामने खड़ा भी नहीं होने देता। चारों तीन-तीन साल काट आये हैं।'

अभी बीस मिनट भी न गुजरे होंगे कि एक स्वयंसेवक आकर खड़ा हो गया। जयराम ने शंकित होकर पूछा - 'कहो, वहां क्या हो रहा है?'

स्वयंसेवक ने कुछ ऐसा मुंह बना लिया, जैसे वहां की दशा कहना वह उचित नहीं समझता और बोला - 'कुछ नहीं, देवीजी आदमियों को समझा रही हैं।'

जयराम ने उसकी ओर अतृप्त नेत्रों से देखा, मानो कह रहे हों - 'बस इतना ही! इतना तो मैं जानता ही था।'

स्वयंसेवक ने एक क्षण बाद फिर कहा - 'देवियों का ऐसे शोहदों के सामने जाना अच्छा नहीं।'

जयराम ने अधीर होकर पूछा - 'साफ-साफ क्यों नहीं कहते, क्या बात है?'

स्वयंसेवक डरते-डरते बोला - 'सब-के-सब उनसे दिल्लगी कर रहे हैं। देवियों का यहां आना अच्छा नहीं।'

जयराम ने और कुछ न पूछा। डंडा उठाया और लाल-लाल आंखें निकाले बिजली की तरह कौंध कर शराब खाने के सामने जा पहुंचा और मिसेज सक्सेना का हाथ पकड़कर पीछे हटता हुआ शराबियों से बोला - 'अगर तुम लोगों ने देवियों के साथ जरा भी गुस्ताख़ी की तो तुम्हारे हक में ठीक नहीं होगा। कल मैंने तुम लोगों की जान बचायी थी, आज इसी डंडे से तुम्हारी खोपड़ी तोड़कर रख दूंगा।'

उसके बदले हुए तेवर को देखकर सब-के-सब नशेबाज घबड़ा गए। वे कुछ कहना चाहते थे कि मिसेज सक्सेना ने गम्भीर भाव से पूछा - 'आप यहां क्यों आये! मैंने तो आपसे कहा था, अपनी जगह से न हिलिएगा। मैंने तो आपसे मदद न मांगी थी?'

जयराम ने लज्जित होकर कहा - 'मैं इस नीयत से यहां नहीं आया था। एक जरूरत से इधर आ निकला था। यहां जमाव देखकर आ गया। मेरे ख्याल में आप यहां से चलें। मैं आज कांग्रेस कमेटी में यह सवाल पेश करूंगा कि इस काम के लिए पुरुषों को भेजें।'

मिसेज सक्सेना ने तीखे स्वर में कहा - 'आपके विचार में दुनिया के सारे काम मर्दों के लिए हैं।'

जयराम - 'मेरा यह मतलब न था।'

मिसेज सक्सेना - 'तो आप जाकर आराम से लेटे और मुझे अपना काम करने दें।' जयराम वहीं सिर झुकाए खड़ा रहा।

मिसेज सक्सेना ने पूछा - 'अब आप क्यों खड़े हैं।'

जयराम ने विनीत स्वर में कहा - 'मैं भी यही एक किनारे खड़ा रहूंगा।'

मिसेज सक्सेना ने कठोर स्वर में कहा - 'जी नहीं, आप जायें।'

जयराम धीरे-धीरे लदी हुई गाड़ी की भांति चला और आकर फिर उसी लेमनेड की दुकान पर बैठ गया। उसे जोर की प्यास लगी थी। उसने एक गिलास शर्बत बनवाया और सामने मेज़ पर रखकर विचार में डूब गया मगर आंख और कान उसी तरफ लगे हुए थे।

जब कोई आदमी दुकान पर आता, वह चौंक कर उसकी तरफ ताकने लगता। वहां कोई नयी बात तो नहीं हो गई?

कोई आधा घंटे बाद ही स्वयंसेवक फिर डरा हुआ-सा आकर खड़ा हो गया। जयराम ने उदासीन बनने की चेष्टा करके पूछा - 'वहां क्या हो रहा है जी?'

स्वयंसेवक ने कानों पर हाथ रखकर कहा - 'मैं कुछ नहीं जनता बाबू जी, मुझसे कुछ न पूछिए।'

जयराम ने एक साथ ही नम्र और कठोर होकर पूछा - 'फिर कोई छेड़छाड़ हुई?'

स्वयंसेवक - 'जी नहीं, कोई छेड़छाड़ नहीं हुई। एक आदमी ने देवीजी को धक्का दे दिया, वे गिर पड़ी।'

जयराम निस्पंद बैठा रहा पर उसके अंतराल में भूकंप-सा मचा हुआ था। बोला - 'उसके साथ स्वयंसेवक क्या कर रहे हैं?'

'खड़े हैं, देवीजी उन्हें बोलने ही नहीं देती।'

तो क्या बड़े जोर से धक्का दिया?'

'जी हां, गिर पड़ी। घुटनों में चोट आ गई। वे आदमी साथ पी रहे थे। जब एक बोतल उड़ गई, तो उनमें से एक आदमी दूसरी बोतल लेने चला। देवीजी ने रास्ता रोक लिया। बस, उसने धक्का दे दिया। वही जो काला-काला मोटा-सा आदमी है। कल वाले चारों आदमियों की शरारत है।'

जयराम उन्माद की दशा में वहां से उठा और दौड़ता हुआ शराब खाने के सामने आया। मिसेज सक्सेना सिर पकड़ जमीन पर बैठी हुई थी और वह काला मोटा आदमी दुकान के कठघरे के सामने खड़ा था। पचासों आदमी जमा थे। जयराम ने उसे देखते ही लपक कर उसकी गर्दन पकड़ ली और इतने जोर से दबायी कि उसकी आंखें बाहर निकल आईं। मालूम होता था, उसके हाथ फौलाद हो गए हैं।

सहसा मिसेज सक्सेना ने आकर उसका फौलादी हाथ पकड़ लिया और भवें सिकोड़ कर बोली - 'छोड़ दो इसकी गर्दन! क्या इसकी जान ले लोगे?'

जयराम ने और जोर से उसकी गर्दन दबायी और बोला - 'हां, ले लूंगा। ऐसे दुष्ट की यही सजा है।'

मिसेज सक्सेना ने अधिकार-गर्व से गर्दन उठकर कहा - 'आपको यहां आने का कोई अधिकार नहीं है।'

एक दर्शक ने कहा - 'ऐसा दबाओ बाबूजी, कि साला ठंडा हो जाये इसने देवी जी को ऐसा ढकेला कि बेचारी गिर पड़ी। हमें तो बोलने का हुक्म नहीं है, नहीं तो हाथ-पैर तोड़कर रख देते।'

जयराम ने शराबी की गर्दन छोड़ दी। वह किसी बाज के चंगुल से छूटी हुई चिड़िया की तरह सहमा हुआ खड़ा हो गया। उसे धक्का देते हुए उसने मिसेज सक्सेना से कहा - 'आप यहां से चलती क्यों नहीं? आप जायें, मैं बैठता हूं अगर एक छटांक शराब बिक जाय, तो मेरा कान पकड़ लीजिएगा।'

उसका दम फूलने लगा। आंखों के सामने अंधेरा छा रहा था। वह खड़ा न रह सका। जमीन पर बैठकर रूमाल से माथे का पसीना पोंछने लगा।

मिसेज सक्सेना ने परिहास करके कहा- 'आप कांग्रेस नहीं हैं कि मैं आपका हुक्म मानूं। अगर आप यहां से न जायेंगे तो मैं सत्याग्रह करूंगी।'

फिर एकाएक कठोर होकर बोली - 'जब तक कांग्रेस ने इस काम का भार मुझ पर रखा है, आपको मेरे बीच में बोलने का कोई हक नहीं हैं। आप मेरा अपमान कर रहे हैं। कांग्रेस-कमेटी के सामने आपको इसका जवाब देना होगा।'

जयराम तिलमिला उठा। बिना कोई जवाब दिए लौट पड़ा और वेग से घर की तरफ चला, पर ज्यों-ज्यों आगे बढ़ता था, उसकी गति मंद होती जाती थी। यहां तक कि बाजार के दूसरे सिरे पर आकर वह रुक गया। रस्सी यहां खत्म हो गई। उसके आगे जाना उसके लिए असाध्य हो गया। जिस झटके ने उसे यहां तक भेजा था, उसकी शक्ति अब शेष हो गई थी। उन शब्दों में जो कटुता और चोट थी, उसमें अब उसे सहानुभूति और स्नेह की सुगंध आ रही थी। उसे फिर चिंता हुई, न जाने वहां क्या हो रहा है। कहीं उन बदमाशों ने और दुष्टता न की हो, या पुलिस न आ जाये।

वह बाजार की तरफ मुड़ा लेकिन एक कदम ही चलकर फिर रुक गया। ऐसे पशोपेश में वह कभी न पड़ा था।

सहसा उसे वहीं स्वयंसेवक दौड़ता आता दिखाई दिया। वह बदहवास होकर उससे मिलने के लिए खुद भी उसकी तरफ दौड़ा। बीच में दोनों मिल गए।

जयराम ने हांफते हुए पूछा - 'क्या हुआ ? क्यों जा रहे हो ?'

स्वयंसेवक ने दम लेकर कहा - 'बड़ा गजब हो गया बाबूजी! आपके आने के बाद वह काला शराबी बोतल लेकर दुकान से चला, तो देवीजी दरवाजे पर बैठ गईं। वह बार-बार देवीजी को हटकर निकलना चाहता था पर वह फिर आकर बैठ जाती हैं। धक्कम-धक्के में उनके कुछ कपड़े फट गए हैं और कुछ चोट भी...

अभी बात पूरी न हुई थी कि जयराम शराब खाने की तरफ दौड़ा।

6

जयराम शराबखाना के सामने पहुंचा तो देखा, मिसेज सक्सेना के चारों स्वयंसेवक दुकान के सामने लेटे हुए है और मिसेज सक्सेना एक किनारे सिर झुकाए खड़ी है। जयराम ने डरते-डरते उनके चेहरे पर निगाह डाली। आंचल पर रक्त की बूंदें दिखाई दी। उसे फिर कुछ सुध न रही। खून की वह चिनगारियां जैसे उसके रोम-रोम में समा गई। उसका खून खौलने लगा, मानो उसके सिर पर खून सवार हो गया हो। वह उन चारों शराबियों पर टूट पड़ा और पूरे जोर के साथ लकड़ी चलाने लगा। एक-एक बूंद की जगह वह एक-एक घड़ा खून बहा देना चाहता था। खून उसे कभी इतना प्यारा न था। खून में इतनी उत्तेजना है, इसकी उसे खबर न थी।

वह पूरे जोर से लकड़ी चला रहा था। मिसेज सक्सेना कब आकर उसके सामने खड़ी हो गई, उसे कुछ पता न चला। जब वह जमीन पर गिर पड़ी, तब उसे जैसे होश आ गया हो। उसने लकड़ी फेंक दी और वहीं निश्चल, निस्पंद खड़ा हो गया, मानो उसका रक्तप्रवाह रुक गया है।

चारों स्वयंसेवकों ने दौड़कर मिसेज सक्सेना को पंखा झलना शुरू किया। दुकानदार ठंडा पानी लेकर दौड़ा। एक दर्शक डॉक्टर को बुलाने भागा, पर जयराम वहीं बेजान खड़ा था, जैसे स्वयं अपने तिरस्कार भाव का पुतला बन गया हो। अगर इस वक्त कोई उसके दोनों हाथ काट डालता, कोई उसकी आंखें लाल लोहे से फोड़ देता, तब भी वह चूं न करता।

फिर वहीं सड़क पर बैठकर उसने अपने लज्जित, तिरस्कृत, पराजित मस्तक को भूमि पर पटक दिया और बेहोश हो गया।

उसी वक्त उस काले मोटे शराबी ने बोतल जमीन पर पटक दी और उसके सिर पर ठंडा पानी डालने लगा।

एक शराबी ने लैसंसदार से कहा - 'तुम्हारा रोजगार अन्य लोगों की जान लेकर रहेगा। आज तो अभी दूसरा ही दिन है।'

लैसंसदार ने कहा - 'कल से मेरा इस्तीफा है। अब स्वदेशी कपड़े का रोजगार करूंगा, जिसमें जस भी है और उपकार भी।'

शराबी ने कहा - 'घाटा तो बहुत रहेगा।'

दुकानदार ने किस्मत ठोंक कर कहा - 'घाटा-नफा तो जिंदगी के साथ है।'

***

जुलूस

पूर्ण स्वराज्य का जुलूस निकल रहा था। कुछ युवक, कुछ बूढ़े, कुछ बालक झंडियाँ और झंडे लिये वंदेमातरम् गाते हुए माल के सामने से निकले। दोनों तरफ दर्शकों की दीवारें खड़ी थीं, मानो उन्हें इस लक्ष्य से कोई सरोकार नहीं हैं, मानो यह कोई तमाशा है और उनका काम केवल खड़े-खड़े देखना है।

शंभूनाथ ने दूकान की पटरी पर खड़े होकर अपने पड़ोसी दीनदयाल से कहा-सब के सब काल के मुँह में जा रहे हैं। आगे सवारों का दल मार-मार भगा देगा।

दीनदयाल ने कहा-महात्मा जी भी सठिया गये हैं। जुलूस निकालने से स्वराज्य मिल जाता तो अब तक कब का मिल गया होता। और जुलूस में हैं कौन लोग, देखो-लौंडे, लफंगे, सिरफिरे। शहर का कोई बड़ा आदमी नहीं।

मैकू चट्टियों और स्लीपरों की माला गरदन में लटकाये खड़ा था। इन दोनों सेठों की बातें सुनकर हँसा।

शंभू ने पूछा-क्यों हँसे मैकू ? आज रंग चोखा मालूम होता है।

मैकू-हँसा इस बात पर जो तुमने कही कि कोई बड़ा आदमी जुलूस में नहीं है। बड़े आदमी क्यों जुलूस में आने लगे, उन्हें इस राज में कौन आराम नहीं है ? बँगलों और महलों में रहते हैं, मोटरों पर घूमते हैं, साहबों के साथ दावतें खाते हैं, कौन तकलीफ है ! मर तो हम लोग रहे हैं जिन्हें रोटियों का ठिकाना नहीं। इस बखत कोई टेनिस खेलता होगा, कोई चाय पीता होगा, कोई ग्रामोफोन लिए गाना सुनता होगा, कोई पारिक की सैर करता होगा, यहाँ आये पुलिस के कोड़े खाने के लिए ? तुमने भी भली कही ?

शंभू-तुम यह सब बातें क्या समझोगे मैकू, जिस काम में चार बड़े आदमी अगुआ होते हैं उसकी सरकार पर भी धाक बैठ जाती है। लौंडों-लफंगों का गोल भला हाकिमों की निगाह में क्या जँचेगा ?

मैकू ने ऐसी दृष्टि से देखा, जो कह रही थी-इन बातों के समझने का ठीका कुछ तुम्हीं ने नहीं लिया है और बोला-बड़े आदमी को तो हमी लोग बनाते-बिगाड़ते हैं या कोई और ? कितने ही लोग जिन्हें कोई पूछता भी न था, हमारे ही बनाये बड़े आदमी बन गये और अब मोटरों पर निकलते हैं और हमें नीच समझते हैं। यह लोगों की तकदीर की खूबी है कि जिसकी जरा बढ़ती हुई और उसने हमसे आँखें फेरीं। हमारा बड़ा आदमी तो वही है, जो लँगोटी बाँधे नंगे पाँव घूमता है, जो हमारी दशा को सुधारने के लिए अपनी जान हथेली पर लिये फिरता है। और हमें किसी

बड़े आदमी की परवाह नहीं है। सच पूछो तो इन बड़े आदमियों ने ही हमारी मिट्टी खराब कर रखी है। इन्हें सरकार ने कोई अच्छी-सी जगह दे दी, बस उसका दम भरने लगे।

दीनदयाल-नया दारोगा बड़ा जल्लाद है। चौरास्ते पर पहुँचते ही हंटर लेकर पिल पड़ेगा। फिर देखना, सब कैसे दुम दबाकर भागते हैं। मजा आयेगा।

जुलूस स्वाधीनता के नशे में चूर चौरास्ते पर पहुँचा तो देखा, आगे सवारों और सिपाहियों का एक दस्ता रास्ता रोके खड़ा है।

सहसा दारोगा बीरबल सिंह घोड़ा बढ़ा कर जुलूस के सामने आ गये और बोले-तुम लोगों को आगे जाने का हुक्म नहीं है।

जुलूस के बूढ़े नेता इब्राहिम अली ने आगे बढ़कर कहा-मैं आपको इत्मीनान दिलाता हूँ, किसी किस्म का दंगा-फसाद न होगा। हम दूकानें लूटने या मोटरें तोड़ने नहीं निकले हैं। हमारा मकसद इससे कहीं ऊँचा है।

बीरबल-मुझे यह हुक्म है कि जुलूस यहाँ से आगे न जाने पाये।

इब्राहिम-आप अपने अफसरों से जरा पूछ न लें।

बीरबल-मैं इसकी कोई जरूरत नहीं समझता।

इब्राहिम-तो हम लोग यहीं बैठते हैं। जब आप लोग चले जायँगे तो हम निकल जायँगे।

बीरबल-यहाँ खड़े होने का भी हुक्म नहीं है। तुमको वापस जाना पड़ेगा।

इब्राहिम ने गंभीर भाव से कहा-वापस तो हम न जायेंगे। आपको या किसी को भी, हमें रोकने का कोई हक नहीं। आप अपने सवारों, संगीनों और बंदूकों के जोर से हमें रोकना चाहते हैं, रोक लीजिए, मगर आप हमें लौटा नहीं सकते। न जाने वह दिन कब आयेगा, जब हमारे भाई-बंद ऐसे हुक्मों की तामील करने से साफ इन्कार कर देंगे, जिनकी मंशा महज कौम को गुलामी की जंजीरों में जकड़े रखना है।

बीरबल ग्रेजुएट था। उसका बाप सुपरिंटेंडेंट पुलिस था। उसकी नस-नस में रोब भरा हुआ था। अफसरों की दृष्टि में उसका बड़ा सम्मान था। खासा गोरा चिट्टा, नीली आँखों और भूरे बालों वाला तेजस्वी पुरुष था। शायद जिस वक्त वह कोट पहन कर ऊपर से हैट लगा लेता तो वह भूल जाता था कि मैं भी यहाँ का रहनेवाला हूँ। शायद वह अपने को राज्य करनेवाली जाति का अंग समझने लगता था; मगर इब्राहिम के शब्दों में जो तिरस्कार भरा हुआ था, उसने जरा देर के लिए उसे लज्जित कर दिया। पर मुआमला नाजुक था। जुलूस को रास्ता दे देता है, तो जवाब तलब हो जायेगा; वहीं खड़ा रहने देता है, तो यह सब न जाने कब तक खड़े रहें। इस संकट में पड़ा हुआ था कि उसने डी. एस. पी. को घोड़े पर आते देखा। अब सोच-विचार का समय न था। यही मौका था कारगुजारी दिखाने का। उसने कमर से बेटन निकाल लिया और घोड़े को एड़ लगा कर जुलूस पर चढ़ाने लगा। उसे देखते ही और सवारों ने भी घोड़ों को जुलूस पर चढ़ाना शुरू कर दिया। इब्राहिम दारोगा के घोड़े के सामने खड़ा था। उसके सिर पर एक बेटन ऐसे जोर

से पड़ा कि उसकी आँखें तिलमिला गयीं। खड़ा न रह सका। सिर पकड़ कर बैठ गया। उसी वक्त दारोगा जी के घोड़े ने दोनों पाँव उठाये और जमीन पर बैठा हुआ इब्राहिम उसकी टापों के नीचे आ गया। जुलूस अभी तक शांत खड़ा था। इब्राहिम को गिरते देख कर कई आदमी उसे उठाने के लिए लपके; मगर कोई आगे न बढ़ सका। उधर सवारों के डंडे बड़ी निर्दयता से पड़ रहे थे। लोग हाथों पर डंडों को रोकते थे और अविचलित रूप से खड़े थे। हिंसा के भावों में प्रभावित न हो जाना उसके लिए प्रतिक्षण कठिन होता जाता था। जब आघात और अपमान ही सहना है, तो फिर हम भी इस दीवार को पार करने की क्यों न चेष्टा करें? लोगों को खयाल आया शहर के लाखों आदमियों की निगाहें हमारी तरफ लगी हुई हैं। यहाँ से यह झंडा लेकर हम लौट जायँ, तो फिर किस मुँह से आजादी का नाम लेंगे; मगर प्राण-रक्षा के लिए भागने का किसी को ध्यान भी न आता था। यह पेट के भक्तों, किराये के टट्टुओं का दल न था। यह स्वाधीनता के सच्चे स्वयंसेवकों का, आजादी के दीवानों का संगठित दल था-अपनी जिम्मेदारियों को खूब समझता था। कितने ही के सिरों से खून जारी था, कितने ही के हाथ जख्मी हो गये थे। एक हल्ले में यह लोग सवारों की सफों को चीर सकते थे, मगर पैरों में बेड़ियाँ पड़ी हुई थीं-सिद्धान्त की, धर्म की, आदर्श की।

दस-बारह मिनट तक यों ही डंडों की बौछार होती रही और लोग शांत खड़े रहे।

2

इस मार-धाड़ की खबर एक क्षण में बाजार में जा पहुँची। इब्राहिम घोड़े से कुचल गये, कई आदमी जख्मी हो गये, कई के हाथ टूट गये; मगर न वे लोग पीछे फिरते हैं और न पुलिस उन्हें आगे जाने देती है।

मैकू ने उत्तेजित होकर कहा-अब तो भाई, यहाँ नहीं रहा जाता। मैं भी चलता हूँ।

दीनदयाल ने कहा-हम भी चलते हैं भाई, देखी जायगी।

शम्भू एक मिनट तक मौन खड़ा रहा। एकाएक उसने भी दूकान बढ़ायी और बोला-एक दिन तो मरना ही है, जो कुछ होना है, हो। आखिर वे लोग सभी के लिए तो जान दे रहे हैं। देखते-देखते अधिकांश दूकानें बंद हो गयीं। वह लोग, जो दस मिनट पहले तमाशा देख रहे थे इधर-उधर से दौड़ पड़े और हजारों आदमियों का एक विराट दल घटनास्थल की ओर चला। यह उन्मत्त, हिंसामद से भरे हुए मनुष्यों का समूह था, जिसे सिद्धांत और आदर्श की परवाह न थी। जो मरने के लिए ही नहीं, मारने के लिए भी तैयार थे। कितनों ही के हाथों में लाठियाँ थीं, कितने ही जेबों में पत्थर भरे हुए थे। न कोई किसी से कुछ बोलता था, न पूछता था। बस, सब-के-सब मन में एक दृढ़ संकल्प किये लपके चले जा रहे थे, मानो कोई घटा उमड़ी चली आती हो।

इस दल को दूर से देखते ही सवारों में कुछ हलचल पड़ी। बीरबल सिंह के चेहरे पर हवाइयाँ उड़ने लगीं। डी. एस. पी. ने अपनी मोटर बढ़ायी। शांति और अहिंसा के व्रतधारियों पर डंडे

बरसाना और बात थी, एक उन्मत्त दल से मुकाबला करना दूसरी बात। सवार और सिपाही पीछे खिसक गये।

इब्राहिम की पीठ पर घोड़े ने टाप रख दी। वह अचेत जमीन पर पड़े थे। इन आदमियों का शोरगुल सुन कर आप ही आप उनकी आँखें खुल गयीं। एक युवक को इशारे से बुलाकर कहा-क्यों कैलाश, क्या कुछ लोग शहर से आ रहे हैं?

कैलाश ने उस बढ़ती हुई घटा की ओर देख कर कहा-जी हाँ, हजारों आदमी हैं।

इब्राहिम-तो अब खैरियत नहीं है। झंडा लौटा दो। हमें फौरन लौट चलना चाहिए, नहीं तूफान मच जायगा। हमें अपने भाइयों से लड़ाई नहीं करनी है। फौरन लौट चलो।

यह कहते हुए उन्होंने उठने की चेष्टा की, मगर उठ न सके।

इशारे की देर थी। संगठित सेना की भाँति लोग हुक्म पाते ही पीछे फिर गये। झंडियों के बाँसों, साफों और रूमालों से चटपट एक स्ट्रेचर तैयार हो गया। इब्राहिम को लोगों ने उस पर लिटा दिया और पीछे फिरे। मगर क्या वह परास्त हो गये थे? अगर कुछ लोगों को उन्हें परास्त मानने में ही संतोष हो तो हो, लेकिन वास्तव में उन्होंने एक युगांतकारी विजय प्राप्त की थी। वे जानते थे, हमारा संघर्ष अपने ही भाइयों से है, जिनके हित परिस्थितियों के कारण हमारे हितों से भिन्न हैं। हमें उनसे वैर नहीं करना है। फिर, वह यह भी नहीं चाहते कि शहर में लूट और दंगे का बाजार गर्म हो जाय और हमारे धर्मयुद्ध का अंत लूटी हुई दूकानें, फूटे हुए सिर हों, उनकी विजय का सबसे उज्ज्वल चिह्न यह था कि उन्होंने जनता की सहानुभूति प्राप्त कर ली थी। वही लोग, जो पहले उन पर हँसते थे; उनका धैर्य और साहस देखकर उनकी सहायता के लिए निकल पड़े थे। मनोवृत्ति का यह परिवर्तन ही हमारी असली विजय है। हमें किसी से लड़ाई करने की जरूरत नहीं, हमारा उद्देश्य केवल जनता की सहानुभूति प्राप्त करना है, उसकी मनोवृत्तियों को बदल देना है। जिस दिन हम इस लक्ष्य पर पहुँच जायेंगे, उसी दिन स्वराज्य सूर्य उदय होगा।

3

तीन दिन गुजर गये थे। बीरबल सिंह अपने कमरे में बैठे चाय पी रहे थे। और उनकी पत्नी मिट्ठन बाई शिशु को गोद में लिये सामने खड़ी थीं।

बीरबल सिंह ने कहा-मैं क्या करता उस वक्त। पीछे डी. एस. पी. खड़ा था। अगर उन्हें रास्ता दे देता तो अपनी जान मुसीबत में फँसती।

मिट्ठन बाई ने सिर हिला कर कहा-तुम कम से कम इतना तो कर ही सकते थे कि उन पर डंडे न चलाने देते। तुम्हारा काम आदमियों पर डंडे चलाना है? तुम ज्यादा से ज्यादा उन्हें रोक सकते थे। कल को तुम्हें अपराधियों को बेंत लगाने का काम दिया जाय, तो शायद तुम्हें बड़ा आनंद आयेगा, क्यों? बीरबल सिंह ने खिसिया कर कहा-तुम तो बात नहीं समझती हो !

मिट्ठन बाई-मैं खूब समझती हूँ। डी. एस. पी. पीछे खड़ा था। तुमने सोचा होगा ऐसी कारगुजारी दिखाने का अवसर शायद फिर कभी मिले या न मिले। क्या तुम समझते हो, उस

दल में कोई भला आदमी न था? उसमें कितने आदमी ऐसे थे, जो तुम्हारे जैसों को नौकर रख सकते हैं। विद्या में तो शायद अधिकांश तुमसे बढ़े हुए होंगे। मगर तुम उन पर डंडे चला रहे थे और उन्हें घोड़े से कुचल रहे थे, वाह री जवाँमर्दी !

बीरबल सिंह ने बेहयाई की हँसी के साथ कहा-डी. एस. पी. ने मेरा नाम नोट कर लिया है। सच !

दारोगा जी ने समझा था कि यह सूचना दे कर वह मिट्ठन बाई को खुश कर देंगे। सज्जनता और भलमनसी आदि ऊपर की बातें हैं, दिल से नहीं, जबान से कही जाती हैं। स्वार्थ दिल की गहराइयों में बैठा होता है। वह गम्भीर विचार का विषय है।

मगर मिट्ठन बाई के मुख पर हर्ष की कोई रेखा न नजर आयी, ऊपर की बातें शायद गहराइयों तक पहुँच गयी थीं ! बोलीं-जरूर कर लिया होगा और शायद तुम्हें जल्दी तरक्की भी मिल जाय। मगर बेगुनाहों के खून से हाथ रंग कर तरक्की पायी, तो क्या पायी ! यह तुम्हारी कारगुजारी का इनाम नहीं, तुम्हारे देशद्रोह की कीमत है। तुम्हारी कारगुजारी का इनाम तो तब मिलेगा, जब तुम किसी खूनी को खोज निकालोगे, किसी डूबते हुए आदमी को बचा लोगे।

एकाएक एक सिपाही ने बरामदे में खड़े हो कर कहा-हुजूर, यह लिफाफा लाया हूँ। बीरबल सिंह ने बाहर निकल कर लिफाफा ले लिया और भीतर की सरकारी चिट्ठी निकाल कर पढ़ने लगे। पढ़ कर उसे मेज पर रख दिया।

मिट्ठन ने पूछा-क्या तरक्की का परवाना आ गया?

बीरबल सिंह ने झेंप कर कहा-तुम तो बनाती हो ! आज फिर कोई जुलूस निकलनेवाला है। मुझे उसके साथ रहने का हुक्म हुआ है।

मिट्ठन-फिर तो तुम्हारी चाँदी है, तैयार हो जाओ। आज फिर वैसे ही शिकार मिलेंगे। खूब बढ़-बढ़कर हाथ दिखलाना ! डी. एस. पी. भी जरूर आयेंगे। अबकी तुम इंस्पेक्टर हो जाओगे। सच !

बीरबल सिंह ने माथा सिकोड़ कर कहा-कभी-कभी तुम बे-सिर-पैर की बातें करने लगती हो। मान लो, मैं जाकर चुपचाप खड़ा रहूँ, तो क्या नतीजा होगा। मैं नालायक समझा जाऊँगा और मेरी जगह कोई दूसरा आदमी भेज दिया जायगा। कहीं शुबहा हो गया कि मुझे स्वराज्यवादियों से सहानुभूति है, तो कहीं का न रहूँगा। अगर बर्खास्त भी न हुआ तो लैन की हाजिरी तो हो ही जायगी। आदमी जिस दुनिया में रहता है, उसी का चलन देखकर काम करता है। मैं बुद्धिमान न सही; पर इतना जानता हूँ कि ये लोग देश और जाति का उद्धार करने के लिए ही कोशिश कर रहे हैं। यह भी जानता हूँ कि सरकार इस खयाल को कुचल डालना चाहती है। ऐसा गधा नहीं हूँ कि गुलामी की जिंदगी पर गर्व करूँ; लेकिन परिस्थिति से मजबूर हूँ।

बाजे की आवाज कानों में आयी। बीरबल सिंह ने बाहर जाकर पूछा। मालूम हुआ स्वराज्य वालों का जुलूस आ रहा है। चटपट वर्दी पहनी, साफा बाँधा और जेब में पिस्तौल रखकर बाहर

आये। एक क्षण में घोड़ा तैयार हो गया। कांस्टेबल पहले ही से तैयार बैठे थे। सब लोग डबल मार्च करते हुए जुलूस की तरफ चले।

4

ये लोग डबल मार्च करते हुए कोई पंद्रह मिनट में जुलूस के सामने पहुँच गये। इन लोगों को देखते ही अगणित कंठों से 'वंदेमातरम्' की एक ध्वनि निकली, मानो मेघमंडल में गर्जन का शब्द हुआ हो, फिर सन्नाटा छा गया। उस जुलूस में और इस जुलूस में कितना अंतर था ! वह स्वराज्य के उत्सव का जुलूस था, यह एक शहीद के मातम का। तीन दिन के भीषण ज्वर और वेदना के बाद आज उस जीवन का अंत हो गया, जिसने कभी पद की लालसा नहीं की, कभी अधिकार के सामने सिर नहीं झुकाया। उन्होंने मरते समय वसीयत की थी कि मेरी लाश को गंगा में नहला कर दफन किया जाय और मेरे मजार पर स्वराज्य का झंडा खड़ा किया जाय। उनके मरने का समाचार फैलते ही सारे शहर पर मातम का पर्दा-सा पड़ गया। जो सुनता था, एक बार इस तरह चौंक पड़ता था, जैसे उसे गोली लग गयी हो और तुरंत उनके दर्शनों के लिए भागता था। सारे बाजार बंद हो गये, इक्कों और तांगों का कहीं पता न था जैसे शहर लुट गया हो। देखते-देखते सारा शहर उमड़ पड़ा। जिस वक्त जनाजा उठा, लाख-सवा लाख आदमी साथ थे। कोई आँख ऐसी न थी, जो आँसुओं से लाल न हो।

बीरबल सिंह अपने कांस्टेबलों और सवारों को पाँच-पाँच गज के फासले पर जुलूस के साथ चलने का हुक्म दे कर खुद पीछे चले गये। पिछली सफों में कोई पचास गज तक महिलाएँ थीं। दारोगा ने उनकी तरफ ताका। पहली ही कतार में मिट्ठन बाई नजर आयी। बीरबल को विश्वास न आया। फिर ध्यान से देखा, वही थी। मिट्ठन ने उनकी तरफ एक बार देखा और आँखें फेर लीं, पर उसकी एक चितवन में कुछ ऐसा धिक्कार, कुछ ऐसी लज्जा, कुछ ऐसी व्यथा, कुछ ऐसी घृणा भरी हुई थी कि बीरबल सिंह की देह में सिर से पाँव तक सनसनी-सी दौड़ गयी। वह अपनी दृष्टि में कभी इतने हल्के, इतने दुर्बल, इतने जलील न हुए थे।

सहसा एक युवती ने दारोगा जी की तरफ देख कर कहा-कोतवाल साहब, कहीं हम लोगों पर डंडे न चला दीजिएगा। आपको देखकर भय हो रहा है !

दूसरी बोली-आप ही के कोई भाई तो थे, जिन्होंने उस माल के चौरस्ते पर इस पुरुष पर आघात किये थे।

मिट्ठन ने कहा-आपके कोई भाई न थे, आप खुद थे।

बीसियों ही मुँहों से आवाजें निकलीं-अच्छा, यह वही महाशय हैं? महाशय आपको नमस्कार है। यह आप ही की कृपा का फल है कि आज हम भी आपके डंडे के दर्शन के लिए आ खड़ी हुई हैं !

बीरबल ने मिट्ठन बाई की ओर आँखों का भाला चलाया; पर मुँह से कुछ न बोले। एक तीसरी महिला ने फिर कहा-हम एक जलसा करके आपको जयमाल पहनायेंगे और आपका यशोगान करेंगे।

चौथी ने कहा-आप बिलकुल अँगरेज मालूम होते हैं, जभी इतने गोरे हैं !

एक बुढ़िया ने आँखें चढ़ा कर कहा-मेरी कोख में ऐसा बालक जन्मा होता, तो उसकी गर्दन मरोड़ देती !

एक युवती ने उसका तिरस्कार करके कहा-आप भी खूब कहती हैं, माता जी, कुत्ते तक तो नमक का हक अदा करते हैं, यह तो आदमी हैं !

बुढ़िया ने झल्ला कर कहा-पेट के गुलाम, हाय पेट, हाय पेट !

इस पर कई स्त्रियों ने बुढ़िया को आड़े हाथों ले लिया और वह बेचारी लज्जित हो कर बोली-अरे, मैं कुछ कहती थोड़े ही हूँ। मगर ऐसा आदमी भी क्या, जो स्वार्थ के पीछे अंधा हो जाय।

बीरबल सिंह अब और न सुन सके। घोड़ा बढ़ा कर जुलूस से कई गज पीछे चले गये। मर्द लज्जित करता है, तो हमें क्रोध आता है; स्त्रियाँ लज्जित करती हैं, तो ग्लानि उत्पन्न होती है। बीरबल सिंह की इस वक्त इतनी हिम्मत न थी कि फिर उन महिलाओं के सामने जाते। अपने अफसरों पर क्रोध आया। मुझी को बार-बार क्यों इन कामों पर तैनात किया जाता है? और लोग भी तो हैं, उन्हें क्यों नहीं लाया जाता? क्या मैं ही सबसे गया-बीता हूँ। क्या मैं ही सबसे भावशून्य हूँ।

मिट्ठी इस वक्त मुझे दिल में कितना कायर और नीच समझ रही होगी ! शायद इस वक्त मुझे कोई मार डाले, तो वह जबान भी न खोलेगी। शायद मन में प्रसन्न होगी कि अच्छा हुआ। अभी कोई जा कर साहब से कह दे कि बीरबल सिंह की स्त्री जुलूस में निकली थी, तो कहीं का न रहूँ ! मिट्ठी जानती है, समझती है, फिर भी निकल खड़ी हुई। मुझसे पूछा तक नहीं। कोई फिक्र नहीं है न, जभी ये बातें सूझती हैं, यहाँ सभी बेफिक्र हैं, कालेजों और स्कूलों के लड़के, मजदूर, पेशेवर इन्हें क्या चिंता? मरन तो हम लोगों की है, जिनके बाल-बच्चे हैं और कुल-मर्यादा का ध्यान है। सब की सब मेरी तरफ कैसा घूर रही थीं, मानो खा जायँगी।

जुलूस शहर की मुख्य सड़कों से गुजरता हुआ चला जा रहा था। दोनों ओर छतों पर, छज्जों पर, जँगलों पर, वृक्षों पर दर्शकों की दीवारें-सी खड़ी थीं। बीरबल सिंह को आज उनके चेहरों पर एक नयी स्फूर्ति, एक नया उत्साह, एक नया गर्व झलकता हुआ मालूम होता था। स्फूर्ति थी वृक्षों के चेहरे पर, उत्साह युवकों के और गर्व रमणियों के। यह स्वराज्य के पथ पर चलने का उल्लास था। अब उनको यात्रा का लक्ष्य अज्ञात न था, पथभ्रष्टों की भाँति इधर-उधर भटकना न था, दलितों की भाँति सिर झुका कर रोना न था। स्वाधीनता का सुनहला शिखर सुदूर आकाश में चमक रहा था। ऐसा जान पड़ता था कि लोगों को बीच के नालों और जंगलों की परवाह नहीं है। सब उस सुनहले लक्ष्य पर पहुँचने के लिए उत्सुक हो रहे हैं।

ग्यारह बजते-बजते जुलूस नदी के किनारे जा पहुँचा, जनाजा उतारा गया और लोग शव को गंगा-स्नान कराने के लिए चले। उसके शीतल, शांत, पीले मस्तक पर लाठी की चोट साफ नजर आ रही थी। रक्त जम कर काला हो गया था। सिर के बड़े-बड़े बाल खून जम जाने से किसी चित्रकार की तूलिका की भाँति चिमट गये थे। कई हजार आदमी इस शहीद के अंतिम दर्शनों के लिए मंडल बाँध कर खड़े हो गये। बीरबल सिंह पीछे घोड़े पर सवार खड़े थे। लाठी की चोट उन्हें भी नजर आयी। उनकी आत्मा ने जोर से धिक्कारा। वह शव की ओर न ताक सके। मुँह फेर लिया। जिस मनुष्य के दर्शनों के लिए, जिनके चरणों की रज मस्तक पर लगाने के लिए लाखों आदमी विकल हो रहे हैं उसका मैंने इतना अपमान किया। उनकी आत्मा इस समय स्वीकार कर रही थी कि उस निर्दय प्रहार में कर्त्तव्य के भाव का लेश भी न था-केवल स्वार्थ था, कारगुजारी दिखाने की हवस और अफसरों को खुश करने की लिप्सा थी। हजारों आँखें क्रोध से भरी हुई उनकी ओर देख रही थीं; पर वह सामने ताकने का साहस न कर सकते थे।

एक कांस्टेबल ने आकर प्रशंसा की-हुजूर का हाथ गहरा पड़ा था। अभी तक खोपड़ी खुली हुई है। सबकी आँखें खुल गयीं।

बीरबल ने उपेक्षा की-मैं इसे अपनी जवाँमर्दी नहीं, अपना कमीनापन समझता हूँ।

कांस्टेबल ने फिर खुशामद की-बड़ा सरकश आदमी था हुजूर !

बीरबल ने तीव्र भाव से कहा-चुप रहो ! जानते भी हो, सरकश किसे कहते हैं? सरकश वे कहलाते हैं, जो डाके मारते हैं, चोरी करते हैं, खून करते हैं। उन्हें सरकश नहीं कहते जो देश की भलाई के लिए अपनी जान हथेली पर लिये फिरते हों। हमारी बदनसीबी है कि जिनकी मदद करनी चाहिए उनका विरोध कर रहे हैं। यह घमंड करने और खुश होने की बात नहीं है, शर्म करने और रोने की बात है।

स्नान समाप्त हुआ। जुलूस यहाँ से फिर रवाना हुआ।

5

शव को जब खाक के नीचे सुला कर लोग लौटने लगे तो दो बज रहे थे। मिट्ठन बाई स्त्रियों के साथ-साथ कुछ दूर तक तो आयी, पर क्वीन्सपार्क में आ कर ठिठक गयी। घर जाने की इच्छा न हुई। वह जीर्ण, आहत, रक्तरंजित शव, मानो उसके अंतस्तल में बैठा उसे धिक्कार रहा था। पति से उसका मन इतना विरक्त हो गया था कि अब उसे धिक्कारने की भी उसकी इच्छा न थी। ऐसे स्वार्थी मनुष्य पर भय के सिवा और किसी चीज का असर हो सकता है, इसका उसे विश्वास ही न था।

वह बड़ी देर तक पार्क में घास पर बैठी सोचती रही, पर अपने कर्त्तव्य का कुछ निश्चय न कर सकी। मैके जा सकती थी, किन्तु वहाँ से महीने-दो महीने में फिर इसी घर आना पड़ेगा। नहीं, मैं किसी की आश्रित न बनूँगी। क्या मैं अपने गुजर-बसर को भी नहीं कमा सकती? उसने

स्वयं भाँति-भाँति की कठिनाइयों की कल्पना की; पर आज उसकी आत्मा में न जाने इतना बल कहाँ से आ गया। इन कल्पनाओं को ध्यान में लाना ही उसे अपनी कमजोरी मालूम हुई।

सहसा उसे इब्राहिम अली की वृद्धा विधवा का खयाल आया। उसने सुना था, उनके लड़के-बाले नहीं हैं। बेचारी बैठी रो रही होंगी। कोई तसल्ली देने वाला भी पास न होगा। वह उनके मकान की ओर चली। पता उसने पहले ही अपने साथ की औरतों से पूछ लिया था। वह दिल में सोचती जाती थी-मैं उनसे कैसे मिलूँगी, उनसे क्या कहूँगी, उन्हें किन शब्दों में समझाऊँगी। इन्हीं विचारों में डूबी हुई वह इब्राहिम अली के घर पर पहुँच गयी। मकान एक गली में था, साफ-सुथरा; लेकिन द्वार पर हसरत बरस रही थी। उसने धड़कते हुए हृदय से अंदर कदम रखा। सामने बरामदे में एक खाट पर वह वृद्धा बैठी हुई थी, जिसके पति ने आज स्वाधीनता की वेदी पर अपना बलिदान दिया था। उसके सामने सादे कपड़े पहने एक युवक खड़ा, आँखों में आँसू भरे वृद्धा से बातें कर रहा था। मिट्ठन उस युवक को देख कर चौंक पड़ी-वह बीरबल सिंह थे।

उसने क्रोधमय आश्चर्य से पूछा-तुम यहाँ कैसे आये?

बीरबल सिंह ने कहा-उसी तरह जैसे तुम आयीं। अपने अपराध क्षमा कराने आया हूँ !

मिट्ठन के गोरे मुखड़े पर आज गर्व, उल्लास और प्रेम की जो उज्ज्वल विभूति नजर आयी, वह अकथनीय थी ! ऐसा जान पड़ा, मानो उसके जन्म-जन्मांतर के क्लेश मिट गये हैं, वह चिंता और माया के बंधनों से मुक्त हो गयी है।

***

मैकू

कादिर और मैकू ताड़ी-खाने के सामने पहुंचे तो वहां कांग्रेस के वालंटियर झंडा लिए खड़े नजर आए। दरवाजे के इधर-उधर हजारों दर्शक खड़े थे। शाम का वक्त था। इस वक्त गली में पियक्कड़ों के सिवा और कोई न आता था। भले आदमी इधर से निकलते झिझकते। पियक्कड़ों की छोटी-छोटी टोलियां आती-जाती रहती थी। दो-चार वेश्याएं दुकान के सामने खड़ी नजर आती थीं। आज यह भीड़-भाड़ देखकर मैकू ने कहा - बड़ी भीड़ है बे, कोई दो-तीन सौ आदमी होंगे।

कादिर ने मुस्कराकर कहा - भीड़ देखकर डर गए क्या? यह सब हुर्र हो जाएंगे, एक भी न टिकेगा। यह लोग तमाशा देखने आए हैं, लाठियां खाने नहीं आए हैं।

मैकू- ने सन्देह के स्वर में कहा - मगर पुलिस के सिपाही भी तो बैठे हैं। ठीकेदार ने कहा था, पुलिस न बोलेगी, तेरी नानी क्यों मरी जा रही है। पुलिस वहां बोलती है, जहां चार पैसे मिलते हैं, या जहां कोई औरत का मामला होता है। ऐसी बेफजूल बातों में पुलिस नहीं पड़ती। पुलिस तो और शह दे रही है। ठीकेदार से साल में सैकड़ों रुपये मिलते हैं। पुलिस इस वक्त उसकी मदद न करेगी तो कब करेगी।

मैकू - चलो, आज दस हमारे भी सीधे हुए। मुफ्त में पियेंगे वह अलग, मगर सुनते हैं, कांग्रेस वालों में बड़े-बड़े मालदार लोग शरीक हैं। यह कहीं हम लोगों से कसर निकालें तो बुरा होगा।

कादिर - अबे, कोई कसर-वसर नहीं निकालेगा, तेरी जान क्यों निकल रही है? कांग्रेस वाले किसी पर हाथ नहीं उठाते, चाहे कोई उन्हें मार ही डाले। नहीं तो उस दिन जुलूस में दस-बारह चौकीदारों की मजाल थी कि दस हजार आदमियों को पीटकर रख देते। चार तो ठंडे हो गए थे मगर एक ने हाथ नहीं उठाया। इनके जो महात्मा हैं, वह बड़े भारी फकीर हैं। उनका हुक्म है कि चुपके से मार खा लो, लड़ाई मत करो।

यों बातें करते-करते दोनों ताड़ीखाने के द्वार तक पहुंच गए। एक स्वयंसेवक हाथ जोड़कर सामने आ गया। और बोला - भाई साहब, आपके मजहब में ताड़ी हराम है।

मैकू ने बात का जवाब चांटे से दिया। ऐसा तमाचा मारा कि स्वयंसेवक की आंखों में खून आ गया। ऐसा मालूम होता था, गिरा चाहता है। दूसरे स्वयंसेवक ने दौड़कर उसे संभाला। पांचों उंगलियों का रक्तमय प्रतिबिम्ब झलक रहा था।

मगर वालंटियर तमाचा खाकर भी अपने स्थान पर रहा। मैकू, ने कहा - अब हटता है कि और लेगा?

स्वयंसेवक ने नम्रता से कहा - अगर आपकी यह इच्छा है, तो सिर सामने किए हुए हूं। जितना चाहिए, मार डालिए। मगर अंदर न जाइए।

यह कहता हुआ वह मैकू के सामने बैठ गया।

मैकू ने स्वयंसेवक के चेहरे पर निगाह डाली। उसकी पांचों उंगलियों के निशान झलक रहे थे। मैकू ने इसके पहले अपनी लाठी से टूटे हुए कितने ही सिर देखे थे पर आज की-सी ग्लानि उसे कभी न हुई थी। वह पांचों उंगलियों के निशान किसी पंचशूल की भांति उसके हृदय में चुभ रहे थे।

कादिर चौकीदारों के पास खड़ा सिगरेट पीने लगा। वहीं खड़े-खड़े बोला - अबे, खड़ा क्या है, लगा कसके एक हाथ।

मैकू ने स्वयंसेवक से कहा - तुम उठ जाओ, मुझे अन्दर जाने दो।

आप मेरी छाती पर पांव रखकर चले जा सकते हैं।

मैं कहता हूं उठ जाओ, मैं अंदर ताड़ी न पीऊंगा, एक दूसरा ही काम है।

उसने यह बात कुछ इस दृढ़ता से कही कि स्वयंसेवक ने फिर हाथ जोड़कर कहा - अपना वादा भूल न जाना।

एक चौकीदार बोला लात के आगे भूत भागता है, एक ही तमाचे में ठीक हो गया! कादिर ने कहा - वह तमाचा बच्चा को जन्म-भर याद रहेगा। मैकू के तमाचे सह लेना मामूली काम नहीं है।

चौकीदार आज ऐसा ठोंको इन सबों को कि फिर इधर आने का नाम न लें।

कादिर - खुदा ने चाहा, तो फिर इधर आयेंगे भी नहीं। मगर हैं सब बड़े हिम्मत वाले। जान को हथेली पर लिए फिरते हैं।

2

मैकू भीतर पहुंचा, तो ठीकेदार ने स्वागत किया - आओ मैकू मियां! एक ही तमाचा लगाकर क्यों रह गए? एक तमाचे का भला इन पर क्या असर होगा? बड़े लतखोर हैं सब। क्लिना ही पीछे, असर ही नहीं होता। बस आज सबों के हाथ-पांव तोड़ दो, फिर इधर न आयें।

मैकू - तो क्या और न आएंगे?

ठेकेदार - फिर आते सबों की नानी मरेगी।

मैकू - और जो कहीं इन तमाशा देखने वालो ने मेरे ऊपर डंडे चलाए तो।

ठीकेदार - तो पुलिस उनको मार भगाएगी। एक झड़प में मैदान साफ हो जाएगा। लो अब तक एकाध बोतल पी लो। मैं तो आज मुफ्त की पिला रहा हूं।

मैकू - क्या इन ग्राहकों को भी मुफ्त?

ठीकेदार - क्या करता, कोई आता ही न था। सुना कि मुफ्त की मिलेगी, तो सब हंस पड़े।

मैकू - मैं तो आज न पीऊंगा।

ठीकेदार - क्यों? तुम्हारे लिए तो आज ताड़ी मंगवाई है।

मैकू - यों ही, आज पीने की इच्छा नहीं है। लाओ, कोई लकड़ी निकालो, हाथ से मारते नहीं बनता।

ठीकेदार ने लपककर एक मोटा सोंटा मैकू के हाथ में दे दिया, और डंडे-बाजी का तमाशा देखने के लिए द्वार पर खड़ा हो गया।

मैकू ने एक क्षण डंडे को तौला, तब उछलकर ठीकेदार को ऐसा डंडा रसीद किया कि वहीं दोहरा होकर द्वार में गिर पड़ा। इसके बाद मैकू ने पियक्कड़ों की ओर रुख किया और लगा डंडों की वर्षा करने। न आगे देखता था, न पीछे, बस डंडे चलाए जाता था।

ताड़ीबाजों के नशे हिरन हुए। घबड़ा-घबराकर भागने लगे, पर किवाड़ के बीच में ठेकेदार की देह बिंधी पड़ी थी। उधर से फिर भीतर की ओर लपके। मैकू ने फिर डंडों से आवाहन किया। आखिर सब ठीकेदार की देह को रौंद-रौंदकर भागे। किसी का हाथ टूटा, किसी का सिर फूटा, किसी की कमर टूटी। ऐसी भगदड़ मची कि एक मिनट के अंदर ताड़ीखाने में एक चिड़िया का पूत भी न रह गया।

एकाएक मटको के टूटने की आवाज आयी, स्वयंसेवक ने भीतर झांककर देखा, तो मैकू मटकों को विध्वंस करने में जुटा हुआ था। बोला - भाई साहब, अजी भाई साहब, यह आप क्या गजब कर रहे हैं। इससे तो कहीं अच्छा कि आपने हमारे ही ऊपर अपना गुस्सा उतारा होता।

मैकू ने दो-तीन हाथ चलाकर बाकी बची हुई बोतलें और मटको का सफाया कर दिया और तब चलते-चलते ठीकेदार को एक लात जमाकर बाहर निकल आया।

कादिर ने उसको रोककर पूछा - तू पागल तो नहीं हो गया है बे? क्या करने आया था, और क्या कर रहा है?

मैकू ने लाल-लाल आंखों से उसकी ओर देखकर कहा - हां, अल्लाह का शुक्र है कि मैं जो करने आया था, वह न करके कुछ और ही कर बैठा। तुममें कूबत हो तो वालंटियर को मारो, मुझमें कूबत नहीं है। मैंने तो जो एक थप्पड़ लगाया, उसका रंज अभी तक है और हमेशा रहेगा। तमाचे के निशान मेरे कलेजे पर बन गए हैं। जो लोग दूसरों को गुनाह से बचाने के लिए अपनी जान देने को खड़े है, उन पर वहीं हाथ उठाएगा, जो पाजी है, कमीना है, नामर्द है। मैकू फिसादी है, लठैत गुंडा है, पर कमीना और नामर्द नहीं है। कह दो पुलिस वालों से, चाहें तो मुझे गिरफ्तार कर लें।

कई ताड़ीबाज खड़े सिर सहलाते हुए उसकी ओर सहमी हुई आंखों से ताक रहे थे। कुछ बोलने की हिम्मत न पड़ती थी। मैकू ने उनकी ओर देखकर कहा - मैं फिर कल आऊँगा। अगर तुममें से किसी को यहां देखा तो खून ही पी जाऊंगा। जेल और फांसी से नहीं डरता। तुम्हारी

भलमनसी इसी में है कि अब भूलकर भी इधर न आना। कांग्रेस वाले तुम्हारे दुश्मन नहीं हैं। तुम्हारे और तुम्हारे बाल-बच्चों की भलाई के लिए ही तुम्हें पीने से रोकते हैं। इन पैसों से अपने बाल-बच्चों की परवरिश करो, घी-दूध खाओ। घर में तो फाके हो रहे हैं घरवाली तुम्हारे नाम को रो रही है, और तुम यहां बैठे पी रहे हो? लानत है इस नशेबाजी पर। मैकू ने वहीं डंडा फेंक दिया और कदम बढ़ाता हुआ घर चला। इस वक्त तक हजारों आदमियों का हुजूम हो गया था। सभी श्रद्धा, प्रेम और गर्व से मैकू को देख रहे थे।

***

समर यात्रा

आज सवेरे ही से गांव में हलचल मची हुई थी। कच्ची झोपड़ियां हंसती हुई जान पड़ती थीं। आज सत्याग्रहियों का जत्था गांव में आएगा। कोदई चौधरी के द्वार पर चंदोवा तना हुआ है। आटा, घी, तरकारी, दूध और दही जमा किया जा रहा है। सबके चेहरों पर उमंग है, हौसला है, आनन्द है। वहीं बिंदा अहीर, जो दौरे के हाकिमों के पड़ाव पर पाव-पाव भर दूध के लिए मुंह छिपाता फिरता था, आज दूध और दही के दो मटके अहिराने से बटोर कर रख गया है। कुम्हार, जो घर छोड़कर भाग जाया करता था, मिट्टी के बर्तनों का अटम लगा गया है। गांव के नाई-कहार सब आप-ही-आप दौड़े चले आ रहे हैं। अगर कोई प्राणी दु:खी है, तो वह नोहरी बुढ़िया है। वह अपनी झोपड़ी के द्वार पर बैठी हुई अपनी पचहत्तर साल की बूढ़ी सिकुड़ी हुई आंखों से यह समारोह देख रही है और पछता रही है कि उसके पास क्या है, जिसे लेकर कोदई के द्वार पर जाय और कहे - मैं यह लायी हूं। वह तो दानों को मोहताज है।

मगर नोहरी ने अच्छे दिन भी देखे हैं। एक दिन उसके पास धन, जन सब कुछ था। गांव पर उसी का राज्य था। कोदई को उसने हमेशा नीचे दबाए रखा। वह स्त्री होकर भी पुरुष थी। उसका पति घर में सोता था, वह खेत में सोने जाती थी। मामले-मुकदमें की पैरवी खुद ही करती थी। लेना-देना सब उसी के हाथों में था, लेकिन वह सब कुछ विधाता ने हर लिया न धन रहा, न जन रहे - अब उनके नामों को रोने के लिए वही बाकी थी। आंखों से दिखता न था, कानों से सुनायी न देता था, जगह से हिलना मुश्किल था। किसी तरह जिंदगी के दिन पूरे कर रही थी और उधर कोदई के भाग उदय हो गए थे। अब चारों और कोदई की पूछ थी - पहुंच थी। आज जलसा भी कोदई के द्वार पर हो रहा है। नोहरी को अब कौन पूछेगा। यह सोचकर उसका मनस्वी हृदय मानो किसी पत्थर से कुचल उठा। हाय! अगर भगवान ने उसे इतना अपंग न कर दिया होता, तो आज झोंपड़े को लीपती, द्वार पर बाजे बजवाती, कड़ाह चढ़ा देती, पूरियां बनवाती और जब वह लोग खा चुकते, तो अंजुली-भर रुपये उनकी भेंट कर देती।

उसे वह दिन याद आया, जब वह अपने बूढ़े पति को लेकर यहां से बीस कोस महात्माजी के दर्शन करने गयी थी। वह उत्साह, वह सात्विक प्रेम, वह श्रद्धा, आज उसके हृदय में आकाश के मटियाले मेघों की भांति उमड़ने लगी।

कोदई ने आकर पोपले मुंह से कहा - भाभी, आज महात्माजी का जत्था आ रहा है, तुम्हें भी कुछ देना है?

नोहरी ने चौधरी को कटार-भरी हुई आंखों से देखा। निर्दयी मुझे जलाने आया है। मुझे नीचा दिखाना चाहता है। जैसे आकाश पर चढ़कर बोली - मुझे जो कुछ देना है, वह उन्हीं लोगों को दूंगी। तुम्हें क्यों दिखाऊं?

कोदई ने मुस्कराकर कहा - हम किसी से कहेंगे नहीं, सच कहते हैं भाभी निकालो वह पुरानी हांडी अब किस दिन के लिए रखे हुए हो। किसी ने कुछ नहीं दिया। गांव की लाज कैसे रहेगी?

नोहरी ने कठोर दीनता के भाव से कहा - जले पर नमक न छिड़को, देवरजी! भगवान ने दिया होता, तो तुम्हें कहना न पड़ता। इसी द्वार पर एक दिन साधु-संत जोगी-जती, हाकिम-सूबा, सभी आते थे, मगर सब दिन बराबर नहीं जाते।

कोदई लज्जित हो गया। उसके मुख की झुर्रियां मानो रेंगने लगी। बोला - तुम तो हंसी-हंसी में बिगड़ जाती हो भाभी! मैंने तो इसलिए कहा था कि पीछे तुम यह न कहने लगो - मुझसे तो किसी ने कुछ कहा ही नहीं।

यह कहता हुआ वह चला गया। नोहरी वहीं बैठी उसकी ओर ताकती रही। उसका वह व्यंग्य सर्प की भांति उसके सामने बैठा हुआ मालूम होता था।

2

नोहरी अभी बैठी हुई थी कि शोर मचा - जत्था आ गया। पश्चिम में गर्द उड़ती हुई नजर आ रही थी, मानो पृथ्वी उन यात्रियों के स्वागत में अपने राजरत्नों की वर्षा कर रही हो। गांव के सभी स्त्री-पुरुष अपना सब काम छोड़-छाड़कर उनका अभिवादन करते चले। एक क्षण में तिरंगी पताका हवा में फहराती दिखाई दी, मानों स्वराज्य ऊंचे आसन पर बैठ हुआ सबको आशीर्वाद दे रहा हो।

स्त्रियां मंगल-गान करने लगीं। जरा देर में यात्रियों का दल साफ नजर आने लगा। दो-दो आदमियों की कतारें थी। हर एक की देह पर खद्दर का कुर्ता था, सिर -पर गांधी टोपी, बगल में थैला लटकता हुआ, दोनों हाथ खाली, मानो स्वराज्य का आलिंगन करने को तैयार हों। फिर उनका कंठ-स्वर सुनायी देने लगा। उनके मरदाने गलों से एक कौमी तराना निकल रहा था, गर्म, गहरा, दिलों में स्फूर्ति डालने वाला -

एक दिन वह था कि हम सारे जहां में फर्द थे
एक दिन यह है कि हम-सा बेहया कोई नहीं?
एक दिन वह था कि अपनी शान पर देते थे जान
एक दिन यह है कि हम-सा बेहया कोई नहीं?

गांव वालों ने कई कदम आगे बढ़कर यात्रियों का स्वागत किया। बेचारों के सिरों पर धूल जमी हुई थी, ओठ सूखे हुए, चेहरे कुम्हलाए पर आंखों में जैसे आजादी की ज्योति चमक रही थी।

स्त्रियां गा रही थीं, बालक उछल रहे थे और पुरुष अपने अंगोछे से यात्रियों को हवा कर रहे थे। समारोह में नोहरी की ओर किसी का ध्यान न गया, जो अपनी लाठी पकड़े पीछे सजीव आशीर्वाद बनी खड़ी थी। उसकी आंखें डबडबायी हुई थी, मुख से गौरव की ऐसी झलक आ रही थी, मानो वह कोई रानी है, मानो यह सारा गांव उसका है, ये सभी युवक उसके बालक हैं। अपने मन में उसने ऐसी शक्ति, ऐसे विकास, ऐसे उत्सव का अनुभव कभी न किया था।

सहसा उसने लाठी फेंक दी और भीड़ को चीरती हुई यात्रियों के सामने आ खड़ी हुई, जैसे लाठी के साथ ही उसने बुढ़ापे और दु:ख के बोझ को फेंक दिया हो। वह एक पल अनुरक्त आंखों से आजादी के सैनिकों की ओर ताकती रही मानो उसकी शक्ति को अपने अंदर भर रही हो, तब वह नाचने लगी, इस तरह नाचने लगी, जैसे कोई सुंदरी नवयौवना प्रेम और उल्लास के मद से विह्वल होकर नाचे। लोग दो-दो, चार-चार कदम पीछे हट गये, छोटा-सा आंगन बन गया और उस आंगन में वह बुढ़िया अपना अतीत मूल्य-कौशल दिखाने लगी। इस अलौकिक आनंद के रेले में वह अपना सारा दु:ख और संताप भूल गई। उसके जीर्ण अंगों में जहां सदा वायु का प्रकोप रहता था, वहां न जाने इतनी चपलता, इतनी लचक, इतनी फुरती कहां से आ गई थी। पहले कुछ देर तो लोग मजाक से उसकी ओर ताकते रहे, जैसे बालक बंदर का नाच देखते हैं, फिर अनुराग के इस पावन प्रवाह ने सभी को मतवाला कर दिया। उन्हें ऐसा जान पड़ा कि सारी प्रकृति एक विराट् व्यापक नृत्य की गोद में खेल रही है। कोदई ने कहा - बस करो भाभी, बस करो।

नोहरी ने थिरकते हुए कहा - खड़े क्यों हो, आओ न, जरा देखूं कैसा नाचते हो।

कोदई बोले - अब बुढ़ापे में क्या नाचूं।

नोहरी ने थिरकते हुए कहा - क्या तुम आज भी बूढ़े हो? मेरा बुढ़ापा तो जैसे भाग गया। इन वीरों को देखकर भी तुम्हारी छाती वहीं फूलती? हमारा ही दु:ख-दर्द हरने के लिए तो उन्होंने यह परन ठाना है। इन्हीं हाथों से हाकिमों की बेगार बजाई है, इन्हीं कानों से उनकी गालियां और घुड़कियां सुनी हैं। अब तो उस जोर-जुल्म का नाश होगा - हम और तुम क्या अभी बूढ़े होने जोग थे? हमें पेट की आग ने जलाया है। बोलो ईमान से, यहां कितने आदमी हैं, किसी ने इधर छह महीने से पेट-भर रोटी खायी है, घी किसी को सूंघने को मिला है। कभी नींद भर सोए हो। जिस खेत का लगान तीन रुपये देते थे, अब उसी के नौ-दस देते हो। क्या धरती सोना उगलेगी? काम करते-करते छाती फट गई। हमीं हैं कि इतना सहकर भी जीते हैं। दूसरा होता तो या तो मार डालता या मर जाता। धन्य है महात्मा और उनके चेले कि दोनों का दु:ख समझते हैं, उनके उद्धार का जतन करते हैं। और तो सभी हमें पीसकर हमारा रक्त निकालना चाहते हैं।

यात्रियों के चेहरे चमक उठे, हृदय खुल उठे। प्रेम की डूबी हुई ध्वनि निकली -

एक दिन था कि पारस थी यहां की सरजमीन,
एक दिन यह है कि यों बे-दस्तोपा कोई नहीं?

कोदई के द्वार पर मशालें जल रही थी। कई गांव के आदमी जमा हो गए थे। यात्रियों के भोजन कर लेने के बाद सभा शुरू हुई। दल के नायक ने खड़े होकर कहा -

भाइयों, आपने आज हम लोगों का जो आदर-सत्कार किया, उसमें हमें यह आशा हो रही है कि हमारी बेड़ियां जल्द ही कट जायेंगी। मैंने पूरब और पश्चिम के बहुत से देशों को देखा है और तजुर्बे से कहता हूं कि आपमें जो सरलता, जो ईमानदारी, जो श्रम और धर्म-बुद्धि है, वह संसार के और किसी देश में नहीं। मैं तो यही कहूंगा कि आप मनुष्य नहीं, देवता है। आपको भोग-विलास से मतलब वहीं, नशा-पानी से मतलब नहीं, अपना काम करना और अपनी दशा पर संतोष रखना। वह आपका आदर्श है, लेकिन आपका यही देवत्व, आपका यही सीधापन आपके हक में घातक हो रहा है। बुरा न मानिएगा, आप लोग इस संसार में रहने के योग्य नहीं। आपको तो स्वर्ग में कोई स्थान पाना चाहिए था। खेतों का लगान बरसाती नाले की तरह बढ़ता जाता है, आप चूं नहीं करते। अमले और अहलकार आपको नोचते रहते हैं, आप जबान नहीं हिलाते। इसका यह नतीजा हो रहा है कि आपको लोग दोनों हाथों लूट रहे हैं पर आपको खबर नहीं। आपके हाथों के सभी रोजगार छीनते जाते हैं, आपका सर्वनाश हो रहा है, पर आप आंखें खोलकर नहीं देखते। पहले लाखों भाई सूत कातकर, कपड़े बुनकर गुजर करते थे। अब सारा कपड़ा विदेश से आता है। पहले लाखों आदमी यहीं नमक बनाते थे। अब नमक बाहर से आता है। यहां नमक बनाना जुर्म है। आपके देश में इतना नमक है कि सारे संसार का दो साल तक उससे काम चल सकता है, पर आप सात करोड़ रुपये सिर्फ नमक के लिए देते हैं। आपके ऊसरों में, झीलों में नमक भरा पड़ा है, आप उसे छू नहीं सकते। शायद कुछ दिन में आपके कुओं पर भी महसूल लग जाए। क्या आप अब भी यह अन्याय सहते रहेंगे?

एक आवाज आयी - हम किस लायक हैं?

यही तो आपका भ्रम है। आप ही की गर्दन पर इतना बड़ा राज्य थमा हुआ है। आप ही इन बड़ी-बड़ी फौजों, इन बड़े-बड़े अफसरों के मालिक हैं, अगर फिर भी आप भूखों मरते हैं, अन्याय सहते हैं। इसलिए कि आपको अपनी शक्ति का ज्ञान नहीं है। यह समझ लीजिए कि संसार में जो आदमी अपनी रक्षा नहीं कर सकता, वह सदैव स्वार्थी और अन्यायी आदमियों का शिकार रहेगा। आज संसार का सबसे बड़ा आदमी अपने प्राणों की बाजी खेल रहा है। हजारों जवान अपनी जानें हथेलियों पर लिए आपके दु:खों का अंत करने के लिए तैयार हैं। जो लोग आपको असहाय समझकर दोनों हाथों से आपको लूट रहे हैं, वह कब चाहेंगे कि उनका शिकार उनके मुंह से छिन जाए। वे आपके इन सिपाहियों के साथ जितनी सख्तियां कर सकते है, कर रहे हैं, अगर हम लोग सब कुछ सहने को तैयार हैं। अब सोचिए कि आप हमारी कुछ मदद करेंगे? मर्दों की तरह निकलकर अपने को अन्याय से बचाएंगे या कायरों की तरह बैठे हुए तकदीर को कोसते रहेंगे? ऐसा अवसर फिर शायद कभी न आए। अगर इस वक्त चूके, तो फिर हमेशा हाथ मलते रहोगे। हम न्याय और सत्य के लिए लड़ रहे है इसलिए न्याय और सत्य ही के हथियारों से लड़ना है। हमें ऐसे वीरों की जरूरत है, जो हिंसा और क्रोध को दिल से

निकाल डालें और ईश्वर पर अटल विश्वास रखकर धर्म के लिए सब कुछ झेल सकें। कोई आगे नहीं बढ़ता। सन्नाटा छाया रहता है।

3

एकाएक शोर मचा - पुलिस! पुलिस आ गई!

पुलिस का दरोगा कांस्टेबलों के एक दल के साथ आकर सामने खड़ा हो गया। लोगों ने सहमी हुई आंखों और धड़कते दिलों से उनकी ओर देखा और छिपने के लिए बिल खोलने लगे।

दारोगाजी ने हुक्म दिया - मारकर भगा दो इन बदमाशों को।

कांस्टेबलों ने अपने डंडे संभाले, मगर इसके पहले कि वे किसी पर हाथ चलाएं, सभी लोग फुर हो गए! कोई इधर से भागा, कोई उधर से। भगदड़ मच गई। दस मिनट में वहां गांव का एक आदमी भी न रहा। हां, नायक अपने स्थान पर अब भी खड़ा था और जत्था उसके पीछे बैठा हुआ था, केवल कोदई चौधरी नायक के समीप बैठे हुए स्थिर आंखों से भूमि की ओर ताक रहे थे।

कोदई ने लाल-लाल आंखों से दरोगा की ओर देखा और जहर की तरह गुस्से को पी गए। आज अगर उनके सिर गृहस्थी का बखेड़ा न होता, लेना-देना न होता तो वह भी इसका मुंहतोड़ जवाब देते। जिस गृहस्थी पर उन्होंने अपने जीवन के पचास साल होम कर दिये थे, वह इस समय विषैले सर्प की भांति उनकी आत्मा में लिपटी हुई थी।

कोदई ने अभी कोई जवाब न दिया था कि नोहरी पीछे से आकर बोली - क्या लाल पगड़ी बांधकर तुम्हारी जीभ ऐंठ गई है? कोदई क्या तुम्हारे गुलाम हैं कि कोदहया-कोदइया कर रहे हो? हमारा ही पैसा खाते हो और हमीं को आंखें दिखाते हो? तुम्हें लाज नहीं आती।

नोहरी इस वक्त दोपहरी की धूप की तरह कांप रही थी। दरोगा एक क्षण के लिए सन्नाटे में आ गया। फिर कुछ सोचकर और औरत के मुंह लगना अपनी शान के खिलाफ समझकर कोदई से बोला - यह कौन शैतान की खाला है, कोदई! खुदा का खौफ न होता तो इसकी जबान तालू से खींच लेता।

बुढ़िया लाठी टेककर दरोगा की ओर घूमती हुई बोली - क्यों खुदा की दुहाई देकर खुदा को बदनाम करते हो। तुम्हारे खुदा तो तुम्हारे अफसर हैं, जिनकी तुम जूतियां चाटते हो। तुम्हें तो चाहिए था कि डूब मरते चुल्लू भर पानी में! जानते हो, यह लोग जो यहां आए हैं, कौन हैं? यह वह लोग हैं, जो हम गरीबों के लिए अपनी जान तक होम करने को तैयार हैं। तुम उन्हें बदमाश कहते हो! तुम जो घूस के रुपये खाते हो, जुआ खेलते हो, चोरियां करवाते हो, डाके डलवाते हो, भले आदमियों को फंसाकर मुट्ठियां गरम करते हो और अपने देवताओं की जूतियों पर नाक रगड़ते हो, तुम इन्हें बदमाश कहते हो।

नोहरी की तीक्ष्ण बातें सुनकर बहुत से लोग जो इधर-उधर दुबक गए थे, फिर जमा हो गए। दरोगा ने देखा, भीड़ बढ़ती जाती है तो अपना हंटर लेकर उन पर पिल पड़े। लोग फिर तितर-

बितर हो गए। एक हंटर नोहरी पर भी पड़ा। उसे ऐसा मालूम हुआ कि कोई चिनगारी सारी पीठ पर दौड़ गई। उसकी आंखों तले अंधेरा छा गया, पर अपनी बची हुई शक्ति को एकत्र करके ऊंचे स्वर में बोली - लड़कों, क्यों भागते हो? क्या यहां न्यौता खाने आए थे, या कोई नाच-तमाशा हो रहा था? तुम्हारे इसी लेंड़ीपन ने इन सबों को शेर बना रखा है। कब तक यह मार-धाड़, गाली-गुप्ता सहते रहोगे?

एक सिपाही ने बुढ़िया की गर्दन पकड़कर जोर से धक्का दिया। बुढ़िया दो-तीन कदम पर औंधे मुंह गिरा चाहती थी कि कोदई ने लपक कर उसे संभाल लिया और बोला - क्या एक दुखिया पर गुस्सा दिखाते हो यारों? क्या गुलामी ने तुम्हें नामर्द बना दिया है? औरत पर, बूढ़ों पर, निहत्थों पर वार करते हो, यह मर्दों का काम नहीं है।

नोहरी ने जमीन पर पड़े-पड़े कहा - मर्द होते, तो गुलाम ही क्यों होते! भगवान् आदमी इतना निर्दयी भी हो सकता है? भला, अंग्रेज इस तरह बेदर्दी करे तो एक बात है। उसका राज है। तुम तो उसके चाकर हो, तुम्हें राज तो न मिलेगा, मगर रांड-मांड में ही खुश! इन्हें कोई तलब देता जाय, दूसरों की गर्दन भी काटने में संकोच नहीं।

अब दारोगा ने नायक को डांटना शुरू किया - तुम किसके हुक्म से इस गांव में आए? नायक ने शांत भाव से कहा - खुदा के हुक्म से।

दारोगा - तुम रिआया के अमन में खलल डालते हो?

नायक - अगर उन्हें उनकी हालत बताना उनके अमन में खलल डालना है तो बेशक हम उनके अमन में खलल डाल रहे हैं।

भागने वालों के कदम एक बार फिर रुक गए। कोदई ने उनकी ओर निराश आंखों से देखकर कांपते हुए स्वर में कहा - भाइयों, इस वक्त कई गांवों के आदमी जमा हैं? दरोगा ने हमारी जैसी बेआबरु की है, क्या उसे सहकर तुम आराम की नींद सो सकते हो? इसकी फरियाद कौन सुनेगा? हाकिम लोग क्या हमारी फरियाद सुनेंगे? कभी नहीं। आज अगर हम लोग मार डाले जायें, तो भी कुछ न होगा। यह है हमारी इज्जत और आबरू। थू है इस जिंदगी पर।

समूह स्थिर भाव से खड़ा हो गया, जैसे बहता हुआ पानी मेंड़ से रुक जाये। भय का धुंआ जो लोगों के हृदय पर छा गया था, एकाएक हट गया। उनके चेहरे कठोर हो गये। दरोगा ने उनके तेवर देखे, तो तुरंत घोड़े पर सवार हो गया और कोदई को गिरफ्तार करने का हुक्म दिया। दो सिपाहियों ने बढ़कर कोदई की बांह पकड़ ली। कोदई ने कहा - घबराते क्यों हो, मैं कहीं भागूंगा नहीं। चलो, कहां चलते हो?

ज्यों ही कोदई दोनों सिपाहियों के साथ चला, उसके दोनों जवान बेटे कई आदमियों के साथ सिपाहियों की ओर लपके कि कोदई को उनके हाथों से छीन लें। सभी आदमी आवेश में आकर पुलिस वालों के चारों ओर जमा हो गए।

दरोगा ने कहा - तुम लोग हट जाओ, वरना मैं फायर कर दूंगा।

समूह ने इस धमकी का जवाब 'भारत माता की जय!' दिया और एकाएक दो-दो कदम और आगे खिसक आए।

दरोगा ने देखा, अब जान बचती नहीं नजर आती है। नम्रता से बोला - नायक साहब, यह लोग फसाद पर आमादा है। इसका नतीजा अच्छा नहीं होगा।

नायक ने कहा - नहीं, जब तक हममें एक आदमी भी यहां रहेगा, आपके ऊपर कोई हाथ न उठा सकेगा। आपसे हमारी कोई दुश्मनी नहीं है। हम और आप दोनों एक ही पैरों के तले दबे हुए हैं। यह हमारी बदनसीबी है कि हम आप दो विरोधी दलों में खड़े हैं।

यह कहते हुए नायक ने गांव वालों को समझाया - भाइयों, मैं आपसे कह चुका हूं यह न्याय और धर्म की लड़ाई है और हमें न्याय और धर्म के हथियार से ही लड़ना है। हमें अपने भाइयों से नहीं लड़ना है। हमें तो किसी से भी लड़ना नहीं है। दरोगा ने कोदई चौधरी को गिरफ्तार किया है। मैं इसे चौधरी का सौभाग्य समझता हूं। धन्य हैं वे लोग, जो आजादी की लड़ाई में सजा पाएं। यह बिगड़ने या घबराने की बात नहीं है। आप लोग हट जायें और पुलिस को जाने दें।

दरोगा और सिपाही कोदई को लेकर चले। लोगों ने जय ध्वनि की - 'भारत जाता की जय!'

कोदई ने जवाब दिया - राम-राम भाइयों, राम-राम। डटे रहना मैदान में। घबराने की कोई बात नहीं है। भगवान सबका मालिक है।

दोनों लड़कों के आंखों में आंसू भरे आये, कातर स्वर में बोले - हमें क्या कहे जाते हो दादा।

कोदई वे उन्हें बढ़ावा देते हुए कहा - भगवान का भरोसा मत छोड़ना और वह करना जो मर्दों को करना चाहिए। भय सारी बुराइयों की जड़ है। इसे मन से निकाल डालो, फिर तुम्हारा कोई कुछ नहीं कर सकता। सत्य की कभी हार नहीं होती।

आज पुलिस के सिपाहियों के बीच में कोदई को निर्भयता का जैसा अनुभव हो रहा था, वैसा पहले कभी न हुआ था। जेल और फांसी उसके लिए आज भय की वस्तु नहीं, गौरव की वस्तु हो गयी थी। सत्य का प्रत्यक्ष रूप आज उसने पहली बार देखा, मानो वह कवच की भांति उसकी रक्षा कर रहा हो।

4

गांव वालों के लिए कोदई का पकड़ लिया जाना लज्जाजनक मालूम हो रहा था। उनकी आंखों के सामने उनके चौधरी इस तरह पकड़ लिए गए और वे कुछ न कर सके। अब वे मुंह कैसे दिखाए। हर एक मुख पर गहरी वेदना झलक रही थी, जैसे गांव लुट गया।

सहसा नोहरी ने चिल्लाकर कहा - अब सब जने खड़े क्यों पछता रहे हो! देख ली अपनी दुर्दशा, या अभी कुछ बाकी है। आज तुमने देख लिया न कि हमारे ऊपर कानून से नहीं, लाठी से राज हो रहा है। आज हम इतने बेशरम है कि इतनी दुर्दशा होने पर भी हम कुछ नहीं बोलते।

हम इतने स्वार्थी, इतने कायर न होते, तो उनकी मजाल थी कि हमें कोड़ों से पीटते। जब तक तुम गुलाम बने रहोगे, उनकी सेवा-टहल करते रहोगे, तुम्हें भूसा-चोकर मिलता रहेगा लेकिन जिस दिन तुमने कंधा टेढ़ा किया, उसी दिन मार पड़ने लगेगी। कब तक इस तरह मार खाते रहोगे? कब तक मुर्दों की तरह पड़े गिद्ध से अपने को नोचवाते रहोगे? अब दिखा दो कि तुम भी जीते-जागते हो और तुम्हें भी अपने इज्जत-आबरू का कुछ खयाल है। जब इज्जत ही न रही, तो क्या करोगे खेती-बारी करके, धर्म कमाकर? जीकर ही क्या करोगे? क्या इसलिए जी रहे हो कि तुम्हारे बाल-बच्चे इसी तरह लातें खाए जायें, इसी तरह कुचले जायें? छोड़ो यह कायरता! आखिर एक दिन खाट पर पड़े-पड़े मर जाओगे। क्यों नहीं इस धरम की लड़ाई में आकर वीरों की तरह मरते। मैं तो बूढ़ी औरत हूं लेकिन और कुछ न कर सकूंगी, तो जहां यह लोग सोएंगे, वहां झाड़ू तो लगा दूंगी, इन्हें पंखा तो झलूंगी।

कोदई का बड़ा लड़का मैकू बोला - हमारे जीते-जी तुम जाओगी काकी, हमारे जीवन को धिक्कार है! अभी तो हम तुम्हारे बालक जीते ही हैं। मैं चलता हूं उधर! खेतीबारी गंगा देखेगा।

गंगा उसका छोटा भाई था। बोला - भैया, तुम यह अन्याय करते हो। मेरे रहते तुम नहीं जा सकते। तुम रहोगे, तो गिरस्ती संभालोगे। मुझसे तो कुछ न होगा। मुझे जाने दो। मैकू - इसे काकी पर छोड़ दो। इस तरह हमारी-तुम्हारी लड़ाई होगी। जिसे काकी का हुक्म हो, वह जाये।

नोहरी ने गर्व से मुस्कुराकर कहा - जो मुझे घूस देगा, उस को जिताऊंगी।

मैकू- - क्या तुम्हारी कचहरी में भी वही घूस चलेगी काकी? हमने तो समझा था, यहां ईमान का फैसला होगा।

नोहरी - चलो रहने दो। मरती दाई को राज मिला है तो कुछ कमा लूं।

गंगा हंसता हुआ बोला - मैं तुम्हें घूस दूंगा काकी। अबकी बाजार जाऊंगा, तो तुम्हारे लिए पूर्वी तमाकू का पत्ता लाऊंगा।

नोहरी - तो बस तेरी ही जीत है, तू ही जाना।

मैकू - काकी, तुम न्याय नहीं कर रही हो।

नोहरी - अदालत का फैसला कभी दोनों फरीक ने पसंद किया है कि तुम्हीं करोगे?

गंगा ने नोहरी के चरण हुए, फिर भाई से गले मिला और बोला - कल दादा को कहला भेजना, मैं जाता हूं।

एक आदमी ने कहा - मेरा भी नाम लिख लो भाई - सेवाराम।

सबने जय-घोष किया। सेवाराम आकर नायक के पास खड़ा हो गया।

दूसरी आवाज आयी - मेरा नाम लिख लो - भजन सिंह।

सबने जयघोष किया। भजन सिंह नायक के पास खड़ा हो गया।

भजन सिंह दस-पांच गांवों में पहलवानी के लिए मशहूर था। यह अपनी चौड़ी छाती ताने, सिर उठाये नायक के पास खड़ा हुआ, तो जैसे मंडप के नीचे एक नए जीवन का उदय हो गया।

तुरन्त ही तीसरी आवाज़ आयी - मेरा नाम लिखो - घूरे।

यह गांव का चौकीदार था। लोगों ने सिर उठा-उठाकर उसे देखा। सहसा किसी को विश्वास न आता था कि घूरे अपना नाम लिखवाएगा।

भजन सिंह ने हंसते हुए पूछा - तुम्हें क्या हुआ है घूरे?

घूरे ने कहा - मुझे वही हुआ है, जो तुम्हें हुआ है। बीस साल तक गुलामी करते-करते थक गया।

फिर आवाज आयी - मेरा नाम लिखो - काले खां।

वह जमींदार का सहना था, बड़ा ही जाबिर और दबंग। फिर लोगों को आश्चर्य हुआ। मैकू बोला - मालूम होता है, हमको लूट-लूटकर घर भर लिया है, क्यों?

काले खां गम्भीर स्वर में बोला - क्या जो आदमी भटकता रहे, उसे कभी सीधे रास्ते पर न आने दोगे भाई। अब तक जिसका नमक खाता था, उसका हुक्म बजाता था। तुमको लूट-लूटकर उसका घर भरता था। अब मालूम हुआ कि मैं बड़े भारी मुगालते में पड़ा हुआ था। तुम सब भाइयों को मैंने बहुत सताया है। अब मुझे माफी दो।

पांचों रंगरूट एक दूसरे से लिपटे थे, उछलते थे, चीखते थे, मानो उन्होंने सचमुच पा लिया हो, और वास्तव में उन्हें स्वराज्य मिल गया था। स्वराज्य मिल गया था। स्वराज्य चित्त की वृत्तिमात्र है। ज्यों ही पराधीनता का आतंक दिल से निकल गया, आपको स्वराज्य मिल गया। भय ही पराधीनता है, निर्भयता ही स्वराज्य है। व्यवस्था और अंबार तो गौण हैं।

नायक ने उन सेवकों को सम्बोधित करके कहा - मित्रो, आप आज आजादी के सिपाहियों में आ मिले, इस पर मैं आपको बधाई देता हूं। आपको मालूम है, हम किस तरह लड़ाई करने जा रहे हैं? आपके ऊपर तरह-तरह की सख्तियां की जायेगी, मगर याद रखिए, जिस तरह आज आपने मोह और लोभ का त्याग कर दिया है, उसी तरह हिंसा और क्रोध का भी त्याग कर दीजिए। हम धर्म-संग्राम में जा रहे हैं। हमें धर्म के रास्ते पर जमा रहना होगा। आप इसके लिए तैयार हैं?

पांचों ने एक स्वर में कहा - तैयार हैं।

नायक ने आशीर्वाद दिया - ईश्वर आपकी मदद करे।

5

उस सुहावने-सुनहले प्रभात में जैसे उमंग धुली हुई थी। समीर के हलके-हलके झोंकों में, प्रकाश की हल्की-किरणों में उमंग सनी हुई थी। लोग जैसे दीवाने हो गए थे। मानो आजादी की देवी उन्हें अपनी ओर बुला रही हो। वही खेत-खलिहान, वही बाग-बगीचे, वही स्त्री-पुरुष, पर

आज के प्रभात में जो आशीर्वाद है, जो वरदान है, जो विभूति है, वह और कभी न थी। वही खेत-खलिहान, बाग-बगीचे, स्त्री-पुरुष आज एक नई विभूति में रंग गए।

सूर्य निकलने के पहले ही कई हजार आदमियों का जमाव हो गया। जब सत्याग्रहियों का दल निकला तो लोगों की मस्तानी आवाजों से आकाश गूंज उठा। नए सैनिकों की विदाई, उनकी रमणियों का कातर, धैर्य, माता-पिता का आर्द्र गर्व, सैनिकों के परित्याग का दृश्य लोगों को मस्त किए देता था।

सहसा नोहरी लाठी टेकती हुई आकर खड़ी हो गई।

मैकू ने कहा - काकी, हमें आशीर्वाद दो।

नोहरी - मैं तुम्हारे साथ चलती हूं बेटा - कितना आशीर्वाद लोगे?

कई आदमियों ने एक स्वर से कहा - काकी, तुम चली जाओगी, तो यहां कौन रहेगा? नोहरी ने शुभ-कामना से भरे हुए स्वर से कहा - भैया, जाने के तो अब दिन ही हैं, आज न जाऊंगी, दो-चार महीने बाद जाऊंगी! अभी जाऊं, तो जीवन सफल हो जाएगा। दो-चार महीने में खाट पर पड़े-पड़े जाऊंगी, तो मन की आस मन में ही रह जायेगी। मजे बालक हैं, इनकी सेवा से मेरी मुकुत बन जायेगी। भगवान करे, तुम लोगों के सुदिन आयें और मैं अपनी जिंदगी में तुम्हारा सुख देख लूं।

यह कहते हुए नोहरी ने सबको आशीर्वाद दिया और नायक के पास जाकर खड़ी हो गई। लोग खड़े देख रहे थे और जत्था गाता हुआ चला जाता था।

एक दिन वह था कि हम सारे जहां में फर्द थे,
एक दिन यह है कि हम-सा बेहया कोई नहीं?

नोहरी के पांव जमीन पर न पड़ते थे, मानो विमान पर बैठी हुई स्वर्ग जा रही हो।

***

शांति

जब मैं ससुराल आयी, तो बिलकुल फूहड़ थी। न पहनने-ओढ़ने का सलीका, न बातचीत करने का ढंग। सिर उठाकर किसी से बातचीत न कर सकती थी। आंखें अपने-आप झपक जाती थीं। किसी के सामने जाते शर्म आती, स्त्रियों तक के सामने बिना घूंघट के झिझक होती थी। मैं कुछ हिन्दी पढ़ी हुई थी, पर उपन्यास, नाटक आदि के पढ़ने में आनंद न आता था। फुरसत मिलने पर रामायण पढ़ती। उसमें मेरा मन बहुत लगता था। मैं उसे मनुष्य-कृत नहीं समझती थी। मुझे पूरा-पूरा विश्वास था कि उसे किसी देवता ने स्वयं रचा होगा। मैं मनुष्यों को इतना बुद्धिमान और सहृदय नहीं समझती थी। मैं दिन भर घर का कोई-न-कोई काम करती रहती। और कोई काम न रहता, तो चरखे पर सूत कातती। अपनी बूढ़ी सास से थर-थर कांपती थी। एक दिन दाल में नमक अधिक हो गया। सासजी ने भोजन के समय सिर्फ इतना ही कहा - 'नमक जरा अंदाज से डाला करो।' इतना सुनते ही हृदय कांपने लगा। मानो इससे अधिक कोई वेदना नहीं पहुंचायी जा सकती थी।

लेकिन मेरा यह फूहड़पन मेरे बाबूजी (पतिदेव) को पसंद न आता था। वह वकील थे। उन्होंने शिक्षा की ऊंची-से-ऊंची डिग्रियां पायी थीं। वह मुझ पर प्रेम अवश्य करते थे, पर उस - प्रेम में दया की मात्रा अधिक होती थी। स्त्रियों के रहन-सहज और शिक्षा के संबंध में उनके विचार बहुत ही उदार थे। वह मुझे उन विचारों से बहुत नीचे देखकर कदाचित् मन-ही-मन खिन्न होते थे, परन्तु उसमें मेरा कोई अपराध न देखकर हमारे रस्म-रिवाज पर झुंझलाते थे। उन्हें मेरे साथ बैठकर बातचीत करने में जरा आनंद न आता सोने आते, तो कोई-न-कोई अंग्रेजी पुस्तक साथ लाते, और नींद न आने तक पढ़ा करते। जो कभी मैं पूछ बैठती कि क्या पढ़ते हो, तो मेरी ओर करुणा दृष्टि से देखकर उत्तर देते - तुम्हें क्या बताऊं, यह आस्कर वाइल्ड की सर्वश्रेष्ठ रचना है। मैं अपनी योग्यता पर बहुत लज्जित थी। अपने को धिक्कारती, मैं ऐसे विद्वान् पुरुष के योग्य नहीं हूं। मुझे तो किसी उजड्ड के घर पड़ना था। बाबूजी मुझे निरादर की दृष्टि से नहीं देखते थे, यही मेरे लिए सौभाग्य की बात थी।

एक दिन संध्या समय मैं रामायण पढ़ रही थी। भरत जी रामचन्द्रजी की खोज में निकले थे। उनका करुण विलाप पढ़कर मेरा हृदय गदगद हो रहा था। नेत्रों से अश्रुधारा बह रही थी। हृदय उमड़ आता था। सहसा बाबूजी कमरे में आए। मैंने पुस्तक तुरन्त बंद कर दी। उनके सामने मैं अपने फूहड़पन को भरसक प्रकट न होने देती थी। लेकिन उन्होंने पुस्तक देख ली, और पूछा - रामायण है न?

मैंने अपराधियों की भांति सिर झुकाकर कहा - हां, जरा देख रही थी।

बाबूजी - इसमें शक नहीं कि पुस्तक बहुत ही अच्छी, भावों से भरी हुई है, लेकिन इसमें मानव-चरित्र वैसी खूबी से नहीं दिखाया गया, जैसा अंग्रेज या फ्रांसीसी लेखक दिखलाते हैं। तुम्हारी समझ में तो न आयेगा, लेकिन कहने में क्या हर्ज है, यूरोप में आजकल 'स्वाभाविकता' (Realism) का जमाना है। वे लोग मनोभावों के उत्थान और पतन का ऐसा वास्तविक वर्णन करते हैं कि पढ़कर आश्चर्य होता है। हमारे यहां कवियों को पग-पग पर धर्म तथा नीति का ध्यान रखना पड़ता है, इसलिए कभी-कभी उनके भावों में अस्वाभाविकता आ जाती है, और यही त्रुटि तुलसीदास में भी है।

मेरी समझ में उस समय कुछ भी न आया। बोली - मेरे लिए तो यही बहुत है, अंग्रेजी पुस्तकें कैसे समझूं।

बाबूजी - कोई कठिन बात नहीं। एक घंटे भी रोज पढ़ो, तो थोड़े ही समय में काफी योग्यता प्राप्त कर सकती हो, पर तुमने तो मानों मेरी बातें न मानने की सौगन्ध ही खा ली है। कितना समझाया कि मुझसे शर्म करने की आवश्यकता नहीं, पर तुम्हारे ऊपर कुछ असर न पड़ा। कितना कहता हूं कि जरा सफाई से रहा करो, परमात्मा सुन्दरता देता है तो चाहता है कि उसका श्रृंगार भी होता रहे, लेकिन जान पड़ता है, तुम्हारी दृष्टि में उसका कुछ मूल्य नहीं! या शायद तुम समझती हो कि मेरे जैसे कुरूप मनुष्य के लिए तुम चाहो जैसी रहो, आवश्यकता से अधिक अच्छी हो। यह अत्याचार मेरे ऊपर है। तुम मुझे ठोक-पीटकर वैराग्य सिखाना चाहती हो। जब मैं दिन-रात मेहनत करके कमाता हूं तो स्वभावत: मेरी यह इच्छा होती है कि द्रव्य का सबसे उत्तम व्यय हो। परन्तु फूहड़पन और पुराने विचार मेरे सारे परिश्रम पर पानी फेर देते हैं। स्त्रियां केवल भोजन बनाने, बच्चे पालने, पति की सेवा करने और एकादशी व्रत रखने के लिए नहीं है। उनके जीवन का लक्ष्य इससे बहुत ऊंचा है। वे मनुष्यों के समस्त सामाजिक और मानसिक विषयों में समान रूप से भाग लेने की अधिकारिणी है। उन्हें भी मनुष्यों की भांति स्वतन्त्र रहने का अधिकार प्राप्त है। मुझे तुम्हारी यह बंदी-दशा देखकर बड़ा कष्ट होता है। स्त्री-पुरूष की अर्धांगिनी मानी गई है, लेकिन तुम मेरी मानसिक या सामाजिक, किसी आवश्यकता को पूरा नहीं कर सकती। मेरा और तुम्हारा धर्म अलग, आचार-विचार अलग, आमोद-प्रमोद के विषय अलग। जीवन के किसी कार्य में मुझे तुमसे किसी प्रकार की सहायता नहीं मिल सकती। तुम स्वयं विचार सकती हो कि ऐसी दशा में मेरी जिन्दगी कैसी बुरी तरह कट रही है।

बाबूजी का कहना बिलकुल यथार्थ था। मैं उनके गले में एक जंजीर की भांति पड़ी हुई थी। उस दिन से मैंने उन्हीं के कहे अनुसार चलने की दृढ़ प्रतिज्ञा कर ली, अपने देवता को किस भांति अप्रसन्न करती।

2

यह तो कैसे कहूं कि - मुझे पहनने-ओढ़ने से प्रेम न था। था, और उतना ही था, जितना दूसरी स्त्रियों को होता है। जब बालक और वृद्ध तक श्रृंगार पसंद करते हैं, तो मैं युवती ठहरी। मन भीतर-ही-भीतर मचलकर रह जाता था। मेरे मायके में मोटा खाने और मोटा पहनने की चाल

थी। मेरी मां और दादी हाथों से सूत काततती थी, और जुलाहे से उसी सूत के कपड़े बनवा लिए जाते थे, बाहर से बहुत कम कपड़े आते थे। मैं जरा महीन कपड़ा पहनना चाहती या श्रृंगार में रुचि दिखाती, तो अम्मा फौरन टोकती और समझाती कि बहुत बनाव-संवार भले घर की लड़कियों को शोभा नहीं देता। ऐसी आदत अच्छी नहीं। यदि कभी वह मुझे दर्पण के सामने देख लेती, तो झिड़कने लगती, परन्तु अब बाबूजी की जिद से मेरी यह झिझक जाती रही। मेरी सास और ननद मेरे बनाव-श्रृंगार पर नाक-भों सिकोड़ती, पर मुझे अब उनकी परवाह न थी। बाबूजी की प्रेम-परिपूर्ण दृष्टि के लिए मैं झिड़कियां भी सह सकती थी। अब उनके और मेरे विचारों में समानता आती जाती थी। वह अधिक प्रसन्नचित जान पड़ते थे। वह मेरे लिए फैशनेबुल साड़ियां, सुन्दर जाकेट, चमकते हुए जूते और कामदार स्लीपर लाया करते। मैं इन वस्तुओं को धारण कर किसी के सामने न निकलती, ये वस्त्र केवल बाबूजी के ही सामने पहनने के लिए रखे थे। मुझे इस प्रकार बनी-ठनी देखकर उन्हें बड़ी प्रसन्नता होती थी। स्त्री अपने पति की प्रसन्नता के लिए क्या नहीं कर सकती? अब घर के काम-काज से मेरा अधिक समय बनाव-शृंगार तथा पुस्तकावलोकन में ही बीतने लगा। पुस्तकों से मुझे प्रेम होने लगा था। यद्यपि अभी तक मैं अपने सास-ससुर का लिहाज करती थी, उनके सामने बूट और गाउन पहनकर निकलने का मुझे साहस न होता था, पर मुझे उनकी शिक्षापूर्ण बातें न भाती थीं। मैं सोचती, जब मेरा पति सैकड़ों रुपये महीने कमाता है तो घर में चेरी बनकर क्यों रहूं? यों अपनी इच्छा से चाहे जितना काम करूं, पर वे लोग मुझे आज्ञा देने वाले कौन होते हैं? मुझमें आत्माभिमान की मात्रा बढ़ने लगी। यदि अम्मा मुझे कोई काम करने को कहती तो मैं अदबदाकर टाल जाती। एक दिन उन्होंने कहा, सवेरे के जलपान के लिए कुछ दालमोट बना लो। मैं बात अनसुनी कर गई। अम्मा ने कुछ देर तक मेरी राह देखी, पर जब मैं अपने कमरे से न निकली, तो उन्हें तो गुस्सा हो आया। वह बड़ी ही चिड़चिड़ी प्रकृति की थी। तनिक-सी बात पर तुनक जाती थीं। उन्हें अपनी प्रतिष्ठा का इतना अभिमान था कि मुझे बिलकुल लौंडी समझती थी। हां, अपनी पुत्रियों से सदैव नम्रता से पेश आती, बल्कि मैं तो यह कहूंगी कि उन्हें सिर चढ़ा रखा था। वह क्रोध में भरी हुई मेरे कमरे के द्वार पर आकर बोली - तुमसे मैंने दालमोट बनाने को कहा था, बनाया?

मैं रुष्ट होकर बोली - अभी फुरसत नहीं मिली।

अम्मा - तो तुम्हारी जान में दिन भर पड़े रहना ही बड़ा काम है। यह आजकल तुम्हें हो क्या गया है? किस घमंड में हो? क्या सोचती हो कि मेरा पति कमाता है, तो मैं क्यों करूं? इस घमंड में न भूलना। तुम्हारा पति लाख कमाए लेकिन घर में राज मेरा ही रहेगा। आज वह चार पैसे कमाने लगा है, तो तुम्हें मालकिन बनने की हवस हो रही है लेकिन उसे पालने-पोसने तुम नहीं आयी थी, मैंने ही उसे पढ़ा-लिखा कर इस योग्य बनाया है। वाह! कल की छोकरी और अभी से यह गुमान।

मैं रोने लगी। मुंह से एक बात न निकली। बाबूजी उस समय ऊपर कमरे में बैठे कुछ पढ़ रहे थे। ये बातें उन्होंने सुनी। उन्हें बड़ा कष्ट हुआ। रात को जब वह घर आये तो बोले - देखा तुमने, आज अम्मा का क्रोध? यही अत्याचार है, जिससे स्त्रियों को अपनी जिन्दगी पहाड़ मालूम होने

लगती है। इन बातों से हृदय में कितनी वेदना होती है, इसका जानना असम्भव है। जीवन भार हो जाता है, जर्जर हो जाता है और मनुष्य की आत्मोन्नति उसी प्रकार रुक जाती है, जैसे जल, प्रकाश और वायु के बिना पौधे सूख जाते हैं। हमारे घरों में यह बड़ा अंधेरा है। अब मैं उनका पुत्र ही ठहरा, उसके सामने मुंह नहीं खोल सकूंगा। मेरे ऊपर उनका बड़ा अधिकार है। अतएव उनके विरुद्ध एक शब्द भी कहना मेरे लिए लज्जा की बात होगी, और यही बंधन तुम्हारे लिए भी है। यदि तुमने उनकी बातें चुपचाप न सुन ली होती, तो मुझे बहुत ही दु:ख होता। कदाचित? मैं विष खा लेता। ऐसी दशा में दो ही बातें सम्भव है, या तो सदैव उनकी घुड़कियों-झिड़कियां को सहे जाओ, या अपने लिए कोई दूसरा रास्ता चुनो। अब इस बात की आशा करना कि अम्मा के स्वभाव में कोई परिवर्तन होगा, बिलकुल भ्रम है। बोलो, तुम्हें क्या स्वीकार है?

मैंने डरते-डरते कहा - आपकी जो आज्ञा हो, वह करूं। अब कभी न पढ़ू लिखूंगी और जो कुछ कहेंगी, वह करूंगी। यदि वह इसी में प्रसन्न हैं, तो यही सही। मुझे पढ़-लिखकर क्या करना है।

बाबूजी - पर यह मैं नहीं चाहता। अम्मा ने आज आरम्भ किया है। अब रोज बढ़ती ही जाएंगी। मैं तुम्हें जितनी ही सभ्य तथा विचारशील बनाने की चेष्टा करूंगा उतना ही उन्हें बुरा लगेगा और उनका गुस्सा तुम्हीं पर उतरेगा। उन्हें पता नहीं कि जिस आब-हक में अपनी जिंदगी बितायी है, वह अब नहीं रही। विचार-स्वातंत्र्य और समयानुकूलता उनकी दृष्टि में अधर्म से कम नहीं। मैंने यह उपाय सोचा है कि किसी दूसरे शहर में चलकर अपना अड्डा जमाऊं। मेरी वकालत भी यहां नहीं चलती इसलिए किसी बहाने की भी आवश्यकता न पड़ेगी।

मैं इस तजवीज के विरुद्ध कुछ न बोली। यद्यपि अकेले रहने से भय लगता था, तथापि वहां स्वतन्त्र रहने की आशा ने मन को प्रफुल्लित कर दिया।

3

उसी दिन से अम्मा ने मुझसे बोलना छोड़ दिया। महरियों, पड़ोसियों और ननदों के आगे मेरा परिहास किया करती। यह मुझे बहुत बुरा मालूम होता था। इसके पहले यदि वह कुछ बातें कह लेती, तो मुझे स्वीकार था। मेरे हृदय से उनकी मान-मर्यादा घटने लगी। किसी मनुष्य पर इस प्रकार कटाक्ष करना उसके हृदय से अपने आदर को मिटाने के समान है। मेरे ऊपर सबसे गुरुतर दोषारोपण यह था कि मैंने बाबूजी पर कोई मोहन-मंत्र फूंक दिया है, वह मेरे इशारों पर चलते हैं पर यथार्थ में बात उलटी ही थी।

भाद्र मास था। जन्माष्टमी का त्यौहार आया। घर में सब लोगों ने व्रत रखा। मैंने भी सदैव की भांति व्रत रखा। ठाकुरजी का जन्म रात के बार बजे होने वाला था, हम सब बैठकर गाती-बजाती थीं। बाबूजी इस असभ्य व्यवहारों के बिलकुल विरुद्ध थे। हम सब होली के दिन रंग भी न खेलते, गाने-बजाने की तो बात ही अलग। रात को एक बजे जब मैं उनके कमरे में गयी, तो मुझे समझाने लगे - इस प्रकार शरीर को कष्ट देने से क्या लाभ? कृष्ण महापुरुष अवश्य थे, और उनकी पूजा करना हमारा कर्त्तव्य है पर गाजे-बाजे से क्या फायदा? इस ढोंग का नाम धर्म

नहीं है। धर्म का सम्बन्ध सच्चाई और ईमान से है, दिखावे से नहीं। बाबूजी स्वयं इसी मार्ग का अनुकरण करते थे। वह भगवद्गीता की अत्यन्त प्रशंसा करते, पर उसका पाठ कभी न करते थे। उपनिषद पढ़ते नहीं देखा। वह हिंदू-धर्म के मूढ़ तत्त्वज्ञान पर लट्टू थे, पर उसे समयानुकूल नहीं समझते थे। विशेषकर वेदांत को तो भारत की अवनति का मूल कारण समझते थे। वह कहा करते कि इसी वेदांत ने हमको चौपट कर दिया, दुनिया के पदार्थों को तुच्छ समझने लगे, जिसका फल अब तक भुगत रहे हैं। अब उन्नति का समय है। चुपचाप बैठे रहने से निर्वाह नहीं। संतोष ने ही भारत को गारत कर दिया।

उस समय उनको उत्तर देने की शक्ति मुझमें कहां थी? हां, अब जान पड़ता है कि वह यूरोपियन सभ्यता के चक्कर में पड़े हुए थे। अब वह स्वयं ऐसी बातें नहीं करते, वो जोश अब ठंडा हो चला है।

4

इसके कुछ दिन बाद हम इलाहाबाद चले आए। बाबूजी ने पहले ही एक दो-मंजिला मकान ले रखा था - सब तरह से सजा-सजाया। हमारे यहां पांच नौकर थे - दो स्त्रियां, दो पुरुष और एक महाराज। अब मैं घर के कुल काम-काज से छुट्टी पा गई। कभी जी घबराता तो कोई उपन्यास लेकर पढ़ने लगती।

यहां फूल और पीतल के बर्तन कम थे। चीनी की रकाबियां और प्याले अलमारियों में सजे रखे थे। भोजन मेज़ पर आता था। बाबूजी बड़े चाव से भोजन करते। मुझे पहले कुछ शरम आती थी लेकिन धीरे-धीरे मैं भी मेज़ पर ही भोजन करने लगी। हमारे पास एक सुन्दर टमटम भी थी। अब हम पैदल बिलकुल न चलते। किसी से मिलने दस पग भी जाना होता, तो गाड़ी तैयार कराई जाती। बाबूजी कहते थे - यही फैशन है।

बाबूजी की आमदनी अभी बहुत कम थी। भली-भांति खर्च भी न चलता था। कभी-कमी मैं उन्हें चिंताकुल देखती तो समझाती कि जब आय इतनी कम है तो व्यय इतना क्यों बढ़ा रखा है? कोई छोटा-सा मकान ले लो। दो नौकरों से काम चल सकता है, लेकिन बाबूजी मेरी बातों पर हंस देते और कहते - मैं अपनी दरिद्रता का ढिंढोरा अपने आप क्यों पीटें? दरिद्रता प्रकट करना दरिद्र होने से अधिक दुःखदायी होता है। भूल जाओ कि हम लोग निर्धन हैं, फिर लक्ष्मी हमारे पास आप दौड़ी आएगी। खर्च बढ़ना, आवश्यकताओं का अधिक होना ही द्रव्योपार्जन की पहली सीढ़ी है। इससे हमारी गुप्त शक्तियां विकसित हो जाती हैं और हम उन कष्टों को झेलते हुए आगे पग धरने के योग्य होते हैं। संतोष दरिद्रता का दूसरा नाम है।

अस्तु, हम लोगों का खर्च दिन-दिन बढ़ता ही जाता था। हम लोग सप्ताह में तीन बार थियेटर जरूर देखने जाते। सप्ताह में एक बार मित्रों को भोज अवश्य ही दिया जाता। अब मुझे सूझने लगा कि जीवन का लक्ष्य सुखभोग ही है। ईश्वर को हमारी उपासना की इच्छा नहीं। उसने हमें उत्तम-उत्तम वस्तुएं भोगने के लिए ही दी हैं। उनको भोगना उसकी सर्वोत्तम आराधना है। एक ईसाई लेडी मुझे पढ़ाने तथा गाना सिखाने लगी। घर में एक पियानो भी आ गया। इन्हीं आनंदों में

फंसकर मैं रामायण और भक्तमाल को भूल गई। वे पुस्तकें मुझे अप्रिय लगने लगी। देवताओं से विश्वास उठ गया।

धीरे-धीरे यहां के बड़े लोगों से स्नेह और सम्बन्ध बढ़ने लगा। यह एक बिलकुल नई सोसायटी थी। इसके रहन-सहन, आहार-व्यवहार और आचार-विचार मेरे लिए सर्वथा अनोखे थे। मैं इस सोसायटी में ऐसी जान पड़ती जैसे मोर में कौआ। इन लेडियों की बातचीत कभी थियेटर और घुड़दौड़ के विषय में होती, कभी टेनिस, समाचार पत्रों और अच्छे-अच्छे लेखकों के लेखों पर। उनके चातुर्य, बुद्धि की तीव्रता, फुर्ती और चपलता पर मुझे अचंभा होता। ऐसा मालूम होता कि वे ज्ञान और प्रकाश की पुतलियां हैं। वे बिना घूंघट बाहर निकलतीं। मैं उनके साहस पर चकित रह जाती। वे मुझे भी कभी-कभी अपने साथ ले जाने की चेष्टा करतीं, लेकिन में लज्जावश न जा सकती। मैं उन लेडियों को कभी उदास या चिंतित न पाती। मिस्टर दास बहुत बीमार थे, परंतु मिसेज दास के माथे पर चिंता का चिह्न तक न था। मिस्टर बागड़ी नैनीताल में तपेदिक का इलाज करा रहे थे, पर मिसेज बागड़ी नित्य टेनिस खेलने जाती थी। इस अवस्था में मेरी क्या दशा होती, मैं ही जानती हूं।

इन लेडियों की रीति-नीति में एक आकर्षण-शक्ति थी, जो मुझे खींचे लिए जाती थी। मैं उन्हें सदैव आमोद-प्रमोद के लिए उत्सुक देखती, और मेरा भी जी चाहता कि उन्हीं की भांति मैं भी निस्संकोच हो जाती। उनका अंग्रेजी वार्त्तालाप सुन, मुझे मालूम होता कि ये देवियां हैं। मैं अपनी इन त्रुटियों की पूर्ति के लिए प्रयत्न किया करती थी।

इसी बीच में मुझे एक खेदजनक अनुभव होने लगा। यद्यपि बाबूजी पहले से मेरा अधिक आदर करते, मुझे सदैव 'डियर-डार्लिंग' आदि कहकर पुकारते थे, यद्यपि मुझे उनकी बातों में एक प्रकार की बनावट मालूम होती थी। ऐसा प्रतीत होता, मानों ये बातें उनके हृदय से नहीं, केवल मुख से निकलती हैं। उनके स्नेह और प्यार में हार्दिक भावों की जगह अलंकार ज्यादा होता था, किंतु और भी अचम्भे की बात यह है कि अब मुझे बाबूजी पर वह पहले की-सी श्रद्धा न रही। अब उनके सिर की पीड़ा से मेरे हृदय में पीड़ा न होती थी। मुझमें आत्म-गौरव का आविर्भाव होने लगा था। अब मैं अपना बनाव-श्रृंगार इसलिए करती थी कि संसार में यह भी मेरा कर्तव्य है, इसलिए कि मैं किसी एक पुरुष की व्रतधारिणी हूं। अब मुझे भी अपनी सुन्दरता पर गर्व होने लगा था। मैं अब किसी दूसरे के लिए नहीं, अपने लिए जीती थी। त्याग तथा सेवा का भाव मेरे हृदय से लुप्त होने लगा था।

मैं अब भी परदा करती थी परंतु हृदय अपनी सुन्दरता की सराहना सुनने के लिए व्याकुल रहता था। एक दिन मिस्टर दास तथा और भी अनेक सभ्य गण बाबूजी के साथ बैठे हुए थे। मेरे और उनके बीच में केवल एक परदे की आड़ थी। बाबूजी मेरी इस झिझक से बहुत ही लज्जित थे। इसे वह अपनी सभ्यता में काला धब्बा समझते थे। कदाचित वह दिखाना चाहते थे कि मेरी स्त्री इसलिए परदे में नहीं हैं कि वह रूप तथा वस्त्राभूषण में किसी से कम है बल्कि इसलिए कि अभी उसे लज्जा आती है। वह मुझे किसी बहाने से बार-बार परदे के निकट बुलाते, जिसमें उनके मित्र मेरी सुन्दरता और वस्त्राभूषण देख लें। अन्त में कुछ दिन बाद मेरी झिझक गायब हो

गई। इलाहाबाद आने के पूरे दो वर्ष बाद मैं बाबूजी के साथ बिना परदे के सैर करने लगी। सैर के बाद टेनिस की नौबत आई। अन्त में मैंने क्लब में जाकर दम लिया। पहले यह टेनिस और क्लब मुझे तमाशा-सा मालूम होता था, मानो वे लोग व्यायाम के लिए नहीं, बल्कि फैशन के लिए टेनिस खेलने आते थे। वे कभी न भूलते थे कि हम टेनिस खेल रहे हैं। उनके प्रत्येक काम में, झुकने में, दौड़ने में, उचकने में एक कृत्रिमता होती थी, जिससे यह प्रतीत होता था कि इस खेल का प्रयोजन कसरत नहीं केवल दिखावा है।

क्लब में इससे भी विचित्र अवस्था थी। वह पूरा स्वांग था, अदा और बेजोड़। लोग अंग्रेजी के चुने हुए शब्दों का प्रयोग करते थे, जिसमें कोई सार न होता था। नकली हंसी हंसते थे, जिसका कोई असर न होता था। स्त्रियों की वह फूहड़ निर्लज्जता और पुरुषों की वह भाव-शून्य स्त्री-पूजा मुझे न भाती थी। चारों ओर अंग्रेजी चाल-ढाल की हास्यजनक नकल थी। परंतु क्रमश: मैं भी वह रंग पकड़ने और उन्हीं का अनुकरण करने लगी। अब अनुभव हुआ कि इन प्रदर्शन-लोलुपता में कितनी शक्ति है। मैं अब नित्य नए श्रृंगार करती, नित्य नया रूप भरती, केवल इसलिए कि क्लब में सबकी आंखों में चुभ जाऊं! अब मुझे बाबूजी के सेवा-सत्कार से अधिक अपने बनाव-श्रृंगार की धुन रहती थी। यहां तक कि यह शौक एक नशा-सा बन गया। इतना ही नहीं, लोगों से अपने सौंदर्य की प्रशंसा सुनकर मुझे एक अभिमान-मिश्रित आनंद का अनुभव होने लगा। मेरी लज्जाशीलता की सीमाएं विस्तृत हो गईं। वह दृष्टिपात जो कभी मेरे शरीर के प्रत्येक रोए को खड़ा कर देता और वह हास्य-कटाक्ष, जो कभी मुझे विष खा लेने को प्रेरित कर देता, उनसे अब मुझे एक उन्मादपूर्ण हर्ष होता था। परन्तु जब कभी मैं अपनी अवस्था पर आंतरिक दृष्टि डालती तो मुझे बड़ी घबराहट होती थी। यह नाव किस घाट लगेगी? कभी-कभी इरादा करती कि क्लब न जाऊंगी परन्तु समय आते ही फिर तैयार हो जाती। मैं अपने वश में न थी। मेरी सत्कल्पनाएं निर्बल हो गई थी।

5

दो वर्ष और बीत गए और अब बाबूजी के स्वभाव में एक विचित्र परिवर्तन होने लगा। वह उदास और चिंतित रहने लगे। मुझसे बहुत कम बोलते। ऐसा जान पड़ता कि उन्हें कठिन चिन्ता ने घेर रखा है, या कोई बीमारी हो गई है। मुंह बिलकुल सूखा गया था। तनिक-तनिक सी बात पर नौकरों पर झल्लाने लगते और बाहर बहुत कम जाते।

अभी एक ही मास पहले वह सौ काम छोड़कर क्लब अवश्य जाते थे, वहां गए बिना उन्हें चैन न पड़ती थी, अब अधिकतर अपने कमरे में आराम-कुर्सी पर लेटे हुए समाचार-पत्र और पुस्तकें देखा करते थे। मेरी समझ में न आता कि बात क्या है?

एक दिन उन्हें बड़े जोर का बुखार आया, दिन-भर बेहोश रहे, परन्तु मुझे उनके पास बैठने में अंकुश-सा लगता था। मेरा जी एक उपन्यास में लगा हुआ था। उनके पास जाती और पल-भर में फिर लौट आती। टेनिस का समय आया, तो दुविधा में पड़ गई कि जाऊं या न जाऊं। देर तक मन में यह संग्राम होता रहा। अन्त को मैंने यही निर्णय किया कि मेरे यहां रहने से यह कुछ

अच्छे तो हो नहीं जायेंगे, इससे मेरा यहां बैठा रहना बिलकुल निरर्थक है। मैंने बढ़िया वस्त्र पहने, रैकेट लेकर क्लब-घर जा पहुंची। वहां मैंने मिसेज दास और मिसेज बागची से बाबूजी की दशा बतलायी, और सजल नेत्र चुपचाप बैठी रही। जब लोग कोर्ट में जाने लगे और मिस्टर दास ने मुझसे चलने को कहा तो मैं ठंडी आह भरकर कोर्ट में जा पहुंची और खेलने लगी।

आज से तीन वर्ष पूर्व बाबूजी को इसी प्रकार बुखार आ गया था। मैं रात भर उन्हें पंखा झलती रही थी। हृदय व्याकुल था और यही जी चाहता था कि इनके बदले मुझे बुखार आ जाए, परन्तु यह उठ बैठें। पर अब हृदय तो स्नेह-शून्य हो गया था, दिखावा अधिक था। अकेले रोने की मुझमें क्षमता न रह गई थी। मैं सदैव की भांति रात को नौ बजे लौटी। बाबूजी का जी कुछ अच्छा जान पड़ा। उन्होंने मुझे केवल दबी दृष्टि से देखा और करवट बदल ली, परन्तु मैं लेटी तो मेरा हृदय अपनी स्वार्थपरता और प्रमोदासक्ति पर धिक्कारता रहा।

मैं सब अंग्रेजी उपन्यासों को समझने लगी थी। हमारी बातचीत अधिक उत्कृष्ट और आलोचनात्मक होती थी।

हमारा सभ्यता का आदर्श अब बहुत ही उच्च हो गया था। हमको अब अपनी मित्र-मंडली से बाहर दूसरों से मिलने-जुलने में संकोच होता था। अब हम अपने से छोटी श्रेणी के लोगों से बोलने में अपना अपमान समझते थे। नौकरों को अपना नौकर समझते थे, और बस। हमको उनके निजी मामलों से कुछ मतलब न था।

हम उनसे अलग रहकर उनके ऊपर अपना रौब जमाए रखना चाहते थे। हमारी इच्छा यह थी कि वह हम लोगों को साहब समझें। हिन्दुस्तानी स्त्रियों को देखकर मुझे उनसे घृणा होती थी, उनमें शिष्टता न थी। खैर!

बाबूजी का जी दूसरे दिन भी न संभला। मैं क्लब न गयी। परन्तु जब लगातार तीन दिन तक उन्हें बुखार आता गया और मिसेज दास ने बार-बार नर्स बुलाने का आदेश किया, तो मैं सहमत हो गई। उस दिन से रोगी की सेवा-शुश्रूषा से छुट्टी पाकर बड़ा हर्ष हुआ। यद्यपि दो दिन मैं क्लब न गई थी, परन्तु मेरा जी वहीं लगा रहता था, बल्कि अपने भीरुतापूर्ण त्याग पर क्रोध भी आता था।

एक दिन तीसरे पहर मैं कुर्सी पर लेटी हुई अंग्रेजी पुस्तक पढ़ रही थी। अचानक मन में विचार आया कि बाबूजी का बुखार असाध्य हो जाय तो? पर इस विचार से लेश-मात्र भी दु:ख न हुआ। मैं इस शोकमय कल्पना का मन-ही-मन आनन्द उठाने लगी। मिसेज दास, मिसेज नायक, मिसेज श्रीवास्तव, मिस खरे, मिसेज शरण अवश्य ही मातमपुर्सी करने आयेंगी। उन्हें देखते ही मैं सजल नेत्र हो उठूंगी और कहूंगी - बहनों! मैं लुट गयी। हाय मैं लुट गई, अब मेरा जीवन अंधेरी रात के भयानक वन या शमशान के दीपक के समान हैं, परन्तु मेरी अवस्था पर दु:ख न प्रकट करो। मुझ पर जो पड़ेगी, उसे मैं उस महान आत्मा के मोक्ष के विचार से सह लूंगी।

मैंने इस प्रकार मन में एक शोकपूर्ण व्याख्यान की रचना कर डाली। यहां तक कि अपने उस वस्त्र के विषय में भी निश्चय कर लिया, जो मृतक के साथ श्मशान जाते समय पहनूंगी। इस घटना की शहर भर में चर्चा हो जाएगी। सारे कैन्टोंमेंट के लोग मुझे संवेदना के पत्र भेजेंगे। तब मैं उनका उत्तर समाचार-पत्रों में प्रकाशित करा दूंगी कि मैं प्रत्येक शोक-पत्र का उत्तर देने में असमर्थ हूं। हृदय के टुकड़े- टुकड़े हो गए हैं, उसे रोने के सिवा और किसी काम के लिए समय नहीं है। मैं इस हमदर्दी के लिए उन लोगों की कृतज्ञ हूं और उनसे विनयपूर्वक निवेदन करती हूं कि वे मृतक की आत्मा की सद्गति के निमित्त ईश्वर से प्रार्थना करें। मैं इन्हीं विचारों में डूबी हुई थी कि नर्स ने आकर कहा - आपको साहब याद करते हैं। यह मेरे क्लब जाने का समय था। मुझे उनका बुलाना अखर गया, लेकिन एक मास हो गया। वह अत्यन्त दुर्बल हो रहे थे। मुझे उन पर दया आई। बैठ गई और ढाढस देते हुए बोली - क्या करूं? कोई दूसरा डॉक्टर बुलाऊं?

बाबूजी आंखों नीची करके अत्यन्त करुण भाव से बोले - यहां कभी नहीं अच्छा हो सकता, मुझे अम्मा के पास पहुंचा दो।

मैंने कहा - क्या आप समझते हैं कि वहां आपकी चिकित्सा यहां से अच्छी होगी? बाबूजी बोले - क्या जाने, क्यों मेरा जी अम्मा के दर्शनों को लालायित हो रहा है। मुझे ऐसा मालूम होता है कि मैं वहां बिना दवा-दर्पण के भी अच्छा हो जाऊंगा।

मैं - यह आपका केवल विचार-मात्र है।

बाबूजी - शायद ऐसा ही हो। लेकिन मेरी विनय स्वीकार करो। मैं इस रोग से नहीं, इस जीवन से ही दु:खित हूं।

मैंने अचरज से उनकी ओर देखा।

बाबूजी फिर बोले - हां, इस जिंदगी से तंग आ गया हूं। मैं अब समझ रहा हूं मैं जिस स्वच्छ लहराते हुए निर्मल जल की ओर दौड़ा जा रहा था, वह मरुभूमि है। मैं इस प्रकार जीवन के बाहरी रूप का लट्टू हो रहा था। परन्तु अब मुझे उसकी आंतरिक अवस्थाओं का बोध हो रहा है। इन चार वर्षों में मैंने इस उपवन में खूब भ्रमण किया और उसे आदि से अन्त तक कंटकमय पाया। यहां न नीति है, न धर्म है, न सहानुभूति, न सहायता। परमात्मा के लिए मुझे इस अग्नि से बचाओ। यदि और कोई उपाय न हो तो अम्मा को एक पत्र ही लिख दो। वह अवश्य यहां आयेंगी। अपने अभागे पुत्र का दु:ख उनसे न देखा जायेगा। उन्हें इस सोसाइटी की हवा अभी नहीं लगी, वह आयेंगी। उनकी वह ममता पूर्ण दृष्टि, वह मोहपूर्ण शुश्रूषा मेरे लिए सौ औषधियों का काम करेगी। उनके मुख पर वह ज्योति प्रकाशमय होगी, जिसके लिए मेरे नेत्र तरस रहे हैं। उनके हृदय में स्नेह है, विश्वास है। यदि उनकी गोद में मैं मर भी जाऊं तो मेरी आत्मा को शांति मिलेगी।

मैं समझी कि यह बुखार की बक-बक है। नर्स से कहा - जरा इनका टेंपरेचर तो लो, मैं अभी डॉक्टर के पास जाती हूं। मेरा हृदय एक अज्ञात भय से कांपने लगा। नर्स ने थर्मामीटर निकाला, परन्तु ज्यों ही वह बाबूजी के समीप गयी, उन्होंने उसके हाथ से वह यंत्र छीनकर पृथ्वी पर पटक दिया। उसके टुकड़े-टुकड़े हो गए। फिर मेरी ओर एक अवहेलना पूर्ण दृष्टि से देखकर कहा - साफ-साफ क्यों नहीं कहती हो कि मैं क्लब-घर जाती हूं जिसके लिए तुमने ये वस्त्र धारण किए हैं और गाउन पहनी है। खैर, उधर घूमती हुई यदि डॉक्टर के पास जाना, तो कह देना कि यहां टेंपरेचर उस बिंदु पर पहुंच चुका है, जहां आग लग जाती है।

मैं और भी अधिक भयभीत हो गई। हृदय में एक करुण चिंता का संचार होने लगा, गला भर आया। बाबूजी ने नेत्र मूंद लिए थे और उनकी सांस वेग से चल रही थी। मैं द्वार की ओर चली कि किसी को डॉक्टर के पास भेजूं। यह फटकार सुनकर स्वयं कैसे जाती? इतने में बाबूजी उठ बैठे और विनीत भाव से बोले - श्यामा! मैं तुमसे कुछ कहना चाहता हूं। बात दो सप्ताह से मन में थी, पर साहस न हुआ। आज मैंने निश्चय कर लिया कि कह ही डालूं। मैं अब फिर अपने घर जाकर वही पहले की-सी जिंदगी बिताना चाहता हूं। मुझे अब इस जीवन से घृणा हो गई है और यही मेरी बीमारी का मुख्य कारण है। मुझे शारीरिक वहीं, मानसिक कष्ट है। मैं फिर तुम्हें वही पहले की-सी सलज्ज, काम-काज करने वाली, नीचा सिर करके चलने वाली, रामायण पढ़ने वाली, चरखा कातने वाली, ईश्वर से डरने वाली, पति-श्रद्धा से परिपूर्ण स्त्री को देखना चाहता हूं। मैं विश्वास करता हूं तुम मुझे निराश न करोगी। तुमको सोलहों आना अपनी बनाना और सोलहों आना तुम्हारा बनना चाहता हूं। मैं अब समझ गया कि उसी सादे पवित्र जीवन में वास्तविक सुख है। बोलो स्वीकार है? तुमने सदैव मेरी आज्ञाओं का पालन किया है, इस समय निराश न करना नहीं तो इस कष्ट और शोक का न जाने कितना भयंकर परिणाम हो।

मैं सहसा कोई उत्तर न दे सकी। मन में सोचने लगी - इस स्वतंत्र जीवन में कितना सुख था? ये मजे वहां कहां? क्या इतने दिन स्वतंत्र वायु में विचरण करने के पश्चात् फिर उसी पिंजड़े में जाऊं? वही लौंडी बनकर रहूं? क्यों इन्होंने मुझे वर्षों स्वतंत्रता का पाठ पढ़ाया, वर्षों देवताओं की, रामायण की, पूजा-पाठ की, व्रत-उपवास की बुराई की, हंसी उड़ायी? अब जब मैं उन बातों को भूल गई, उन्हें मिथ्या समझने लगी, तो फिर मुझे उसी अंधकूप में धकेलना चाहते हैं। मैं तो इन्हीं की इच्छा के अनुसार चलती हूं फिर मेरा अपराध क्या है? लेकिन बाबूजी के मुख पर एक ऐसी दीनतापूर्ण विवशता थी कि मैं प्रयत्न करने पर भी स्वीकार न कर सकी। बोली - आखिर आपको यहां क्या कष्ट है?

मैं उनके विचारों की तह तक पहुंचना चाहती थी।

बाबूजी फिर उठ बैठे और मेरी ओर कठोर दृष्टि से देखकर बोले - बहुत ही अच्छा होता कि तुम इस प्रश्न को मुझसे पूछने के बदले अपने ही हृदय से पूछ लेती। क्या अब मैं तुम्हारे लिए वही हूं जो आज से तीन वर्ष पहले था? मैं तुमसे अधिक शिक्षा-प्राप्त, अधिक जानकार होकर

तुम्हारे लिए वह नहीं रहा, जो पहले था - चाहे तुमने इसका अनुभव न किया हो, परन्तु मैं स्वयं कर रहा हूं - तो मैं कैसे अनुमान करूं कि उन्हीं भावों ने तुम्हें स्खलित न किया होगा? नहीं, बल्कि प्रत्यक्ष चिह्न देख पड़ते हैं कि तुम्हारे हृदय पर उन भावों का और भी अधिक प्रभाव पड़ा है। तुमने अपने को ऊपरी बनाव-श्रृंगार और विलास के भंवर में डाल दिया है और तुम्हें उसकी लेश-मात्र भी सुधि नहीं है। अब मुझे पूर्ण विश्वास हो गया कि सभ्यता, स्वेच्छाचारिता का भूत स्त्रियों के कोमल हृदय पर बड़ी सुगमता से कब्जा कर सकता है। क्या अब से तीन वर्ष पूर्व भी तुम्हें यह साहस हो सकता था कि मुझे इस दशा में छोड़कर किसी पड़ोसिन के यहां गाने-बजाने चली जाती? मैं बिछौने पर रहता, और तुम किसी के घर जाकर कलोलें करती? स्त्रियों का हृदय आधिक्य प्रिय होता है परन्तु इस नवीन आधिक्य के बदले मुझे वह पुराना आधिक्य कहीं ज्यादा पसन्द है। उस आधिक्य का फल आत्मिक एवं शारीरिक अभ्युदय और हृदय की पवित्रता थी, पर इस आधिक्य का परिणाम है छिछोरापन, निर्लज्जता, दिखावा और स्वेच्छाचार। उस समय यदि तुम इस प्रकार मिस्टर दास के सम्मुख हंसती-बोलती, तो मैं या तो तुम्हें मार डालता, या स्वयं विषपान कर लेता। परन्तु बेहयाई ऐसे जीवन का प्रधान तत्त्व है। मैं सब कुछ स्वयं देखता और सहता हूं। कदाचित सहे भी जाता यदि इस बीमारी ने मुझे सचेत न कर दिया होता। अब यदि तुम यहां बैठी भी रहो, तो मुझे सन्तोष न होगा क्योंकि मुझे यह विचार दु:खित करता रहेगा कि तुम्हारा हृदय यहां नहीं है। मैंने अपने को उस इंद्रजाल से निकालने का निश्चय कर लिया है, जहां धन का नाम मान है, इन्द्रिय-लिप्सा का सभ्यता और भ्रष्टता का विचार स्वातंत्र्य। बोलो मेरा प्रस्ताव स्वीकार है? मेरे हृदय पर वज्रपात-सा हो गया। बाबूजी का अभिप्राय पूर्णतया हृदयंगम हो गया। अभी हृदय में कुछ पुरानी लज्जा बाकी थी। यह यंत्रणा असह्य हो गई। लज्जित हो उठी। अन्तरात्मा ने कहा - अवश्य! मैं अब वह नहीं हूं जो पहले थी। उस समय मैं इनको अपना इष्टदेव मानती थी, इनकी आज्ञा शिरोधार्य थी पर अब वह मेरी दृष्टि में एक साधारण मनुष्य है। मिस्टर दास का चित्र मेरे नेत्रों के सामने खिंच गया। कल मेरे हृदय पर इस दुरात्मा की बातों का कैसा नशा छा गया था, वह सोचते ही नेत्र लज्जा से झुक गए। बाबूजी की आंतरिक अवस्था उनके मुखड़े से ही प्रकाशमान हो रही थी। स्वार्थ और विलास-लिप्सा के विचार मेरे हृदय से दूर हो गए। उनके बदले ये शब्द ज्वलंत अक्षरों में लिखे हुए नजर आये - तूने फैशन और वस्त्राभूषण में अवश्य उन्नति की है, तुझमें अपने स्वार्थों का ज्ञान हो आया है, तुझ में जीवन के सुख भोगने की योग्यता अधिक हो गई है, तू अब अधिक गर्विणी, दृढ़ हृदय और शिक्षा-संपन्न भी हो गई लेकिन तेरे आत्मिक बल का विनाश हो गया, क्योंकि तू अपने कर्त्तव्य को भूल गई।

मैं दोनों हाथ जोड़कर बाबूजी के चरणों पर गिर पड़ी। कंठ रुंध गया, एक शब्द भी मुंह से न निकला, अश्रुधारा बह चली।

अब मैं फिर अपने घर पर आ गई हूं। अम्माजी अब मेरा अधिक सम्मान करती हैं, बाबूजी सन्तुष्ट दिख पड़ते हैं। वह अब स्वयं प्रतिदिन संध्या-वंदना करते हैं।

मिसेज दास के पत्र कभी-कभी आते हैं। वह इलाहाबादी सोसायटी के नवीन समाचारों से भरे होते हैं। मिस्टर दास और मिस भाटिया के संबंध में कलुषित बातें उड़ रही हैं। मैं इन पत्रों का उत्तर तो देती हूं परन्तु चाहती हूं कि वह अब न आते तो अच्छा होता। वह मुझे उन दिनों की याद दिलाते हैं, जिन्हें मैं भूल जाना चाहती हूं।

कल बाबूजी ने बहुत-सी पुरानी पोथियां अग्निदेव को अर्पण की। उनमें ऑस्कर वाइल्ड की कई पुस्तकें थी। वह अब अंग्रेजी पुस्तक बहुत कम पढ़ते है। उन्हें कार्लाइल, रस्किन और एमरसन के सिवा और कोई पुस्तक पढ़ते मैं नहीं देखती। मुझे तो अपनी रामायण और महाभारत में फिर वहीं आनंद प्राप्त होने लगा। चरखा अब पहले से अधिक चलाती हूं क्योंकि इस बीच चरखे ने खूब प्रचार पा लिया है।

***

बैंक का दिवाला

लखनऊ नेशनल बैंक के दफ्तर में लाला सांईंदास आरामकुर्सी पर लेटे हुए शेयरों का भाव देख रहे थे और सोच रहे थे कि इस बार हिस्सेदारों को मुनाफा कहां से दिया जाएगा। चाय कोयला या जूट के हिस्से खरीदने, चांदी, सोने या रुई का सट्टा करने का इरादा करते लेकिन नुकसान के भय से कुछ तय न कर पाते थे। नाज के व्यापार में इस बार बड़ा घाटा रहा, हिस्सेदारों के ढाढस के लिए हानि-लाभ का कल्पित ब्यौरा दिखाना पड़ा और नफा पूंजी से देना पड़ा। इससे फिर नाज के व्यापार में हाथ डालते जी कांपता था।

पर रुपये को बेकार डाल रखना असम्भव था। दो-एक दिन में उसे कहीं-न-कहीं लगाने का उचित उपाय करना जरूरी था क्योंकि डायरेक्टरों की तिमाही बैठक एक ही सप्ताह में होने वाली थी और यदि उस समय कोई निश्चय न हुआ, तो आगे तीन महीने तक फिर कुछ न हो सकेगा, और छमाही मुनाफे के बंटवारे के समय फिर वहीं फर्जी कार्रवाई करनी पड़ेगी, जिसको बार-बार सहन करना बैंक के लिए कठिन है। बहुत देर तक इस उलझन में पड़े रहने के बाद सांईंदास ने घंटी बजायी। इस पर बगल के दूसरे कमरे से एक बंगाली बाबू ने सिर निकालकर झांका।

सांईंदास - ताजा-स्टील कम्पनी को एक पत्र लिख दीजिए कि अपना नया बैलेंस शीट भेज दें।

बाबू - उन लोगों को रुपया की गरज नहीं। ;चिट्ठी का जवाब नहीं देता।

सांईंदास - अच्छा, नागपुर की स्वदेशी मिल को लिखिए।

बाबू - उसका कारोबार अच्छा नहीं है। अभी उसके मजदूरों ने हड़ताल किया था। दो महीना तक मिल बन्द रहा।

सांईदास - अजी, तो कहीं लिखो भी। तुम्हारी समझ में सारी दुनिया बेईमानों से भरी है।

बाबू - बाबा, लिखने को तो हम सब जगह लिख दें, मगर खाली लिख देने से कुछ लाभ नहीं होता।

लाल, सांईंदास अपनी कुल-प्रतिष्ठ और मर्यादा के कारण बैंक के मैनेजिंग डायरेक्टर हो गए थे, पर व्यावहारिक बातों से अपरिचित थे। यही बंगाली बाबू इनके सलाहकार थे और बाबू साहब को किसी कारखाने या कम्पनी पर भरोसा न था। इन्हीं के अविश्वास के कारण पिछले साल बैंक का रुपया संदूक से बाहर न निकल सका था, और अब वही रंग फिर दिखाई देता

था। सांईंदास को इस कठिनाई से बचने का कोई उपाय न सूझता था। न इतनी हिम्मत थी कि अपने भरोसे किसी व्यापार में हाथ डालें। बेचैनी की दशा में उठकर कमरे में ठहलने लगे कि दरबान ने आकर खबर दी - बरहल की महारानी की सवारी आयी है।

2

लाला सांईंदास चौक पड़े। बरहल की महारानी को लखनऊ आये तीज-चार दिन हुए थे और हर एक के मुंह से उन्हीं की चर्चा सुनाई देती थी। कोई उनके पहनावे पर मुग्ध था, कोई सुन्दरता पर, कोई उनकी स्वच्छंद वृत्ति पर। यहां तक कि उनकी दासियां और सिपाही आदि भी लोगों की चर्चा के पात्र बने हुए थे। रॉयल होटल के द्वार पर दर्शकों की भीड़ लगी रहती है। कितने ही शौकीन बेफिकरे लोग, इतर-फरोश, बजाज या तम्बाकूगर का वेश धर कर उनका दर्शन कर चुके थे। जिधर से महारानी की सवारी निकल जाती, दर्शकों के ठट लग जाते थे। वाह-वाह! क्या शान है! ऐसी इराकी जोड़ी लाट साहब के सिवा किसी राजा-रईस के यहां तो शायद ही निकले और सजावट भी क्या खूब है। भई, ऐसे गोरे आदमी तो यहां दिखाई भी नहीं देते। यहां के रईस तो मृगांक, चंद्रोदय और ईश्वर जाने क्या खाक-बला खाते हैं, पर किसी के बदन पर तेज या प्रकाश का नाम नहीं। ये लोग न जाने क्या भोजन करते और किस कुएं का पानी पीते हैं कि जिसे देखिए, ताजा सेब बना हुआ है। यह सब जलवायु का प्रभाव है।

बरहल उत्तर दिशा में नेपाल के समीप, अंग्रेजी-राज्य में एक रियासत थी। यद्यपि जनता उसे बहुत मालदार समझती थी पर वास्तव में उस रियासत की आमदनी दो लाख से अधिक न थी। हां, क्षेत्रफल बहुत विस्तृत था। बहुत भूमि ऊसर और उजाड़ थी। बसा हुआ भाग भी पहाड़ी और बंजर था। जमीन बहुत सस्ती उठी थी।

लाला सांईंदास ने तुरन्त अलगनी से रेशमी सूट उतारकर पहन लिया और मेज़ पर आकर इस शान से बैठ गए, मानो राजा-रानियों का यहां आना कोई साधारण बात है। दफ्तर के क्लर्क भी संभल गए। सारे बैंक में सन्नाटे की हलचल पैदा हो गई। दरबान ने पगड़ी संभाली। चौकीदार ने तलवार निकाली, और अपने स्थान पर खड़ा हो गया। पंखा-कुली की मीठी नींद भी टूटी और बंगाली बाबू महाराज के स्वागत के लिए दफ्तर से बाहर निकले।

सांईंदास ने बाहरी ठाट तो बना लिया किन्तु चित्त आशा और भय से चंचल हो रहा था। एक रानी से व्यवहार करने का यह पहला ही अवसर था, घबराते थे कि बात करते बने या न बने। रईसों का मिज़ाज आसमान पर होता है। मालूम नहीं, मैं बात करने में कहीं चूक न जाऊं। उन्हें इस समय अपने में एक कमी मालूम हो रही थी। वह राजसी नियमों से अनभिज्ञ थे। उनका सम्मान किस प्रकार करना चाहिए, उनसे बातें करने में किन बातों का ध्यान रखना चाहिए, उनकी मर्यादा-रक्षा के लिए कितनी नम्रता उचित है, इस प्रकार के प्रश्न से वह बड़े असमंजस में पड़े हुए थे और जी चाहता था, किसी तरह परीक्षा से शीघ्र ही छुटकारा हो जाय। व्यापारियों, मामूली जमींदारों या रईसों से वह रुखाई और सफाई का बर्ताव किया करते थे और पढ़े-लिखे

सज्जनों से शील और शिष्टता का। उन अवसरों पर उन्हें किसी विशेष विचार की आवश्यकता न होती थी पर इसमें बड़ी परेशानी हो रही थी। जैसे कोई लंकावासी तिब्बत में आ गया हो जहां के रस्म-रिवाज और बातचीत का उसे ज्ञान न हो।

एकाएक उनकी दृष्टि घड़ी पर पड़ी। तीसरे पहर के चार बज चुके थे, परन्तु घड़ी अभी दोपहर की नींद में मग्न थी। तारीख की सुई ने दौड़ में समय को भी मात कर दिया था। वह जल्दी से उठे कि घड़ी ठीक कर दें, इतने में महारानी का कमरे में पदार्पण हुआ। सांईंदास ने घड़ी को छोड़ा और महारानी के निकट जा, बगल में खड़े हो गए। निश्चय न कर सके कि हाथ मिलाएं या झुककर सलाम करें। रानी जी ने स्वयं हाथ बढ़ाकर उन्हें इस उलझन से छुड़ाया।

जब लोग कुर्सियों पर बैठ गए तो रानी के प्राइवेट-सेक्रेट्री ने व्यवहार की बातचीत शुरू की। बरहल की पुरानी गाथा सुनाने के बाद उसने उन उन्नतियों का वर्णन किया, जो रानी साहब के प्रयत्न से हुई थी। इस समय नहरों की एक शाखा निकालने के लिए दस लाख रुपयों की आवश्यकता थी परन्तु उन्होंने एक हिंदुस्तानी बैंक से ही व्यवहार करना अच्छा समझा। अब यह निर्णय नेशनल बैंक के हाथ में था कि वह इस अवसर से लाभ उठाना चाहता है या नहीं।

बंगाली बाबू - हम रुपया दे सकता है, मगर कागज-पत्तर देखे बिना कुछ नहीं कर सकता।

सेक्रेट्री - आप कोई जमानत चाहते हैं?

सांईंदास उदारता से बोले - महाशय, जमानत के लिए आपकी जबान ही काफी है। बंगाली बाबू - आपके पास रियासत का कोई हिसाब-किताब है?

लाला सांईदास को अपने हेडक्लर्क का दुनियादारी का बर्ताव अच्छा न लगता था। वह इस समय उदारता के नशे में चूर थे। महारानी की सूरत ही पक्की जमानत थी। उसके सामने कागज और हिसाब का वर्णन करना बनियापन जान पड़ता था, जिससे अविश्वास की गंध आती है।

महिलाओं के सामने हम शील और संकोच के पुतले बन जाते हैं।

सांईंदास - बंगाली बाबू की ओर क्रूर-कठोर दृष्टि से देखकर बोले - कागजों की जांच की कोई आवश्यक बात नहीं है, केवल हमको विश्वास होना चाहिए।

बंगाली बाबू - डायरेक्टर लोग कभी न मानेगा।

सांईंदास - हमको इसकी परवाह नहीं, हम अपनी जिम्मेदारी पर स्वयं दे सकते है। रानी ने सांईंदास की ओर कृतज्ञतापूर्ण दृष्टि से देखा। उनके होठों पर हलकी मुस्कुराहट दिखलाई पड़ी।

3

परन्तु डायरेक्टर ने हिसाब-किताब, आय-व्यय देखना आवश्यक समझा, और यह काम लाला सांईंदास के ही सुपुर्द हुआ क्योंकि और किसी को अपने काम से फुर्सत न थी कि वह एक पूरे दफ्तर का मुआइना करता। सांईंदास ने नियम का पालन किया। तीन-चार दिन तक हिसाब

जांचते रहे। तब अपने इत्मीनान के अनुकूल रिपोर्ट लिखी। मामला तय हो गया। दस्तावेज लिखा गया। रुपये दे दिए गए। नौ रुपये सैकड़े ब्याज ठहरा।

तीन साल तक बैंक के कारोबार में अच्छी उन्नति हुई। छठे महीने बिना कहे-सुने पैंतालीस हजार रुपयों की थैली दफ्तर में आ जाती थी। व्यापारियों को पांच रुपए सैकड़े ब्याज दे दिया जाता था। हिस्सेदारों को सात रुपए सैकड़े लाभ था।

सांईदास से सब लोग प्रसन्न थे, सब लोग उनकी सूझ-बूझ की प्रशंसा करते। यहां तक कि बंगाली बाबू भी धीरे-धीरे उनके कायल होते जाते थे। सांईदास उनसे कहा करते - बाबूजी, विश्वास संसार से न लुप्त हुआ है और न होगा। सत्य पर विश्वास रखना प्रत्येक मनुष्य का धर्म है। जिस मनुष्य के चित्त से विश्वास जाता रहता है, उसे मृतक समझना चाहिए। उसे जान पड़ता है, मैं चारों ओर शत्रुओं से घिरा हुआ हूं। बड़े-से-बड़े सिद्ध महात्मा भी उसे रंगे-सियार जान पड़ते है। सच्चे-से-सच्चे देश-प्रेमी उसकी दृष्टि में अपनी प्रशंसा के भूखे ही ठहरते हैं। संसार उसे धोखे और छल से परिपूर्ण दिखाई देता है। यहां तक कि उसके मन से परमात्मा पर श्रद्धा और भक्ति लुप्त हो जाती है। एक प्रसिद्ध फिलॉसफर का कथन है कि प्रत्येक मनुष्य को जब तक कि उसके विरुद्ध कोई प्रत्यक्ष प्रमाण न पाओ, भलेमानस समझो। वर्तमान शासन प्रथा इसी महत्त्वपूर्ण सिद्धांत पर गठित है और घृणा तो किसी से करनी ही न चाहिए। हमारी आत्माएं पवित्र हैं। उनसे घृणा करना परमात्मा से घृणा करने के समान है। मैं यह नहीं कहता हूं कि संसार में कपट-स्थल है ही नहीं, है और बहुत अधिकता से है, परन्तु उसका निवारण अविश्वास से नहीं, मानव-चरित्र के ज्ञान से होता है और यह ईश्वरप्रदत्त गुण है। मैं यह दावा तो नहीं करता, परन्तु मुझे विश्वास है कि मैं मनुष्य को देखकर उसके आंतरिक भावों तक पहुंच जाता हूं। कोई कितना ही भेष बदले, रंग-रूप संवारे, परंतु मेरी अंतर्दृष्टि को धोखा नहीं दे सकता। यह भी ध्यान रखना चाहिए कि विश्वास से विश्वास उत्पन्न होता है और विश्वास से अविश्वास। यह प्राकृतिक विषय है। जिस मनुष्य को आप शुरू से ही धूर्त, कपटी, दुर्जन समझ लेंगे, वह कभी आपसे निष्कपट व्यवहार न करेगा। वह एकाएक आपको नीचा दिखाने का यत्न करेगा। इसके विपरीत आप एक चोर पर भी भरोसा करें, तो वह आपका दास हो जायगा। सारे संसार को लूटे, परन्तु आपको धोखा न देगा। वह कितना ही कुकर्मी, अधर्मी क्यों न हो, पर आप उसके गले में विश्वास की जंजीर डालकर उसे जिस ओर चाहें ले जा सकते है यहां तक कि वह आपके हाथों पुण्यात्मा भी बन सकता है।

बंगाली बाबू के पास इन दार्शनिक तर्कों का कोई उत्तर न था।

4

चौथे वर्ष की पहली तारीख थी। लाला सांईदास बैंक के दफ्तर में बैठे डाकिया की राह देख रहे थे। आज बरहल से पैंतालीस हजार रुपये आएंगे। अबकी इनका इरादा था कि कुछ सजावट का समान और मोल ले लें। अब तक बैंक में कोई फोन नहीं था। उसका भी तखमीना मंगा

लिया था - आशा की आभा चेहरे से झलक रही थी। बंगाली बाबू से हंसकर कहते थे - इस तारीख को मेरे हाथों में अदबदा के खुजली होने लगती है। आज भी हथेली खुजला रही है। कभी दफ्तरी से कहते - अरे मियां, शराफत, जरा सगुन तो विचारों, सिर्फ सूद-ही-सूद आ रहा है, या दफ्तर वालों के लिए नजराना-शुक्रराना भी। आशा का प्रभाव कदाचित स्थान पर भी होता। बैंक आज खुला हुआ दिखाई पड़ता था।

डाकिया ठीक समय पर आया। सांईंदास ने लापरवाही से उसकी ओर देखा। उसने अपनी थैली से कई रजिस्ट्री लिफाफे निकाले। सांईंदास ने लिफाफों को उड़ती निगाह से देखा। बरहल का कोई लिफाफा न था। बीमा, न मुहर, न वह लिखावट। कुछ निराशा-सी हुई। जी में आया, डाकिये से पूछें, कोई रजिस्ट्री रह तो नहीं गई, पर रुक गए, दफ्तर के क्लर्कों के सामने इतना अधैर्य अनुचित था। किंतु जब डाकिया चलने लगा। तब उनसे न रहा गया। पूछ ही बैठे - अरे भाई, कोई बीमा लिफाफा रह तो नहीं गया? आज उसे आना चाहिए था। डाकिया ने कहा - सरकार, भला ऐसी बात हो सकती है। और कहीं भूल-चूक हो भी जाय, पर आपके काम में कहीं भूल हो सकती है?

सांईंदास का चेहरा उतर गया, जैसे कच्चे रंग पर पानी पड़ जाये। डाकिया चला गया, तो बंगाली बाबू से बोले - यह देर क्यों हुई? और तो कभी ऐसा न होता था।

बंगाली बाबू ने निष्ठुर भाव से उत्तर दिया - किसी कारण से देरी हो गया होगा। घबराने की कोई बात नहीं।

निराशा असम्भव को सम्भव बना देती है। सांईंदास को इस समय यह ख्याल हुआ कि कदाचित् पार्सल से रुपये आते हों। हो सकता है, तीस हजार अशर्फियों को पार्सल करा दिया हो। यद्यपि इस विचार को औरों पर प्रकट करने का उन्हें साहस न हुआ, पर उन्हें यह आशा उस समय तक बनी रही, जब तक पार्सल वाला डाकिया वापिस नहीं गया। अन्त में संध्या को वह बेचैनी की दशा में उठकर घर चले गये। अब खत का, तार का इन्तजार था। दो-तीन बार झुंझलाकर उठे, डांटकर पत्र लिखूं और साफ-साफ कह दूं कि लेन-देन के मामले में वादा पूरा न करना विश्वासघात है। एक दिन की देर भी बैंक के लिए घातक हो सकती है। इससे यह होगा कि फिर कभी ऐसी शिकायत करने का अवसर न मिलेगा, परन्तु फिर कुछ सोचकर न लिखा।

शाम हो गई थी कई मित्र आ गए। गपशप होने लगी। इतने में पोस्टमैन ने शाम की डाक दी। यों पहले अखबारों को खोला करते, पर आज चिट्ठियां खोली, किंतु बरहल का कोई खत न था। तब बेदम ही एक अंग्रेजी अखबार खोला। पहले ही तार का शीर्षक देखकर उनका खून सर्द हो गया। लिखा था -

'कल शाम को बरहल की महारानी जी का तीन दिन की बीमारी के बाद देहांत हो गया।' इसके आगे एक संक्षिप्त नोट में यह लिखा हुआ था - बरहल की महारानी की अकाल मृत्यु

केवल इस रियासत के लिए ही नहीं, किन्तु समस्त प्रांत के लिए शोकजनक घटना है। बड़े-बड़े भिषजाचार्य (वैद्यराज) अभी रोग की परख भी न कर पाए थे कि मृत्यु ने काम तमाम कर दिया। रानी जी को सदैव अपनी रियासत की उन्नति का ध्यान रहता था। उनके थोड़े-से राज्यकाल में ही उनसे रियासत को जो लाभ हुए हैं, वे चिरकाल तक स्मरण रहेंगे। यद्यपि यह मानी हुई बात थी कि राज्य उनके बाद दूसरे के हाथ जायेगा, तथापि यह विचार कभी रानी साहब के कर्त्तव्य-पालन में बाधक नहीं बना। शास्त्रानुसार उन्हें रियासत की जमानत पर ऋण लेने का अधिकार न था, परन्तु प्रजा की भलाई के विचार से उन्हें कई बार इस नियम का उल्लंघन करना पड़ा। हमें विश्वास है कि यदि वह कुछ दिन और जीवित रहती, तो रियासत को ऋण से मुक्त कर देती। उन्हें रात-दिन इनका ध्यान रहता था। परन्तु इस असामयिक मृत्यु ने अब यह फैसला दूसरों के अधीन कर दिया। देखना चाहिए, इन ऋणों का क्या परिणाम होता है। हमें विश्वस्त रीति से मालूम हुआ है कि नये महाराज ने, जो आजकल लखनऊ में विराजमान है, अपने वकीलों की सम्मति के अनुसार मृतक महारानी के ऋण-संबंधी हिसाब को चुकाने से इंकार कर दिया है। हमें भय है कि इस निश्चय से महाजनी ठेले में बड़ी हलचल पैदा होगी और लखनऊ के कितने ही धन-सम्पत्ति के स्वामियों को यह शिक्षा मिल जायेगी कि ब्याज का लोभ कितना अनिष्टकारी होता है।'

लाला सांईदास ने अखबार मेज़ पर रख दिया और आकाश की ओर देखा जो निराशा का अन्तिम आश्रय है। अन्य मित्रों ने भी यह समाचार पढ़ा। इस प्रश्न पर वाद-विवाद होने लगा। सांईदास पर चारों ओर से बौछार पड़ने लगी। सारा दोष उन्हीं के सिर पर मढ़ा गया और उनकी चिरकाल की कार्य कुशलता और परिणाम-दर्शिता मिट्टी में मिल गयी। बैंक इतना बड़ा घाट सहने में असमर्थ था। अब वह विचार उपस्थित हुआ कि कैसे उसके प्राणों की रक्षा की जाये।

5

शहर में यह खबर फैलते ही लोग अपने रुपये लेने के लिए आतुर हो गए। सुबह से शाम तक लेनदारों का तांता लगा रहता था। जिन लोगों का धन चालू हिसाब में जमा था, उन्होंने तुरन्त निकाल लिया, कोई उज्र न हुआ। यह उसी पत्र के लेख का फल था कि नेशनल-बैंक की साख उठ गई। धीरज से काम लेते तो बैंक संभल जाता। परंतु आधी और तूफान में कौन नौका स्थिर रह सकती है? अन्त में खजांची ने टाट उलट दिया। बैंक की नसों से इतनी रक्त धाराएं निकली कि वह प्राण-रहित हो गया।

तीन दिन बीत चुके थे। बैंक घर के सामने सहस्रों आदमी एकत्र थे। बैंक के द्वार पर सशस्त्र सिपाहियों का पहरा था। नाना प्रकार की अफवाहें उड़ रही थी। कभी खबर उड़ती, लाला सांईदास ने विषपान कर लिया। कोई उनके पकड़े जाने की सूचना लाता था। कोई कहता था - डायरेक्टर हवालात के अधीन हो गए।

एकाएक सड़क पर से एक मोटर निकली और बैंक के सामने आकर रुक गई। किसी ने कहा - बरहल के महाराज की मोटर है। इतना सुनते ही सैकड़ों मनुष्य मोटर की ओर घबराये हुए दौड़े और उन लोगों ने मोटर को घेर लिया।

कुंवर जगदीश सिंह महारानी की मृत्यु के बाद वकीलों से सलाह लेने लखनऊ आये थे। बहुत सामान भी खरीदना था। वे इच्छाएं जो चिरकाल से ऐसे सुअवसर की प्रतीक्षा में बंधी थी, पानी की भांति राह पाकर उबल पड़ती थी। यह मोटर आज ही ली गई थी। नगर में एक कोठी लेने की बातचीत हो रही थी। बहुमूल्य विलास-वस्तुओं से लदी एक गाड़ी बरहल के लिए चल चुकी थी। यहां इतनी भीड़ देखी, तो सोचा, कोई नवीन नाटक होने वाला हैं, मोटर रोक दी। इतने में सैकड़ों की भीड़ लग गयी।

कुंवर साहब ने पूछा - यहां आप लोग क्यों जमा हैं? कोई तमाशा होने वाला है क्या? एक महाशय, जो देखने में कोई बिगड़े रईस मालूम होते थे, बोले - जी हां, बड़ा मजेदार तमाशा है।

कुंवर - किसका तमाशा है?

वह - तकदीर का।

कुंवर महाशय को यह उत्तर पाकर आश्चर्य तो हुआ, परन्तु सुनते आये थे कि लखनऊ वाले बात-बात में बात निकाला करते है, अत: उसी ढंग से उतर देना आवश्यक हुआ। बोले - तकदीर का खेल देखने के लिए यहां आना तो आवश्यक नहीं।

लखनवी महाशय ने कहा - आपका कहना सच है लेकिन दूसरी जगह यह मजा कहां? यहां सुबह से शाम तक के बीच भाग्य ने कितनों को धनी से निर्धन और निर्धन से भिखारी बना दिया। सवेरे जो लोग महल में बैठे थे, उन्हें इस समय रोटियों के लाले पड़े हुए हैं। आज एक सप्ताह पहले जो लोग काल-गति, भाग्य के खेल और समय के फेरे को कवियों की उपमा समझते थे, इस समय उनकी आह और करुण-क्रंदन वियोगियों को भी लज्जित करता है। ऐसे तमाशे और कहां देखने में आयेंगे?

कुंवर - जनाब आपने तो पहेली को और गाढ़ा कर दिया। देहाती हूं मुझसे साधारण तौर से बात कीजिए।

इस पर एक सज्जन ने कहा - साहब, यह नेशनल बैंक है। इसका दिवाला निकल गया है। आदाब-अर्ज़, मुझे पहचाना।

कुंवर साहब ने उसकी ओर देखा, तो मोटर से कूद पड़े और हाथ मिलाते हुए बोले - अरे, मिस्टर नसीम! तुम यहां कहां? भाई, तुमसे मिलकर बड़ा आनंद हुआ।

मिस्टर नसीम कुंवर साहब के साथ देहरादून-कालेज में पढ़ते थे। दोनों साथ-साथ देहरादून की पहाड़ियों पर सैर करते थे परंतु जब से कुंवर महाशय ने घर के झंझटों से विवश होकर कॉलेज

छेड़ा, तबसे दोनों मित्रों में भेंट न हुई थी। नसीम भी उनके आने के कुछ समय पीछे अपने घर लखनऊ चले आए थे।

नसीम ने उत्तर दिया - शुक्र है, आपने पहचाना तो। कहिए, अब तो पौ-बारह हैं। कुछ दोस्तों की भी सुध है?

कुंवर - सच कहता हूं तुम्हारी याद हमेशा आया करती थी। कहो, आराम से तो हो? मैं रॉयल होटल में टिका हूं आज आओ, तो इत्मीनान से बातचीत हो।

नसीम - जवाब, इत्मीनान तो नेशनल बैंक के साथ चला गया। अब तो रोजी की फिक्र सवार है। जो कुछ जमा पूंजी थी, सब आपकी भेंट हुई। इस दिवाला ने फकीर बना दिया है। अब आपके दरवाजे पर आकर धरना दूंगा।

कुंवर - तुम्हारा घर है, बेखटके आओ। मेरे साथ ही क्यों न चलो? क्या बताऊं, मुझे कुछ भी ध्यान न था कि मेरे इंकार करने का यह फल होगा। जान पड़ता है बैंक ने बहुतेरे को तबाह कर दिया।

नसीम - घर-घर मातम छाया हुआ है। मेरे पास तो इन कपड़ों के सिवा और कुछ नहीं रहा।

इतने में एक तिलकधारी पंडितजी आ गए और बोले - साहब, आपके शरीर पर वस्त्र तो है। यहां तो धरती-आकाश, कहीं ठिकाना नहीं। मैं राघोजी पाठशाला का अध्यापक हूं। पाठशाला का सब धन इसी बैंक में जमा था। पचास विद्यार्थी इसी के आसरे संस्कृत पढ़ते और भोजन पाते थे। कल से पाठशाला बन्द हो जायेगी। दूर-दूर के विद्यार्थी हैं। वह अपने घर किस तरह पहुंचेंगे, ईश्वर ही जाने।

एक महाशय, जिनके सिर पर पंजाबी ढंग की पगड़ी थी, गाढ़े का कोट और चमरौधा जूता पहने हुए थे, आगे बढ़ आये और नेतृत्व के भाव से बोले - महाशय, इस बैंक के फेलियर ने कितने ही इन्स्टीट्यूशन को समाप्त कर दिया। लाला दीनानाथ का अनाथालय अब एक दिन भी नहीं चल सकता। उसके एक लाख रुपये डूब गए। अभी पंद्रह दिन हुए, मैं डेपुटेशन से लौटा तो पंद्रह हजार रुपये अनाथालय कोष में जमा किए थे, मगर अब कहीं कौड़ी का ठिकाना नहीं।

एक बूढ़े ने कहा - साहब, मेरी तो जिंदगी भर की कमाई मिट्टी में मिल गई! अब कफ़न का भी भरोसा नहीं।

धीरे-धीरे और लोग एकत्र हो गए और साधारण बातचीत होने लगी। प्रत्येक मनुष्य अपने पास वाले को अपनी दु:ख-कथा सुनाने लगा। कुंवर साहब आधे घंटे तक नसीम के साथ खड़े, ये विपत्-कथाएं सुनते रहे। ज्यों ही मोटर पर बैठे और होटल की ओर चलने की आज्ञा दी, त्यों ही उनकी दृष्टि एक मनुष्य पर पड़ी, जो पृथ्वी पर सिर झुकाए बैठ था। यह एक अहीर था। लड़कपन में कुंवर साहब के साथ खेला था। उस समय उनमें ऊंच-नीच का विचार न था, साथ कबड्डी खेले, साथ पेड़ों पर चढ़ें और चिड़ियों के बच्चे चुराए थे। जब कुंवरजी देहरादून पढ़ने

गये, तब यह अहीर का लड़का शिवदास अपने बाप के साथ लखनऊ चला आया। उसने यहां एक दूध की दुकान खोल ली थी। कुंवर साहब ने उसे पहचाना और ऊंचे स्वर से पुकारा - अरे शिवदास, इधर देखो।

शिवदास ने बोली सुनी परन्तु सिर ऊपर न उठाया। वह अपने स्थान पर बैठे ही कुंवर साहब को देख रहा था। बचपन के वे दिन याद आ रहे थे, जब वह जगदीश के साथ गुल्ली-डंडा खेलता था, जब दोनों बुड्ढे गफूर मियां को मुंह चिढ़ा कर घर में छिप जाते थे, जब वह इशारों से जगदीश को गुरुजी के पास से बुला लेता था, और दोनों रामलीला देखने चले जाते थे। उसे विश्वास था कि कुंवर जी मुझे भूल गए होंगे, वे लड़कपन की बातें अब कहां? कहां मैं और कहां यह! लेकिन कुंवर साहब ने उसका नाम लेकर बुलाया, तो उसने प्रसन्न होकर मिलने के बदले और भी सिर नीचा कर लिया और वहां से टल जाना चाहा। कुंवर साहब उसे हटते देखकर मोटर से उतरे और उसका हाथ पकड़कर बोले - अरे शिवदास, क्या मुझे भूल गए?

अब शिवदास अपने मनोवेग को रोक न सका। उसके नेत्र डबडबा आए। कुंवर के गले से लिपट गया और बोला - भूला तो नहीं, पर आपके सामने आते लज्जा आती है। कुंवर - यहां दूध की दुकान करते हो क्या? मुझे मालूम ही न था, नहीं अठवारों से पानी पीते-पीते जुकाम क्यों होता? आओ, इसी मोटर पर बैठ जाओ, मेरे साथ होटल तक चलो। तुमसे बातें करने को जी चाहता है। तुम्हें बरहल ले चलूंगा और एक बार फिर गुल्ली-डंडे का खेल खेलेंगे।

शिवदास - ऐसा न कीजिए, नहीं तो देखने वाले हंसेगे। मैं होटल में आ जाऊंगा। वहीं हजरतगंज वाले होटल में ठहरे हैं न?

कुंवर - हां, अवश्य आओगे न?

शिवदास - आप बुलाएंगे और मैं न आऊंगा।

कुंवर - यहां कैसे बैठे हो? दुकान तो चल रही है न?

शिवदास - आज सबेरे तक तो चलती थी। आगे का हाल नहीं मालूम।

कुंवर - तुम्हारे रुपये भी बैंक में जमा थे क्या?

शिवदास - जब आऊंगा तो बताऊंगा।

कुंवर साहब मोटर पर आ बैठे और ड्राइवर से बोले - होटल की ओर चलो।

ड्राइवर - हुजूर ने ह्वाइट-वे कम्पनी की दुकान पर चलने की आज्ञा जो दी थी।

कंवर - अब उधर न जाऊंगा।

ड्राइवर - जेकब साहब बैरिस्टर के यहां भी न चलेंगे?

कुंवर - (झुँझलाकर) नहीं, कहीं मत चलो। मुझे सीधे होटल पहुंचाओ।

निराशा और विपत्ति के इन दृश्यों ने जगदीश सिंह के चित्त में यह प्रश्न उपस्थित कर दिया था कि अब मेरा क्या कर्त्तव्य है?

6

आज से सात वर्ष पूर्व जब बरहल के महाराज ठीक युवावस्था में घोड़े से गिर कर मर गए थे और विरासत का प्रश्न उठा तो महाराजा के कोई सन्तान न होने के कारण, वंश-क्रम मिलाने से उनके सगे चचेरे भाई ठाकुर रामसिंह को विरासत का हक पहुंचा था। उन्होंने दावा किया लेकिन न्यायालय ने राजी को ही हकदार कराया। ठाकुर साहब ने अपील की, प्रिवी काउंसिल तक गये, परन्तु सफलता न हुई। मुकदमेबाजी में लाखों रुपये नष्ट हुए, अपने पास की मलकियत भी हाथ से जाती रही किन्तु हारकर भी वह चुप न बैठे। सदैव विधवा रानी को छेड़ते रहे। कभी आसामियों को भड़काते, कभी आसामियों से रानी की बुराई करते, कभी उन्हें जाली मुकदमें में फंसाने का उपाय करते, परन्तु रानी बड़े जीवट की स्त्री थी। वह भी ठाकुर साहब के प्रत्येक आघात का मुंहतोड़ उत्तर देती। हां, इस खींच-तान में उन्हें बड़ी-बड़ी रकम आवश्यक खर्च करनी पड़ती थी। आसामियों से रुपये न वसूल होते, इसलिए उन्हें बार-बार ऋण लेना पड़ता था, परन्तु कानून के अनुसार उन्हें ऋण लेने का अधिकार न था। इसलिए उन्हें या तो इस व्यवस्था को छिपाना पड़ता था, या सूद की गहरी दर स्वीकार करनी पड़ती थी।

कुंवर जगदीश सिंह का लड़कपन तो लाड़-प्यार से बीता था, परन्तु जब ठाकुर रामसिंह मुकदमेबाजी से बहुत तंग आ गए और यह सन्देह होने लगा कि कहीं रानी की चालों से कुंवर साहब का जीवन संकट में पड़ जाये, तो उन्होंने विवश होकर कुंवर साहब को देहरादून भेज दिया। कुंवर साहब वहां दो वर्ष तक तो आनंद से रहे, किन्तु कॉलेज की प्रथम श्रेणी में पहुंचे कि पिता परलोक वासी हो गए। कुंवर साहब को पढ़ाई छोड़नी पड़ी। बरहल चले आए, सिर पर कुटुम्ब-पालन और रानी से पुरानी शत्रुता के निभाने का बोझ आ पड़ा। उस समय से महारानी के मृत्यु-काल तक उनकी दशा बहुत गिरी रही। ऋण या स्त्रियों के गहनों के सिवा और कोई आधार न था। उस पर कुल-मर्यादा की रक्षा की चिंता भी थी। ये तीन वर्ष उनके लिए कठिन परीक्षा के समय थे। आए दिन साहूकारों से काम पड़ता था। उसके निर्दय-बाणों से कलेजा छिद गया था। हाकिमों के कठोर व्यवहार और अत्याचार भी सहने पड़ते, परन्तु सबसे हृदय-विदारक अपने उन आत्मीयजनों का बर्ताव था जो सामने घात न करके बगली चोटें करते थे मित्रता और ऐक्य की आड़ में कपट-हाथ चलाते थे। इन कठोर यातनाओं ने कुंवर साहब को अधिकार, स्वेच्छाचार और धन-सम्पत्ति का जानी दुश्मन बना दिया था। वह बड़े भावुक पुरुष थे। संबंधियों की अकृपा और देश-बंधुओं की दुनीति उनके रूप पर काला चिह्न बनाती जाती थी। साहित्य-प्रेम ने उन्हें मानव-प्रकृति का तत्त्वान्वेषी बना दिया था और जहां यह ज्ञान उन्हें प्रतिदिन सभ्यता से दूर लिए जाता था, वहां उनके चित्त में जनसत्ता और साम्यवाद के विचार पुष्ट करता जाता था। उन पर प्रकट हो गया कि यदि सद्व्यवहार जीवित है, तो वह झोपड़ों और गरीबों में ही है।

उस कठिन समय में जब चारों ओर अंधेरा छाया था, उन्हें कभी-कभी सच्ची सहानुभूति का प्रकाश यही दृष्टिगोचर हो जाता था। धन-सम्पत्ति को वह श्रेष्ठ प्रसाद नहीं, ईश्वर का प्रकोप समझते थे, तो मनुष्य के हृदय से दया और प्रेम के भावों को मिटा देता है, यह वह मेघ है, जो चित्त के प्रकाशित तारों पर छा जाता है।

परन्तु महारानी की मृत्यु के बाद ज्यों ही धन-संपत्ति ने उन पर वार किया, बस दार्शनिक तर्कों की यह ढाल चूर-चूर हो गई। निर्देशन की शक्ति नष्ट हो गई। वे मित्र बन गए, जो शत्रु सरीखे थे और जो सच्चे हितैषी थे, वे विस्मृत हो गए। साम्यवाद के मनोगत विचारों में घोर परिवर्तन आरम्भ हो गया। हृदय में असहिष्णुता का उद्भव हुआ। त्याग ने भोग की ओर सिर झुका दिया, मर्यादा की बेड़ी गले में पड़ी। वे अधिकारी, जिन्हें देखकर उनके तेवर बदल जाते थे, अब उनके सलाहकार बन गए, दीनता और दरिद्रता को, जिनमें उन्हें सच्ची सहानुभूति थी, अधिक अब वह आंखें मूंद लेते थे।

इसमें संदेह नहीं कि कुंवर साहब अब भी साम्यवाद के भक्त थे, किन्तु उन विचारों को प्रकट करने में वह पहले की-सी स्वतंत्रता न थी। विचार अब व्यवहार से डरता था। उन्हें कथा को कार्य-रूप में परिणत करने का अवसर प्राप्त था पर अब कार्य-क्षेत्र कठिनाइयों से घिरा जान पड़ता था। बेगार के वह जानी दुश्मन थे, परन्तु अब बेगार को बंद करना दुष्कर प्रतीत होता था। स्वच्छता और स्वास्थ्य-रक्षा के वह भक्त थे, किन्तु अब धन व्यय न करके भी उन्हें ग्रामवासियों की ही ओर से विरोध की शंका होती थी। असामियों से पोत उगाहने में कठोर बर्ताव को वह पाप समझते थे, अगर अब कायरता के बिना काम चलता न जान पड़ता। सारांश यह कि कितने ही सिद्धांत, जिन पर पहले उनकी श्रद्धा थी, अब असंगत मालूम होते परन्तु आज जो दु:खद दृश्य बैंक के अहाते में नजर आए उन्होंने उनके दयाभाव को जागृत कर दिया। उस मनुष्य की-सी दशा हो गई, जो नौका में बैठा सुरम्य तट की शोभा का आनंद उठाता हुआ किसी -मशाल के सामने आ जाय, चिता पर लाशें जलती देखे, शोक-संतृप्त के करुण-क्रंदन को सुने और नाव से उतरकर उनके दु:ख में सम्मिलित हो जाय।

रात के दस बज गए थे। कुंवर साहब पलंग पर लेटे थे। बैंक के अहाते का दृश्य आंखों के सामने नाच रहा था। वही विलाप-ध्वनि कानों में आ रही थी। चित्त में प्रश्न हो रहा था, क्या इस विडंबना का कारण मैं ही हूं? मैंने तो वही किया, जिसका मुझे कानूनन अधिकार था। यह बैंक के संचालकों की भूल है, जो उन्होंने बिना पूरी जमानत के इतनी बड़ी रकम दे दी, लेनदारों को उन्हीं की गर्दन नापनी चाहिए। मैं कोई खुदाई फौजदार नहीं हूं कि दूसरों की नादानी का फल भोगूं। फिर विचार पलटा, मैं नाहक इस होटल में ठहरा। चालीस रुपए प्रतिदिन देने पड़ेंगे। कोई चार सौ रुपए के मत्थे जायेगी। इतना सामान भी व्यर्थ ही लिया। क्या आवश्यकता थी? मखमली गद्दे की, कुर्सियों या शीशे की सजावट से मेरा गौरव नहीं बढ़ सकता। कोई साधारण मकान पांच रुपए पर ले लेता, तो क्या काम न चलता? मैं और साथ के सब आदमी आराम से रहते। यही न होता कि लोग निंदा करते। इसकी क्या चिंता जिन लोगों के मत्थे पर राज कर रहा

हूं वे गरीब तो रोटियों को तरसते हैं। ये ही दस-बारह हजार लगाकर कुंए बनवा देता, तो सहस्रों दीनों का भला होता। अब फिर लोगों के चकमें में न आऊंगा। यह मोटरकार व्यर्थ है। मेरा समय इतना मंहगा नहीं है कि घण्टे-आधा घण्टे की किफायत के लिए दो सौ रुपए महीने का खर्च बढ़ा लूं। फाका करने वाले असामियों के सामने मोटर दौड़ाना उनकी छातियों पर मूंग दलना है। माना कि वे रोब में आ जाएंगे, जिधर से निकल जाऊंगा, सैकड़ों स्त्रियां और बच्चे देखने के लिए खड़े हो जाएंगे, अगर केवल इतने ही दिखावे के लिए इतना खर्च बढ़ाना मूर्खता है। यदि दूसरे रईस ऐसा करते है तो करें, मैं उनकी बराबरी क्यों करूं? अब तक दो हजार रुपये सालाना में मेरा निर्वाह हो जाता था। अब दो के बदले चार हजार बहुत हैं। फिर मुझे दूसरों की कमाई इस प्रकार उड़ाने का अधिकार ही क्या है? मैं कोई उद्योग-धंधा, कोई कारोबार नहीं करता, जिसका यह नफा हो। यदि मेरे पुरखों ने हठधर्मी, जबरदस्ती से इलाका अपने हाथ में रख लिया, तो उनके लूट के धन में शरीक होने का क्या अधिकार है? जो लोग परिश्रम करते हैं, उन्हें अपने परिश्रम का फल मिलना चाहिए। राज्य उन्हें केवल दूसरों के कठोर हाथों से बचाता है, उसे इस सेवा का उचित मुआवजा मिलना चाहिए। बस, मैं तो राज्य की ओर से यह मुआवजा वसूल करने के लिए नियत हूं। इसके सिवा इन गरीबों की कमाई में मेरा और कोई भाग नहीं। बेचारे दीन हैं, मूर्ख, हैं बेजुबान हैं, इस समय हम उन्हें चाहे जितना सता लें। इन्हें अपने स्वत्व का ज्ञान नहीं। ये अपने महत्त्व को नहीं समझते, पर एक समय ऐसा अवश्य आयेगा, जब इनके मुंह में भी जबान होगी, इन्हें भी अपने अधिकारों का ज्ञान होगा। तब हमारी दशा बुरी होगी। ये भोग-विलास मुझे अपने आदमियों से दूर किए देते है। मेरी भलाई इसी में है कि मैं इन्हीं में रहूं, इन्हीं की भांति जीवन-निर्वाह और इनकी सहायता करूं। कोई छोटी-मोटी रकम होती, तो कहता, लाओ, जिस सिर पर बहुत भार है, उसी तरह यह भी सही। मूल के अलावा कई हजार रुपये सूद के अलग हुए, फिर महाजनों के तीन लाख रुपये हैं। रियासत की आमदनी डेढ़-दो लाख रुपये सालाना है, अधिक नहीं। मैं इतना बड़ा साहस करूं भी, तो किस बूते पर? हां, यदि बैरागी हो जाऊं तो सम्भव हैं, मेरे जीवन में - यदि कहीं अचानक मृत्यु न हो जाये तो, यह झगड़ा पाक हो जाये। इस अग्नि में कूदना अपने सम्पूर्ण जीवन, अपनी उमंगों और अपनी आशाओं को भस्म करना है। आह! इन दिनों की प्रतीक्षा में मैंने क्या-क्या कष्ट नहीं भोगे, पिताजी ने इस चिंता में प्राण-त्याग किया। यह शुभ मुहूर्त हमारी अंधेरी रात के लिए दूर का दीपक था। हम इसी के आसरे जीवित थे। सोते-जागते सदैव इसी की चर्चा रहती थी। इससे चित्त को कितना संतोष और कितना अभिमान था। भूखे रहने के दिनों में भी हमारे तेवर मैले न होते थे। जब इतने धैर्य और सन्तोष के बाद अच्छे दिन आए तो उससे कैसे विमुख हुआ जाये। फिर अपनी ही चिंता तो नहीं, रियासत की उन्नति की कितनी ही स्कीम सोच चुका हूं। क्या अपनी इच्छाओं के साथ उन विचारों को भी त्याग दूं? इस अभागी रानी ने मुझे बुरी तरह फंसाया, जब तक जीती रही, कभी चैन से न बैठने दिया। मरी तो मेरे सिर पर बला डाल दी। परंतु मैं दीनता से इतना डरता क्यों हूं? दीनता कोई पाप नहीं है। यदि मेरा त्याग हजारों घरानों को कष्ट और दुरावस्था से बचाए तो मुझे उससे मुंह न मोड़ना चाहिए। केवल सुख से जीवन व्यतीत करना ही हमारा ध्येय नहीं है।

हमारी मान-प्रतिष्ठा और कीर्ति सुखभोग ही से तो नहीं हुआ करती। राज-मंदिरों में रहने वालों और विलास में रत राणाप्रताप को कौन जानता है? यह उनका आत्मसमर्पण और कठिन व्रत-पालन ही है, जिसने उन्हें हमारी जाति का सूर्य बना दिया है। श्रीरामचंद्र ने यदि अपना जीवन सुख-भोग में बिताया होता, तो हम आज उनका नाम भी न जानते। उनके आत्म-बलिदान ने ही उन्हें अमर बना दिया। हमारी प्रतिष्ठा धन और विलास पर अवलंबित नहीं है। मैं मोटर पर सवार हुआ तो क्या, और टट्टू पर चढ़ा तो क्या, होटल में ठहरा तो क्या, और किसी मामूली घर में ठहरा तो क्या बहुत लोग, ताल्लुकेदार लोग हंसी उड़ायेंगे। इसकी परवाह नहीं। मैं तो हृदय से चाहता हूं कि उन लोगों से अलग-अलग रहूं। यदि इतनी निंदा से सैकड़ों परिवारों का भला हो जाये, तो मैं मनुष्य नहीं, यदि प्रसन्नता से उसे सहन न करूं। यदि अपने घोड़े और फिर, सैर और शिकार, नौकर-चाकर और स्वार्थ-साधक हित मित्रों से रहित होकर मैं सहस्रों अमीर-गरीब कुटुंब का, विधवाओं, अनाथों का भला कर सकूं तो मुझे इसमें कदापि विलम्ब न करना चाहिए। सहस्रों परिवारों के भाग्य इस समय मेरी मुट्ठी में है। मेरा सुख-भोग उनके लिए विष और मेरा आत्म-संयम उनके लिए अमृत है। मैं अमृत बन सकता हूं, विष क्यों बनूं और फिर इसे आत्म-त्याग समझना भी मेरी भूल है। यह एक संयोग है कि मैं आज इस जायदाद का अधिकारी हूं। मैंने उसे कमाया नहीं। उसके लिए रक्त नहीं बहाया। न पसीना बहाया। यदि वह जायदाद मुझे न मिली होती तो मैं सहस्रों दीन भाइयों की भांति आज जीविकोपार्जन में लगा रहता। मैं क्यों न भूल जाऊं कि मैं इस राज्य का स्वामी हूं। ऐसे ही अवसरों पर मनुष्य की परख होती है। मैंने वर्षों पुस्तकावलोकन किया, वर्षों परोपकार के सिद्धांतों का अनुयायी रहा। यदि इस समय उन सिद्धांतों को भूल जाऊं, स्वार्थ को मनुष्यता और सदाचार से बढ़ने दूं तो वस्तुतः यह मेरी अत्यन्त कायरता और स्वार्थपरता होगी। भला स्वार्थ-साधन की शिक्षा के लिए गीता, मिल, एगर्सन और अरस्तु का शिष्य बनने की क्या आवश्यकता थी? यह पाठ तो मुझे अपने दूसरे भाइयों से मिल जाता। प्रचलित प्रथा से बढ़कर और कौन गुरु था? साधारण लोगों की भांति क्या मैं भी स्वार्थ के सामने सिर झुका दूं? तो फिर विशेषता क्या रही? नहीं, कॉनशस (विवेक-बुद्धि) का खून न करूंगा। परमात्मा, तुम मेरी सहायता करो, तुमने मुझे राजपूत-घर में जन्म दिया है। मेरे कर्म से इस महान जाति को लज्जित न करो। नहीं, कदापि नहीं। यह गर्दन स्वार्थ के सम्मुख न झुकेगी। मैं राम, भीष्म और प्रताप का वंशज हूं। शरीर-सेवक न बनूंगा।

कुंवर जगदीश सिंह को इस समय ऐसा ज्ञात हुआ, मानो वह किसी ऊंचे मीनार पर चढ़ गए हैं। चित्त अभिमान से पूरित हो गया। आंखें प्रकाशमय हो गई। परन्तु एक ही क्षण में इस उमंग का उतार होने लगा, ऊंचे मीनार से नीचे की ओर आंखें गईं। सारा शरीर कांप उठा। उस मनुष्य की-सी दशा हो गई, जो किसी नदी पर बैठा, उसमें कूदने का विचार कर रहा हो।

उन्होंने सोचा, क्या मेरे घर के लोग मुझसे सहमत होंगे? यदि मेरे कारण वे सहमत भी हो जाये, तो क्या मुझे अधिकार है कि अपने साथ उनकी इच्छाओं का भी बलिदान करूं? और तो और, माताजी कभी न मानेंगी, और कदाचित भाई लोग भी अस्वीकार करें। रियासत की हैसियत

को देखते हुए वे कम-से-कम दस हजार सालाना के हिस्सेदार है और उनके भाग में किसी प्रकार का हस्तक्षेप नहीं कर सकता। मैं केवल अपना मालिक हूं परंतु मैं भी अकेला नहीं हूं। सावित्री स्वयं चाहे मेरे आग में कूदने को तैयार हो, किंतु अपने प्यारे पुत्र को इस आंच के समीप न आने देगी।

कुंवर महाशय और अधिक न सोच सके। वह एक विकल दशा में पलंग पर से उठ बैठे और कमरे में टहलने लगे। थोड़ी देर बाद उन्होंने जंगले के बाहर की ओर झांका और किवाड़ खोलकर बाहर चले गए। चारों ओर अंधेरा था। उनकी चिंताओं की भांति सामने अपार और भयंकर गोमती नदी बह रही थी। वह धीरे-धीरे नदी के तट पर चले गए और देर तक वहां टहलते रहे। आकुल हृदय को जल-तरंगों से प्रेम होता है। शायद इसलिए कि लहरें बाबुल है। उन्होंने अपने चंचल चित्त को फिर एकाग्र किया। यदि रियासत की आमदनी से ये सब वृत्तियां दी जायेंगी तो ऋण का सूद निकलना भी कठिन होगा। मूल का तो कहना ही क्या! क्या आय में वृद्धि नहीं हो सकती? अभी अस्तबल में बीस घोड़े हैं। मेरे लिए एक काफी है। नौकरों की संख्या सौ से कम न होगी। मेरे लिए दो भी अधिक हैं। यह अनुचित है कि अपने ही भाइयों से नीच सेवाएं कराई जायें। उन मनुष्यों को मैं अपने हिस्से की जमीन दे दूंगा। सुख से खेती करेंगे और मुझे आशीर्वाद देंगे। बगीचों के फल अब तक डालियों की भेंट हो जाते थे। अब उन्हें बेचूंगा, और सबसे बड़ी आमदनी तो बयाई की है। केवल महेशगंज के बाजार के दस हजार रुपये आते हैं। यह सब आमदनी महंत जी उड़ा जाते हैं। उनके लिए एक हजार रुपये साल होना चाहिए। अब की इस बाजार का ठेका दूंगा। आठ हजार से कम न मिलेंगे। इन मदों से पच्चीस हजार रुपये की वार्षिक आय होगी। सावित्री और लल्ला (लड़के) के लिए एक हजार रुपये काफी हैं। मैं सावित्री से स्पष्ट कर दूंगा कि या तो एक हजार मासिक लो और मेरे साथ रहो या रियासत की आधी आमदनी ले लो, और मुझे छेड़ दो। रानी बनने की इच्छा हो, तो खुशी से बनो, परंतु मैं राजा न बनूंगा।

अचानक कुंवर साहब के कानों में आवाज आई - राम नाम सत्य है। उन्होंने पीछे मुड़कर देखा। कई मनुष्य एक लाश लिए आते थे। उन लोगों ने नदी किनारे चिता बनाई और उसमें आग लगा दी। दो स्त्रियां चिंघाड़ कर रो रही थीं। इस विलाप का कुंवर साहब के चित्त पर कुछ प्रभाव न पड़ा। वह चित्त में लज्जित हो रहे थे कि मैं कितना पाषाण-हृदय हूं! एक दीन मनुष्य की लाश जल रही है, स्त्रियां रो रही है और मेरा हृदय तनिक भी नहीं पसीजता! पत्थर की मूर्ति की भांति खड़ा हूं। एकबारगी एक स्त्री ने रोते हुए कहा - 'हाय मेरे राजा, तुम्हें विष कैसे मीठा लगा?' यह हृदय-विदारक विलाप सुनते ही कुंवर साहब के चित्त में एक घाव-सा लगा। करुणा सजल हो गई और नेत्र अश्रुपूर्ण हो गए। कदाचित इसने विष-पान करके प्राण दिये हैं। हाय! उसे विष कैसे मीठा लगा! इसमें कितनी करुणा है, कितना दु:ख, कितना आश्चर्य! विष तो कड़वा पदार्थ है। क्यों कर मीठा हो गया! कटु विष के बदले जिसने अपने मधुर प्राण दे दिये, उस पर कोई बड़ी मुसीबत पड़ी होगी। ऐसी ही दशा में विष मधुर हो सकता है। कुंवर साहब तड़प गए।

कारुणिक शब्द बार-बार उनके हृदय में गूंजते थे। अब उनसे वहां न खड़ा रहा गया। वह उन आदमियों के पास आये। एक मनुष्य से पूछा - क्या बहुत दिनों से बीमार थे? इस मनुष्य ने कुंवर साहब की ओर अश्रु-भरे नेत्रों से देखकर कहा - नहीं साहब, कहां की बीमारी! अभी आज संध्या तक भली-भांति बातें कर रहे थे। मालूम नहीं संध्या को क्या खा लिया कि खून की कै होने लगी। जब तक वैद्यराज के यहां लाएं, तब तक आंखें उलट गई। नाड़ी छूट गई। वैद्यराज ने आकर देखा, तो कहा - अब क्या हो सकता है? अभी कोई बाईस-तेईस वर्ष की अवस्था थी। ऐसा पट्ठा सारे लखनऊ में नहीं था।

कुंवर - कुछ मालूम हुआ, विष क्यों खाया?

उस मनुष्य ने संदेह दृष्टि से देखकर कहा - महाशय, और तो कोई बात नहीं हुई। जब से यह बड़ा बैंक टूटा है, बहुत उदास रहते थे। कोई हजार रुपये बैंक में जमा किए थे। घी-दूध-मलाई की बड़ी दुकान थी। बिरादरी में मान था। वह सारी पूंजी डूब गई। हम लोग रोकते रहे कि बैंक में रुपये मत जमा करो किन्तु होनहार यह था। किसी की नहीं सुनी। आज सवेरे पत्नी से गहने मांगते थे कि गिरवी रखकर अहीर के दूध के दाम दे दें। उससे बातों-बातों में झगड़ा हो गया। बस, न जाने क्या खा लिया।

कुंवर साहब का हृदय कांप उठा। तुरन्त ध्यान आया शिवदास तो नहीं है! पूछा- इनका नाम शिवदास तो नहीं था। उस मनुष्य ने विस्मय से देखकर कहा - हां यही नाम था। क्या आपसे उनकी जान-पहचान थी?

कुंवर - हां हम और यह बहुत दिनों तक बरहल में साथ-साथ खेले थे। आज शाम को वह हमसे बैंक में मिले थे। यदि उन्होंने मुझसे तनिक भी चर्चा की होती, तो मैं यथाशक्ति उसकी सहायता करता। शोक!

उस मनुष्य ने तब ध्यानपूर्वक कुंवर साहब को देखा, और जाकर स्त्रियों से कहा - चुप हो जाओ, बरहल के महाराज आए हैं। इतना सुनते ही शिवदास की माता जोर-जोर से सिर पटकती और रोती हुई आकर कुंवर साहब के पैरों पर गिर पड़ी। उसके सुख से केवल ये शब्द निकले - 'बेटा, बचपन से जिसे तुम भैया कहा करते थे...' कुंवर महाशय की आंखों से भी अश्रुपात हो रहा था। शिवदास की मूर्ति उनके सामने खड़ी यह कहती दीख पड़ती थी तुमने मित्र होकर मेरे प्राण लिए।

7

भोर हो आया परन्तु कुंवर साहब को नींद न आयी। जब वह गोमती तीर से लौटे थे, उनके चित्त पर एक वैराग्य-सा खड़ा हुआ था। वह कारुणिक दृश्य उनके स्वार्थ के तर्कों को छिन्न-भिन्न किए देता था। सावित्री के विरोध, लल्ला के निराशा-युक्त हठ और माता के कुशब्दों का उन्हें लेश-मात्र भी भय न था। सावित्री कुढ़ेगी, लल्ला को भी संग्राम के क्षेत्र में कूदना पड़ेगा, कोई

चिन्ता नहीं! माता प्राण देने पर तत्पर होगी, क्या हर्ज है। मैं अपने स्त्री-पुत्र तथा हित-मित्रादि के लिए सहस्रों परिवारों की हत्या न करूंगा। हाय! शिवदास को जीवित रखने के लिए मैं ऐसी कितनी रियासतें छोड़ सकता हूं। सावित्री को भूखों रहना पड़े, लल्ला को मजदूरी करनी पड़े। मुझे द्वार-द्वार भीख मांगनी पड़े, तब भी दूसरों का गला न दबाऊंगा। अब विलम्ब का अवसर नहीं। न जाने आगे यह दिवाला और क्या-क्या आपत्तियां खड़ी करे। मुझे इतना आगा-पीछा क्यों हो रहा है? यह केवल आत्म-निर्बलता है, वरना यह कोई ऐसा काम नहीं, जो किसी ने न किया हो। आये दिन लोग लाखों रुपये दान-पुण्य करते है। मुझे अपने कर्त्तव्य का ज्ञान है, उससे क्यों मुंह मोड़ूं, जो कुछ हो, जो चाहे सिर पड़े, इसकी क्या चिन्ता। कुंवर ने घंटी बजायी। एक क्षण में अरदली आंखें मलता हुआ आया।

कुंवर साहब बोले - अभी जैकब बैरिस्टर के पास जाकर सलाम दो। जाग गए होंगे। कहना, जरूरी काम है। वहीं, यह पत्र लेते जाओ। मोटर तैयार करा लो।

8

मिस्टर जैकब ने कुंवर साहब को बहुत समझाया कि आप इस दलदल में न फंसे, नहीं तो निकलना कठिन होगा। मालूम नहीं, अभी कितनी ऐसी रकम हैं जिनका आपको पता नहीं है, परन्तु चित्त में दृढ़ हो जानेवाला निश्चय ही चू◌ूने का फर्श है, जिसको आपत्ति के थपेड़े और भी पुष्ट कर देते हैं, कुंवर साहब अपने निश्चय पर दृढ़ रहे। दूसरे दिन समाचार-पत्रों में छपता दिया कि मृत महारानी पर जितना कर्ज है, वह हम स्वीकारते है और नियत समय के भीतर चुका देंगे।

इस विज्ञापन के छपते ही लखनऊ में खलबली मच गई, बुद्धिमानों की सम्मति में यह कुंवर महाशय की नितांत भूल थी और जो लोग कानून से अनभिज्ञ थे उन्होंने सोचा कि इसमें अवश्य कोई भेद है। ऐसे बहुत कम मनुष्य थे, जिन्हें कुंवर साहब की नियत की सच्चाई पर विश्वास आया हो, परन्तु कुंवर साहब का बखान चाहे न हुआ हो, आशीर्वाद की कमी न थी। बैंक के हजारों गरीब लेनदार सच्चे मन से उन्हें आशीर्वाद दे रहे थे।

एक सप्ताह तक कुंवर साहब को सिर उठाने का अवसर न मिला। मिस्टर जैकब का विचार सत्य सिद्ध हुआ। देना प्रतिदिन बढ़ता जाता था। कितने ही प्रोनोट ऐसे मिले, जिनका उन्हें कुछ भी पता न था। जौहरियों और अन्य बड़े-बड़े दुकानदारों का लेना भी कम न था। अदांजन तेरह-चौदह लाख का था। मिजान बीस लाख तक पहुंचा। कुंवर साहब घबराए। शंका हुई कहीं ऐसा न हो कि उन्हें भाइयों का गुजारा भी बन्द करना पड़े, जिसका उन्हें कोई अधिकार नहीं था। यहां तक कि सातवें दिन उन्होंने कई साहूकारों को बुरा-भला कहकर सामने से दूर किया। जहां ब्याज की दर अधिक थी, उसे कम कराया और जिन रकमों की मियाद बीत चुकी थी, उनसे इंकार कर दिया।

उन्हें साहूकारों की कठोरता पर क्रोध आता था। उनके विचार से महाजनों को डूबते धन का एक भाग पाकर ही सन्तोष कर लेना चाहिए था। इसी खींच-तान करने पर भी कुल देना उन्नीस लाख से कम न हुआ।

कुंवर साहब इन कामों से अवकाश पाकर एक दिन नेशनल बैंक की ओर जा निकले। बैंक खुला हुआ था। मृतक शरीर में प्राण आ गये थे। लेनदारों की भीड़ लगी हुई थी। लोग प्रसन्नचित्त लौट रहे थे। कुंवर साहब को देखते ही सैकड़ों मनुष्य बड़े प्रेम से उनकी ओर दौड़े। किसी ने रोकर, किसी ने पैरों पर गिरकर और किसी वे सभ्यता-पूर्वक अपनी कृतज्ञता प्रकट की। वह बैंक के कार्यकर्ताओं से भी मिले। लोगों ने कहा - इस विज्ञापन ने बैंक को जीवित कर दिया। बंगाली बाबू ने लाला सांईदास की आलोचना की - वह समझता था, संसार में सब मनुष्य भलेमानस हैं। हमको उपदेश करता था। अब उसकी आंखें खुल गयी हैं। अकेला घर में बैठा रहता है। किसी को मुंह नहीं दिखाता। हम सुनता है, वहां से भाग जाना चाहता था। परन्तु बड़ा साहब बोला - भागेगा तो तुम्हारा वारंट जारी कर देगा। अब सांईदास की जगह बंगाली बाबू मैनेजर हो गए थे।

इसके बाद कुंवर साहब बरहल आये। भाइयों ने यह वृत्तांत सुना, तो बिगड़े, अदालत की धमकी दी। माताजी को ऐसा धक्का पहुंचा कि वह उसी दिन बीमार होकर एक ही सप्ताह में इस संसार से विदा हो गयी। सावित्री को भी चोट लगी, पर उसने केवल संतोष ही नहीं किया, पति की उदारता और त्याग की प्रशंसा भी की। रह गये लाल साहब। उन्होंने जब देखा कि अस्तबल से घोड़े निकल जाते हैं, हाथी मकनपुर के मेले में बिकने के लिए भेज दिए गए हैं और कहार विदा किए जा रहे हैं, तो व्याकुल हो पिता से बोले - बाबूजी, यह सब नौकर घोड़े, हाथी कहां जा रहे है?

कुंवर - एक राजा साहब के उत्सव में।

लालजी - कौन से राजा?

कुंवर - उनका नाम राजा दीनसिंह है।

लालजी - कहां रहते है?

कुंवर - दरिद्रपुर।

कुंवर - तुम्हें भी ले चलेंगे, परन्तु इस बारात में पैदल चलने वालों का सम्मान सवारों से अधिक होगा।

लालजी - तो हम भी पैदल चलेंगे।

कुंवर - यहां परिश्रमी मनुष्यों की प्रशंसा होती है।

लालजी - तो हम सबसे ज्यादा परिश्रम करेंगे।

कुंवर साहब के दोनों भाई पांच-पांच हजार रुपया गुजारा लेकर अलग हो गए। कुंवर साहब अपने परिवार के लिए कठिनाई से एक हजार सालाना का प्रबंध कर सके, पर यह आमदनी एक रईस के लिए किसी तरह पर्याप्त नहीं थी। अतिथि-अभ्यागत प्रतिदिन टिके ही रहते थे। उन सबका भी सत्कार करना पड़ता था। बड़ी कठिनाई से निर्वाह होता था। इधर एक वर्ष से शिवदास के कुटुम्ब का भार भी सिर पर पड़ा, परन्तु कुंवर साहब कभी अपने निश्चय पर शोक नहीं करते। उन्हें कभी किसी ने चिन्तित नहीं देखा। उनका मुख-मंडल धैर्य और सच्चे अभिमान से सदैव प्रकाशित रहता है। साहित्य-प्रेम पहले से था। अब बागवानी से प्रेम हो गया है। अपने बाग में प्रात:काल से शाम तक पौधों की देख-रेख किया करते हैं और लाल साहब तो पक्के कृषक होते दिखाई देते हैं। अभी नौ-दस वर्ष से अधिक अवस्था नहीं है, लेकिन अंधेरे मुंह खेत पहुंच जाते हैं। खाने-पीने को भी सुध नहीं रहती।

उनका घोड़ा मौजूद है, परन्तु महीनों उस पर नहीं चढ़ते। उनकी यह धुन देखकर कुंवर साहब प्रसन्न होते हैं और कहा करते हैं - रियासत के भविष्य की ओर से निश्चित हूं। लाल साहब कभी इस पाठ को न भूलेंगे। घर में सम्पत्ति होती, तो सुख-भोग, शिकार, दुराचार के सिवा और क्या सूझता! सम्पत्ति बेचकर हमने परिश्रम और संतोष खरीदा, और यह सौदा बुरा नहीं। सावित्री इतनी संतोषी नहीं। वह कुंवर साहब के रोकने पर भी असामियों से छोटी-मोटी भेंट ले लिया करती हैं और कुल-प्रथा नहीं तोड़ना चाहती।

***

आत्माराम

वेदी-ग्राम में महादेव सोनार एक सुविख्यात आदमी था। वह अपने सायबान में प्रात: से संध्या तक अँगीठी के सामने बैठा हुआ खटखट किया करता था। यह लगातार ध्वनि सुनने के लोग इतने अभ्यस्त हो गये थे कि जब किसी कारण से वह बंद हो जाती, तो जान पड़ता था, कोई चीज़ गायब हो गयी। वह नित्य-प्रति एक बार प्रात:काल अपने तोते का पिंजड़ा लिए कोई भजन गाता हुआ तालाब की ओर जाता था। उस धुँधले प्रकाश में उसका जर्जर शरीर, पोपला मुँह और झुकी हुई कमर देख कर किसी अपरिचित मनुष्य को उसके पिशाच होने का भ्रम हो सकता था। ज्यों ही लोगों के कानों में आवाज आती-'सत्त गुरुदत्त शिवदत्त दाता', लोग समझ जाते कि भोर हो गयी।

महादेव का पारिवारिक जीवन सुखमय न था। उसके तीन पुत्र थे, तीन बहुएँ थीं, दर्जनों नाती-पोते थे, लेकिन उसके बोझ को हलका करनेवाला कोई न था। लड़के कहते-'जब तक दादा जीते हैं, हम जीवन का आनंद भोग लें, फिर तो यह ढोल गले पड़ेगी ही।' बेचारे महादेव को कभी-कभी निराहार ही रहना पड़ता। भोजन के समय उसके घर में साम्यवाद का ऐसा गगनभेदी निर्घोष होता कि वह भूखा ही उठ जाता, और नारियल का हुक्का पीता हुआ सो जाता। उसका व्यावसायिक जीवन और भी अशांतिकारक था। यद्यपि वह अपने काम में निपुण था, उसकी खटाई औरों से कहीं ज्यादा शुद्धिकारक और उसकी रासायनिक क्रियाएँ कहीं ज्यादा कष्टसाध्य थीं, तथापि उसे आये दिन शक्की और धैर्य-शून्य प्राणियों के अपशब्द सुनने पड़ते थे। पर महादेव अविचलित गाम्भीर्य से सिर झुकाये सब कुछ सुना करता था। ज्यों ही यह कलह शांत होता, वह अपने तोते की ओर देख कर पुकार उठता-'सत्त गुरुदत्त शिवदत्त दाता।' इस मंत्र को जपते ही उसके चित्त को पूर्ण शांति प्राप्त हो जाती थी।

2

एक दिन संयोगवश किसी लड़के ने पिंजड़े का द्वार खोल दिया। तोता उड़ गया। महादेव ने सिर उठाकर जो पिंजड़े की ओर देखा, तो उसका कलेजा सन्न-से हो गया। तोता कहाँ गया। उसने फिर पिंजड़े को देखा, तोता गायब था ! महादेव घबड़ा कर उठा और इधर-उधर खपरैलों पर निगाह दौड़ाने लगा। उसे संसार में कोई वस्तु अगर प्यारी थी, तो वह यही तोता। लड़के-बालों, नाती-पोतों से उसका जी भर गया था। लड़कों की चुलबुल से उसके काम में विघ्न पड़ता था। बेटों से उसे प्रेम न था; इसलिए नहीं कि वे निकम्मे थे, बल्कि इसलिए कि उनके कारण वह अपने आनंददायी कुल्हड़ों की नियमित संख्या से वंचित रह जाता था। पड़ोसियों से उसे चिढ़ थी, इसलिए कि वे अँगीठी से आग निकाल ले जाते थे। इन समस्त विघ्न-बाधाओं से उसके लिए

कोई पनाह थी, तो वह यही तोता था। इससे उसे किसी प्रकार का कष्ट न होता था। वह अब उस अवस्था में था जब मनुष्य को शांति भोग के सिवा और कोई इच्छा नहीं रहती।

तोता एक खपरैल पर बैठा था। महादेव ने पिंजरा उतार लिया और उसे दिखा कर कहने लगा-'आ-आ' 'सत्त गुरुदत्त शिवदत्त दाता।' लेकिन गाँव और घर के लड़के एकत्र हो कर चिल्लाने और तालियाँ बजाने लगे। ऊपर से कौओं ने काँव-काँव की रट लगायी ? तोता उड़ा और गाँव से बाहर निकल कर एक पेड़ पर जा बैठा। महादेव खाली पिंजड़ा लिये उसके पीछे दौड़ा, सो दौड़ा। लोगों को उसकी दुरतगामिता पर अचम्भा हो रहा था। मोह की इससे सुंदर, इससे सजीव, इससे भावमय कल्पना नहीं की जा सकती।

दोपहर हो गयी थी। किसान लोग खेतों से चले आ रहे थे। उन्हें विनोद का अच्छा अवसर मिला। महादेव को चिढ़ाने में सभी को मजा आता था। किसी ने कंकड़ फेंके, किसी ने तालियाँ बजायीं। तोता फिर उड़ा और वहाँ से दूर आम के बाग में एक पेड़ की फुनगी पर जा बैठा। महादेव फिर खाली पिंजड़ा लिये मेंढक की भाँति उचकता चला। बाग में पहुँचा तो पैर के तलुओं से आग निकल रही थी; सिर चक्कर खा रहा था। जब जरा सावधान हुआ, तो फिर पिंजड़ा उठा कर कहने लगा-'सत्त गुरुदत्त शिवदत्त दाता।' तोता फुनगी से उतर कर नीचे की एक डाल पर आ बैठा, किन्तु महादेव की ओर सशंक नेत्रों से ताक रहा था। महादेव ने समझा, डर रहा है। वह पिंजड़े को छोड़ कर आप एक दूसरे पेड़ की आड़ में छिप गया। तोते ने चारों ओर गौर से देखा, निश्शंक हो गया, उतरा और आ कर पिंजड़े के ऊपर बैठ गया। महादेव का हृदय उछलने लगा। 'सत्त गुरुदत्त शिवदत्त दाता' का मंत्र जपता हुआ धीरे-धीरे तोते के समीप आया और लपका कि तोते को पकड़ ले; किन्तु तोता हाथ न आया, फिर पेड़ पर जा बैठा।

शाम तक यही हाल रहा। तोता कभी इस डाल पर जाता, कभी उस डाल पर। कभी पिंजड़े पर आ बैठता, कभी पिंजड़े के द्वार पर बैठ अपने दाना-पानी की प्यालियों को देखता, और फिर उड़ जाता। बुड्ढा अगर मूर्तिमान मोह था, तो तोता मूर्तिमयी माया। यहाँ तक कि शाम हो गयी। माया और मोह का यह संग्राम अंधकार में विलीन हो गया।

3

रात हो गयी ! चारों ओर निविड़ अंधकार छा गया। तोता न जाने पत्तों में कहाँ छिपा बैठा था। महादेव जानता था कि रात को तोता कहीं उड़ कर नहीं जा सकता। और न पिंजड़े ही में आ सकता है, फिर भी वह उस जगह से हिलने का नाम न लेता था। आज उसने दिन भर कुछ नहीं खाया। रात के भोजन का समय भी निकल गया, पानी की बूँद भी उसके कंठ में न गयी; लेकिन उसे न भूख थी, न प्यास ! तोते के बिना उसे अपना जीवन निस्सार, शुष्क और सूना जान पड़ता था। वह दिन-रात काम करता था; इसलिए कि यह उसकी अंत:प्रेरणा थी; जीवन के और काम इसलिए करता था कि आदत थी। इन कामों में उसे अपनी सजीवता का लेश-मात्र भी ज्ञान न होता था। तोता ही वह वस्तु था, जो उसे चेतना की याद दिलाता था। उसका हाथ से जाना जीव का देह-त्याग करना था।

महादेव दिन भर का भूखा-प्यासा, थका-माँदा, रह-रह कर झपकियाँ ले लेता था; किन्तु एक क्षण में फिर चौंक कर आँखें खोल देता और उस विस्तृत अंधकार में उसकी आवाज़ सुनायी देती-'सत्त गुरुदत्त शिवदत्त दाता'।

आधी रात गुजर गयी थी। सहसा वह कोई आहट पा कर चौंका। देखा, एक दूसरे वृक्ष के नीचे एक धुँधला दीपक जल रहा है, और कई आदमी बैठे हुए आपस में कुछ बातें कर रहे हैं। वे सब चिलम पी रहे थे। तमाखू की महक ने उसे अधीर कर दिया। उच्च स्वर से बोला-'सत्त गुरुदत्त शिवदत्त दाता' और उन आदमियों की ओर चिलम पीने चला गया; किंतु जिस प्रकार बंदूक की आवाज़ सुनते ही हिरन भाग जाते हैं उसी प्रकार उसे आते देख सब-के-सब उठ कर भागे। कोई इधर गया, कोई उधर। महादेव चिल्लाने लगा-'ठहरो-ठहरो' एकाएक उसे ध्यान आ गया, ये सब चोर हैं। वह जोर से चिल्ला उठा-'चोर-चोर, पकड़ो-पकड़ो।' चोरों ने पीछे फिर कर न देखा।

महादेव दीपक के पास गया, तो उसे एक कलसा रखा हुआ मिला जो मोर्चे से काला हो रहा था। महादेव का हृदय उछलने लगा। उसने कलसे में हाथ डाला, तो मोहरें थीं। उसने एक मोहर बाहर निकाली और दीपक के उजाले में देखा। हाँ, मोहर थी। उसने तुरंत कलसा उठा लिया, और दीपक बुझा दिया और पेड़ के नीचे छिप कर बैठ रहा। साह से चोर बन गया।

उसे फिर शंका हुई, ऐसा न हो, चोर लौट आवें, और मुझे अकेला देख कर मोहरें छीन लें। उसने कुछ मोहर कमर में बाँधीं, फिर एक सूखी लकड़ी से जमीन की मिट्टी हटा कर कई गड्ढे बनाये, उन्हें मोहरों से भर कर मिट्टी से ढँक दिया।

4

महादेव के अंतर्नेत्रों के सामने अब एक दूसरा जगत् था, चिंताओं और कल्पना से परिपूर्ण। यद्यपि अभी कोष के हाथ से निकल जाने का भय था, पर अभिलाषाओं ने अपना काम शुरू कर दिया। एक पक्का मकान बन गया, सराफे की एक भारी दूकान खुल गयी, निज सम्बन्धियों से फिर नाता जुड़ गया, विलास की सामग्रियाँ एकत्रित हो गयीं। तब तीर्थ-यात्रा करने चले, और वहाँ से लौट कर बड़े समारोह से यज्ञ, ब्रह्मभोज हुआ। इसके पश्चात् एक शिवालय और कुआँ बन गया, एक बाग भी लग गया और वह नित्यप्रति कथा-पुराण सुनने लगा। साधु-सन्तों का आदर-सत्कार होने लगा।

अकस्मात् उसे ध्यान आया। कहीं चोर आ जायँ, तो मैं भागूँगा क्योंकर ? उसने परीक्षा करने के लिए कलसा उठाया। और दो सौ पग तक बेतहाशा भागा हुआ चला गया। जान पड़ता था, उसके पैरों में पर लग गये हैं। चिंता शांत हो गयी। इन्हीं कल्पनाओं में रात व्यतीत हो गयी। उषा का आगमन हुआ, हवा जगी, चिड़ियाँ गाने लगीं। सहसा महादेव के कानों में आवाज़ आयी-

सत्त गुरुदत्त शिवदत्त दाता,
राम के चरण में चित्त लागा।

यह बोल सदैव महादेव की जिह्वा पर रहता था। दिन में सहस्रो ही बार ये शब्द उसके मुँह से निकलते थे, पर उनका धार्मिक भाव कभी भी उसके अंत:करण को स्पर्श न करता था। जैसे किसी बाजे से राग निकलता है, उसी प्रकार उसके मुँह से यह बोल निकलता था। निरर्थक और प्रभाव-शून्य। तब उसका हृदय-रूपी वृक्ष पत्र-पल्लव विहीन था। यह निर्मल वायु उसे गुंजरित न कर सकती थी; पर अब उस वृक्ष में कोपलें और शाखाएँ निकल आयी थीं। इस वायु-प्रवाह से झूम उठा, गुंजित हो गया।

अरुणोदय का समय था। प्रकृति एक अनुरागमय प्रकाश में डूबी हुई थी। उसी समय तोता पैरों को जोड़े हुए ऊँची डाल से उतरा, जैसे आकाश से कोई तारा टूटे और आ कर पिंजड़े में बैठ गया। महादेव प्रफुल्लित हो कर दौड़ा और पिंजड़े को उठा कर बोला-'आओ आत्माराम, तुमने कष्ट तो बहुत दिया, पर मेरा जीवन भी सफल कर दिया। अब तुम्हें चाँदी के पिंजड़े में रखूँगा और सोने से मढ़ दूँगा।' उसके रोम-रोम से परमात्मा के गुणानुवाद की ध्वनि निकलने लगी। प्रभु तुम कितने दयावान् हो ! यह तुम्हारा असीम वात्सल्य है, नहीं तो मुझ पापी, पतित प्राणी कब इस कृपा के योग्य था ! इन पवित्र भावों से उसकी आत्मा विह्वल हो गयी ! वह अनुरक्त हो कर कह उठा-

'सत्त गुरुदत्त शिवदत्त दाता,
राम के चरण में चित्त लागा।'

उसने एक हाथ में पिंजड़ा लटकाया, बगल में कलसा दबाया और घर चला।

5

महादेव घर पहुँचा, तो अभी कुछ अँधेरा था। रास्ते में एक कुत्ते के सिवा और किसी से भेंट न हुई, और कुत्ते को मोहरों से विशेष प्रेम नहीं होता। उसने कलसे को एक नाद में छिपा दिया, और उसे कोयले से अच्छी तरह ढँक कर अपनी कोठरी में रख आया। जब दिन निकल आया तो वह सीधे पुरोहित के घर पहुँचा। पुरोहित पूजा पर बैठे सोच रहे थे-कल ही मुकदमे की पेशी है और अभी तक हाथ में कौड़ी भी नहीं-यजमानों में कोई साँस भी नहीं लेता। इतने में महादेव ने पालागन की। पंडित जी ने मुँह फेर लिया। यह अंमगलमूर्ति कहाँ से आ पहुँची, मालूम नहीं, दाना भी मयस्सर होगा या नहीं। रुष्ट हो कर पूछा-क्या है जी, क्या कहते हो। जानते नहीं, हम इस समय पूजा पर रहते हैं।

महादेव ने कहा-महाराज, आज मेरे यहाँ सत्यनारायण की कथा है।

पुरोहित जी विस्मित हो गये। कानों पर विश्वास न हुआ। महादेव के घर कथा का होना उतनी ही असाधारण घटना थी, जितनी अपने घर से किसी भिखारी के लिए भीख निकालना। पूछा-आज क्या है ?

महादेव बोला-कुछ नहीं, ऐसी इच्छा हुई कि आज भगवान् की कथा सुन लूँ।

प्रभात ही से तैयारी होने लगी। वेदी के निकटवर्ती गाँवों में सुपारी फिरी। कथा के उपरांत भोज का भी नेवता था। जो सुनता आश्चर्य करता। आज रेत में दूब कैसे जमी।

संध्या समय जब सब लोग जमा हुए, और पंडित जी अपने सिंहासन पर विराजमान हुए, तो महादेव खड़ा होकर उच्च स्वर में बोला-भाइयो, मेरी सारी उम्र छल-कपट में कट गयी। मैंने न जाने कितने आदमियों को दगा दी, कितने खरे को खोटा किया; पर अब भगवान् ने मुझ पर दया की है, वह मेरे मुँह की कालिख को मिटाना चाहते हैं। मैं आप सब भाइयों से ललकार कर कहता हूँ कि जिसका मेरे जिम्मे जो कुछ निकलता हो, जिसकी जमा मैंने मार ली हो, जिसके चोखे माल को खोटा कर दिया हो, वह आ कर अपनी एक-एक कौड़ी चुका ले, अगर कोई यहाँ न आ सका हो, तो आप लोग उससे जा कर कह दीजिए, कल से एक महीने तक, जब जी चाहे, आये और अपना हिसाब चुकता कर ले। गवाही-साखी का काम नहीं।

सब लोग सन्नाटे में आ गये। कोई मार्मिक भाव से सिर हिला कर बोला-हम कहते न थे। किसी ने अविश्वास से कहा-क्या खा कर भरेगा, हजारों का टोटल हो जायेगा।

एक ठाकुर ने ठठोली की-और जो लोग सुरधाम चले गये।

महादेव ने उत्तर दिया-उसके घर वाले तो होंगे।

किन्तु इस समय लोगों को वसूली की इतनी इच्छा न थी, जितनी यह जानने की कि इसे इतना धन मिल कहाँ से गया। किसी को महादेव के पास आने का साहस न हुआ। देहात के आदमी थे, गड़े मुर्दे उखाड़ना क्या जानें। फिर प्राय: लोगों को याद भी न था कि उन्हें महादेव से क्या पाना है, और ऐसे पवित्र अवसर पर भूल-चूक हो जाने का भय उनका मुँह बन्द किये हुए था। सबसे बड़ी बात यह थी कि महादेव की साधुता ने उन्हें वशीभूत कर लिया था।

अचानक पुरोहित जी बोले-तुम्हें याद है, मैंने एक कंठा बनाने के लिए सोना दिया था, तुमने कई माशे तौल में उड़ा दिये थे।

महादेव-हाँ, याद है, आपका कितना नुकसान हुआ होगा ?

पुरोहित-पचास रुपये से कम न होगा।

महादेव ने कमर से दो मोहरें निकालीं और पुरोहित जी के सामने रख दीं।

पुरोहित जी की लोलुपता पर टीकाएँ होने लगीं। यह बेईमानी है, बहुत हो, तो दो-चार रुपये का नुकसान हुआ होगा। बेचारे से पचास रुपये ऐंठ लिये। नारायण का भी डर नहीं। बनने को पंडित, पर नीयत ऐसी खराब ! राम-राम !!

लोगों को महादेव पर एक श्रद्धा-सी हो गयी। एक घंटा बीत गया पर उन सहस्रों मनुष्यों में से एक भी खड़ा न हुआ। तब महादेव ने फिर कहा-मालूम होता है, आप लोग अपना-अपना हिसाब भूल गये हैं, इसलिए आज कथा होने दीजिए। मैं एक महीने तक आपकी राह देखूँगा। इसके पीछे तीर्थ-यात्रा करने चला जाऊँगा। आप सब भाइयों से मेरी विनती है कि आप मेरा उद्धार करें।

एक महीने तक महादेव लेनदारों की राह देखता रहा। रात को चोरों के भय से नींद न आती। अब वह कोई काम न करता। शराब का चसका भी छूटा। साधु-अभ्यागत जो द्वार पर आ जाते, उनका यथायोग्य सत्कार करता। दूर-दूर उसका सुयश फैल गया। यहाँ तक कि महीना पूरा हो गया, और एक आदमी भी हिसाब लेने न आया। अब महादेव को ज्ञान हुआ कि संसार में कितना धर्म, कितना सद्व्यवहार है। अब उसे मालूम हुआ कि संसार बुरों के लिए बुरा है और अच्छों के लिए अच्छा।

6

इस घटना को हुए पचास वर्ष बीत चुके हैं। आप वेदीग्राम जाइए, तो दूर ही से एक सुनहला कलश दिखायी देता है। वह ठाकुरद्वारे का कलश है। उससे मिला हुआ एक पक्का तालाब है, जिसमें खूब कमल खिले रहते हैं। उसकी मछलियाँ कोई नहीं पकड़ता, तालाब के किनारे एक विशाल समाधि है। यही आत्माराम का स्मृति-चिह्न है, उसके सम्बन्ध में विभिन्न किंवदंतियाँ प्रचलित हैं। कोई कहता है, वह रत्नजड़ित पिंजड़ा स्वर्ग को चला गया, कोई कहता, वह 'सत्त गुरुदत्त' कहता हुआ अंतर्धान हो गया, पर यथार्थ यह है कि उस पक्षी-रूपी चंद्र को किसी बिल्ली-रूपी राहु ने ग्रस लिया। लोग कहते हैं, आधी रात को अभी तक तालाब के किनारे आवाज़ आती है-

'सत्त गुरुदत्त शिवदत्त दाता,
राम के चरण में चित्त लागा।'

महादेव के विषय में भी कितनी ही जन-श्रुतियाँ हैं। उनमें सबसे मान्य यह है कि आत्माराम के समाधिस्थ होने के बाद वह कई संन्यासियों के साथ हिमालय चला गया, और वहाँ से लौट कर न आया। उसका नाम आत्माराम प्रसिद्ध हो गया।

***

दुर्गा का मन्दिर

बाबू ब्रजनाथ कानून पढ़ने में मग्न थे, और उनके दोनों बेटे लड़ाई करने में। श्यामा चिल्लाती कि मुन्नू मेरी गुड़िया नहीं देता। मुन्नू रोता था कि श्यामा ने मेरी मिठाई खा ली। ब्रजनाथ ने क्रुद्ध होकर भामा से कहा - तुम इन दुष्टों को यहां से हटाती हो कि नहीं? नहीं तो मैं एक-एक की खबर लेता हूं।

भामा चूल्हे में आग जला रही थी, बोली - अरे तो अब क्या संध्या को भी पढ़ते ही रहोगे? जरा दम तो ले लो।

ब्रजनाथ - उठा तो न जाएगा, बैठी-बैठी वहीं से कानून बघारोगी अभी एकआध को पटक दूंगा, तो वहीं से गरजती हुई आओगी कि हाय-हाय! बच्चे को मार डाला।

भामा - मैं बैठी या सोयी तो नहीं हूं। जरा एक घड़ी तुम लड़कों को बहला लोगे, तो क्या होगा। मैंने ही तो उनकी नौकरी नहीं लिखवाई।

ब्रजनाथ से कोई जवाब न देते बन पड़ा। क्रोध पानी के समान बहाव का मार्ग न पाकर और भी प्रबल हो जाता था। यद्यपि ब्रजनाथ नैतिक सिद्धांतों के ज्ञाता थे पर उनके पालन में इस समय कुशल न दिखाई दी। मुद्दई और मुद्दालेह, दोनों को एक ही लाठी से हांका, और दोनों को रोते-चिल्लाते छोड़ कानून का ग्रंथ बगल में दबा कालेज-पार्क की राह ली।

2

सावन का महीना था। आज कई दिन के बाद बादल हटे थे। हरे-भरे वृक्ष सुनहली चादर ओढ़े खड़े थे। मृदु समीर सावन का राग गाता था, और बगुले डालियों पर बैठे हिंडोले झूल रहे थे। ब्रजनाथ एक बेंच पर आ बैठे और किताब खोली। इस ग्रंथ की अपेक्षा प्रकृति ग्रंथ का अवलोकन अधिक चित्ताकर्षक था। कभी आसमान को पढ़ते थे, कभी पत्तियों को, कभी छा गयी हरियाली को और कभी सामने मैदान में खेलते हुए लड़कों को। एकाएक उन्हें सामने घास पर कागज की एक पुड़िया दिखाई दी। मन ने जिज्ञासा की - आड़ में चलो, देखें, उसमें क्या है।

बुद्धि ने कहा - तुमसे मतलब? पड़ी रहने दो।

लेकिन जिज्ञासा-रूपी माया की जीत हुई। ब्रजनाथ ने जाकर पुड़िया उठा ली। कदाचित किसी के पैसे पुड़िया में लिपटे गिरे पड़ें हैं। खोलकर देखा, सावरेन थे। गिना, पूरे आठ निकले। कौतूहल की सीमा न रही।

ब्रजनाथ की छाती धड़कने लगी। आठों सावरेन हाथ में लिए सोचने लगे इन्हें क्या करूं? अगर यही रख दूं तो न जाने किसकी नजर पड़े, न मालूम कौन उठा ले जाये। नहीं, यहां रखना उचित नहीं। चलूं थाने में इतिला कर दूं और ये सावरेन थानेदार को सौंप दूं। जिसके होंगे, वह आप ले जायेगा या अगर उसको न भी मिलें, तो मुझ पर कोई दोष न रहेगा, मैं तो अपने उत्तरदायित्व से मुक्त हो जाऊंगा।

माया ने परदे की आड़ में मंत्र मारना शुरू किया। वह थाने नहीं गये, सोचा - चलूं भामा से एक दिल्लगी करूं। भोजन तैयार होगा। कल इत्मीनान से थाने जाऊंगा।

भामा ने सावरेन देखे, तो हृदय में गुदगुदी-सी हुई। पूछा - किसकी है?

ब्रजनाथ - मेरी।

भामा - चलो, कहीं हों न।

ब्रज! - पड़ी मिली है।

भामा - झूठी बात। ऐसे ही भाग्य के बली हो तो सच बताओ, कहां मिली किसकी है।

ब्रजनाथ - सच कहता हूं, पड़ी मिली है।

भामा - मेरी कसम?

ब्रजनाथ - तुम्हारी कसम।

भामा गिन्नियों को पति के हाथ से छीनने की चेष्टा करने लगी।

ब्रजनाथ ने कहा - क्यों छनती हो?

अत्मा - लाओ, मैं अपने पास रख लूं।

ब्रजनाथ - रहने दो, मैं इसका इतिला करने थाने जाता हूं।

भामा का सुख मलिन हो गया। बोली - पड़े हुए धन की क्या इतिला?

ब्रजनाथ - हां, और क्या, इन आठ गिन्नियों के लिए ईमान बिगाड़ दूं।

भामा - अब, तो सवेरे चले जाना। इस समय जाओगे, तो आने में देर होगी।

ब्रजनाथ ने भी सोचा, यही अच्छा है। थाने वाले रात को तो कोई कार्रवाई करेंगे नहीं। जब अशर्फियों को पड़ा ही रहना है, तब जैसे थाना, वैसा मेरा घर। गिन्नियां सन्दूक में रख दीं। खा-पीकर लेटे, तो भामा ने हंसकर कहा - आया धन क्यों छोड़ते हो? लाओ, मैं अपने लिए एक गुलूबंद बनवा लूं, बहुत दिनों से जी तरस रहा है।

माया ने इस समय हास्य का रूप धारण किया।

ब्रजनाथ ने तिरस्कार कर कहा - गुलूबंद की लालसा में गले में फांसी लगाना चाहती हो क्या?

3

प्रातः काल ब्रजनाथ थाने के लिए तैयार हुए। कानून का एक लेक्चर छूट जायेगा, कोई हर्ज नहीं। वह इलाहाबाद के हाईकोर्ट में अनुवादक थे। नौकरी में उन्नति की आशा न देखकर साल भर से वकालत की तैयारी में मग्न थे लेकिन अभी कपड़े पहन ही रहे थे कि उनके एक मित्र मुंशी गोरेलाल आकर के बैठ गए, और अपनी पारिवारिक दुश्चिंताओं की विगत रामकहानी सुनाकर अत्यन्त विनीत भाव से बोले - भाई साहब, इस समय मैं इन झंझटों में ऐसा फंस गया हूं कि बुद्धि कुछ काम नहीं करती। तुम बड़े आदमी हो। इस समय कुछ सहायता करो। ज्यादा नहीं, तीस रुपये दे दो। किसी न किसी तरह काम चला लूंगा। आज तीस तारीख है। कल शाम को तुम्हें रुपये मिल जायेंगे।

ब्रजनाथ बड़े आदमी तो न थे किंतु बड़प्पन की हवा बांध रखी थी। यह मिथ्याभिमान उनके स्वभाव की एक दुर्बलता थी। केवल अपने वैभव का प्रभाव डालने के लिए ही वह बहुधा मित्रों की छोटी-मोटी आवश्यकताओं पर अपनी वास्तविक आवश्यकताओं को निछावर कर दिया करते थे लेकिन भामा को इस विषय में उनसे सहानुभूति न थी इसलिए जब ब्रजनाथ पर इस प्रकार का संकट आ पड़ता था, तब थोड़ी देर के लिए पारिवारिक शांति अवश्य नष्ट हो जाती थी। उनमें इंकार करने या टालने की हिम्मत न थी।

वह सकुचाते हुए भामा के पास गये और बोले - तुम्हारे पास तीस रुपये तो न होंगे? मुंशी गोरेलाल मांग रहे हैं।

भामा ने रुखाई से कहा - मेरे पास रुपए नहीं।

ब्रजनाथ - होंगे तो जरूर, बहाना करती हो।

आमा - अच्छा, बहाना ही सही।

ब्रजनाथ - तो मैं उनसे क्या कह दूं।

आमा - कह दो घर में रुपए नहीं हैं, तुमसे न कहते बने, तो मैं पर्दे की आड़ से कह दूं।

ब्रजनाथ मन में बहुत खिन्न हुए। उन्हें विश्वास था कि भामा के पास रुपए हैं लेकिन केवल मुझे लज्जित करने के लिए इंकार कर रही है। दुराग्रह ने संकल्प को दृढ़ कर दिया। सन्दूक से दो गिन्नियां निकाली और गोरेलाल को देकर बोले - भाई, कल शाम को कचहरी से आते ही रुपए दे जाना। ये एक आदमी की अमानत है, मैं इसी समय देने जा रहा था - यदि कल रुपये न पहुंचे तो मुझे बहुत लज्जित होना पड़ेगा, कहीं मुंह दिखाने योग्य न रहूंगा।

गोरेलाल ने मन में कहा - अमानत स्त्री के सिवा और किसकी होगी, गिन्नियां जेब में रखकर घर की राह ली।

4

आज पहली तारीख की संध्या है। ब्रजलाल दरवाजे पर बैठे गोरेलाल का इन्तजार कर रहे हैं।

पांच बज गए, गोरेलाल अभी तक नहीं आये। ब्रजनाथ की आंखें रास्ते की तरफ लगी हुई थी। हाथ में एक पत्र था, लेकिन पढ़ने में जी न लगता था। हर तीसरे मिनट रास्ते की ओर देखने लगते थे लेकिन सोचते थे - आज वेतन मिलने का दिन है। इसी कारण आने में देर हो रही है। आते ही होंगे। छह बजे गोरेलाल का पता नहीं। कचहरी के कर्मचारी एक-एक करके चले आ रहे थे। ब्रजनाथ को कई बार धोखा हुआ। वह आ रहे हैं। जरूर वही हैं। वैसी ही अचकन है। वैसी ही टोपी है। चाल भी वही है। इस तरफ आ रहे हैं। अपने हृदय से एक बोझ-सा उतरता मालूम हुआ लेकिन निकट आने पर ज्ञात हुआ कि कोई और है। आशा की कल्पित मूर्ति दुराशा में बदल गई।

ब्रजनाथ का चित्त खिन्न होने लगा। वह एक बार कुर्सी से उठे बरामदे की चौखट पर खड़े हो, सड़क पर दोनों तरफ निगाहें दौड़ायी। कहीं नहीं। दो-तीन बार दूर से आते हुए इक्के को देखकर गोरेलाल का भ्रम हुआ। आकांक्षा की उबलता!

सात बजे चिराग जल गए। सड़क पर अंधेरा छाने लगा। ब्रजनाथ सड़क पर उद्विग्न भाव से टहलने लगे। इरादा हुआ, गोरेलाल के घर चलूं। उधर कदम बढ़ाए लेकिन हृदय कांप रहा था कि कहीं वह रास्ते में आते हुए न मिल जायें, तो समझें कि थोड़े से रुपयों के लिए इतने व्याकुल हो गए। थोड़ी ही दूर गये कि किसी को आते देखा। भ्रम हुआ, गोरेलाल हैं, मुड़े, और सीधे बरामदे में आकर दम लिया, लेकिन फिर वही धोखा! फिर वहीं भ्रांति! तब सोचने लगे कि इतनी देर क्यों हो रही है? क्या अभी तक वह कचहरी से न आये होंगे। ऐसा कदापि नहीं हो सकता है, या तो उन्होंने कल आने का निश्चय कर लिया, समझें होंगे, रात को कौन जाये, या जान-बूझकर बैठे होंगे। देना न चाहते होंगे, उस समय उनके गरज थी, इस समय मुझे गरज है। मैं ही किसी को क्यों न भेज दूं? लेकिन किसे भेजूं मन्नू जा सकता है। सड़क ही पर मकान है। यह सोचकर कमरे में गये, लैम्प जलाया और पत्र लिखने बैठे, मगर आंखें द्वार ही की ओर लगी हुई थी। अकस्मात् किसी के पैरों की आहट सुनाई दी। तुरंत पत्र को एक किताब के नीचे दबा लिया और बरामदे में चले आए। देखा, पड़ोस का एक कुंजड़ा तार पढ़ाने आया है। उससे बोले, भाई इस समय फुरसत नहीं है, थोड़ी देर में आना। उसने कहा - बाबूजी, घर भर के आदमी घबराए हैं, जरा एक निगाह देख लीजिए। निदान ब्रजनाथ ने झुंझलाकर उसके हाथ से तार ले लिया, और सरसरी नजर से देखकर बोले - कलकत्ते से आया है। माल नहीं पहुंचा। कुंजड़े ने डरते-डरते कहा - बाबूजी, इतना और देख लीजिए किसने भेजा है। इस पर ब्रजनाथ ने तार फेंक दिया और बोले - मुझे इस वक्त फुरसत नहीं है।

आठ बज गए। ब्रजनाथ को निराशा होने लगी - मन्नू इतनी रात बीते नहीं जा सकता। मन में निश्चय किया, आप ही जाना चाहिए, बला से बुरा माने। इसकी कहां तक चिंता करूं? स्पष्ट कह दूंगा, मेरे रुपये दे दो। भलमनसी भले मानसों से निभाई जा सकती है। ऐसे भूतों के साथ भलमनसी का व्यवहार करना मूर्खता है। अचकन पहनी घर में जाकर भामा से कहा - जरा एक काम से बाहर जाता हूं किवाड़ बन्द कर लो।

चलने को तो चले लेकिन पग-पग पर रुकते जाते थे। गोरेलाल का घर दूर से दिखाई दिया, लैम्प जल रहा था। ठिठक गए और सोचने लगे, चलकर क्या कहूंगा? कहीं उन्होंने जाते-जाते रुपये निकालकर दे दिये, और देर के लिए क्षमा मांगी तो मुझे बढ़ी झेंप होगी। वह मुझे क्षुद्र, ओछा, धैर्य-हीन समझेंगे। नहीं रुपयों की बातचीत करूं ही क्यों? कहूंगा - भाई, घर में बड़ी देर से पेट दर्द कर रहा है। तुम्हारे पास पुराना तेज सिरका तो नहीं है। मगर नहीं, यह बहाना कुछ भद्दा-सा प्रतीत होता है। साफ कलई खुल जायेगी। उंह इस झंझट की जरूरत ही क्या है। यह मुझे देखकर आप ही समझ जायेंगे। इस विषय में बातचीत की कुछ नौबत ही न आवेगी। ब्रजनाथ इसी उधेड़बुन में आगे बढ़ते जाते थे, जैसे नदी में लहरे चाहे किसी ओर चलें, धारा अपना मार्ग नहीं छोड़ती।

गोरेलाल का घर आ गया। द्वार बंद था। ब्रजनाथ को उन्हें पुकारने का साहस न हुआ, समझे खाना खा रहे होंगे। दरवाजे के सामने से निकले, और धीरे-धीरे चलते हुए एक मील तक चले गए, नौ बजने की आवाज कान में आयी। गोरेलाल भोजन कर चुके होंगे, यह सोचकर लौट पड़े, लेकिन द्वार पर पहुंचे, तो अंधेरा था। वह आशा-रूपी दीपक बुझ गया था। एक मिनट तक दुविधा में खड़े रहे। क्या करूं? अभी बहुत सवेरा है। इतनी जल्दी थोड़े ही सो गए होंगे? दबे पांव बरामदे पर चढ़े। द्वार पर कान लगाकर सुना, चारों ओर ताक रहे थे कि कहीं कोई देख न ले। कुछ बातचीत की भनक कान में पड़ी। ध्यान से सुना। स्त्री कह रही थी - रुपये तो सब उठ गए, ब्रजनाथ को कहां से दोगे? गोरेलाल ने उत्तर दिया - ऐसी कौन-सी उतावली है, फिर दे देंगे। आज दरखास्त दे दी है, कल मंजूर हो ही जायेगी। तीन महीने के बाद लौटेंगे, तब देखा जायेगा।

ब्रजनाथ को ऐसा जान पड़ा, मानों मुंह पर किसी ने तमाचा मार दिया।

क्रोध और वैराग्य से भरे हुए बरामदे से उतर आए। घर चले तो सीधे कदम न पड़ते थे, जैसे कोई दिन भर का थका-मांदा पथिक हो।

5

ब्रजनाथ रात-भर करवटें बदलते रहे। कभी गोरेलाल की धूर्तता पर क्रोध आता था, कभी अपनी सरलता पर मालूम नहीं, किस गरीब के रुपए हैं। उस पर क्या बीती होगी! लेकिन अब क्रोध या खेद से क्या लाभ? सोचने लगे - रुपए कहा से आवेंगे? भामा पहले ही इंकार कर चुकी है, वेतन में इतनी गुंजाइश नहीं। दस-पांच रुपये की बात होती तो कतर-ब्योंत करता। तो क्या करूं? किसी से उधार लूं। मगर मुझे कौन देगा? आज तक किसी से मांगने का संयोग नहीं पड़ा, और अपना कोई ऐसा मित्र है भी तो नहीं। जो लोग हैं, मुझी को सताया करते हैं, मुझे क्या देंगे। हां, यदि कुछ दिन कानून छोड़कर अनुवाद करने में परिश्रम करूँ तो रुपये मिल सकते हैं। कम से कम एक मास का कठिन परिश्रम है। सस्ते अनुवादक के मारे दर भी तो गिर गई है! हां निर्दयी तूने वही दगा की। न जाने किस जन्म का बैर चुकाया। कहीं का न रखा।

दूसरे दिल से ब्रजनाथ को रुपयों की धुन सवार हुई। सवेरे कानून के लेक्चर में सम्मिलित होते, संध्या को कचहरी से तजवीजों का पुलिंदा घर लाते और आधी रात तक बैठे अनुवाद किया करते। सिर उठाने की मोहलत न मिलती। कभी एक-दो भी बज जाते। जब मस्तिष्क बिन्दु शिथिल हो जाता तब विवश होकर चारपाई पर पड़ रहते।

लेकिन इतने परिश्रम का अभ्यास न होने के कारण कभी-कभी सिर में दर्द होने लगता। कभी पाचन-क्रिया में विघ्न पड़ जाता, कभी ज्वर चढ़ आता। तिस पर भी वह मशीन की तरह काम में लगे रहते। भामा कभी-कभी झुंझलाकर कहती - अजी, लेटे भी रहो बड़े धर्मात्मा बने हो। तुम्हारे जैसे दस-पांच आदमी और होते, तो संसार का काम ही बंद हो जाता। ब्रजनाथ इस बाधाकारी व्यंग्य का उत्तर न देते, दिन निकलते ही फिर वही चरखा ले बैठते।

यहां तक कि तीन सप्ताह बीत गए और पच्चीस रुपए हाथ आ गए। ब्रजवाथ सोचते थे - दो-तीन दिन में बेड़ा पार है लेकिन इक्कीसवें दिन उन्हें प्रचंड ज्वर चढ़ आया और तीन दिन तक न उतरा। छुट्टी लेनी पड़ी, शय्यासेवी बन गए भादों का महीना था। भामा ने समझा, पित्त का प्रकोप है लेकिन जब एक सप्ताह तक डाक्टर की औषधि सेवन पर भी ज्वर न उतरा तब घबराई। ब्रजनाथ प्राय: ज्वर में बक-झक भी करने लगते। मामा सुनकर डर के मारे कमरे में से भाग जाती। बच्चे को पकड़कर दूसरे कमरे में बंद कर देती। अब उसे शंका होने लगती थी कि कहीं यह कष्ट उन्हीं रुपयों के कारण तो नहीं भोगना पड़ रहा है। कौन जाने रुपये वाले ने कुछ कर दिया हो! जरूर यही बात है, नहीं तो औषधि से लाभ क्यों नहीं होता?

संकट पड़ने पर हम धर्म-भीरु हो जाते है, औषधियों से निराश होकर देवताओं की शरण लेते हैं। भामा ने भी देवताओं की शरण ली। वह जन्माष्टमी, शिवरात्रि और तीज के सिवा कोई व्रत न रखती थी। इस बार उसने नवरात्र का कठिन पाठ शुरू किया।

आठ दिन पूरे हो गए। अंतिम दिन आया। प्रभात का समय था। भामा ने ब्रजनाथ को दवा पिलाई और दोनों बालकों को लेकर दुर्गा जी की पूजा करने के लिए चली। उसका हृदय आराध्य देवी के प्रति श्रद्धा से परिपूर्ण था! मंदिर के आंगन में पहुंची। उपासक आसनों पर बैठे हुए दुर्गा पाठ कर रहे थे। धूप और अगरबत्ती की सुगंध उड़ रही थी। उसने मंदिर में प्रवेश किया। सामने दुर्गा की विशाल प्रतिमा शोभायमान थी। उसके मुखारविंद पर एक विलक्षण दीप्ति झलक रही थी। बड़े-बड़े उज्ज्वल नेत्रों से प्रभा की किरणें छिटक रही थीं। पवित्रता का एक समां-सा छाया हुआ था। भामा इस दीप्तवर्ण मूर्ति के सम्मुख सीधी आंखों से ताक न सकी। उसके अंत:करण में एक निर्मल, विशुद्ध भाव-पूर्ण भय का उदय हो आया उसने आंखें बन्द कर ली। घुटनों के बल बैठ गई और हाथ जोड़कर करुण स्वर में बोली - माता मुझ पर दया करो।

उसे ऐसा ज्ञात हुआ, मानो देवी मुस्कराई। उसे उन दिव्य नेत्रों से एक ज्योति सी निकलकर अपने रूप में आती हुई मालूम हुई। उसके कानों में देवी के मुंह से निकले ये शब्द सुनाई दिए - पराया धन लौट दे, तेरा भला होगा।

भामा उठ बैठी। उसकी आंखों में निर्मल भक्ति का आभास झलक रहा था। मुखमंडल से पवित्र प्रेम बरसता पड़ता था। देवी ने कदाचित उसे अपनी प्रभा के रंग में डुबा दिया।

इतने में दूसरी एक स्त्री आयी। उसके उज्ज्वल केश बिखरे और मुरझाए हुए चेहरे के दोनों ओर लटक रहे थे। शरीर पर केवल एक श्वेत साड़ी थी। हाथ में चूड़ियों के सिवा और कोई आभूषण न था। शोक और नैराश्य की साक्षात् मूर्ति मालूम होती थी। उसने भी देवी के सामने सिर झुकाया और दोनों हाथों से आंचल फैलाकर बोली - देवी जिसने मेरा धन लिया हो, उसका सर्वनाश करो।

जैसे सितार मिजराब की चोट खाकर थरथरा उठता है, उसी प्रकार भामा का हृदय अनिष्ट के भय से थरथरा उठा। ये शब्द तीव्र तीर के समान उसके कलेजे में घुस गए। उसने देवी की ओर कातर नेत्रों से देखा। उनका ज्योर्तिमय स्वरूप भयंकर था, नेत्रों से भीषण ज्वाला निकल रही थी। भामा के अंत:करण में सर्वत्र आकाश से, मंदिर के सामने वाले वृक्षों से, मंदिर के स्तम्भों से, सिंहासन के ऊपर जलते हुए दीपक से और देवी के विकराल मुंह से ये शब्द निकलकर गूंजने लगे - पराया धन लौट दे, नहीं तो तेरा सर्वनाश हो जायेगा। भामा खाड़ी हो गई और उस वृद्धा से बोली - क्यों माता, तुम्हारा धन किसी ने ले लिया है?

वृद्धा ने इस प्रकार उसकी ओर देखा, मानो डूबते को तिनके का सहारा मिला। बोली - हां बेटी

भामा - कितने दिन हुए?

वृद्धा - कोई डेढ़ महीना।

आमा - कितने रुपए थे?

वृद्धा - पूरे एक सौ बीस।

भीमा - कैसे खोए?

वृद्धा - क्या जाने कहीं गिर गए। मेरे स्वामी पलटन में नौकर थे। आज कई बरस हुए, वह परलोक सिधारे। अब मुझे सरकार से साठ रुपए साल पेंशन मिलती है। अबकी दो साल की पेंशन एक साथ ही मिली थी। खजाने से रुपए लेकर आ रही थी। मालूम नहीं, कब और कहां गिर पड़े। आठ गिन्नियां थीं।

भामा - अगर वे तुम्हें मिल जाएं तो क्या दोगी?

वृद्धा - अधिक नहीं, उसमें से पचास रुपए दे दूंगी।

मामा - रुपए क्या होंगे, कोई उससे अच्छी चीज दो।

वृद्धा - बेटी और क्या दूं जब तक जिऊंगी तुम्हारा यश गाऊंगी।

भामा - नहीं, इसकी मुझे आवश्यकता नहीं।

वृद्धा - बेटी, इसके सिवा मेरे पास क्या है?

भामा - मुझे आशीर्वाद दो। मेरे पति बीमार है, वह अच्छे हो जाएं।

वृद्धा क्या उन्हीं को रुपए मिले है?

भामा - हां, वह उसी दिन से तुम्हें खोज रहे हैं।

वृद्धा घुटनों के बल बैठ गई और आंचल फैलाकर! कम्पित स्वर से बोली - देवी! इसका कल्याण करो।

भामा ने फिर देवी की ओर संशय दृष्टि से देखा। उसके दिव्य रूप पर प्रेम का प्रकाश था। आंखों में दया की आनंददायी झलक थी। उस समय भामा के अन्त:करण में कहीं स्वर्गलोक से यह ध्वनि सुनाई दी - जा, तेरा कल्याण होगा।

6

संध्या का समय है। भामा ब्रजनाथ के साथ इक्के पर बैठी तुलसी के घर उसकी थाती लौटने जा रही है। ब्रजनाथ के कड़े परिश्रम की कमाई तो डाक्टर की भेंट हो चुकी है, लेकिन भामा ने एक पड़ोसी के हाथ अपने कानों के झुमके बेचकर रुपए जुटाए हैं। जिस समय झुमके बनकर आए थे, भामा बहुत प्रसन्न हुई थी। आज उन्हें बेचकर वह उससे भी अधिक प्रसन्न है।

जब ब्रजनाथ ने आठों गिन्नियां उसे दिखाई थी, उसके हृदय में एक गुदगुदी सी हुई थी लेकिन हर्ष मुख पर आने का साहस न कर सका था। आज उन गिन्नियों को हाथ से जाते समय उसका हार्दिक आनंद आंखों पर चमक रहा है, ओठों पर नाच रहा है, कपोलों को रंग रहा है और अंगों पर किलोल कर रहा है। वह इंद्रियों का आनंद था, यह आत्मा का आनन्द है! वह आनन्द लज्जा के भीतर छिपा हुआ था, यह आनन्द गर्व से बाहर निकला पड़ता है। तुलसी का आशीर्वाद सफल हुआ। आज पूरे तीन सप्ताह के बाद ब्रजनाथ तकिए के सहारे बैठे थे। वह बार-बार भामा को प्रेम-पूर्ण नेत्रों से देखते थे। वह आज उन्हें देवी मालूम होती थी। अब तक उन्होंने उसके बाह्य सौन्दर्य की शोभा देखी थी। आज वह उसका आत्मिक सौन्दर्य देख रहे हैं।

तुलसी का घर एक गली में था। इक्का सड़क पर जाकर ठहर गया। ब्रजनाथ इक्के पर से उतरे, और अपनी छड़ी टेकते हुए भामा के हाथों के सहारे तुलसी के घर पहुंचे। तुलसी ने रुपए लिए और दोनों हाथ फैलाकर आशीर्वाद दिया - दुर्गा जी तुम्हारा कल्याण करें। तुलसी का वर्णविहीन मुख वैसे ही खिल गया, जैसे वर्षा के पीछे वृक्षों की पत्तियां खिल जाती हैं। सिमटा हुआ अंक फैल गया, गालों की झुर्रियां सिमटी दीख पड़ी। ऐसा मालूम होता था, मानों उसका कायाकल्प हो गया।

वहां से आकर ब्रजनाथ अपने द्वार पर बैठे हुए थे कि गोरेलाल आकर बैठ गए। ब्रजलाल ने मुंह फेर लिया।

गोरेलाल - भाई साहब! कैसी तबियत है?

ब्रजनाथ - बहुत अच्छी तरह हूं।

गोरेलाल - मुझे क्षमा कीजिएगा। मुझे इसका बहुत खेद है कि आपके रुपये देने में इतना विलम्ब हुआ। पहली तारीख ही को घर से एक आवश्यक पत्र आ गया और मैं किसी तरह तीन महीने की छुट्टी लेकर घर भागा। वहां की विपत्ति-कथा कहूं तो समाप्त न हो लेकिन आपकी बीमारी का शोक समाचार सुनकर आज भागा चला आ, रहा हूं। ये लीजिए, रुपये हाजिर हैं। इस विलम्ब के लिए अत्यन्त लज्जित हूं।

ब्रजनाथ का क्रोध शांत हो गया। विनय में कितनी शक्ति है! बोले - जी हां, बीमार तो था लेकिन अब अच्छा हो गया हूं। आपको मेरे कारण व्यर्थ कष्ट उठना पड़ा। यदि इस समय आपको असुविधा हो, तो रुपए फिर दे दीजिएगा। मैं अब उऋण हो गया हूं। कोई जल्दी नहीं है।

गोरेलाल विदा हो गए तो ब्रजनाथ रुपये लिए हुए भीतर आए और भामा से बोले - ये लो अपने रुपये गोरेलाल दे गए।

मामा ने कहा - ये मेरे रुपए नहीं, तुलसी के हैं। एक बार पराया धन लेकर सीख गई। ब्रजनाथ - लेकिन तुलसी के पूरे रुपये तो दे दिए गए।

भामा - दे दिए गये तो क्या हुआ? ये उसके आशीर्वाद को न्यौछावर हैं।

ब्रजनाथ - कान के झुमके कहां से आवेंगे?

भामा - झुमके न रहेंगे, न सही, सदा के लिए 'कान' तो हो गए।

***

बड़े घर की बेटी

बेनीमाधव सिंह गौरीपुर गाँव के जमींदार और नम्बरदार थे। उनके पितामह किसी समय बड़े धन-धान्य संपन्न थे। गाँव का पक्का तालाब और मंदिर जिनकी अब मरम्मत भी मुश्किल थी, उन्हीं की कीर्ति-स्तंभ थे। कहते हैं, इस दरवाजे पर हाथी झूमता था, अब उसकी जगह एक बूढ़ी भैंस थी, जिसके शरीर में अस्थि-पंजर के सिवा और कुछ शेष न रहा था; पर दूध शायद बहुत देती थी; क्योंकि एक न एक आदमी हाँड़ी लिये उसके सिर पर सवार ही रहता था। बेनीमाधव सिंह अपनी आधी से अधिक संपत्ति वकीलों को भेंट कर चुके थे। उनकी वर्तमान आय एक हजार रुपये वार्षिक से अधिक न थी। ठाकुर साहब के दो बेटे थे। बड़े का नाम श्रीकंठ सिंह था। उसने बहुत दिनों के परिश्रम और उद्योग के बाद बी. ए. की डिग्री प्राप्त की थी। अब एक दफ्तर में नौकर था। छोटा लड़का लालबिहारी सिंह दोहरे बदन का, सजीला जवान था। भरा हुआ मुखड़ा, चौड़ी छाती। भैंस का दो सेर ताजा दूध वह उठ कर सबेरे पी जाता था। श्रीकंठ सिंह की दशा बिलकुल विपरीत थी। इन नेत्रप्रिय गुणों को उन्होंने बी. ए.-इन्हीं दो अक्षरों पर न्योछावर कर दिया था। इन दो अक्षरों ने उनके शरीर को निर्बल और चेहरे को कांतिहीन बना दिया था। इसी से वैद्यक ग्रंथों पर उनका विशेष प्रेम था। आयुर्वैदिक औषधियों पर उनका अधिक विश्वास था। शाम-सबेरे से उनके कमरे से प्रायः खरल की सुरीली कर्णमधुर ध्वनि सुनायी दिया करती थी। लाहौर और कलकत्ते के वैद्यों से बड़ी लिखा-पढ़ी रहती थी।

श्रीकंठ इस अँगरेजी डिग्री के अधिपति होने पर भी अँगरेजी सामाजिक प्रथाओं के विशेष प्रेमी न थे। बल्कि वह बहुधा बड़े जोर से उसकी निंदा और तिरस्कार किया करते थे। इसी से गाँव में उनका बड़ा सम्मान था। दशहरे के दिनों में वह बड़े उत्साह से रामलीला में सम्मिलित होते और स्वयं किसी न किसी पात्रा का पार्ट लेते थे। गौरीपुर में रामलीला के वही जन्मदाता थे। प्राचीन हिंदू सभ्यता का गुणगान उनकी धार्मिकता का प्रधान अंग था। सम्मिलित कुटुम्ब के तो वह एकमात्र उपासक थे। आजकल स्त्रियों को कुटुम्ब में मिल-जुल कर रहने की जो अरुचि होती है, उसे वह जाति और देश दोनों के लिए हानिकारक समझते थे। यही कारण था कि गाँव की ललनाएँ उनकी निंदक थीं। कोई-कोई तो उन्हें अपना शत्रु समझने में भी संकोच न करती थीं। स्वयं उनकी पत्नी को ही इस विषय में उनसे विरोध था। यह इसलिए नहीं कि उसे अपने सास-ससुर, देवर या जेठ आदि से घृणा थी, बल्कि उसका विचार था कि यदि बहुत कुछ सहने और तरह देने पर भी परिवार के साथ निर्वाह न हो सके, तो आये-दिन की कलह से जीवन को नष्ट करने की अपेक्षा यही उत्तम है कि अपनी खिचड़ी अलग पकायी जाये।

आनंदी एक बड़े उच्च कुल की लड़की थी। उसके बाप एक छोटी-सी रियासत के ताल्लुकेदार थे। विशाल भवन, एक हाथी, तीन कुत्ते, बाज, बहरी-शिकरे, झाड़-फानूस, आनरेरी मजिस्ट्रेटी, और ऋण, जो एक प्रतिष्ठित ताल्लुकेदार के भोग्य पदार्थ हैं, सभी यहाँ विद्यमान थे। नाम था भूपसिंह। बड़े उदार-चित्त और प्रतिभाशाली पुरुष थे, पर दुर्भाग्य से लड़का एक भी न था। सात लड़कियाँ हुईं और दैवयोग से सब-की-सब जीवित रहीं। पहली उमंग में तो उन्होंने तीन ब्याह दिल खोल कर किये; पर पंद्रह-बीस हजार रुपयों का कर्ज सिर पर हो गया, तो आँखें खुलीं, हाथ समेट लिया। आनंदी चौथी लड़की थी। वह अपनी सब बहनों से अधिक रूपवती और गुणवती थी। इससे ठाकुर भूपसिंह उसे बहुत प्यार करते थे। सुन्दर संतान को कदाचित् उसके माता-पिता भी अधिक चाहते हैं। ठाकुर साहब बड़े धर्म-संकट में थे कि इसका विवाह कहाँ करें ? न तो यही चाहते थे कि ऋण का बोझ बढ़े और न यही स्वीकार था कि उसे अपने को भाग्यहीन समझना पड़े। एक दिन श्रीकंठ उनके पास किसी चंदे का रुपया माँगने आया। शायद नागरी-प्रचार का चंदा था। भूपसिंह उनके स्वभाव पर रीझ गये और धूमधाम से श्रीकंठ सिंह का आनंदी के साथ ब्याह हो गया।

आनंदी अपने नये घर में आयी, तो यहाँ का रंग-ढंग कुछ और ही देखा। जिस टीम-टाम की उसे बचपन से ही आदत पड़ी हुई थी, वह यहाँ नाम-मात्र को भी न थी। हाथी-घोड़ों का तो कहना ही क्या, कोई सजी हुई सुंदर बहली तक न थी। रेशमी स्लीपर साथ लायी थी, पर यहाँ बाग कहाँ। मकान में खिड़कियाँ तक न थीं। न जमीन पर फर्श, न दीवार पर तस्वीरें। यह एक सीधा-सादा देहाती गृहस्थ का मकान था, किन्तु आनंदी ने थोड़े ही दिनों में अपने को इस नयी अवस्था के ऐसा अनुकूल बना लिया, मानो उसने विलास के सामान कभी देखे ही न थे।

2

एक दिन दोपहर के समय लालबिहारी सिंह दो चिड़िया लिये हुए आया और भावज से बोला-जल्दी से पका दो, मुझे भूख लगी है। आनंदी भोजन बनाकर उसकी राह देख रही थी। अब वह नया व्यंजन बनाने बैठी। हाँड़ी में देखा, तो घी पाव-भर से अधिक न था। बड़े घर की बेटी, किफायत क्या जाने। उसने सब घी मांस में डाल दिया। लालबिहारी खाने बैठा, तो दाल में घी न था, बोला-दाल में घी क्यों नहीं छोड़ा ?

आनंदी ने कहा-घी सब मांस में पड़ गया। लालबिहारी जोर से बोला-अभी परसों घी आया है। इतना जल्द उठ गया ?

आनंदी ने उत्तर दिया-आज तो कुल पाव-भर रहा होगा। वह सब मैंने मांस में डाल दिया।

जिस तरह सूखी लकड़ी जल्दी से जल उठती है-उसी तरह क्षुधा से बावला मनुष्य जरा-जरा सी बात पर तिनक जाता है। लालबिहारी को भावज की यह ढिठाई बहुत बुरी मालूम हुई, तिनक कर बोला-मैके में तो चाहे घी की नदी बहती हो !

स्त्री गालियाँ सह लेती है, मार भी सह लेती है; पर मैके की निंदा उससे नहीं सही जाती। आनंदी मुँह फेर कर बोली-हाथी मरा भी, तो नौ लाख का। वहाँ इतना घी नित्य नाई-कहार खा जाते हैं।

लालबिहारी जल गया, थाली उठाकर पलट दी, और बोला-जी चाहता है, जीभ पकड़ कर खींच लूँ।

आनंदी को भी क्रोध आ गया। मुँह लाल हो गया, बोली-वह होते तो आज इसका मजा चखाते।

अब अपढ़, उजड्ड ठाकुर से न रहा गया। उसकी स्त्री एक साधारण जमींदार की बेटी थी। जब जी चाहता, उस पर हाथ साफ कर लिया करता था। खड़ाऊँ उठाकर आनंदी की ओर जोर से फेंकी, और बोला-जिसके गुमान पर भूली हुई हो, उसे भी देखूँगा और तुम्हें भी।

आनंदी ने हाथ से खड़ाऊँ रोकी, सिर बच गया। पर उँगली में बड़ी चोट आयी। क्रोध के मारे हवा से हिलते पत्ते की भाँति काँपती हुई अपने कमरे में आ कर खड़ी हो गयी। स्त्री का बल और साहस, मान और मर्यादा पति तक है। उसे अपने पति के ही बल और पुरुषत्व का घंमड होता है। आनंदी खून का घूँट पी कर रह गयी।

3

श्रीकंठ सिंह शनिवार को घर आया करते थे। बृहस्पति को यह घटना हुई थी। दो दिन तक आनंदी कोप-भवन में रही। न कुछ खाया न पिया, उनकी बाट देखती रही। अंत में शनिवार को वह नियमानुकूल संध्या समय घर आये और बाहर बैठ कर कुछ इधर-उधर की बातें, कुछ देश-काल संबंधी समाचार तथा कुछ नये मुकदमों आदि की चर्चा करने लगे। यह वार्तालाप दस बजे रात तक होता रहा। गाँव के भद्र पुरुषों को इन बातों में ऐसा आनंद मिलता था कि खाने-पीने की भी सुधि न रहती थी। श्रीकंठ को पिंड छुड़ाना मुश्किल हो जाता था। ये दो-तीन घंटे आनंदी ने बड़े कष्ट से काटे! किसी तरह भोजन का समय आया। पंचायत उठी। एकांत हुआ, तो लालबिहारी ने कहा-भैया, आप जरा भाभी को समझा दीजिएगा कि मुँह सँभाल कर बातचीत किया करें, नहीं तो एक दिन अनर्थ हो जायेगा।

बेनीमाधव सिंह ने बेटे की ओर से साक्षी दी-हाँ, बहू-बेटियों का यह स्वभाव अच्छा नहीं कि मर्दों के मुँह लगें।

लालबिहारी-वह बड़े घर की बेटी हैं, तो हम भी कोई कुर्मी-कहार नहीं हैं। श्रीकंठ ने चिंतित स्वर से पूछा-आखिर बात क्या हुई ?

लालबिहारी ने कहा-कुछ भी नहीं; यों ही आप ही आप उलझ पड़ीं। मैके के सामने हम लोगों को कुछ समझतीं ही नहीं।

श्रीकंठ खा-पी कर आनंदी के पास गये। वह भरी बैठी थी। यह हजरत भी कुछ तीखे थे। आनंदी ने पूछा-चित्त तो प्रसन्न है।

श्रीकंठ बोले-बहुत प्रसन्न है। पर तुमने आजकल घर में यह क्या उपद्रव मचा रखा है ?

आनंदी की त्योरियों पर बल पड़ गये, झुँझलाहट के मारे बदन में ज्वाला-सी दहक उठी। बोली-जिसने तुमसे यह आग लगायी है, उसे पाऊँ, तो मुँह झुलस दूँ।

श्रीकंठ-इतनी गरम क्यों होती हो, बात तो कहो।

आनंदी-क्या कहूँ, यह मेरे भाग्य का फेर है ! नहीं तो गँवार छोकरा, जिसको चपरासगिरी करने का भी शऊर नहीं, मुझे खड़ाऊँ से मार कर यों न अकड़ता।

श्रीकंठ-सब हाल साफ-साफ कहो, तो मालूम हो। मुझे तो कुछ पता नहीं।

आनंदी-परसों तुम्हारे लाड़ले भाई ने मुझसे मांस पकाने को कहा। घी हाँड़ी में पाव-भर से अधिक न था। वह सब मैंने मांस में डाल दिया। जब खाने बैठा तो कहने लगा-दाल में घी क्यों नहीं है। बस, इसी पर मेरे मैके को बुरा-भला कहने लगा-मुझसे न रहा गया। मैंने कहा कि वहाँ इतना घी तो नाई-कहार खा जाते हैं, और किसी को जान भी नहीं पड़ता। बस इतनी सी बात पर इस अन्यायी ने मुझ पर खड़ाऊँ फेंक मारी। यदि हाथ से न रोक लूँ, तो सिर फट जाये। उसी से पूछो, मैंने जो कुछ कहा है, वह सच है या झूठ।

श्रीकंठ की आँखें लाल हो गयीं। बोले-यहाँ तक हो गया, इस छोकरे का यह साहस !

आनंदी स्त्रियों के स्वभावानुसार रोने लगी क्योंकि आँसू उनकी पलकों पर रहते हैं। श्रीकंठ बड़े धैर्यवान और शंात पुरुष थे। उन्हें कदाचित् ही कभी क्रोध आता था; स्त्रियों के आँसू पुरुषों की क्रोधाग्नि भड़काने में तेल का काम देते हैं। रात भर करवटें बदलते रहे। उद्विग्नता के कारण पलक तक नहीं झपकी। प्रातःकाल अपने बाप के पास जाकर बोले-दादा, अब इस घर में मेरा निबाह न होगा।

इस तरह की विद्रोहपूर्ण बातें कहने पर श्रीकंठ ने कितनी ही बार अपने कई मित्रों को आड़े हाथों लिया था; परन्तु दुर्भाग्य, आज उन्हें स्वयं वे ही बातें अपने मुँह से कहनी पड़ीं; दूसरों को उपदेश देना भी कितना सहज है।

बेनीमाधव सिंह घबरा उठे और बोले-क्यों ?

श्रीकंठ-इसलिए कि मुझे भी अपनी मान-प्रतिष्ठा का कुछ विचार है। आपके घर में अब अन्याय और हठ का प्रकोप हो रहा है। जिनको बड़ों का आदर-सम्मान करना चाहिए, वे उनके सिर चढ़ते हैं। मैं दूसरे का नौकर ठहरा, घर पर रहता नहीं। यहाँ मेरे पीछे स्त्रियों पर खड़ाऊँ और जूतों की बौछारें होती हैं। कड़ी बात तक चिन्ता नहीं। कोई एक की दो कह ले, वहाँ तक मैं सह सकता हूँ किन्तु यह कदापि नहीं हो सकता कि मेरे ऊपर लात-घूँसे पड़ें और मैं दम न मारूँ।

बेनीमाधव सिंह कुछ जवाब न दे सके। श्रीकंठ सदैव उनका आदर करते थे। उनके ऐसे तेवर देख कर बूढ़ा ठाकुर अवाक् रह गया। केवल इतना ही बोला-बेटा, तुम बुद्धिमान हो कर ऐसी बातें करते हो ? स्त्रियाँ इस तरह घर का नाश कर देती हैं। उनको बहुत सिर चढ़ाना अच्छा नहीं।

श्रीकंठ-इतना मैं जानता हूँ, आपके आशीर्वाद से ऐसा मूर्ख नहीं हूँ। आप स्वयं जानते हैं कि मेरे ही समझाने-बुझाने से, इसी गाँव में कई घर सँभल गये, पर जिस स्त्री की मान-प्रतिष्ठा का ईश्वर के दरबार में उत्तरदाता हूँ, उसके प्रति ऐसा घोर अन्याय और पशुवत् व्यवहार मुझे असह्य है। आप सच मानिए, मेरे लिए यही कुछ कम नहीं है कि लालबिहारी को कुछ दंड नहीं देता।

अब बेनीमाधव सिंह भी गरमाये। ऐसी बातें और न सुन सके। बोले-लालबिहारी तुम्हारा भाई है। उससे जब कभी भूल-चूक हो, उसके कान पकड़ो लेकिन ...

श्रीकंठ-लालबिहारी को मैं अब अपना भाई नहीं समझता।

बेनीमाधव सिंह-स्त्री के पीछे ?

श्रीकंठ-जी नहीं, उसकी क्रूरता और अविवेक के कारण।

दोनों कुछ देर चुप रहे। ठाकुर साहब लड़के का क्रोध शांत करना चाहते थे। लेकिन यह नहीं स्वीकार करना चाहते थे कि लालबिहारी ने कोई अनुचित काम किया है। इसी बीच में गाँव के और कई सज्जन हुक्के-चिलम के बहाने वहाँ आ बैठे। कई स्त्रियों ने जब यह सुना कि श्रीकंठ पत्नी के पीछे पिता से लड़ने को तैयार है, तो उन्हें बड़ा हर्ष हुआ। दोनों पक्षों की मधुर वाणियाँ सुनने के लिए उनकी आत्माएँ तिलमिलाने लगीं। गाँव में कुछ ऐसे कुटिल मनुष्य भी थे, जो इस कुल की नीतिपूर्ण गति पर मन ही मन जलते थे। वे कहा करते थे-श्रीकंठ अपने बाप से दबता है, इसीलिए वह दब्बू है। उसने विद्या पढ़ी, इसलिए वह किताबों का कीड़ा है। बेनीमाधव सिंह उसकी सलाह के बिना कोई काम नहीं करते, यह उनकी मूर्खता है। इन महानुभावों की शुभकामनाएँ आज पूरी होती दिखायी दीं। कोई हुक्का पीने के बहाने और कोई लगान की रसीद दिखाने आ कर बैठ गया। बेनीमाधव सिंह पुराने आदमी थे। इन भावों को ताड़ गये। उन्होंने निश्चय किया चाहे कुछ ही क्यों न हो, इन द्रोहियों को ताली बजाने का अवसर न दूँगा। तुरंत कोमल शब्दों में बोले-बेटा, मैं तुमसे बाहर नहीं हूँ। तुम्हारा जो जी चाहे करो, अब तो लड़के से अपराध हो गया।

इलाहाबाद का अनुभव-रहित झल्लाया हुआ ग्रेजुएट इस बात को न समझ सका। उसे डिबेटिंग-क्लब में अपनी बात पर अड़ने की आदत थी, इन हथकंडों की उसे क्या खबर ? बाप ने जिस मतलब से बात पलटी थी, वह उसकी समझ में न आयी। बोला-लालबिहारी के साथ अब इस घर में नहीं रह सकता।

बेनीमाधव-बेटा, बुद्धिमान लोग मूर्खों की बात पर ध्यान नहीं देते। वह बेसमझ लड़का है। उससे जो कुछ भूल हुई, उसे तुम बड़े हो कर क्षमा करो।

श्रीकंठ-उसकी इस दुष्टता को मैं कदापि नहीं सह सकता। या तो वही घर में रहेगा, या मैं ही। आपको यदि वह अधिक प्यारा है, तो मुझे विदा कीजिए, मैं अपना भार आप सँभाल लूँगा। यदि मुझे रखना चाहते हैं तो उससे कहिए, जहाँ चाहे चला जाये। बस यह मेरा अंतिम निश्चय है।

लालबिहारी सिंह दरवाजे की चौखट पर चुपचाप खड़ा बड़े भाई की बातें सुन रहा था। वह उनका बहुत आदर करता था। उसे कभी इतना साहस न हुआ था कि श्रीकंठ के सामने चारपाई पर बैठ जाय, हुक्का पी ले या पान खा ले। बाप का भी वह इतना मान न करता था। श्रीकंठ का भी उस पर हार्दिक स्नेह था। अपने होश में उन्होंने कभी उसे घुड़का तक न था। जब वह इलाहाबाद से आते, तो उसके लिए कोई न कोई वस्तु अवश्य लाते। मुगदर की जोड़ी उन्होंने ही बनवा दी थी। पिछले साल जब उसने अपने से ड्योढ़े जवान को नागपंचमी के दिन दंगल में पछाड़ दिया, तो उन्होंने पुलकित हो कर अखाड़े में ही जाकर उसे गले से लगा लिया था, पाँच रुपये के पैसे लुटाये थे। ऐसे भाई के मुँह से आज ऐसी हृदय-विदारक बात सुन कर लालबिहारी को बड़ी ग्लानि हुई। वह फूट-फूट कर रो◌ने लगा। इसमें संदेह नहीं कि अपने किये पर पछता रहा था। भाई के आने से एक दिन पहले से उसकी छाती धड़कती थी कि देखूँ भैया क्या कहते हैं। मैं उनके सम्मुख कैसे जाऊँगा, उनसे कैसे बोलूँगा, मेरी आँखें उनके सामने कैसे उठेंगी। उसने समझा था कि भैया मुझे बुला कर समझा देंगे। इस आशा के विपरीत आज उसने उन्हें निर्दयता की मूर्ति बने हुए पाया। वह मूर्ख था। परंतु उसका मन कहता था कि भैया मेरे साथ अन्याय कर रहे हैं। यदि श्रीकंठ उसे अकेले में बुला कर दो-चार बातें कह देते; इतना ही नहीं दो-चार तमाचे भी लगा देते तो कदाचित् उसे इतना दु:ख न होता; पर भाई का यह कहना कि अब मैं इसकी सूरत नहीं देखना चाहता, लालबिहारी से सहा न गया। वह रोता हुआ घर आया। कोठरी में जाकर कपड़े पहने, आँखें पोंछीं, जिससे कोई यह न समझे कि रोता था। तब आनंदी के द्वार पर आकर बोला-भाभी, भैया ने निश्चय किया है कि वह मेरे साथ इस घर में न रहेंगे। अब वह मेरा मुँह नहीं देखना चाहते, इसलिए अब मैं जाता हूँ। उन्हें फिर मुँह न दिखाऊँगा। मुझसे जो कुछ अपराध हुआ, उसे क्षमा करना।

यह कहते-कहते लालबिहारी का गला भर आया।

4

जिस समय लालबिहारी सिंह सिर झुकाये आनंदी के द्वार पर खड़ा था, उसी समय श्रीकंठ सिंह भी आँखें लाल किये बाहर से आये। भाई को खड़ा देखा, तो घृणा से आँखें फेर लीं, और कतरा कर निकल गये। मानो उसकी परछाईं से दूर भागते हों।

आनंदी ने लालबिहारी की शिकायत तो की थी, लेकिन अब मन में पछता रही थी। वह स्वभाव से ही दयावती थी। उसे इसका तनिक भी ध्यान न था कि बात इतनी बढ़ जायगी। वह मन में अपने पति पर झुंझला रही थी कि यह इतने गरम क्यों होते हैं। उस पर यह भय भी लगा हुआ था कि कहीं मुझसे इलाहाबाद चलने को कहें, तो कैसे क्या करूँगी। इस बीच में जब उसने लालबिहारी को दरवाजे पर खड़े यह कहते सुना कि अब मैं जाता हूँ, मुझसे जो कुछ अपराध हुआ, क्षमा करना, तो उसका रहा-सहा क्रोध भी पानी हो गया। वह रोने लगी। मन का मैल धोने के लिए नयन-जल से उपयुक्त और कोई वस्तु नहीं है।

श्रीकंठ को देख कर आनंदी ने कहा-लाला बाहर खड़े बहुत रो रहे हैं।

श्रीकंठ-तो मैं क्या करूँ ?

आनंदी-भीतर बुला लो। मेरी जीभ में आग लगे। मैंने कहाँ से यह झगड़ा उठाया।

श्रीकंठ-मैं न बुलाऊँगा।

आनंदी-पछताओगे। उन्हें बहुत ग्लानि हो गयी है, ऐसा न हो, कहीं चल दें।

श्रीकंठ न उठे। इतने में लालबिहारी ने फिर कहा-भाभी, भैया से मेरा प्रणाम कह दो। वह मेरा मुँह नहीं देखना चाहते। इसलिए मैं भी अपना मुँह उन्हें न दिखाऊँगा।

लालबिहारी इतना कह कर लौट पड़ा। और शीघ्रता से दरवाजे की ओर बढ़ा। अंत में आनंदी कमरे से निकली और उसका हाथ पकड़ लिया। लालबिहारी ने पीछे फिर कर देखा और आँखों में आँसू भरे बोला-मुझे जाने दो।

आनंदी-कहाँ जाते हो ?

लालबिहारी-जहाँ कोई मेरा मुँह न देखे।

आनंदी-मैं न जाने दूँगी ?

लालबिहारी-मैं तुम लोगों के साथ रहने योग्य नहीं हूँ।

आनंदी-तुम्हें मेरी सौगंध, अब एक पग भी आगे न बढ़ाना।

लालबिहारी-जब तक मुझे यह न मालूम हो जाय कि भैया का मन मेरी तरफ से साफ हो गया, तब तक मैं इस घर में कदापि न रहूँगा।

आनंदी-मैं इश्वर को साक्षी दे कर कहती हूँ कि तुम्हारी ओर से मेरे मन में तनिक भी मैल नहीं है।

अब श्रीकंठ का हृदय भी पिघला। उन्होंने बाहर आ कर लालबिहारी को गले लगा लिया। दोनों भाई खूब फूट-फूटकर रोये। लालबिहारी ने सिसकते हुए कहा-भैया, अब कभी मत कहना कि तुम्हारा मुँह न देखूँगा। इसके सिवा आप जो दंड देंगे, मैं सहर्ष स्वीकार करूँगा।

श्रीकंठ ने काँपते हुए स्वर से कहा-लल्लू ! इन बातों को बिलकुल भूल जाओ। ईश्वर चाहेगा, तो फिर ऐसा अवसर न आवेगा।

बेनीमाधव सिंह बाहर से आ रहे थे। दोनों भाइयों को गले मिलते देख कर आनंद से पुलकित हो गये। बोल उठे-बड़े घर की बेटियाँ ऐसी ही होती हैं। बिगड़ता हुआ काम बना लेती हैं।

गाँव में जिसने यह वृत्तांत सुना, उसी ने इन शब्दों में आनंदी की उदारता को सराहा-'बड़े घर की बेटियाँ ऐसी ही होती हैं।

***

पंच परमेश्वर

जुम्मन शेख और अलगू चौधरी में गाढ़ी मित्रता थी। साझे में खेती होती थी। कुछ लेन-देन में भी साझा था। एक को दूसरे पर अटल विश्वास था। जुम्मन जब हज करने गये थे, तब अपना घर अलगू को सौंप गये थे, और अलगू जब कभी बाहर जाते, तो जुम्मन पर अपना घर छोड़ देते थे। उनमें न खान-पान का व्यवहार था, न धर्म का नाता; केवल विचार मिलते थे। मित्रता का मूलमंत्र भी यही है।

इस मित्रता का जन्म उसी समय हुआ, जब दोनों मित्र बालक ही थे; और जुम्मन के पूज्य पिता, जुमराती, उन्हें शिक्षा प्रदान करते थे। अलगू ने गुरु जी की बहुत सेवा की थी, खूब रकाबियाँ माँजी, खूब प्याले धोये। उनका हुक्का एक क्षण के लिए भी विश्राम न लेने पाता था; क्योंकि प्रत्येक चिलम अलगू को आध घंटे तक किताबों से अलग कर देती थी। अलगू के पिता पुराने विचारों के मनुष्य थे। उन्हें शिक्षा की अपेक्षा गुरु की सेवा-शुश्रूषा पर अधिक विश्वास था। वह कहते थे कि विद्या पढ़ने से नहीं आती; जो कुछ होता है, गुरु के आशीर्वाद से। बस, गुरु जी की कृपा-दृष्टि चाहिए। अतएव यदि अलगू पर जुमराती शेख के आशीर्वाद अथवा सत्संग का कुछ फल न हुआ, तो यह मानकर संतोष कर लेगा कि विद्योपार्जन में उसने यथाशक्ति कोई बात उठा नहीं रखी, विद्या उसके भाग्य ही में न थी, तो कैसे आती ?

मगर जुमराती शेख स्वयं आशीर्वाद के कायल न थे। उन्हें अपने सोटे पर अधिक भरोसा था, और उसी सोटे के प्रताप से आज आस-पास के गाँवों में जुम्मन की पूजा होती थी। उनके लिखे हुए रेहननामे या बैनामे पर कचहरी का मुहर्रिर भी कलम न उठा सकता था। हलके का डाकिया, कांस्टेबिल और तहसील का चपरासी-सब उनकी कृपा की आकांक्षा रखते थे। अतएव अलगू का मान उनके धन के कारण था, तो जुम्मन शेख अपनी अनमोल विद्या से ही सबके आदरपात्र बने थे।

2

जुम्मन शेख की एक बूढ़ी खाला (मौसी) थी। उसके पास कुछ थोड़ी-सी मिलकियत थी; परन्तु उसके निकट संबंधियों में कोई न था। जुम्मन ने लम्बे-चौड़े वादे करके वह मिलकियत अपने नाम लिखवा ली थी। जब तक दानपत्र की रजिस्ट्री न हुई थी, तब तक खालाजान का खूब आदर-सत्कार किया गया। उन्हें खूब स्वादिष्ट पदार्थ खिलाये गये। हलवे-पुलाव की वर्षा-सी की गयी; पर रजिस्ट्री की मोहर ने इन खातिरदारियों पर भी मानो मुहर लगा दी। जुम्मन की पत्नी करीमन रोटियों के साथ कड़वी बातों के कुछ तेज, तीखे सालन भी देने लगी। जुम्मन शेख भी निठुर हो गये। अब बेचारी खालाजान को प्राय: नित्य ही ऐसी बातें सुननी पड़ती थीं।

बुढ़िया न जाने कब तक जियेगी। दो-तीन बीघे ऊसर क्या दे दिया, मानो मोल ले लिया है ! बघारी दाल के बिना रोटियाँ नहीं उतरतीं ! जितना रुपया इसके पेट में झोंक चुके, उतने से तो अब तक गाँव मोल ले लेते।

कुछ दिन खालाजान ने सुना और सहा; पर जब न सहा गया तब जुम्मन से शिकायत की। जुम्मन ने स्थानीय कर्मचारी-गृहस्वामी-के प्रबंध में दखल देना उचित न समझा। कुछ दिन तक और यों ही रो-धोकर काम चलता रहा। अंत में एक दिन खाला ने जुम्मन से कहा-बेटा ! तुम्हारे साथ मेरा निर्वाह न होगा। तुम मुझे रुपये दे दिया करो, मैं अपना पका-खा लूँगी।

जुम्मन ने धृष्टता के साथ उत्तर दिया-रुपये क्या यहाँ फलते हैं ?

खाला ने नम्रता से कहा-मुझे कुछ रूखा-सूखा चाहिए भी कि नहीं ?

जुम्मन ने गम्भीर स्वर से जवाब दिया-तो कोई यह थोड़े ही समझा था कि तुम मौत से लड़कर आयी हो ?

खाला बिगड़ गयीं, उन्होंने पंचायत करने की धमकी दी। जुम्मन हँसे, जिस तरह कोई शिकारी हिरन को जाल की तरफ जाते देख कर मन ही मन हँसता है। वह बोले-हाँ, जरूर पंचायत करो। फैसला हो जाय। मुझे भी यह रात-दिन की खटखट पसंद नहीं।

पंचायत में किसकी जीत होगी, इस विषय में जुम्मन को कुछ भी संदेह न था। आस-पास के गाँवों में ऐसा कौन था, जो उसके अनुग्रहों का ऋणी न हो; ऐसा कौन था, जो उसको शत्रु बनाने का साहस कर सके ? किसमें इतना बल था, जो उसका सामना कर सके ? आसमान के फरिश्ते तो पंचायत करने आवेंगे नहीं।

3

इसके बाद कई दिन तक बूढ़ी खाला हाथ में एक लकड़ी लिये आस-पास के गाँवों में दौड़ती रहीं। कमर झुक कर कमान हो गयी थी। एक-एक पग चलना दूभर था; मगर बात आ पड़ी थी। उसका निर्णय करना जरूरी था।

बिरला ही कोई भला आदमी होगा, जिसके सामने बुढ़िया ने दु:ख के आँसू न बहाये हां। किसी ने तो यों ही ऊपरी मन से हूँ-हाँ करके टाल दिया, और किसी ने इस अन्याय पर जमाने को गालियाँ दीं ! कहा-कब्र में पाँव लटके हुए हैं, आज मरे कल दूसरा दिन; पर हवस नहीं मानती। अब तुम्हें क्या चाहिए ? रोटी खाओ और अल्लाह का नाम लो। तुम्हें अब खेती-बारी से क्या काम है ? कुछ ऐसे सज्जन भी थे, जिन्हें हास्य-रस के रसास्वादन का अच्छा अवसर मिला। झुकी हुई कमर, पोपला मुँह, सन के-से बाल-इतनी सामग्री एकत्र हों, तब हँसी क्यों न आवे ? ऐसे न्यायप्रिय, दयालु, दीन-वत्सल पुरुष बहुत कम थे, जिन्होंने उस अबला के दुखड़े को गौर से सुना हो और उसको सांत्वना दी हो। चारों ओर से घूम-घाम कर बेचारी अलगू चौधरी के पास आयी। लाठी पटक दी और दम ले कर बोली-बेटा, तुम भी दम भर के लिए मेरी पंचायत में चले आना।

अलगू-मुझे बुला कर क्या करोगी ? कई गाँव के आदमी तो आवेंगे ही।

खाला-अपनी विपद तो सबके आगे रो आयी। अब आने-न-आने का अख्तियार उनको है।

अलगू-यों आने को आ जाऊँगा; मगर पंचायत में मुँह न खोलूँगा।

खाला-क्यों बेटा ?

अलगू-अब इसका क्या जवाब दूँ ? अपनी खुशी। जुम्मन मेरा पुराना मित्र है। उससे बिगाड़ नहीं कर सकता।

खाला-बेटा, क्या बिगाड़ के डर से ईमान की बात न कहोगे ?

हमारे सोये हुए धर्म-ज्ञान की सारी सम्पत्ति लुट जाय, तो उसे खबर नहीं होती, परन्तु ललकार सुन कर वह सचेत हो जाता है। फिर उसे कोई जीत नहीं सकता। अलगू इस सवाल का कोई उत्तर न दे सका, पर उसके हृदय में ये शब्द गूँज रहे थे-क्या बिगाड़ के डर से ईमान की बात न कहोगे?

4

संध्या समय एक पेड़ के नीचे पंचायत बैठी। शेख जुम्मन ने पहले से ही फर्श बिछा रखा था। उन्होंने पान, इलायची, हुक्के-तम्बाकू आदि का प्रबन्ध भी किया था। हाँ, वह स्वयं अलबत्ता अलगू चौधरी के साथ जरा दूर पर बैठे हुए थे। जब पंचायत में कोई आ जाता था, तब दबे हुए सलाम से उसका स्वागत करते थे। जब सूर्य अस्त हो गया और चिड़ियों की कलरवयुक्त पंचायत पेड़ों पर बैठी, तब यहाँ भी पंचायत शुरू हुई। फर्श की एक-एक अंगुल जमीन भर गयी; पर अधिकांश दर्शक ही थे। निमंत्रित महाशयों में से केवल वे ही लोग पधारे थे, जिन्हें जुम्मन से अपनी कुछ कसर निकालनी थी। एक कोने में आग सुलग रही थी। नाई ताबड़तोड़ चिलम भर रहा था। यह निर्णय करना असम्भव था कि सुलगते हुए उपलों से अधिक धुआँ निकलता था या चिलम के दमों से। लड़के इधर-उधर दौड़ रहे थे। कोई आपस में गाली-गलौज करते और कोई रोते थे। चारों तरफ कोलाहल मच रहा था। गाँव के कुत्ते इस जमाव को भोज समझ कर झुंड के झुंड जमा हो गये थे।

पंच लोग बैठ गये, तो बूढ़ी खाला ने उनसे विनती की-

'पंचो, आज तीन साल हुए, मैंने अपनी सारी जायदाद अपने भानजे जुम्मन के नाम लिख दी थी। इसे आप लोग जानते ही होंगे। जुम्मन ने मुझे ता-हयात रोटी-कपड़ा देना कबूल किया। साल भर तो मैंने इसके साथ रो-धोकर काटा। पर अब रात-दिन का रोना नहीं सहा जाता। मुझे न पेट की रोटी मिलती है न तन का कपड़ा। बेकस बेवा हूँ। कचहरी-दरबार नहीं कर सकती। तुम्हारे सिवा और किसको अपना दु:ख सुनाऊँ ? तुम लोग जो राह निकाल दो, उसी राह पर चलूँ। अगर मुझमें कोई ऐब देखो, तो मेरे मुँह पर थप्पड़ मारो। जुम्मन में बुराई देखो, तो उसे समझाओ, क्यों एक बेकस की आह लेता है ! मैं पंचों का हुक्म सिर-माथे पर चढ़ाऊँगी।'

रामधन मिश्र, जिनके कई असामियों को जुम्मन ने अपने गाँव में बसा लिया था, बोले-जुम्मन मियाँ, किसे पंच बदते हो ? अभी से इसका निपटारा कर लो। फिर जो कुछ पंच कहेंगे, वही मानना पड़ेगा।

जुम्मन को इस समय सदस्यों में विशेषकर वे ही लोग दीख पड़े, जिनसे किसी न किसी कारण उनका वैमनस्य था। जुम्मन बोले-पंचों का हुक्म अल्लाह का हुक्म है। खालाजान जिसे चाहें, उसे बदें। मुझे कोई उज्र नहीं।

खाला ने चिल्ला कर कहा-अरे अल्लाह के बन्दे ! पंचों का नाम क्यों नहीं बता देता ? कुछ मुझे भी तो मालूम हो।

जुम्मन ने क्रोध से कहा-अब इस वक्त मेरा मुँह न खुलवाओ। तुम्हारी बन पड़ी है, जिसे चाहो, पंच बदो।

खालाजान जुम्मन के आक्षेप को समझ गयीं, वह बोलीं-बेटा, खुदा से डरो, पंच न किसी के दोस्त होते हैं, न किसी के दुश्मन। कैसी बात कहते हो ! और तुम्हारा किसी पर विश्वास न हो, तो जाने दो; अलगू चौधरी को तो मानते हो ? लो, मैं उन्हीं को सरपंच बदती हूँ।

जुम्मन शेख आनंद से फूल उठे, परंतु भावों को छिपा कर बोले-अलगू ही सही, मेरे लिए जैसे रामधन वैसे अलगू।

अलगू इस झमेले में फँसना नहीं चाहते थे। वे कन्नी काटने लगे। बोले-खाला, तुम जानती हो कि मेरी जुम्मन से गाढ़ी दोस्ती है।

खाला ने गम्भीर स्वर में कहा-बेटा, दोस्ती के लिए कोई अपना ईमान नहीं बेचता। पंच के दिल में खुदा बसता है। पंचों के मुँह से जो बात निकलती है, वह खुदा की तरफ से निकलती है।

अलगू चौधरी सरपंच हुए। रामधन मिश्र और जुम्मन के दूसरे विरोधियों ने बुढ़िया को मन में बहुत कोसा।

अलगू चौधरी बोले-शेख जुम्मन ! हम और तुम पुराने दोस्त हैं ! जब काम पड़ा, तुमने हमारी मदद की है और हम भी जो कुछ बन पड़ा, तुम्हारी सेवा करते रहे हैं; मगर इस समय तुम और बूढ़ी खाला, दोनों हमारी निगाह में बराबर हो। तुमको पंचों से जो कुछ अर्ज करनी हो, करो।

जुम्मन को पूरा विश्वास था कि अब बाजी मेरी है। अलगू यह सब दिखावे की बातें कर रहा है। अतएव शांत-चित्त हो कर बोले-पंचो, तीन साल हुए खालाजान ने अपनी जायदाद मेरे नाम हिब्बा कर दी थी। मैंने उन्हें ता-हयात खाना-कपड़ा देना कबूल किया था। खुदा गवाह है, आज तक मैंने खालाजान को कोई तकलीफ नहीं दी। मैं उन्हें अपनी माँ के समान समझता हूँ। उनकी खिदमत करना मेरा फर्ज है; मगर औरतों में जरा अनबन रहती है, उसमें मेरा क्या बस है ? खालाजान मुझसे माहवार खर्च अलग माँगती हैं। जायदाद जितनी है, वह पंचों से छिपी नहीं। उससे इतना मुनाफा नहीं होता है कि माहवार खर्च दे सकूँ। इसके अलावा हिब्बानामे में माहवार

खर्च का कोई जिक्र नहीं। नहीं तो मैं भूल कर भी इस झमेले में न पड़ता। बस, मुझे यही कहना है। आइंदा पंचों का अख्तियार है, जो फैसला चाहें, करें।

अलगू चौधरी को हमेशा कचहरी से काम पड़ता था। अतएव वह पूरा कानूनी आदमी था। उसने जुम्मन से जिरह शुरू की। एक-एक प्रश्न जुम्मन के हृदय पर हथौड़े की चोट की तरह पड़ता था। रामधन मिश्र इन प्रश्नों पर मुग्ध हुए जाते थे। जुम्मन चकित थे कि अलगू को क्या हो गया। अभी यह अलगू मेरे साथ बैठा हुआ कैसी-कैसी बातें कर रहा था ! इतनी ही देर में ऐसी कायापलट हो गयी कि मेरी जड़ खोदने पर तुला हुआ है। न मालूम कब की कसर यह निकाल रहा है ? क्या इतने दिनों की दोस्ती कुछ भी काम न आवेगी ?

जुम्मन शेख तो इसी संकल्प-विकल्प में पड़े हुए थे कि इतने में अलगू ने फैसला सुनाया-

जुम्मन शेख ! पंचो ने इस मामले पर विचार किया। उन्हें यह नीति- संगत मालूम होता है कि खालाजान को माहवार खर्च दिया जाय। हमारा विचार है कि खाला की जायदाद से इतना मुनाफा अवश्य होता है कि माहवार खर्च दिया जा सके। बस, यही हमारा फैसला है, अगर जुम्मन को खर्च देना मंजूर न हो, तो हिब्बानामा रद्द समझा जाय।

यह फैसला सुनते ही जुम्मन सन्नाटे में आ गये। जो अपना मित्र हो, वह शत्रु का व्यवहार करे और गले पर छुरी फेरे, इसे समय के हेर-फेर के सिवा और क्या कहें ? जिस पर पूरा भरोसा था, उसने समय पड़ने पर धोखा दिया। ऐसे ही अवसरों पर झूठे-सच्चे मित्रों की परीक्षा की जाती है। यही कलियुग की दोस्ती है। अगर लोग ऐसे कपटी-धोखेबाज न होते, तो देश में आपत्तियों का प्रकोप क्यों होता ? यह हैजा-प्लेग आदि व्याधियाँ दुष्कर्मों के ही दंड हैं।

मगर रामधन मिश्र और अन्य पंच अलगू चौधरी की इस नीति-परायणता की प्रशंसा जी खोलकर कर रहे थे। वे कहते थे-इसका नाम पंचायत है ! दूध का दूध और पानी का पानी कर दिया। दोस्ती, दोस्ती की जगह है, किंतु धर्म का पालन करना मुख्य है। ऐसे ही सत्यवादियों के बल पर पृथ्वी ठहरी है, नहीं तो वह कब की रसातल को चली जाती ।

इस फैसले ने अलगू और जुम्मन की दोस्ती की जड़ हिला दी। अब वे साथ-साथ बातें करते नहीं दिखायी देते। इतना पुराना मित्रता-रूपी वृक्ष सत्य का एक झोंका भी न सह सका। सचमुच वह बालू की ही जमीन पर खड़ा था।

उनमें अब शिष्टाचार का अधिक व्यवहार होने लगा। एक दूसरे की आवभगत ज्यादा करने लगा। वे मिलते-जुलते थे, मगर उसी तरह, जैसे तलवार से ढाल मिलती है।

जुम्मन के चित्त में मित्र की कुटिलता आठों पहर खटका करती थी। उसे हर घड़ी यही चिंता रहती थी कि किसी तरह बदला लेने का अवसर मिले।

5

अच्छे कामों की सिद्धि में बड़ी देर लगती है; पर बुरे कामों की सिद्धि में यह बात नहीं होती। जुम्मन को भी बदला लेने का अवसर जल्द ही मिल गया। पिछले साल अलगू चौधरी बटेसर से

बैलों की एक बहुत अच्छी गोई मोल लाये थे। बैल पछाहीं जाति के सुंदर, बड़े-बड़े सींगोंवाले थे। महीनों तक आस-पास के गाँव के लोग दर्शन करते रहे। दैवयोग से जुम्मन की पंचायत के एक महीने के बाद इस जोड़ी का एक बैल मर गया। जुम्मन ने दोस्तों से कहा-यह दगाबाजी की सजा है। इन्सान सब्र भले ही कर जाय, पर खुदा नेक-बद सब देखता है। अलगू को संदेह हुआ कि जुम्मन ने बैल को विष दिला दिया है। चौधराइन ने भी जुम्मन पर ही इस दुर्घटना का दोषारोपण किया। उसने कहा-जुम्मन ने कुछ कर-करा दिया है। चौधराइन और करीमन में इस विषय पर एक दिन खूब ही वाद-विवाद हुआ। दोनों देवियों ने शब्द-बाहुल्य की नदी बहा दी। व्यंग्य, वक्रोक्ति, अन्योक्ति और उपमा आदि अलंकारों में बातें हुईं। जुम्मन ने किसी तरह शांति स्थापित की। उन्होंने अपनी पत्नी को डाँट-डपट कर समझा दिया। वह उसे उस रणभूमि से हटा भी ले गये। उधर अलगू चौधरी ने समझाने-बुझाने का काम अपने तर्क-पूर्ण सोंटे से लिया।

अब अकेला बैल किस काम का ? उसका जोड़ बहुत ढूँढ़ा गया, पर न मिला। निदान यह सलाह ठहरी कि इसे बेच डालना चाहिए। गाँव में एक समझू साहु थे, वह इक्का-गाड़ी हाँकते थे। गाँव के गुड़-घी लाद कर मंडी ले जाते, मंडी से तेल, नमक भर लाते, और गाँव में बेचते। इस बैल पर उनका मन लहराया। उन्होंने सोचा, यह बैल हाथ लगे तो दिन-भर में बेखटके तीन खेप हों। आजकल तो एक ही खेप में लाले पड़े रहते हैं। बैल देखा, गाड़ी में दौड़ाया, बाल-भौंरी की पहचान करायी, मोल-तोल किया और उसे ला कर द्वार पर बाँध ही दिया। एक महीने में दाम चुकाने का वादा ठहरा। चौधरी को भी गरज थी ही, घाटे की परवा न की।

समझू साहु ने नया बैल पाया, तो लगे उसे रगेदने। वह दिन में तीन-तीन, चार-चार खेपें करने लगे। न चारे की फिक्र थी, न पानी की, बस खेपों से काम था। मंडी ले गये, वहाँ कुछ सूखा भूसा सामने डाल दिया। बेचारा जानवर अभी दम भी न लेने पाया था कि फिर जोत दिया। अलगू चौधरी के घर था तो चैन की बंशी बजती थी। बैलराम छठे-छमाहे कभी बहली में जोते जाते थे। खूब उछलते-कूदते और कोसों तक दौड़ते चले जाते थे। वहाँ बैलराम का रातिब था-साफ पानी, दली हुई अरहर की दाल और भूसे के साथ खली, और यही नहीं, कभी-कभी घी का स्वाद भी चखने को मिल जाता था। शाम-सबेरे एक आदमी खरहरे करता, पोंछता और सहलाता था। कहाँ वह सुख-चैन, कहाँ यह आठों पहर की खपत ! महीने भर ही में वह पिस-सा गया। इक्के का जुआ देखते ही उसका लहू सूख जाता था। एक-एक पग चलना दूभर था। हड्डियाँ निकल आयी थीं; पर था वह पानीदार, मार की बरदाश्त न थी।

एक दिन चौथी खेप में साहु जी ने दूना बोझ लादा। दिन-भर का थका जानवर, पैर न उठते थे। पर साहु जी कोड़े फटकारने लगे। बस, फिर क्या था, बैल कलेजा तोड़ कर चला। कुछ दूर दौड़ा और चाहा कि जरा दम ले लूँ; पर साहु जी को जल्द पहुँचने की फिक्र थी; अतएव उन्होंने कई कोड़े बड़ी निर्दयता से फटकारे। बैल ने एक बार फिर जोर लगाया; पर अबकी बार शक्ति ने जवाब दे दिया। वह धरती पर गिर पड़ा, और ऐसा गिरा कि फिर न उठा। साहु जी ने बहुत पीटा, टाँग पकड़ कर खींचा, नथनों में लकड़ी ठूँस दी; पर कहीं मृतक भी उठ सकता है ? तब साहु जी को कुछ शक हुआ। उन्होंने बैल को गौर से देखा, खोल कर अलग किया; और सोचने

लगे कि गाड़ी कैसे घर पहुँचे। बहुत चीखे-चिल्लाये; पर देहात का रास्ता बच्चों की आँख की तरह साँझ होते ही बंद हो जाता है। कोई नजर न आया। आस-पास कोई गाँव भी न था। मारे क्रोध के उन्होंने मरे हुए बैल पर और दुर्रे लगाये और कोसने लगे-अभागे। तुझे मरना ही था, तो घर पहुँच कर मरता ! ससुरा बीच रास्ते ही में मर रहा ! अब गाड़ी कौन खींचे ? इस तरह साहु जी खूब जले-भुने। कई बोरे गुड़ और कई पीपे घी उन्होंने बेचे थे, दो-ढाई सौ रुपये कमर में बँधे थे। इसके सिवा गाड़ी पर कई बोरे नमक के थे; अतएव छोड़ कर जा भी न सकते थे। लाचार बेचारे गाड़ी पर ही लेट गये। वहीं रतजगा करने की ठान ली। चिलम पी, गाया। फिर हुक्का पिया। इस तरह साहु जी आधी रात तक नींद को बहलाते रहे। अपनी जान में तो वह जागते ही रहे; पर पौ फटते ही जो नींद टूटी और कमर पर हाथ रखा, तो थैली गायब ! घबरा कर इधर-उधर देखा, तो कई कनस्तर तेल भी नदारत ! अफसोस में बेचारे ने सिर पीट लिया और पछाड़ खाने लगा। प्रात:काल रोते-बिलखते घर पहुँचे। सहुआइन ने जब यह बुरी सुनावनी सुनी, तब पहले तो रोयी, फिर अलगू चौधरी को गालियाँ देने लगी-निगोड़े ने ऐसा कुलच्छनी बैल दिया कि जन्म भर की कमाई लुट गयी।

इस घटना को हुए कई महीने बीत गये। अलगू जब अपने बैल के दाम माँगते तब साहु और सहुआइन, दोनों ही झल्लाये हुए कुत्ते की तरह चढ़ बैठते और अंड-बंड बकने लगते-वाह ! यहाँ तो सारे जन्म की कमाई लुट गयी, सत्यानाश हो गया, इन्हें दामों की पड़ी है। मुर्दा बैल दिया था, उस पर दाम माँगने चले हैं ! आँखों में धूल झोंक दी, सत्यानाशी बैल गले बाँध दिया, हमें निरा पोंगा ही समझ लिया है ! हम भी बनिये के बच्चे हैं, ऐसे बुद्धू कहीं और होंगे। पहले जा कर किसी गड़हे में मुँह धो आओ, तब दाम लेना। न जी मानता हो, तो हमारा बैल खोल ले जाओ। महीना भर के बदले दो महीना जोत लो। और क्या लोगे ?

6

चौधरी के अशुभचिंतकों की कमी न थी। ऐसे अवसरों पर वे भी एकत्र हो जाते और साहु जी के बर्राने की पुष्टि करते। परन्तु डेढ़ सौ रुपये से इस तरह हाथ धो लेना आसान न था। एक बार वह भी गरम पड़े । साहु जी बिगड़ कर लाठी ढूँढ़ने घर में चले गये। अब सहुआइन ने मैदान लिया। प्रश्नोत्तर होते-होते हाथापाई की नौबत आ पहुँची। सहुआइन ने घर में घुस कर किवाड़ बंद कर लिये। शोरगुल सुन कर गाँव के भलेमानस जमा हो गये। उन्होंने दोनों को समझाया। साहु जी को दिलासा दे कर घर से निकाला। वह परामर्श देने लगे कि इस तरह से काम न चलेगा। पंचायत कर लो। जो कुछ तय हो जाय, उसे स्वीकार कर लो। साहु जी राजी हो गये। अलगू ने भी हामी भर ली।

7

पंचायत की तैयारियाँ होने लगीं। दोनों पक्षों ने अपने-अपने दल बनाने शुरू किये। इसके बाद तीसरे दिन उसी वृक्ष के नीचे पंचायत बैठी। वही संध्या का समय था। खेतों में कौए पंचायत कर

रहे थे। विवादग्रस्त विषय था यह कि मटर की फलियों पर उनका कोई स्वत्व है या नहीं; और जब तक यह प्रश्न हल न हो जाय, तब तक वे रखवाले की पुकार पर अपनी अप्रसन्नता प्रकट करना आवश्यक समझते थे। पेड़ की डालियों पर बैठी शुक-मंडली में यह प्रश्न छिड़ा हुआ था कि मनुष्यों को उन्हें बेमुरौवत कहने का क्या अधिकार है, जब उन्हें स्वयं अपने मित्रों से दगा करने में भी संकोच नहीं होता।

पंचायत बैठ गयी, तो रामधन मिश्र ने कहा-अब देरी क्या है ? पंचों का चुनाव हो जाना चाहिए। बोलो चौधरी; किस-किस को पंच बदते हो।

अलगू ने दीन भाव से कहा-समझू साहु ही चुन लें।

समझू खड़े हुए और कड़क कर बोले-मेरी ओर से जुम्मन शेख।

जुम्मन का नाम सुनते ही अलगू चौधरी का कलेजा धक्-धक् करने लगा, मानो किसी ने अचानक थप्पड़ मार दिया हो। रामधन अलगू के मित्र थे। वह बात को ताड़ गये। पूछा-क्यों चौधरी तुम्हें कोई उज्र तो नहीं।

चौधरी ने निराश हो कर कहा-नहीं, मुझे क्या उज्र होगा ?

x x x

अपने उत्तरदायित्व का ज्ञान बहुधा हमारे संकुचित व्यवहारों का सुधारक होता है। जब हम राह भूल कर भटकने लगते हैं तब यही ज्ञान हमारा विश्वसनीय पथ-प्रदर्शक बन जाता है।

पत्र-संपादक अपनी शांति कुटी में बैठा हुआ कितनी धृष्टता और स्वतंत्रता के साथ अपनी प्रबल लेखनी से मंत्रिमंडल पर आक्रमण करता है; परंतु ऐसे अवसर आते हैं, जब वह स्वयं मंत्रिमंडल में सम्मिलित होता है। मंडल के भवन में पग धरते ही उसकी लेखनी कितनी मर्मज्ञ, कितनी विचारशील, कितनी न्यायपरायण हो जाती है। इसका कारण उत्तरदायित्व का ज्ञान है। नवयुवक युवावस्था में कितना उद्दंड रहता है। माता-पिता उसकी ओर से कितने चिंतित रहते हैं ! वे उसे कुल-कलंक समझते हैं; परन्तु थोड़े ही समय में परिवार का बोझ सिर पर पड़ते ही वह अव्यवस्थित-चित्त उन्मत्त युवक कितना धैर्यशील, कैसा शांतचित्त हो जाता है, यह भी उत्तरदायित्व के ज्ञान का फल है।

जुम्मन शेख के मन में भी सरपंच का उच्च स्थान ग्रहण करते ही अपनी जिम्मेदारी का भाव पैदा हुआ । उसने सोचा, मैं इस वक्त न्याय और धर्म के सर्वोच्च आसन पर बैठा हूँ। मेरे मुँह से इस समय जो कुछ निकलेगा, वह देववाणी के सदृश है-और देववाणी में मेरे मनोविकारों का कदापि समावेश न होना चाहिए। मुझे सत्य से जौ भर भी टलना उचित नहीं !

पंचों ने दोनों पक्षों से सवाल-जवाब करने शुरू किये। बहुत देर तक दोनों दल अपने-अपने पक्ष का समर्थन करते रहे। इस विषय में तो सब सहमत थे कि समझू को बैल का मूल्य देना चाहिए। परंतु दो महाशय इस कारण रियायत करना चाहते थे कि बैल के मर जाने से समझू को हानि हुई। इसके प्रतिकूल दो सभ्य मूल के अतिरिक्त समझू को दंड भी देना चाहते थे, जिससे

फिर किसी को पशुओं के साथ ऐसी निर्दयता करने का साहस न हो। अंत में जुम्मन ने फैसला सुनाया-

अलगू चौधरी और समझू साहु ! पंचों ने तुम्हारे मामले पर अच्छी तरह विचार किया। समझू को उचित है कि बैल का पूरा दाम दें। जिस वक्त उन्होंने बैल लिया, उसे कोई बीमारी न थी। अगर उसी समय दाम दे दिये जाते, तो आज समझू उसे फेर लेने का आग्रह न करते । बैल की मृत्यु केवल इस कारण हुई कि उससे बड़ा कठिन परिश्रम लिया गया और उसके दाने-चारे का कोई अच्छा प्रबंध न किया गया।

रामधन मिश्र बोले-समझू ने बैल को जान-बूझ कर मारा है, अतएव उससे दंड लेना चाहिए।

जुम्मन बोले-यह दूसरा सवाल है ! हमको इससे कोई मतलब नहीं !

झगडू साहु ने कहा-समझू के साथ कुछ रियायत होनी चाहिए।

जुम्मन बोले-यह अलगू चौधरी की इच्छा पर निर्भर है। यह रियायत करें, तो उनकी भलमनसी।

अलगू चौधरी फूले न समाये। उठ खड़े हुए और जोर से बोले-पंच-परमेश्वर की जय !

इसके साथ ही चारों ओर से प्रतिध्वनि हुई-पंच-परमेश्वर की जय !

प्रत्येक मनुष्य जुम्मन की नीति को सराहता था-इसे कहते हैं न्याय ! यह मनुष्य का काम नहीं, पंच में परमेश्वर वास करते हैं, यह उन्हीं की महिमा है। पंच के सामने खोटे को कौन खरा कह सकता है ?

थोड़ी देर बाद जुम्मन अलगू के पास आये और उनके गले लिपट कर बोले-भैया, जब से तुमने मेरी पंचायत की तब से मैं तुम्हारा प्राण-घातक शत्रु बन गया था; पर आज मुझे ज्ञात हुआ कि पंच के पद पर बैठ कर न कोई किसी का दोस्त होता है, न दुश्मन। न्याय के सिवा उसे और कुछ नहीं सूझता। आज मुझे विश्वास हो गया कि पंच की जबान से खुदा बोलता है। अलगू रोने लगे। इस पानी से दोनों के दिलों का मैल धुल गया। मित्रता की मुरझायी हुई लता फिर हरी हो गई।

***

शंखनाद

भानु चौधरी अपने गांव मुखिया थे। गांव में उनका बड़ा मान था। दारोगाजी उन्हें ठाट बिना जमीन पर न बैठने न देते। मुखिया साहब की ऐसी धाक बंधी हुई थी कि उनकी मर्जी बिना गांव में एक पत्ता भी नहीं हिल सकता था। कोई घटना - चाहे वह सास-बहू का विवाद हो, चाहे मेंड़ या खेत का झगड़ा, चौधरी साहब के शासनाधिकार को पूर्णरूप से सचेत करने के लिए काफी थी। वह तुरन्त घटनास्थल पर जा पहुंचते, तहकीकात होने लगती, गवाह और सबूत के सिवा किसी अभियोग को सफलता सहित चलाने में जिन बातों की जरूरत होती है, उन सब पर विचार होता और चौधरी जी के दरबार में फैसला हो जाता। किसी को अदालत जाने की जरूरत न पड़ती। हां, इस कष्ट के लिए चौधरी साहब, कुछ फीस जरूर लेते थे। यदि किसी अवसर पर फीस मिलने में असुविधा के कारण उन्हें धीरज से काम लेना पड़ता तो गांव में आफत मच जाती थी, क्योंकि उनके धीरज और दारोगाजी के क्रोध में कोई घनिष्ठ संबंध था। सारांश यह कि चौधरी से उनके दोस्त-दुश्मन सभी चौकन्ने रहते थे।

2

चौधरी महाशय के तीन सुयोग्य पुत्र थे। बड़े लड़के बितान एक सुशिक्षित मनुष्य थे। डाकिये के रजिस्टर पर दस्तखत कर लेते थे। बड़े अनुभवी, बड़े मर्मज्ञ, नीति-कुशल। मिर्जई की जगह कमीज पहनते, कभी-कभी सिगरेट भी पीते, जिससे उनका गौरव बढ़ता था। यद्यपि उनके ये दुर्व्यसन बूढ़े चौधरी को नापसंद थे, पर बेचारे विवश थे क्योंकि अदालत और कानून के मामले बितान के हाथों में थे। वह कानून का पुतला था। कानून की दफाएं उसकी जबान पर रखी रहती थी। गवाह गढ़ने में वह पूरा उस्ताद था। मझले लड़के शान चौधरी कृषि-विभाग के अधिकारी थे। बुद्धि के मंद, लेकिन शरीर से बड़े परिश्रमी। जहां घास न जमती हो, वहां केसर जमा दें। तीसरे लड़के का नाम गुमान था। वह बड़ा रसिक साथ ही उद्दंडी भी था। मुहर्रम में ढोल इतने जोरों से बजाता कि कान के पर्दे फट जाते। मछली फंसाने का बड़ा शौकीन था। बड़ा रंगीला जवान था। खेजड़ी बजा-बजाकर जब वह मीठे स्वर से खयाल गाता, तो रंग जम जाता। उसे दंगल का ऐसा शौक था कि कोसों तक धावा मारता, पर घरवाले कुछ ऐसे शुष्क थे कि उसके इन व्यसनों से तनिक भी सहानुभूति न रखते थे। पिता और भाइयों ने तो उसे ऊसर खेत समझ रखा था। घुड़की-धमकी, शिक्षा और उपदेश, स्नेह और विनय, किसी का उस पर कुछ भी असर न हुआ। हां, भावज अभी तक उसकी ओर से निराश न हुई थी। वे अभी तक उसे कड़वी दवाई पिलाये जाती थीं, पर आलस्य वह राज-रोग है, जिसका रोगी कभी नहीं संभलता। ऐसा कोई बिरला ही

दिन जाता होगा कि बांके गुमान को भावजों के कटु वाक्य न सुनने पड़ते हों। ये विषैले शर कभी-कभी उसके कठोर हृदय में चुभ जाते, किंतु यह घाव रात भर से अधिक न रहता। भोर होते ही थकान के साथ यह पीड़ा भी शांत हो जाती। तड़का हुआ, उसने हाथ मुंह धोया, बंसी उठाई और तालाब की ओर चल खड़ा हुआ। भावजें फूलों की वर्षा किया करती, बूढ़े चौधरी पैंतरे बदलते रहते और भाई लोग तीखी निगाह से देखा करते, पर अपनी धुन का पूरा बांका गुमान उन लोगों के बीच से इस तरह अकड़ता चला जाता, जैसे कोई मस्त हाथी कुत्तों के बीच से निकल जाता है। उसे सुमार्ग पर लाने के लिए क्या-क्या उपाय नहीं किए गए। बाप समझाता - बेटा, ऐसी राह चलो, जिसमें तुम्हें पैसे मिलें और गृहस्थी का भी निबाह हो। भाइयों के भरोसे कब तक रहोगे! मैं पका आम हूं आज टपक पड़ा या कल। फिर तुम्हारा निबाह कैसे होगा? भाई बात भी न पूछेंगे, भावजों का रंग देख रहे हो। तुम्हारे भी लड़के हैं, उनका भार कैसे संभालेगे, खेती में जी न लगे, कहो कांस्टेबल में भरती करा दूं? बांका गुमान खड़ा-खड़ा यह सब सुनता था लेकिन पत्थर का देवता था, कभी न पसीजता! इन महाशय के अत्याचार का दंड उनकी स्त्री बेचारी को भोगना पड़ता था। मेहनत के जितने काम घर में होते, वे उसी के सिर थोपे जाते। उपले पाथती, कुंए से पानी लाती, आटा पीसती और तिस पर भी जेठानियां सीधे मुंह बात न करती, व्यंग्य-बाणों से छेदा करती। एक बार जब वह पति से कई दिन रूठी रही, तो बांके गुमान कुछ नर्म हुए। बाप से जाकर बोले - मुझे कोई दुकान खोलवा दीजिए। चौधरी ने परमात्मा को धन्यवाद दिया। फूले न समाए। कई सौ रुपए लगाकर कपड़े की दुकान खुलवा दी। गुमान के भाग जगे। तनजेब के चुन्नटदार कुरते बनवा, मलमल का साफा धानी रंग में रंगा। सौदा बिके या न बिके, उसे लाभ ही होना था। दुकान खुली हुई है, दस-पांच गाढ़े मित्र जमे हुए हैं, चरस की दम और खयाल की ताने उड़ रही हैं -

चल झटपट री, जमुना तट री, खड़ो नटखट री

इस तरह तीन महीने चैन से कटे। बांके गुमान ने खूब दिल खोलकर अरमान निकाले, यहां तक कि सारी लागत लाभ हो गई। टाट के टुकड़े के सिवा और कुछ न बचा। बूढ़े चौधरी कुएं में गिरने चले, भावजों ने घोर आंदोलन मचाया - अरे राम! हमारे बच्चे और हम चीथड़ों को तरसे, गाढ़े का एक कुरता भी नसीब न हो, और इतनी बड़ी दुकान इस निखट्टू का कफन बन गई। अब कौन मुंह दिखाएगा? कौन मुंह लेकर घर में पैर रखेगा? किन्तु बांके गुमान के तेवर जरा भी मैले न हुए। वहीं मुंह लिए वह फिर धर आया और फिर वही पुरानी चाल चलने लगा। कानूनदां बितान उसके ठाट-बाट देखकर जल जाता। मैं सारे दिन पसीजा बहाऊं, मुझे तनजेब का कुरता भी न मिले, यह अपाहिज सारे दिन चारपाई तोड़े और यों बन-ठन कर निकले? ऐसे वस्त्र तो शायद मुझे अपने ब्याह में भी न मिले होंगे। मीठे शान के हृदय में भी कुछ ऐसे ही विचार उठते थे। अंत में यह जलन न सही गई, और अग्नि भड़की, तो एक दिन कानूनदां बितान की पत्नी गुमान के सारे कपड़े उठा लाई और उन पर मिट्टी का तेल उड़ेलकर आग लगा दी।

ज्वाला उठी, सारे कपड़े देखते-देखते जलकर राख हो गए। गुमान रोते थे। दोनों भाई खड़े तमाशा देखते थे। बूढ़े चौधरी ने यह दृश्य देखा और सिर पीट लिया। यह द्वेषाग्नि है। घर जलाकर बुझेगी।

3

यह ज्वाला तो थोड़ी देर में शांत हो गई, परन्तु हृदय की आग ज्यों की त्यों दहकती रही। अन्त में एक दिन बूढ़े चौधरी ने घर के सब मेम्बरों को एकत्र किया और इस गूढ़ विषय पर विचार करने लगे कि बेड़ा कैसे पार हो। बितान से बोले - बेटा, तुमने आज देखा कि बात-की-बात में सैकड़ों रुपयों पर पानी फिर गया। अब इस तरह निर्वाह होना असम्भव है। तुम समझदार हो, मुकदमें मामले हल करते हो, कोई ऐसी राह निकालो कि घर डूबने से बचे। मैं तो यह चाहता था कि जब तक चोला रहे, सबको समेटे रहूं मगर भगवान् के मन में कुछ और ही है।

बितान की नीति कुशलता अपनी चतुर सहगामिनी के सामने लुप्त हो जाती थी। वह अभी उसका उत्तर सोच ही रहे थे कि श्रीमती जी बोल उठी - दादाजी! अब समझाने-बुझाने से काम न चलेगा। सहते-सहते हमारा कलेजा पक गया। बेटे की जितनी पीर बाप को होगी, भाइयों को उतनी क्या, उसकी आधी भी नहीं हो सकती। मैं तो साफ कहती हूं - गुमान का तुम्हारी कमाई में हक है, उन्हें कंचन के कौर खिलाओ और चांदी के हिंडोले में झुलाओ। हममें न इतना बूता है न इतना कलेजा। हम अपनी झोपड़ी अलग बना लेंगे। हां, जो कुछ हमारा हो, वह हमको मिलना चाहिए। बांट-बखरा कर दीजिए। बला से चार आदमी हंसेगे, अब कहां तक दुनिया की लाज ढोएं?

नीतिज्ञ बितान पर इस प्रबल वक्तृता का जो असर हुआ, वह उनके विकसित और प्रमुदित चेहरे से झलक रहा था। उनमें स्वयं इतना साहस न था कि इस प्रस्ताव को इतनी स्पष्टता से व्यक्त कर सकते। नीतिज्ञ महाशय गम्भीरता से बोले - जायदाद, मुश्तरका, मन्कूला या गैरमन्कूला आपके हीनहयात तकसीम की जा सकती है, इसकी नजीरें मौजूद हैं। जमींदार को सिकितुलमिल्कियत करने का कोई इस्तेहका नहीं है।

अब मंदबुद्धि शान की बारी आयी, पर बेचारा किसान, बैलों के पीछे आंखें बन्द करके चलने वाला, ऐसे गूढ़ विषय पर कैसे मुंह खोलता। दुविधा में पड़ा हुआ था। अब उसकी सत्यवक्ता धर्मपत्नी ने अपनी जेठानी का अनुसरण कर यह कठिन कार्य संपन्न किया। बोली - बड़ी बहन ने जो कुछ कहा, उसके सिवा और दूसरा कोई उपाय नहीं। कोई तो कलेजा तोड़-तोड़ कर कमाए, मगर पैसे-पैसे को तरसे, तन ढंकने को वस्त्र तक न मिले, और कोई सुख की नींद सोए, हाथ बढ़ा-बढ़ा के खाय! ऐसी अंधेर नगरी में अब हमारा निबाह न होगा।

शान चौधरी ने इस प्रस्ताव का मुक्तकंठ से अनुमोदन किया। अब बूढ़े चौधरी गुमान से बोले - कहो बेटा, तुम्हें भी मंजूर है? अभी कुछ नहीं बिगड़ा। यह आग अब भी बुझ सकती है। काम

सभी को प्यारा है, चाम किसी को नहीं, बोलो, क्या कहते हो, कुछ काम-धंधा करोगे या अभी आंखें नहीं खुली?

गुमान में धैर्य की कमी न थी। बातों को इस कान से सुनकर उस कान उड़ा देना उसका नित्य कर्म था। किन्तु भाइयों की इस जन-मुरीदी पर उसे क्रोध आ गया। बोला भाइयों की जो इच्छा है, वही मेरे मन में लगी हुई है। मैं भी इस जंजाल से भागना चाहता हूं मुझसे न मजूरी हुई, न होगी। जिसके भाग्य में चक्की पीसना बदा हो, वह पीसे। मेरे भाग्य में चैन करना लिखा है, मैं क्यों अपना सिर ओखली में दूं! मैं तो किसी से काम करने को नहीं कहता। आप लोग क्यों मेरे पीछे पड़े हुए हैं। अपनी-अपनी फिक्र कीजिए। मुझे आधा सेर आटे की कमी नहीं है।

इस तरह की सभाएं कितनी ही बार हो चुकी थीं, परन्तु इस देश की सामाजिक और राजनीतिक सभाओं की तरह इसमें भी कोई प्रयोजन सिद्ध नहीं होता था। दो-तीन दिन गुमान ने घर पर खाना नहीं खाया। जतनसिंह ठाकुर शौकीन आदमी थे, उन्हीं की चौपाल पर पड़ा रहता। अन्त में बूढ़े चौधरी गये और मना के लाए। अब फिर वहीं पुरानी गाड़ी अड़ती, मचलती, हिलती चलने लगी।

4

पांडे के घर के चूहों की तरह, चौधरी के घर में बच्चे भी सयाने थे। उनके लिए घोड़े मिट्टी के घोड़े और नावें कागज की नावें थी। फूलों के विषय में उनका ज्ञान असीम था, गूलर और जंगली बेर के सिवा कोई ऐसा फल न था, जिसे वे बीमारियों का घर न समझते हों, लेकिन गुरदीन के खोंचे में ऐसा प्रबल आकर्षण था कि उसकी ललकार सुनते ही उनका सारा ज्ञान व्यर्थ हो जाता था। साधारण बच्चों की तरह यदि वे सोते भी हों, तो चौंक पड़ते थे। गुरदीन उस गांव में साप्ताहिक फेरे लगाता था। उसके शुभागमन की प्रतीक्षा और आकांक्षा में कितने ही बालकों को बिना किंडरगाडर्न की रंगीन गोलियों के ही संख्याएं और दिनों के नाम याद हो गए थे। गुरदीन बूढ़ा-सा, मैला-कुचैला आदमी था, किन्तु आस-पास में उसका नाम उपद्रवी लड़कों के लिए हनुमान-मंत्र से कम न था। उसकी आवाज सुनते ही उसके खोंचे पर लड़कों का ऐसा धावा होता कि मक्खियों की असंख्य सेना को भी रण-स्थल से भागना पड़ता था। और जहां बच्चों के लिए मिठाइयां थी, वहां गुरदीन के पास माताओं के लिए इससे भी ज्यादा मीठी बातें थी। मां कितना ही मना करती रहे, बार-बार पैसा न रहने का बहाना करे, पर गुरदीन चटपट मिठाइयों का दोना बच्चों के हाथ में रख ही देता और स्नेहपूर्ण भाव से कहता - बहूजी, पैसों की कुछ चिन्ता न करो, फिर मिलते रहेंगे, कहीं भागे थोड़े ही जाते हैं। नारायण ने तुमको बच्चे दिए हैं तो मुझे भी उनकी न्यौछावर मिल जाती है, उन्हीं की बदौलत मेरे बाल-बच्चे भी जीते हैं। अभी क्या, ईश्वर इनका मऊर तो दिखावे, फिर देखना कैसे ठनगन करता हूं।

गुरदीन का यह व्यवहार चाहे वाणिज्य नियमों के प्रतिकूल ही क्यों न हो, चाहे 'नौ नगद सही, तेरह उधार नहीं' वाली कहावत अनुभव-सिद्ध ही क्यों न हो, किन्तु मितभाषी गुरदीन को कभी

अपने इस व्यवहार पर पछताने या उसमें संशोधन करने की जरूरत नहीं हुई। मंगल का शुभ दिन था। बच्चे बड़ी बेचैनी से अपने दरवाजों पर खड़े गुरदीन की राह देख रहे थे। कई उत्साही लड़के पेड़ों पर चढ़ गए और कोई-कोई अनुराग से विवश होकर गांव के बाहर निकल गए थे। सूर्य भगवान अपना सुनहला थाल लिये पूरब से पश्चिम जा पहुंचे थे, इतने में ही गुरदीन आता दिखाई दिया। लड़कों ने दौड़कर उसका दामन पकड़ा और आपस में खींचातानी होने लगी। कोई कहता था मेरे घर चलो, कोई अपने घर का न्योता देता था। सबसे पहले भानु चौधरी का मकान पड़ा। गुरदीन ने अपना खोमचा उतार दिया। मिठाइयों की लूट शुरू हो गई। बालकों और स्त्रियों का जमघट लग गया। हर्ष और विषाद, संतोष और लोभ, ईर्ष्या और क्षोभ, द्वेष और जलन की नाट्यशाला सज गई। कानूनदां बितान की पत्नी अपने तीनों लड़कों को लिए निकली। शान की पत्नी अपने दोनों लड़कों के साथ उपस्थित हुई। गुरदीन ने मीठी बातें करनी शुरू की। पैसे झोली में रखे, थैले की मिठाई दी और धेले का आशीर्वाद। लड़के दोनें लिए उछलते-कूदते घर में दाखिल हुए। अगर सारे गांव में कोई ऐसा बालक था, जिसने गुरदीन की उदारता से लाभ न उठाया हो, तो वह बांके गुमान का लड़का धान था।

यह कठिन था कि बालक धान अपने भाइयों-बहनों को हंसते और उछल-उछलकर मिठाइयां खाते देखकर सब्र कर जाये! उस पर तुर्रा यह कि यह उसे मिठाइयां दिखा-दिखाकर ललचाते और चिढ़ाते थे। बेचारा धान चीखता और अपनी माता का आंचल पकड़-पकड़कर दरवाजे की तरफ खींचता था, पर वह अबला क्या करें? उसका हृदय बच्चे के लिए ऐंठ ऐंठ कर जाता था। उसके पास एक पैसा भी नहीं था। अपने दुर्भाग्य पर, जेठानियों की निष्ठुरता पर और सब से ज्यादा अपने पति की निखट्टूपन पर कुड़-कुड़ कर रह जाती थी। अपना आदमी ऐसा निकम्मा न होता, तो क्यों दूसरों का मुंह देखना पड़ता, क्यों दूसरों के धक्के खाने पड़ते! उसने धान को गोद में उठा लिया ओर प्यार से दिलासा देने लगी - बेटा रोओ मत, अबकी गुरदीन यहां आयेगा, तो तुम्हें बहुत सी मिठाई ले दूंगी। मैं इससे अच्छी मिठाई बाजार से मंगवा दूंगी। तुम कितनी मिठाई खाओगे! यह कहते-कहते उसकी आंखें भर आईं। आह! यह मनहूस मगंल आज ही फिर आयेगा, और फिर ये ही बहाने करने पड़ेंगे! हाय, अपना प्यारा बच्चा थैले की मिठाई को तरसे और घर में किसी का पत्थर-सा कलेजा न पसीजे! वह बेचारी तो इन चिंताओं में ही डूबी हुई थी और धान किसी तरह चुप ही न होता था। जब कुछ वश न चला, तो मां की गोद से जमीन पर उतरकर लोटने लगा और रो-रोकर दुनिया सिर पर उठ ली। मां ने बहुत समझाया, फुसलाया, यहां तक कि उसे बच्चे के इस हठ पर क्रोध भी आ गया। मानव हृदय के रहस्य कभी समझ में नहीं आते। कहां तो बच्चे को प्यार से लिपटाती थी, कहां ऐसी झल्लाई कि उसे दो-तीन थप्पड़ जोर से लगाए और मुड़कर बोली - चुप रह अभागे! तेरा ही मुंह मिठाई खाने का है? अपने दिन को नहीं रोता, मिठाई खाने चला है।

बांका गुमान अपनी कोठरी के द्वार पर बैठा हुआ यह कौतुक बड़े ध्यान से देख रहा था। वह इस बच्चे को बहुत चाहता था। इस वक्त के थप्पड़ उसके हृदय में तेज भाले के समान लगे और

चुभ गए। शायद उनका अभिप्राय भी यही था। धुनिया रूई को धुनकने के लिए तांत पर चोट लगाता है।

जिस तरह पत्थर और पानी में आग छिपी रहती है, उसी तरह मनुष्य के रूप में भी, चाहे वह कैसा क्रूर और कठोर क्यों न हो, उत्कृष्ट और कोमल भाव छिपे रहते हैं। गुमान की आंखें भर आई। आंसू की बूंदें बहुधा हमारे मन की मलिनता को उज्ज्वल कर देती हैं। गुमान सचेत हो गया। उसने जाकर बच्चे को गोद में उठ लिया और अपनी पत्नी से करुणा के स्वर में बोला - बच्चे पर इतना क्रोध क्यों करती हो? तुम्हारा दोषी मैं हूं, मुझको जो दंड चाहो दो। परमात्मा ने चाहा तो कल से लोग इस घर में मेरा और मेरे बाल-बच्चों का भी आदर करेंगे। तुमने आज मुझे सदा के लिए इस तरह जगा दिया, मानो मेरे कानों में शंखनाद कर मुझे कर्म-पथ में प्रवेश करने का उपदेश दिया हो।

***

ज़िहाद

बहुत पुरानी बात है। हिंदुओं का एक काफिला अपने धर्म की रक्षा के लिए पश्चिमोत्तर के पर्वत-प्रवेश से भागा चला आ रहा था! मुद्दतों से उस प्रांत में हिंदू और मुसलमान साथ-साथ रहते चले आये थे। धार्मिक द्वेष का नाम न था। पठानों के जिरगे हमेशा लड़ते रहते थे। उनकी तलवारों पर कभी जंग न लगने पाता था। बात-बात पर उनके दल संगठित हो जाते थे। शासन की कोई व्यवस्था न थी। हर एक जिरगे और कबीले की व्यवस्था अलग थी। आपस के झगड़ों को निपटाने का भी तलवार के सिवा और कोई साधन न था। जान का बदला जान था, खून का बदला खून इस नियम में कोई अपवाद न था। यही उनका धर्म था, यही ईमान, मगर उस भीषण रक्तपात में भी हिंदू परिवार शांति से जीवन व्यतीत करते थे। पर एक महीने से देश की हालत बदल गई है। एक मुल्ला ने न जाने कहां से आकर अनपढ़ धर्मशून्य पठानों में धर्म का भाव जाग्रत कर दिया? उसकी वाणी में कोई ऐसी मोहनी है कि बूढ़े, जवान, स्त्री-पुरुष खिंचे चले आते हैं। वह शेरों की तरह गरज कर कहता है - खुदा ने तुम्हें इसलिए पैदा किया है कि दुनिया को इस्लाम की रोशनी से रोशन कर दो, दुनिया से कुफ्र का निशान मिटा दो। एक काफिर के दिल को इस्लाम के उजाले से रोशन कर देने का सवाब सारी उम्र के रोज़े, नमाज और जकात से कहीं ज्यादा है। जन्नत की हुरें तुम्हारी बलाएं लेंगी और फरिश्ते तुम्हारे कदमों की खाक माथे पर रखेंगे, खुदा तुम्हारी पेशानी पर बोसे देगा और सारी जनता यह आवाज सुनकर मजहब के नारों से मतवाली हो जाती है।

उसी धार्मिक उत्तेजना ने कुफ्र और इस्लाम का भेद उत्पन्न कर दिया है। प्रत्येक पठान जन्नत का सुख भोगने के लिए अधीर हो उठा है। उन्हीं हिंदुओं पर, जो सदियों से शांति के साथ रहते थे, हमले होने लगे हैं। कहीं उनके मंदिर ढाए जाते हैं, कहीं उनके देवताओं को गालियां दी जाती हैं। कहीं उन्हें जबरदस्ती इस्लाम की दीक्षा दी जाती है। हिंदू संख्या में कम हैं, असंगठित हैं, बिखरे हुए है, इस नई परिस्थिति के लिए बिलकुल तैयार नहीं। उनके हाथ-पांव फूले हुए हैं, कितने तो अपनी जमा-जत्था छोड़कर भाग खड़े हुए हैं, कुछ इस आंधी के शांत हो जाने का अवसर देख रहे हैं। यह काफिला भी उन्हीं भागने वालों का था। दोपहर का समय था। आसमान से आग बरस रही थी। पहाड़ों से ज्वाला-सी निकल रही थी। वृक्ष का कहीं नाम न था। ये लोग राज-पथ से हटे हुए, पेचीदा औघट रास्तों से चले आ रहे थे। पग-पग पर पकड़ लिए जाने का खटका लगा हुआ था। यहां तक कि भूख, प्यास और ताप से विकल होकर अंत को लोग एक उभरी हुई शिला की छह में विश्राम करने लगे। सहसा कुछ दूर पर एक कुआं नजर आया। वहीं डेरे डाल दिए। भय लगा हुआ था कि जिहादियों का कोई दल पीछे से न आ रहा हो। दो युवकों ने बंदूक भरकर कंधे पर रखी और चारों तरफ गश्त करने लगे। बूढ़े कम्बल बिछाकर कमर

सीधी करने लगे। स्त्रियां बालकों को गोद से उतारकर माथे का पसीना पोंछकर और बिखरे हुए केशों को संभालने लगी। सभी के चेहरे मुरझाए थे। सभी चिंता और भय से त्रस्त हो रहे थे यहां तक कि बच्चे जोर से न रोते थे।

दोनों युवकों में एक लम्बा, पतला, रूपवान है। उसकी आंखों से अभिमान की रेखाएँ-सी निकल रही हैं, मानो वह अपने सामने किसी की हकीकत नहीं समझता, मानो उसकी एक-एक गश्त पर आकाश से देवता जयघोष कर रहे हैं। दूसरा कद का दुबला-पतला, रूपहीन-सा आदमी है, जिसके चेहरे से दीनता झलक रही है, मानो उसके लिए संसार में कोई आशा नहीं, मानो वह दीपक की भांति रो-रोकर जीवन व्यतीत करने ही के लिए बनाया गया है। उसका नाम धर्मदास है, इसका खजांचन्द।

खजांचन्द ने बंदूक को जमीन पर टिका कर एक चट्टान पर बैठते हुए कहा - तुमने अपने लिए क्या सोचा? कोई लाख-सवा लाख की सम्पत्ति रही होगी तुम्हारी?

खजांचन्द ने उदासीन भाव से उत्तर दिया - लाख-सवा लाख की तो नहीं, हां पचास-साठ हजार तो नकद ही थे।

तो अब क्या करोगे।

जो कुछ सिर पर आएगा, झेलूंगा। रावलपिंडी में दो-चार सम्बन्धी हैं, शायद कुछ मदद करें। तुमने क्या सोचा है?

मुझे क्या गम! अपने दोनों हाथ अपने साथ है। वहां भी इन्हीं का सहारा था, आगे भी इन्हीं का सहारा है।

आज और कुशल से बीत जाये तो फिर कोई भय नहीं।

मैं तो मना रहा हूं कि एकाध शिकार मिल जाये। एक दर्जन भी आ जायें तो भून कर रख दूं।

इतने में चट्टानों के नीचे से एक युवती हाथ में लोटा और डोर लिए निकली और सामने कुंए की ओर चली। प्रभात की सुनहरी, मधुर अरुणिमा मूर्तिमान हो गई थी।

दोनों युवक उसकी ओर बढ़े, लेकिन खजांचन्द तो दो-चार कदम चलकर रुक गया, धर्मदास ने युवती के हाथ से लोटा-डोर ले लिया और खजांचन्द की ओर सगर्व नेत्रों से ताकता हुआ कुएं की ओर चला। खजांचन्द ने फिर बंदूक संभाली और अपनी झेंप मिटाने के लिए आकाश की ओर ताकने लगा। इसी तरह कितनी ही बार धर्मदास के हाथों पराजित हो चुका था। शायद उसे इसका अभ्यास हो गया था। अब इसमें लेश-मात्र भी संदेह न था कि श्यामा का प्रेमपात्र धर्मदास है। खजांचन्द की सारी सम्पत्ति धर्मदास के रूप-वैभव के आगे तुच्छ थी। परोक्ष ही नहीं, प्रत्यक्ष रूप से भी श्यामा कई बार खजांचन्द को हताश कर चुकी थी, पर वह अभागा निराश होकर भी न जाने क्यों उस पर प्राण देता था। तीनों एक ही बस्ती के रहने वाले थे।

श्यामा के आता-पिता पहले ही मर चुके थे। उसकी बुआ ने उसका पालन-पोषण किया था। अब भी वह बुआ ही के साथ रहती थी। उसकी अभिलाषा थी कि खजांचन्द उसका दामाद हो,

श्यामा सुख से रहे और उसे भी जीवन के अन्तिम दिनों के लिए कुछ सहारा हो जाये, लेकिन श्यामा धर्मदास पर रीझी हुई थी। उसे क्या खबर थी कि जिस व्यक्ति को वह पैरों से ठुकरा रही है, वही उसका एकमात्र अवलंब है। खजांचन्द ही वृद्धा का मुनीम, खजांची, कारिंदा सब कुछ था और यह जानते हुए भी कि श्यामा उसे जीवन में नहीं मिल सकती। उसके धन का यह उपयोग न होता, तो वह शायद अब तक उसे लुटाकर फकीर हो जाता।

2

धर्मदास पानी लेकर लौट ही रहा था कि उसे पश्चिम की ओर से कई आदमी घोड़ों पर सवार आते दिखाई दिए। जरा और समीप आने पर मालूम हुआ कि कुल पांच आदमी है। उनकी बंदूक की नालियां धूप में साफ चमक रही थी। धर्मदास पानी लिए हुए दौड़ा कि कहीं रास्ते ही में सवार उसे न पकड़ लें, लेकिन कंधे पर बंदूक और एक हाथ में लोट-डोर लिए वह बहुत तेज न दौड़ सकता था। फासला दो सौ गज से कम न था। रास्ते में पत्थरों के ढेर टूटे-फूटे पड़े हुए थे। भय होता था कि कहीं ठोकर न लग जाये, कहीं पैर न फिसल जायें। इधर सवार प्रतिक्षण समीप होते जाते थे। अरबी घोड़ों से उसका मुकाबला ही क्या, उस पर मंजिलों का धावा हुआ। मुश्किल से पचास कदम गया होगा कि सवार उसके सिर पर आ पहुंचे और तुरन्त उसे घेर लिया। धर्मदास बड़ा साहसी था, पर मृत्यु को सामने खड़ी देखकर उसकी आंखों में अंधेरा छा गया, उसके हाथ से बंदूक छूटकर गिर पड़ी। पांचों उसी के गांव के महसूदी पठान थे। एक पठान ने कहा - उड़ा दो सिर मरदूद का। दगाबाज काफिर।

दूसरा - नहीं-नहीं, ठहरो अगर इस वक्त भी इस्लाम कबूल कर ले, तो हम इसे मुआफ कर सकते हैं। क्यों धर्मदास, तुम्हें इस दगा की क्या सजा दी जाये? हमने तुम्हें रात-भर का वक्त फैसला करने के लिए दिया था। वरना तुम इसी वक्त जहन्नुम पहुंचा दिये जाओगे, हम तुम्हें फिर मौका देते हैं। यह आखिरी मौका है। अगर अब भी इस्लाम न कबूल किया, तो तुम्हें दिन की रोशनी देखनी नसीब न होगी।

धर्मदास ने हिचकिचाते हुए कहा - जिस बात को अक्ल नहीं मानती, उसे कैसे...

पहले सवार ने आवेश में आकर कहा - मजहब का अक्ल से कोई वास्ता नहीं।

तीसरा - कुफ्र है! कुफ्र है!

पहला - उड़ा दो सिर मरदूद का, धुआं इस पार।

दूसरा - ठहरो-ठहरो, मार डालना मुश्किल नहीं, जिला लेना मुश्किल है। तुम्हारे और साथी कहां हैं धर्मदास?

धर्मदास - सब मेरे साथ ही हैं।

दूसरा - कलमे शरीफ की कसम, अगर तुम सब खुदा और उसके रसूल पर ईमान लाओ, तो कोई तुम्हें तेज निगाहों से देख भी न सकेगा।

धर्मदास - आप लोग सोचने के लिए और कुछ मौका न देंगे?

इस पर चारों सवार चिल्ला उठे - नहीं-नहीं, हम तुम्हें न जाने देंगे, यह आखिरी मौका है।

मना कहते ही पहले सवार ने बंदूक तान ली और नली धर्मदास की छाती की ओर करके बोला - बस बोलो, क्या मंजूर है?

धर्मदास सिर से पैर तक कांप कर बोला - अगर मैं इस्लाम कबूल कर लूं तो मेरे साथियों को तो कोई तकलीफ न दी जायेगी।

दूसरा - हां, अगर तुम जमानत करो कि वे भी इस्लाम कबूल कर लेंगे। तुम अपनी कहो, क्या चाहते हो? हां या नहीं?

धर्मदास ने जहर का घूंट पीकर कहा - मैं खुदा पर ईमान लाता हूं।

पांचों ने एक स्वर से कहा - 'अलहमद व लिल्लाह' और बारी-बारी से धर्मदास को गले लगाया।

श्यामा हृदय को दोनों हाथों से थामे यह दृश्य देख रही थी। वह मन में पछता रही थी कि मैंने क्यों इन्हें पानी लाने भेजा! अगर मालूम होता कि विधि यों धोखा देगा, तो मैं प्यासी मर जाती, पर इन्हें न जाने देती। श्यामा से कुछ दूर खजांचन्द भी खड़ा था। श्यामा ने उसकी ओर क्षुब्ध नेत्रों से देखकर कहा - अब इनकी जान बचती नहीं मालूम होती।

खजांचन्द - बंदूक भी हाथ से छूट पड़ी है।

श्यामा - न जाने क्या बातें हो रही हैं। अरे गजब! दुष्ट ने उनकी ओर बंदूक तानी है।

खजांचन्द - जरा और समीप आ जायें, तो मैं बंदूक चलाऊं, इतनी दूर की मार इसमें नहीं है।

श्यामा - अरे! देखो, वे सब धर्मदास को गले लगा रहे हैं। यह माजरा क्या है?

खजांचन्द - कुछ समझ में नहीं आता।

श्यामा - कहीं इसने कलमा तो नहीं पढ़ लिया?

खजांचन्द - नहीं, ऐसा क्या होगा, धर्मदास से मुझे ऐसी आशा नहीं है।

श्यामा - मैं समझ गई। ठीक यही बात है। बंदूक चलाओ।

धर्मदास - बीच में है। कहीं उन्हें न लग जाय।

श्यामा - कोई हर्ज नहीं। मैं चाहती हूं पहला निशाना धर्मदास ही पर पड़े। कायर!निर्लज्ज प्राणों के लिए धर्म त्याग किया। ऐसी बेहयाई की जिंदगी से मर जाना कहीं अच्छा है। क्या सोचते हो? क्या तुम्हारा भी हाथ-पांव फूल गया? लाओ, बंदूक मुझे दे दो। मैं इस कायर को अपने हाथों से मारूंगी।

खजांचन्द - मुझे तो विश्वास नहीं होता कि धर्मदास...

श्यामा - तुम्हें कभी विश्वास न आएगा। लाओ, बंदूक मुझे दो। खड़े ताकते हो! क्या जब वे सिर पर आ जायेंगे, तब बन्दूक चलाओगे क्या तुम्हें भी यह मंजूर है कि मुसलमान होकर जान बचाओ? अच्छी बात है, जाओ। श्यामा अपनी रक्षा आप कर सकती है, मगर उसे अब मुंह न दिखाना।

खजांचन्द ने बंदूक चलाई। एक सवार की पगड़ी को उड़ाती हुई निकल गई। जिहादियों ने फिर 'अल्लाहो-अकबर!' की हांक लगाई। दूसरी गोली चली और घोड़े की छाती पर बैठी। घोड़ा वहीं गिर पड़ा! जिहादियों ने फिर 'अल्लाह-अकबर!' की सदा लगाई और आगे बढ़े, तीसरी गोली आई। एक पठान लेट गया पर इसके पहले कि चौथी गोली छूटे, पठान खजांचन्द के सिर पर पहुंच गए और बंदूक उसके हाथ से छीन ली।

एक सवार ने खजांचन्द की ओर बंदूक तानकर कहा - उड़ा दूं सिर मरदूद का? इससे खून का बदला लेना है।

दूसरे सवार ने, जो इनका सरदार मालूम होता था, कहा - नहीं-नहीं, यह दिलेर आदमी है। खजांचन्द तुम्हारे ऊपर दया, खून और कुफ्र, ये तीनों इल्जाम हैं और तुम्हें कत्ल कर देना ऐन सवाल है, लेकिन हम तुम्हें एक मौका और देते हैं। अगर तुम अब भी खुदा और रसूल पर ईमान लाओ, तो हम तुम्हें सीने से लगाने को तैयार हैं। इसके सिवा तुम्हारे गुनाहों का और कोई कफारा (प्रायश्चित) नहीं है। यह हमारा आखिरी फैसला है। बोलो, क्या मंजूर है।

चारों पठानों ने कमर से तलवारें निकाली, और उन्हें खजांचन्द के सिर पर तान दिया, मानो नहीं का शब्द मुंह से निकलते ही चारों तलवारें उसकी गर्दन पर चल जाएंगी।

खजांचन्द का मुख मंडल विलक्षण तेज से आलोकित हो उठा। उसकी दोनों आंखें स्वर्गीय ज्योति से चमकने लगीं। दृढ़ता से बोला - तुम एक हिन्दू से यह प्रश्न कर रहो हो? क्या तुम समझते हो कि जान के खौफ से वह अपना ईमान बेच डालेगा? हिंदू को अपने ईश्वर तक पहुंचने के लिए किसी नवी या वली या पैगम्बर की जरूरत नहीं।

चारों पठानों ने कहा - काफिर! काफिर!

खजांचन्द - अगर तुम मुझे काफिर समझे हो तो समझो। मैं अपने को तुमसे ज्यादा खुदा-परस्त समझता हूं। मैं उस धर्म को मानता हूं जिसकी बुनियाद अक्ल पर है। आदमी में अक्ल ही खुदा का नूर (प्रकाश) है और हमारा ईमान हमारी अक्ल -

चारों पठानों के मुंह से निकला 'काफिर, काफिर' और चारों तलवारें एक साथ खजांचन्द की गर्दन पर गिर पड़ी। लाश जमीन पर फड़कने लगी। धर्मदास सिर झुकाए खड़ा रहा। वह दिल में खुश था कि अब खजांचन्द की सारी सम्पत्ति उसके हाथ लगेगी और वह श्यामा के साथ सुख से रहेगा, पर विधाता को कुछ और ही मंजूर था। श्यामा अब तक मर्माहत-सी खड़ी यह दृश्य देख रही थी। ज्यों ही खजांचन्द की लाश जमीन पर गिरी, वह झपटकर लाश के पास आयी और उसे गोद में लेकर आंचल से रक्त-प्रवाह को रोकने की चेष्टा करने लगी। उसके सारे कपड़े खून से तर हो गए। उसने बड़ी सुंदर बेल-बूटे वाली साड़ियां पहनी थी, पर इस रक्त रंजित साड़ी की

शोभा अतुलनीय थी। बेल-बूटों वाली साड़ियां रूप की शोभा बढ़ाती थी, यह रक्त-रंजित साड़ी आत्मा की छवि दिखा रही थी।

ऐसा जान पड़ा मानो, खजांचन्द की बुझती आंखें एक अलौकिक ज्योति से प्रकाशमान हो गई है। उन नेत्रों में कितना संतोष, कितनी तृप्ति, कितनी उत्कंठा भरी हुई थी। जीवन में जिसने प्रेम की भिक्षा भी न पाई, वह मरने पर उत्सर्ग जैसे स्वर्गीय रत्न का स्वामी बना हुआ था।

3

धर्मदास ने श्यामा का हाथ पकड़कर कहा - श्यामा, होश में आओ, तुम्हारे सारे कपड़े खून से तर हो गए हैं। अब रोने से क्या हासिल होगा? ये लोग हमारे मित्र हैं, हमें कोई कष्ट न देंगे। हम फिर अपने घर चलेंगे और जीवन के सुख भोगेंगे।

श्यामा ने तिरस्कार-पूर्ण नेत्रों से देखकर कहा - तुम्हें अपना घर बहुत प्यारा है, तो जाओ। मेरी चिंता मत करो, मैं अब न जाऊंगी। हां, अगर अब भी मुझसे कुछ प्रेम हो, तो इन लोगों की इन्हीं तलवारों से मेरा भी अंत करा दो।

धर्मदास करुणा-कातर स्वर में बोला - श्यामा, यह तुम क्या कहती हो, तुम भूल गई कि हमसे-तुमसे क्या बातें हुई थीं? मुझे खुद खजांचन्द के मारे जाने का शोक है, पर भावी को कौन टाल सकता है?

श्यामा - अगर वह भावी थी, तो यह भी भावी है कि मैं अपना अधम जीवन उस पवित्र आत्मा के शोक में काटूं, जिसका मैंने सदैव निरादर किया। यह कहते-कहते श्यामा का शोकोद्गार, जो अब तक क्रोध और घृणा के नीचे दबा हुआ था, उबल पड़ा और खजांचन्द के निस्पंद हाथों को अपने गले में डालकर रोने लगी।

चारों पठान यह अलौकिक अनुराग और आत्मसमर्पण देखकर करुणार्द्र हो गए। सरदार ने धर्मदास से कहा - तुम इस पाकीजा खास से कहो, हमारे साथ चले। हमारी जाति से इसे कोई तकलीफ न होगी। हम इसकी दिल से इज्जत करेंगे।

धर्मदास के हृदय में ईर्ष्या की आग धधक रही थी। वह रमणी, जिसे वह अपनी समझे बैठा था, इस वक्त उसका मुंह भी नहीं देखना चाहती थी। बोला - श्यामा, तुम चाहे इस लाश पर आंसुओं की नदी बहा दो, पर यह जिंदा न होगी। यहां से चलने की तैयारी करो। मैं साथ के और लोगों को भी जाकर समझाता हूं। खान लोग हमारी रक्षा का जिम्मा ले रहे हैं। हमारी जायदाद, जमीन, दौलत सब हमको मिल जाएगी। खजांचन्द की दौलत के भी हमीं मालिक होंगे। अब देर न करो। रोने-धोने से अब कुछ हासिल नहीं।

श्यामा ने धर्मदास को आग्नेय नेत्रों से देखकर कहा - और इस वापसी की कीमत क्या देनी होगी? वहीं, जो तुमने दी है?

धर्मदास यह व्यंग्य न समझ सका। बोला - मैंने तो कोई कीमत नहीं दी। मेरे पास था ही क्या?

श्यामा - ऐसा न कहो। तुम्हारे पास वह खजाना था, जो तुम्हें आज कई लाख वर्ष हुए, ऋषियों ने प्रदान किया था, जिसकी रक्षा रघु और मनु, राम और कृष्ण, बुद्ध और शंकर, शिवजी और गोविंद सिंह ने की थी। उस अमूल्य भंडार को आज तुमने तुच्छ प्राणों के लिए खो दिया। इन पांवों पर लोटना तुम्हें मुबारक हो। तुम शौक से जाओ। जिन तलवारों ने वीर खजांचन्द के जीवन का अन्त किया, उन्होंने मेरे प्रेम का भी फैसला कर दिया। जीवन में इस वीरात्मा का मैंने जो निरादर और अपमान किया, इसके साथ जो उदासीनता दिखलाई, उसका अब मरने के बाद प्रायश्चित्त करूंगी। यह धर्म पर मरने वाला वीर था, धर्म को बेचने वाला कायर नहीं! अगर तुममें अब भी कुछ शर्म और हया है, तो इसका क्रिया कर्म करने में मेरी मदद करो और यदि तुम्हारे स्वामियों को यह भी पसंद न हो, तो रहने दो, मैं सब कुछ कर लूंगी।

पठानों के हृदय दर्द से तड़प उठे। धर्मान्धिता का प्रकोप शांत हो गया। देखते-देखते वहां लकड़ियों का ढेर लग गया। धर्मदास ग्लानि से सिर झुकाए बैठा था और चारों पठान लकड़ियाँ काट रहे थे। चिता तैयार हुई और जिन निर्दय हाथों ने खजांचन्द की जान ली थी, उन्हीं ने उसके शव को चिता पर रखा। ज्वाला प्रचण्ड हुई। अग्निदेव अपने अग्निमुख से उस धर्मवीर का यश गा रहे थे।

4

पठानों ने खजांचन्द की सारी जमा-सम्पत्ति लाकर श्यामा को दे दी। श्यामा ने वहीं पर एक छोटा--सा मकान बनवाया और वीर खजांचन्द की उपासना में जीवन के दिन काटने लगी। उसकी वृद्धा बुआ तो उसके साथ रह गई, और सब लोग पठानों के साथ लौट गए, क्योंकि अब मुसलमान होने की शर्त न थी। खजांचन्द के बलिदान ने धर्म के भूत को परास्त कर दिया। मगर धर्मदास को पठानों ने इस्लाम की दीक्षा लेने पर मजबूर किया। एक दिन नियत किया गया। मस्जिद में मुल्लाओं का मेला लगा, और लोग धर्मदास को उसके घर से बुलाने आये, पर उसका वहां पता न था। चारों तरफ तलाश हुई। कहीं निशान न मिला।

साल-भर गुजर गया। संध्या का समय था। श्यामा अपने झोंपड़े के सामने बैठी भविष्य की मधुर कल्पनाओं में मग्न थी। अतीत उसके लिए दुःख से भरा हुआ था। वर्तमान केवल एक निराशामय स्वप्न था। सारी अभिलाषाएं भविष्य पर अवलम्बित थी। और भविष्य भी वह, जिसका इस जीवन से कोई संबंध न था। आकाश पर लालिमा छाई हुई थी। सामने की पर्वतमाला स्वर्णमयी शांति के आवरण से ढकी हुई थी। वृक्षों की कांपती हुई पत्तियों से सरसराहट की आवाज निकल रही थी, मानो कोई वियोगी आत्मा पत्तियों पर बैठी हुई सिसकियां भर रही हो।

उसी वक्त एक भिखारी फटे हुए कपड़े पहने झोपड़ी के सामने खड़ा हो गया। कुत्ता जोर से भौंक उठा। श्यामा ने निकलकर देखा और चिल्ला उठी - धर्मदास?

धर्मदास ने वहीं जमीन पर बैठते हुए कहा - हां श्यामा, मैं अभागा धर्मदास ही हूं। साल-भर से मारा-मारा फिर रहा हूं। मुझे खोज निकालने के लिए इनाम रख दिया गया है। सारा प्रान्त मेरे पीछे पड़ा हुआ है। इस जीवन से अब ऊब उठा हूं पर मौत भी नहीं आती।

धर्मदास एक क्षण के लिए चुप हो गया। फिर बोला - क्यों श्यामा, क्या अभी तुम्हारा हृदय मेरी तरफ से साफ नहीं हुआ। तुमने मेरा अपराध क्षमा नहीं किया?

श्यामा ने उदासीन भाव से कहा - मैं तुम्हारा मतलब नहीं समझी।

मैं अब भी हिंदू हूं। मैंने इस्लाम नहीं कबूल किया है।

जानती हूं।

यह जानकर भी तुम्हें मुझ पर दया नहीं आती।

श्यामा ने कठोर नेत्रों से देखा और उत्तेजित होकर बोली - तुम्हें अपने मुंह से ऐसी बातें निकालते शर्म नहीं आती। मैं उस धर्मवीर की ब्याहता हूं जिसने हिंदू-जाति का मुख उज्ज्वल किया। तुम समझते हो कि वह मर गया! यह तुम्हारा भ्रम है। वह अमर है। मैं इस समय भी उसे स्वर्ग में बैठा देख रही हूं। तुमने हिंदू-जाति को कलंकित किया है। मेरे सामने से दूर हो जाओ।

धर्मदास ने कुछ जवाब न दिया! चुपके से उठा, एक लम्बी सांस ली और एक तरफ चल दिया।

प्रात:काल श्यामा पानी भरने जा रही थी, तब उसने रास्ते में एक लाश पड़ी हुई देखी। दो-चार गिद्ध उस पर मंडरा रहे थे। उसका हृदय धड़कने लगा। समीप जाकर देखा और पहचान गई। यह धर्मदास की लाश थी।

***

फातिहा

सरकारी अनाथालय से निकलकर मैं सीधा फौज में धरती किया गया। मेरा शरीर हृष्ट-पुष्ट और बलिष्ठ था। साधारण मनुष्यों की अपेक्षा मेरे हाथ-पैर कहीं लंबे और स्नायुयुक्त थे। मेरी लम्बाई पूरी छह फुट नौ इंच थी। पल्टन में 'देव' के नाम से विख्यात था। जब से मैं फौज में भरती हुआ, तब से मेरी किस्मत ने भी पलटा खाना शुरू किया और मेरे हाथ से कई ऐसे काम हुए, जिनसे प्रतिष्ठ के साथ-साथ मेरी आय भी बढ़ती गई। पल्टन का हर एक जवान मुझे जानता था। मेजर सरदार हिम्मत सिंह की कृपा मेरे ऊपर बहुत थी क्योंकि मैंने एक बार उनकी प्राणरक्षा की थी। इसके अतिरिक्त न जाने क्यों उनको देखकर मेरे हृदय में भक्ति और श्रद्धा का संचार होता। मैं यही समझता कि यह मेरे पूज्य हैं और सरदार साहब का भी व्यवहार मेरे साथ स्नेहयुक्त और मित्रतापूर्ण था।

मुझे अपने माता-पिता का पता नहीं है, और न उनकी कोई स्मृति ही। कभी-कभी जब मैं इस प्रश्न पर विचार करने बैठता हूं तो कुछ धुंधले-से दृश्य दिखाई देते हैं - बड़े-बहे पहाड़ों के बीच में रहता हुआ एक परिवार और एक स्त्री का मुख, जो शायद मेरी मां का होगा। पहाड़ी के बीच में तो मेरा पालन-पोषण ही हुआ है। पेशावर से 80 मील दूर पर पूर्व में एक ग्राम है, जिसका नाम 'कुलाहा' है, वहीं पर सरकारी अनाथालय है। इसी में मैं पाला गया। यहां से निकलकर सीधा फौज में चला गया। हिमालय की जलवायु से मेरा शरीर बना है और मैं वैसा ही दीर्घाकृति और बर्बर हूं जैसे की सीमांत के रहने वाले अफ्रीदी, गिलजई, महसूदी आदि पहाड़ी कबीले के लोग होते हैं। यदि उनके और मेरे जीवन में कुछ अन्तर है तो वह सभ्यता का। मैं थोड़ा पढ़-लिख लेता हूं, बातचीत कर लेता हूं, अदब-कायदा जानता हूं। छोटे-बड़े का लिहाज कर सकता हूं किन्तु मेरी आकृति वैसी है, जैसी कि किसी सरहदी पुरुष की हो सकती है।

कभी-कभी मेरे मन में यह इच्छा बलवती होती कि स्वच्छंद होकर पहाड़ों की सैर करूं, लेकिन जीविका का प्रश्न मेरी इच्छा को दबा देता। उस सूखे देश में खाने का कुछ भी ठिकाना नहीं था। वहां के लोग एक रोटी के लिए मनुष्य की हत्या कर डालते, एक कपड़े के लिए मुर्दे की लाश चीर-फाड़कर फेंक देते और एक बंदूक के लिए सरकारी फौज पर छपा मारते हैं। इसके अतिरिक्त उन जंगली जातियों का एक-एक मनुष्य मुझे जानता था और मेरे खून का प्यासा था। यदि मैं उन्हें मिल जाता, तो जरूर मेरा नाम-निशान दुनिया से मिट जाता। न जाने कितने अफ्रीदियों और गिलज़इयों को मैंने मारा था, कितनों को पकड़-पककर सरकारी जेलखानों में भर दिया था और न मालूम उनके कितने गांवों को जलाकर राख कर दिया था। मैं भी बहुत सतर्क रहता और जहां तक होता, एक स्थान पर हफ्ते से अधिक कभी न रहता।

2

एक दिन मैं मेजर सरदार हिम्मत सिंह के घर की ओर जा रहा था। उस समय दिन के दो बजे थे। आजकल छुट्टी-सी थी क्योंकि अभी हाल ही में कई गांव भस्मीभूत कर दिए गए थे और जल्दी उनकी तरफ से कोई आशंका नहीं थी। हम लोग विस्मित होकर गप और हंसी-खेल में दिन गुजारते थे। बैठे-बैठे दिल घबरा गया था। सिर्फ मन बहलाने के लिए सरदार साहब के घर की ओर चला, किन्तु रास्ते में एक दुर्घटना हो गई। एक बूढ़ा अफ्रीदी, जो अब भी एक हिन्दुस्तानी जवान का सिर मरोड़ देने के लिए काफी था, एक फौजी जवान से भिड़ा हुआ था। मेरे देखते-देखते उसने अपनी कमर से एक तेज छुरा निकाला और उसकी छाती में घुसेड़ दिया। उस जवान के पास एक कारतूसी बन्दूक थी। बस उसी के लिए यह सब लड़ाई थी। पलक मारते-मारते फौजी जवान का काम तमाम हो गया और बूढ़ा बंदूक लेकर भागा। मैं उसके पीछे दौड़ा लेकिन दौड़ने में वह इतना तेज था कि बात-की-बात में आंखों से ओझल हो गया। मैं भी बेतहाशा उसका पीछा कर रहा था। आखिर सरहद पर पहुंचते-पहुंचते उससे बीस हाथ की दूरी पर रह गया। उसने पीछे फिरकर देखा, मैं अकेला उसका पीछा कर रहा था। उसने बंदूक का निशाना मेरी और साधा। मैं फौरन ही जमीन पर लेट गया और बंदूक की गोली मेरे सामने पत्थर पर लगी। उसने समझा कि मैं गोली का शिकार हो गया। वह धीरे-धीरे सतर्क पगों से मेरी ओर बढ़ा। मैं सांस खींचकर लेट गया। जब वह मेरे पास आ गया, शेर की तरह उछलकर मैंने उसकी गर्दन पकड़कर जमीन पर पटक दिया और छुरा निकालकर उसकी छाती में घुसेड़ दिया। अफ्रीदी की जीवन-लीला समाप्त हो गई। इस समय मेरी पलटन के कई लोग भी आ पहुंचे। चारों तरफ से लोग मेरी प्रशंसा करने लगे। अभी तक मैं अपने-आपे में न था लेकिन अब मेरी सुध-बुध वापस आई। न मालूम क्यों उस बुड्ढ़े को देखकर मेरा जी घबराने लगा। अभी तक न मालूम कितने ही अफ्रीदियों को मारा था लेकिन कभी भी मेरा हृदय इतना घबराया न था। मैं जमीन पर बैठ गया और मुझे घायल जानकर अनेक प्रकार के प्रश्न करने लगे। धीरे-धीरे मैं उठा और चुपचाप शहर की ओर चला। सिपाही मेरे पीछे-पीछे उसी बुड्ढे की लाश घसीटते हुए चले। शहर के निवासियों ने मेरी जय-जयकार का तांता बांध दिया। मैं चुपचाप मेजर सरदार हिम्मत सिंह के घर में घुस गया।

सरदार साहब उस समय अपने खास कमरे में बैठे हुए कुछ लिख रहे थे। उन्होंने मुझे देखकर पूछा - क्यों उस अफ्रीदी को मार आये?

मैंने बैठते हुए कहा - जी हां, लेकिन सरदार साहब, जाने क्यों मैं कुछ बुज़दिल हो गया हूं।

सरदार साहब ने आश्चर्य से कहा - असदखां और बुजदिल! यह दोनों एक जगह होना नामुमकिन है।

मैंने उठते हुए कहा - सरदार साहब, यहां तबीयत नहीं लगती, उधर बाहर बरामदे में बैठिए। न मालूम क्यों मेरा दिल घबड़ाता है।

सरदार साहब उठकर मेरे पास आए और स्नेह से मेरी पीठ पर हाथ फेरते हुए कहा - असद, तुम दौड़ते-दौड़ते थक गए हो और कोई बात नहीं है। अच्छा चलो बरामदे में बैठे। शाम की ठंडी हवा तुम्हें ताजा कर देगी। सरदार साहब और मैं दोनों बरामदे में जाकर कुर्सियों पर बैठ गए। शहर के चौमुहाने पर उसी वृद्ध की लाश रखी थी और उसके चारों ओर भीड़ लगी हुई थी। बरामदे में जब मुझे बैठे हुए देखा, तो लोग मेरी ओर इशारा करने लगे। सरदार-साहब ने यह दृश्य देखकर कहा - असदखां, देखा, लोगों की निगाह में तुम कितने ऊंचे हो? तुम्हारी वीरता को यहां का बच्चा-बच्चा सराहता है। अब भी तुम कहते हो कि मैं बुजदिल हूं।

मैंने मुस्कुराकर कहा - जब से इस बुड्ढे को मारा है, तब से मेरा दिल मुझे धिक्कार रहा है।

सरदार साहब ने हंसकर कहा - क्योंकि तुमने अपने से निर्बल को मारा है।

मैंने अपनी दिलजमई करते हुए कहा - मुमकिन है, ऐसा ही हो।

इसी समय एक अफ्रीदी रमणी धीरे-धीरे आकर सरदार साहब के मकान के सामने खड़ी हो गई। ज्यों ही सरदार साहब ने देखा, उनका मुंह सफेद पड़ गया। उनकी भयभीत दृष्टि उसकी ओर से फिरकर मेरी ओर हो गयी। मैं भी आश्चर्य से उनके मुंह की ओर निहारने लगा। उस रमणी का-सा सुगठित शरीर मर्दों का भी कम होता है। खाकी रंग के मोटे कपड़े का पायजामा और नीले रंग का मोटा कुर्ता पहने हुए थी। बलूची औरतों की तरह सिर पर रूमाल बांध रखा था। रंग चम्पई था और यौवन की आभा फूट-फूटकर बाहर निकली पड़ती थी। इस समय उसकी आंखें सरदार साहब की ओर से फिरकर मेरी ओर आई और उसने यों घूरना शुरू किया कि मैं भी भयभीत हो गया। रमणी ने सरदार साहब की ओर देखा और फिर जमीन पर थूक दिया और मेरी ओर देखती हुई धीरे-धीरे दूसरी ओर चली गयी।

रमणी को जाते देखकर सरदार साहब की जान में जान आयी। मेरे सिर पर से भी एक बोझ हट गया।

मैंने सरदार साहब से पूछा, क्यों, क्या आप इसे जानते हैं?

सरदार साहब ने एक गहरी ठंडी सांस लेकर कहा - हां, बखूबी। एक समय था, जब मुझ पर जान देती थी और वास्तव में अपनी जान पर खेलकर मेरी रक्षा भी की थी लेकिन अब इसको मेरी सूरत से नफरत है। इसी ने मेरी मां की हत्या की है। इसे जब कभी देखता हूं मेरे होश-हवास काफूर हो जाते हैं, और वही दृश्य मेरी आंखों के सामने नाचने लगता है।

मैंने भय-विह्वल स्वर में पूछा - सरदार साहब, उसने मेरी ओर भी तो बड़ी भयानक दृष्टि से देखा था। न मालूम क्यों, मेरे भी रोए खड़े हो गये थे।

सरदार साहब ने सिर हिलाते हुए बड़ी गम्भीरता से कहा - असदखां, तुम भी होशियार रहो। शायद इस बूढ़े अफ्रीदी से इसका संपर्क हो। मुमकिन है, यह उसका भाई या बाप हो। तुम्हारी ओर उसका देखना कोई मानी रखता है। बड़ी भयानक स्त्री है।

सरदार साहब की बात सुन-सुनकर मेरी नस-नस कांप उठी। मैंने बातों का सिलसिला दूसरी ओर फेरते हुए कहा - सरदार साहब, आप इसको पुलिस के हवाले क्यों नहीं कर देते? इसको फांसी हो जायेगी।

सरदार साहब ने कहा - भाई असदखां, इसने मेरे प्राण बचाए थे और शायद अब भी मुझे चाहती है। इसकी कथा बहुत लंबी है। कभी अवकाश मिला तो कहूंगा।

सरदार की बातों से मुझे भी कुतूहल हो रहा था। मैंने उनसे यह वृतांत सुनाने के लिए आग्रह करना शुरू किया। पहले तो उन्होंने टालना चाहा, पर जब मैंने बहुत जोर दिया तो विवश होकर बोले - असद, मैं तुम्हें अपना भाई समझता हूं इसलिए तुमसे कोई परदा न रखूंगा। लो सुनो -

3

असदखां, पांच साल पहले मैं इतना वृद्ध न था, जैसा कि अब दिखाई पड़ता हूं। उस समय मेरी आयु 40 वर्ष से अधिक न थी। एक भी बाल सफेद न हुआ था और उस समय मुझमें इतना बल था कि दो जवानों को मैं लड़ा देता। जर्मनों से मैंने मुठभेड़ की है। और न मालूम कितनों को यमलोक का रास्ता बता दिया। जर्मन-युद्ध के बाद मुझे यहां सीमा-प्रांत पर काली पलटन का मेजर बनाकर भेजा गया। जब पहले-पहल मैं यहां आया, कठिनाइयां सामने आईं लेकिन मैंने उनकी जरा परवाह न की और धीरे-धीरे उन सब पर विजय पाई। सबसे पहले यहां आकर मैंने पुश्तो सीखना शुरू किया। पुश्तो के बाद और जबान सीखी, यहां तक कि उनको बड़ी आसानी और मुहावरों के साथ बोलने लगा फिर इसके बाद कई आदमियों की टोलियां बनाकर देश का अन्तर्भाग भी छान डाला। इस पड़ताल में कई बार मैं मरते-मरते बचा किंतु सब कठिनाइयां झेलते हुए मैं यहां कुशल से रहने लगा। उस जमाने में मेरे हाथ से ऐसे-ऐसे काम हो गए, जिनसे सरकार में मेरी बड़ी नामबरी और प्रतिष्ठ भी हो गई। एक बार कर्नल हैमिल्टन की मेमसाहब को मैं अकेले छुड़ा लाया था और कितने ही देशी आदमियों और औरतों के प्राण मैंने बचाए है। यहां पर आने के तीन साल बाद से मेरी कहानी आरम्भ होती है।

एक रात मैं अपने कैम्प में लेटा हुआ था। अफ्रीदियों से लड़ाई हो रही थी। दिन के थके-मांदें सैनिक गाफिल पड़े हुए थे। कैम्प में सन्नाटा था। लेटे-लेटे मुझे भी नींद आ गई। जब मेरी नींद खुली तो देखा कि छाती पर एक अफ्रीदी - जिसकी आयु मेरी आयु से लगभग दूनी होगी - सवार है और मेरी छाती में छुरा घुसेड़ने ही वाला है। मैं पूरी तरह से उसके अधीन था, कोई भी बचने का उपाय न था, किन्तु उस समय मैंने बड़े ही धैर्य से काम लिया और पश्तो भाषा में कहा - मुझे मारो नहीं, मैं सरकारी फौज में अफसर हूं। मुझे पकड़ ले चलो, सरकार तुमको रुपया देकर मुझे छुड़ाएगी।

ईश्वर की कृपा से मेरी बात उसे मन में बैठ गई। कमर से रस्सी निकालकर मेरे हाथ-पैर बांधे और फिर कंधे पर बोझ की तरह लाद कर खेमे से बाहर आया। बहुत मार-काट का बाजार गर्म था। उसने एक विचित्र प्रकार से चिल्लाकर कुछ कहा और मुझे कंधे पर लादे, वह जंगल की ओर भागा। यह मैं कह सकता हूं कि उसको मेरा बोझ कुछ भी न मालूम होता था और बड़ी

तेजी से भागा जा रहा था। उसके पीछे-पीछे कई आदमी, जो उसी के गिरोह के थे, लूट का माल लिये हुए भागे चले आ रहे थे।

प्रात:काल हम लोग एक तालाब के पास पहुंचे। तालाब बड़े-बड़े पहाड़ों से घिरा हुआ था। उसका पानी बड़ा निर्मल था और जंगली पेड़ इधर-उधर उग रहे थे। तालाब के पास पहुंचकर हम सब लोग ठहरे। बुड्ढे ने, जो वास्तव में उस गिरोह का सरदार था, मुझे पत्थर पर डाल दिया। मेरी कमर में बड़ी जोर से चोट लगी, ऐसा मालूम हुआ कि कोई हड्डी टूट गई है। लेकिन ईश्वर की कृपा से हड्डी न टूटी थी। सरदार ने मुझे पृथ्वी पर डालने के बाद कहा - क्यों? कितना रुपया दिलाएगा।

मैंने अपनी वेदना दबाते हुए कहा - पांच सौ रुपये।

सरदार ने मुंह बिगाड़ कर कहा - नहीं, इतना कम नहीं लेगा। दो हजार से एक पैसा भी कम मिला, तो तुम्हारी जान की खैर नहीं।

मैंने कुछ सोचते हुए कहा - सरकार इतना रुपया काले आदमी के लिए नहीं खर्च करेगी।

सरदार ने छुरा बाहर निकालते हुए कहा - तब फिर क्यों कहा था कि सरकार इनाम देगी! ले तो फिर यहीं मर।

सरदार छुरा लिये मेरी ओर बढ़ा।

मैं घबराकर बोला - अच्छा, सरदार, मैं तुमको दो हजार दिलवा दूंगा।

सरदार रुक गया और बड़े जोर से हंसा। उसकी हंसी की प्रतिध्वनि ने निर्जीव पहाड़ों को भी कंपा दिया। मैंने मन-ही-मन कहा - बड़ा भयानक आदमी है।

गिरोह के दूसरे आदमी अपनी-अपनी लूट का माल सरदार के सामने रखने लगे। उसमें कई बंदूकें, कारतूस, रोटियां और कपड़े थे। मेरी भी तलाशी ली गई। मेरे पास एक छह फायर - का तमंचा था। तमंचा पाकर सरदार उछल पड़ा, और उसे फिरा-फिरा कर देखने लगा। वहीं पर उसी समय हिस्सा बांट शुरू हो गया। बराबर का हिस्सा लगा लेकिन मेरा रिवाल्वर उसमें नहीं शामिल किया गया। यह सरदार साहब की खास चीज थी।

थोड़ी देर विश्राम करने के बाद, फिर यात्रा शुरू हुई। इस बार मेरे पैर खोल दिये गए और साथ-साथ चलने को कहा - मेरी आंखों पर पट्टी बांध दी गई, ताकि मैं रास्ता न देख सकूं। मेरे हाथ रस्सी से बंधे हुए थे, और उसका एक सिरा एक अफ्रीदी के हाथ में था।

चलते-चलते मेरे पैर दुखने लगे, लेकिन उनकी मंजिल पूरी न हुई। सिर पर जेठ का सूरज चमक रहा था, पैर जले जा रहे थे, प्यास से गला सूखा जा रहा था लेकिन वे बराबर चले जा रहे थे। वे आपस में बातें करते जाते थे लेकिन अब मैं उनकी एक बात भी न समझ पाता। कभी-कभी एक-आधा शब्द तो समझ जाता लेकिन बहुत अंशों में मैं कुछ भी न समझने पाता था। लोग इस समय अपनी विजय पर प्रसन्न थे। एक अफ्रीदी अपनी भाषा में एक गीत गाना शुरू किया। गीत बड़ा ही अच्छा था।

असदखां ने पूछा - सरदार साहब, वह गीत क्या था?

सरदार साहब ने कहा - उस गीत का भाव याद है। भाव यह है कि 'एक अफ्रीदी जा रहा है, उसकी स्त्री कहती है - कहां जाते हो ?'

युवक उत्तर देता है - जाते हैं तुम्हारे लिए रोटी और कपड़ा लाने।

स्त्री पूछती है - और कुछ अपने बच्चों के लिए नहीं लाओगे?

युवक उत्तर देता है - बच्चों के लिए बंदूक लाऊंगा, ताकि जब वह बड़ा हो तो वह भी लड़े और अपनी प्रेमिका के लिए रोटी और कपड़ा ला सके।

स्त्री कहती है - यह तो कहो, कब आओगे?

युवक उत्तर देता है - आऊंगा तभी, जब कुछ जीत लाऊंगा, नहीं तो वहीं मर जाऊंगा।

स्त्री कहती है - शाबाश, जाओ, तुम वीर हो, तुम जरूर सफल होगे।

गीत सुनकर मैं मुग्ध हो गया। गीत समाप्त होते-होते हम लोग भी रुक गए। मेरी आंखें खोली गई। सामने बड़ा-सा मैदान था और चारों ओर गुफाएं बनी हुई थी, जो उन्हीं लोगों के रहने की जगह थी।

फिर मेरी तलाशी ली गई और इस दफे सब कपड़े उतरवा लिये गये, केवल पायजामा रह गया। सामने एक बड़ा-सा शिलाखण्ड रखा हुआ था। सब लोगों ने मिलकर उसे हटाया और मुझे उसी ओर ले चले। मेरी आत्मा कांप उठी। यह तो जिंदा कब्र में डाल देंगे। मैंने बड़ी ही वेदनापूर्ण दृष्टि से सरदार की ओर देखकर कहा - सरदार, सरकार तुम्हें रुपया देगी। मुझे मारो नहीं।

सरदार ने हंसकर कहा - तुम्हें मारता कौन है, कैद किया जाता है। इस घर में बंद रहोगे। जब रुपया आ जायेगा, छोड़ दिये जाओगे?

सरदार की बात सुनकर मेरे प्राण में प्राण आये। सरदार ने मेरी पाकेट बुक और पेंसिल सामने रखते हुए कहा - 'लो, इसमें लिख दो। अगर एक पैसा भी कम आया, तो तुम्हारी जान की खैर नहीं।'

मैंने कमिश्नर साहब के नाम पर एक पत्र लिखकर दे दिया। उन लोगों ने मुझे उसी अंधकूप में लटका दिया और रस्सी खींच ली।

4

सरदार साहब ने एक लंबी सांस ली और कहना शुरू किया - असदखां जिस समय मैं उस कुएं में लटकाया जा रहा था, मेरी अंतरात्मा कांप रही थी। नीचे घटाटोप अंधकार की जगह हल्की चांदनी छायी हुई थी। भीतर से गुफा न बहुत छोटी और न बहुत बड़ी थी। फर्श खुरदरा था, ऐसा मालूम होता था कि बरसों यहां पानी की धारा गिरी है और यह गड्ढा तब जाकर तैयार हुआ है। पत्थर की मोटी दीवार से वह कूप घिरा हुआ था और उसमें जहां-तहां छेद थे, जिनसे

प्रकाश और वायु आती थी। नीचे पहुंचकर मैं अपनी दशा का हेर-फेर सोचने लगा। [illegible] घबराता था। कालकोठरी की यंत्रणा भोगना भी भाग्य में विधाता ने लिख दिया था।

धीरे-धीरे संध्या का आगमन हुआ। उन लोगों ने अभी तक कुछ मेरी खोज-खबर न ली [illegible] भूख से आत्मा व्याकुल हो रही थी। बार-बार विधाता और अपने को कोसता। जब मनुष्य निरुपाय हो जाता है, तो विधाता को कोसता है।

अंत में एक छेद से चार बड़ी-बड़ी रोटियां किसी ने बाहर से फेंकी। जिस तरह कुत्ता एक रोटी के टुकड़े पर दौड़ता है, वैसे ही मैं भी दौड़ा और उठकर उस छेद की ओर देखने लगा। लेकिन फिर किसी ने कुछ न फेंका, और न कुछ आदेश ही मिला। मैं बैठकर रोटियां खाने लगा। थोड़ी देर बाद उसी छेद पर लोहे का प्याला रख दिया गया, जिसमें पानी भरा हुआ था। मैंने परमात्मा को धन्यवाद देकर पानी छककर पिया। अब आत्मा कुछ तृप्त हुई, तो कहा - थोड़ा पानी और चाहिए।

इस पर दीवार की उस ओर एक भीषण हंसी की प्रतिध्वनि सुनाई दी और किसी ने खनखनाते हुए स्वर में कहा - पानी अब कल मिलेगा। प्याला दे दो, नहीं तो कल भी पानी नहीं मिलेगा।

क्या करता, हारकर प्याला वहीं रख दिया।

इसी प्रकार कई दिन बीत गए। नित्य दोनों समय चार रोटियां और एक प्याला पानी मिल जाता था। धीरे-धीरे मैं भी इस शुष्क जीवन का आदी हो गया। निर्जनता अब उतनी न खलती। कभी-कभी अपनी भाषा में और कभी-कभी पश्तो में गाता। इसमें मेरी तबीयत कुछ बहल जाती और हृदय भी शांत हो जाता।

एक दिन- रात के समय मैं एक पश्तो गीत गा रहा था। मजनू झुलसाने वाले बगुलों से कह रहा था - तुममें क्या वह हरारत नहीं है, जो काफिलों को जलाकर खाक कर देती है? आखिर वह गर्मी मुझे क्यों नहीं जलाती? क्या इसलिए कि मेरे अंदर खुद एक ज्वाला भरी हुई है?

देखो, जब लैला ढूंढ़ती हुई यहां आवे, तो मेरा शरीर बालू से ढंक देना, नहीं तो शीशे की तरह लैला का हृदय टूट जाएगा।

मैंने गाना बंद कर दिया। उसी समय किसी ने छेद से कहा - कैदी, फिर तो गाओ। मैं चौंक पड़ा। कुछ खुशी भी हुई, कुछ आश्चर्य भी। पूछा, तुम कौन हो?

उसी छेद में से उत्तर मिला - मैं हूं तुरीय, सरदार की लड़की।

मैंने पूछा - क्या तुमको यह गाना पसंद है?

तुरीय ने उत्तर दिया - हां, कैदी गाओ, मैं फिर सुनना चाहती हूं।

मैं हर्ष से गाने लगा। गीत समाप्त होने पर तुरीय ने कहा - तुम रोज यही गीत मुझे सुनाया करो। इसके बाद मैं रात के समय वही गीत गाता, और तुरीय सदा दीवार के पास आकर सुनती।

मेरे मनोरंजन का एक मार्ग और निकल आया।

धीरे-धीरे एक मास बीत गया पर किसी ने अभी तक मेरे छुड़ाने के लिए रुपया न भेजा। ज्यों-ज्यों दिन बीतते जाते, मैं अपने जीवन से निराश होता जाता।

ठीक एक महीने बाद सरदार ने आकर कहा - कैदी, अगर कल तक रुपया न आएगा, तो तुम मार डाले जाओगे। मैं अब रोटियां नहीं खिला सकता।

मुझे जीवन की कुछ आशा न रही। उस दिन न मुझसे खाया गया और न कुछ पिया ही गया। रात हुई, फिर रोटियां फेंक दी गई लेकिन खाने की इच्छा नहीं हुई।

निश्चित समय पर तुरीय ने आकर कहा - कैदी गाना गाओ।

उस दिन मुझे कुछ अच्छा न लगता था। मैं चुप रहा।

तुरीय ने फिर कहा - कैदी, क्या सो गया?

मैंने बड़े ही मलिन स्वर में कहा - नहीं, आज सोकर क्या करूं, कल सोऊंगा कि फिर जागना न पड़े।

तुरीय ने प्रश्न किया - क्यों, क्या सरकार रुपया न भेजेगी?

मैंने उत्तर दिया - भेजेगी तो लेकिन कल तो मैं मार डाला जाऊंगा मेरे मरने के बाद रुपया आया तो मेरे किस काम का?

तुरीय ने सांत्वना पूर्ण स्वर में कहा - अच्छा, तुम गाओ, मैं कल तुम्हें मरने न दूंगी। मैंने गाना शुरू किया। जाते समय तुरीय ने पूछा - कैदी, तुम कटघरे में रहना पसंद करते हो।

मैंने सहर्ष उत्तर दिया - हां, किसी तरह इस नरक से छुटकारा मिले।

तुरीय ने कहा - अच्छा, कल मैं अब्बा से कहूंगी।

दूसरे ही दिन मुझे अंधकूप से बाहर निकाला गया। मेरे दोनों पैर दो मोटे शहतीरों के छेदों में बंद कर दिए गए। और वह काठ की ही कीलों से प्राकृतिक गड्ढों में कस दिए गए। सरदार ने मेरे पास आकर कहा - कैदी, पन्द्रह दिन की अवधि और दी जाती है, इसके बाद तुम्हारी गर्दन धड़ से अलग कर दी जायेगी। आज दूसरा खत अपने घर लिखो। अगर ईद तक रुपया न आया, तो तुमको हलाल कर दिया जायेगा।

मैंने दूसरा पत्र लिखकर दे दिया।

सरदार के जाने के बाद तुरीय आयी। यह वही रमणी थी, जो अभी गई है। यही उस सरदार की लड़की थी। वही मेरा गाना सुनती थी और इसी ने सिफारिश करके मेरी जान बचाई थी।

तुरीय आकर मुझे देखने लगी। मैं भी उसकी ओर देखने लगा।

तुरीय ने पूछा - कैदी, घर में कौन-कौन है?

मैंने बड़े ही कातर स्वर में कहा - दो छोटे-छोटे बालक और कोई नहीं।

मुझे मालूम था कि अफ्रीदी बच्चों को बहुत प्यार करते हैं।

तुरीय ने पूछा - उनकी मां नहीं है?

मैंने केवल दया उपजाने के लिए कहा - नहीं, उनकी मां मर गई है। वे अकेले हैं। मालूम नहीं, जीते हैं या मर गए क्योंकि मेरे सिवाय उनकी देख-रेख करने वाला कोई न था। कहते-कहते मेरी आंखों में आंसू भर आए। तुरीय की भी आंखें सूखी न रही। तुरीय ने अपना आवेग संभालते हुए कहा - तो तुम्हारे कोई नहीं है? बच्चे अकेले हैं? वे बहुत रोते होंगे।

मैंने मन-ही-मन प्रसन्न होते हुए कहा - हां, रोते जरूर होंगे। कौन जानता हूं शायद मर भी गए हों?

तुरीय ने बात काटकर कहा - नहीं, अभी मरे न होंगे। तुम रहते कहां हो? मैं जाकर पता लगा आऊंगी।

मैंने अपने घर का पता बता दिया। उसने कहा - उस जगह तो मैं कई बार हो आयी हूं। बाजार से सौदा लेने मैं अक्सर जाती हूं। अब जाऊंगी तो तुम्हारे बच्चों की भी खबर ले आऊंगी।

मैंने शंकित हृदय से पूछा - कब जाओगी?

उसने कुछ सोचकर कहा - इस जुमेरात को जाऊंगी। अच्छा, तुम वही गीत गाओ। मैंने आज बड़ी उमंग और उत्साह से गाना शुरू किया। मैंने आज देखा कि उसका असर तुरीय पर कैसा पड़ता है। उसका शरीर कांपने लगा, आंखें डबडबा आयी, गाल पीले पड़ गए और वह कांपती हुई बैठ गई। उसकी दशा देखकर मैंने दूने उत्साह से गाना शुरू किया और अंत में कहा - तुरीय, अगर मैं मारा जाऊं तो मेरे बच्चों को मेरे मरने की खबर देना। मेरी बात का पूरा असर पड़ा। तुरीय ने भर्राए हुए स्वर में कहा - कैदी, तुम मरोगे नहीं। मैं तुम्हारे बच्चों के लिए तुम्हें छेड़ दूंगी।

मैंने निराश होकर कहा - तुरीय, तुम्हारे छोड़ देने से भी मैं बच नहीं सकता। इस जंगल में मैं भटक-भटककर मर जाऊंगा, और फिर तुम पर भी मुसीबत आ सकती है। अपनी जान के लिए तुमको मुसीबत में न डालूंगा।

तुरीय ने कहा - मेरे लिए तुम चिंता न करो। मेरे ऊपर कोई शक न करेगा। मैं सरदार की लड़की हूं, जो कहूंगी वही सब मान लेंगे, लेकिन क्या तुम जाकर रुपया भेज दोगे? मैंने प्रसन्न होकर कहा - हाँ तुरीय, मैं रुपया भेज दूंगा।

तुरीय ने जाते हुए कहा - तो मैं भी तुम्हें छूटकारा दिला दूंगी।

इस घटना के बाद तुरीय सदैव मेरे बच्चों के संबंध में बातें करती। असदखां, सचमुच इन अफ्रीदियों को बच्चे बहुत प्यारे होते हैं। विधाता ने यदि उन्हें बर्बर हिंसक पशु बनाया है, तो मनुष्योचित प्रकृति से वंचित भी नहीं रखा है। आखिर जुमेरात आयी और अभी तक सरदार

वापस न आया। न कोई उस गिरोह का आदमी ही वापस आया। उस दिन संध्या समय तुरीय ने आकर कहा - कैदी अब मैं नहीं जा सकती, क्योंकि मेरा पिता अभी तक नहीं आया। यदि कल भी नहीं आया, तो मैं तुम्हें रात को छोड़ दूंगी। तुम अपने बच्चों के पास जाना लेकिन देखो, रुपया भेजना न भूलना। मैं तुम पर विश्वास करती हूं।

मैंने उस दिन बड़े उत्साह से गाना गाया। आधी रात तक तुरीय सुनती रही, फिर सोने चली गई। मैं भी ईश्वर से मनाता रहा कि कल और न सरदार आये। काठ में बंधे-बंधे मेरा पैर बिलकुल निकम्मा हो गया था। तमाम शरीर दुख रहा था। इससे तो मैं काल-कोठी में अच्छा था, क्योंकि वहां हाथ-पैर तो हिला-डुला सकता था।

दूसरे दिन भी गिरोह वापस न आया। उस दिन तुरीय बहुत चिंतित थी। शाम को आकर तुरीय ने मेरे पैर खोलकर कहा - कैदी, अब तुम जाओ। चलो। मैं थोड़ी दूर पहुंचा दूं। थोड़ी देर तक मैं अवश लेटा रहा। धीरे-धीरे मेरे पैर ठीक हुए और ईश्वर को धन्यवाद देता हुआ मैं तुरीय के साथ चल दिया। तुरीय को प्रसन्न करने के लिए मैं रास्ते-भर गीत गाता आया। तुरीय बार-बार सुनती और बार-बार रोती। आधी रात के करीब में तालाब के पास पहुंचा। वहां पहुंचकर तुरीय ने कहा - सीधे जाओ, तुम पेशावर पहुंच जाओगे। देखो होशियारी से जाना नहीं तो कोई तुम्हें अपनी गोली का शिकार बना डालेगा। यह लो, तुम्हारे कपड़े हैं लेकिन रुपया जरूर भेज देना। तुम्हारी जमानत मैं लूंगी। अगर रुपया न आया, तो मेरे प्राण जायेंगे, और तुम्हारे भी। अगर रुपया आ जायेगा, तो कोई अफ्रीदी तुम पर हाथ न उठाएगा, चाहे तुम किसी को मार भी डालो। जाओ, ईश्वर तुम्हारी रक्षा करे और तुमको अपने बच्चों से मिलाए।

तुरीय फिर ठहरी नहीं। गुनगुनाती हुई लौट पड़ी। रात दो पहर बीत चुकी थी। चारों ओर भयानक निस्तब्धता छायी हुई थी, केवल वायु सांय-सांय करती हुई बह रही थी। तालाब के तट पर रुकना सुरक्षित न था। मैं धीरे-धीरे दक्षिण की ओर बढ़ा। बार-बार चारों ओर देखता जाता था। ईश्वर की कृपा से प्रातःकाल होते-होते मैं पेशावर की सरहद पर पहुंच गया। सरहद पर सिपाहियों का पहरा था। मुझे देखते ही तमाम फौज भर में हलचल मच गई। सभी लोग मुझे मरा समझे हुए थे। जीता-जागता लौटा हुआ देखकर सभी प्रसन्न हो गए। कर्नल हैमिल्टन साहब भी समाचार पाकर उसी समय मिलने के लिए आये और सब हाल पूछकर कहा - मेजर साहब, मैं आपको मरा हुआ समझता था। मेरे पास तुम्हारे दो पत्र आये थे लेकिन मुझे स्वप्न में भी विश्वास न हुआ था कि ये तुम्हारे लिखे हुए हैं। मैं तो उन्हें जाली समझता था। ईश्वर का धन्यवाद है कि तुम जीते बचकर आ गए।

मैंने कर्नल साहब को धन्यवाद दिया और मन-ही-मन कहा, काले आदमी का लिखा हुआ जो था और कहीं अगर गोरा आदमी लिखता, तो दो की कौन कहे, चार हजार रुपए पहुंच जाता। कितने ही गांव जला दिये जाते, और न जाने क्या होता।

मैं चुपचाप अपने घर आया। बाल-बच्चों को पाकर आत्मा संतुष्ट हुई। उसी दिन एक विश्वासी अनुचर के द्वारा दो हजार रुपया तुरीय के पास भेज दिया।

5

सरदार ने एक ठंडी सांस लेकर कहा - असदखां, अभी मेरी कहानी समाप्त नहीं हुई। अभी तो दु:खांत भाग अवशेष ही है। यहां आकर मैं धीरे-धीरे अपनी सब मुसीबतें भूल गया लेकिन तुरीय को न भूल सका। तुरीय की कृपा से ही मैं अपनी स्त्री और बच्चों से मिल गया था, यही नहीं, जीवन भी पाया था फिर भला मैं उसे कैसे भूल जाता।

महीनों और सालों बीत गए। मैंने न तुरया को और न उसके बाप को ही देखा। तुरीय ने आने के लिए कहा भी लेकिन वह आयी नहीं। वहां से आकर मैंने अपनी स्त्री को उसके मायके भेज दिया था क्योंकि ख्याल था कि शायद तुरीय आये, तो फिर मैं झूठा बनूंगा। लेकिन जब तीन साल बीत गए और तुरीय न आयी, तो मैं निश्चित हो गया और स्त्री को मायके से बुला लिया। हम लोग सुखपूर्वक दिन काट रहे थे कि अचानक फिर दुर्दशा की घड़ी आयी।

एक दिन संध्या के समय इसी बरामदे में बैठा हुआ, अपनी स्त्री से बातें कर रहा था कि किसी ने बाहर का दरवाजा खटखटाया। नौकर ने दरवाजा खोल दिया और बेधड़क जीना चढ़ती एक काबुली औरत ऊपर चली आयी। उसने बरामदे में आकर विशुद्ध पश्तो भाषा में पूछा - सरदार साहब कहां है?

मैंने कमरे के भीतर आकर पूछा - तुम कौन हो, क्या चाहती हो?

उसी स्त्री ने कुछ मूंगे निकालते हुए कहा - यह मूंगे मैं बेचने के लिए लायी हूं खरीदेंगे?

यह कहकर उसने बड़े-बड़े मूंगे निकालकर मेज़ पर रख दिए।

मेरी स्त्री भी मेरे साथ कमरे के भीतर आयी थी। वह मूंगे उठाकर देखने लगी। उसी काबुली स्त्री ने पूछ - सरदार साहब, यह कौन है आपकी? मैंने उत्तर दिया - मेरी स्त्री है, और कौन है?

काबुली स्त्री ने कहा - आपकी स्त्री तो मर चुकी थी। क्या आपने दूसरा विवाह किया है।

मैंने रोषपूर्ण स्वर में कहा - चुप बेवकूफ कहीं की, तू मर गई होगी।

मेरी स्त्री पश्तो नहीं जानती थी, वह तन्मय होकर मूंगे देख रही थी। किंतु मेरी बात सुनकर न मालूम क्यों काबुली औरत की आंखें चमकने लगी। उसने बड़े ही तीव्र स्वर में कहा - हां, बेवकूफ न होती, तो तुम्हें छोड़ कैसे देती? दोजखी पिल्ले, मुझसे झूठ बोला! ले, अगर तेरी स्त्री न मरी थी, तो अब मर गई।

कहते-कहते शेरनी की तरह लपक कर उसने एक तेज छुरा मेरी स्त्री की छाती में घुसेड़ दिया। मैं उसे रोकने के लिए आगे बढ़ा लेकिन वह कूदकर आंगन में चली गयी और बोली - अब पहचान ले, मैं तुरीय हूं। मैं आज तेरे घर में रहने के लिए आयी थी। मैं तुमसे विवाह करती और तेरी होकर रहती। तेरे लिए मैंने बाप, घर, सब कुछ छोड़ दिया था लेकिन तू झूठा है, मक्कार है। तू अब अपनी बीवी के नाम को रो, मैं आज से तेरे नाम को रोऊंगी। यह कहकर वह तेजी से नीचे चली गई।

अब मैं अपनी स्त्री के पास पहुंचा। छुरा ठीक हृदय में लगा था। एक ही वार ने उसका काम तमाम कर दिया था। डॉक्टर बुलवाया लेकिन वह मर चुकी थी।

कहते-कहते सरदार साहब की आंखों में आंसू भर आए। उन्होंने अपनी भीगी हुई आंखों को पोंछकर कहा - असदखां, मुझे सपने में भी अनुमान न था कि तुरीय इतनी पिशाच-हृदय हो सकेगी। अगर मैं पहले उसे पहचान लेता तो यह आफत न आने पाती लेकिन कमरे में अन्धकार था और इसके अतिरिक्त मैं उसकी ओर से निराश हो चुका था।

तब से फिर कभी तुरीय नहीं आयी। अब जब कभी मुझे देखती है, तो मेरी ओर देखकर नागिन की भांति फुंकारती हुई चली जाती है। इसे देखकर मेरा हृदय कांपने लगता है और मैं अवश हो जाता हूं। कई बार कोशिश की, मैं इसे पकड़वा दूं लेकिन उसे देखकर मैं बिलकुल निकम्मा हो जाता हूं हाथ-पैर बेकाबू हो जाते हैं, मेरी सारी वीरता हवा हो जाती है।

यही नहीं, तुरीय का मोह अब भी मेरे ऊपर है। मेरे बच्चों को हमेशा वह कोई-न-कोई बहुमूल्य चीज दे जाती है। जिस दिन बच्चे उसे नहीं मिलते, दरवाजे के भीतर फेंक जाती है। उसमें कागज का टुकड़ा बंधा होता है, जिसमें लिखा रहता है - सरदार साहब के बच्चों के लिए।

मैं अभी तक इस स्त्री को नहीं समझ पाया। जितना ही समझने का यत्न करता हूं उतनी ही यह कठिन हो जाती। नहीं समझ में आता कि वह मानवी है या राक्षसी।

इसी समय सरदार साहब के लड़के ने आकर कहा - देखिए, वही औरत यह सोने का ताबीज दे गई है।

सरदार ने मेरी ओर देखकर कहा - देखा, असदखां मैं तुमसे कहता न था। देखो, आज भी यह ताबीज दे गई। न मालूम कितने ही ताबीज और कितनी ही दूसरी चीजें अर्जुन और निहाल को दे गई होगी। कहता हूं कि तुरीय बड़ी ही विचित्र स्त्री है।

सरदार साहब से विदा होकर मैं घर चला। चौरास्ते से बुड्ढ़े की लाश हटा दी गई थी, पर वहां पहुंचकर मेरे रोए खड़े हो गए। मैं आप-ही-आप एक मिनट वहां खड़ा हो गया। सहसा पीछे देखा। छाया की भांति एक स्त्री मेरे पीछे-पीछे चली आ रही थी। मुझे खड़ा देखकर वह स्त्री रुक गयी और एक दुकान में कुछ खरीदने लगी।

मैंने अपने हृदय से प्रश्न किया - क्या वह तुरीय है?

लय ने उत्तर दिया - हां शायद वही है।

तुरीय मेरा पीछा क्यों कर रही है? यह सोचता हुआ मैं घर पहुंचा और खाना खाकर लेटा पर आज की घटनाओं का मुझ पर ऐसा असर पड़ा था कि किसी तरह भी नींद न आती थी। जितना ही मैं सोने का यत्न करता, उतना ही नींद मुझ से दूर भागती।

फौजी घड़ियाल ने बारह बजाए, एक बजाए, दो बजाए लेकिन मुझे नींद न थी। मैं करवटें बदलता हुआ सोने का उपक्रम कर रहा था। इसी उधेड़बुन में कब नींद ने मुझे धर दबाया, जरा भी याद नहीं। यद्यपि मैं सो रहा था लेकिन मेरा ज्ञान जाग रहा था। मुझे ऐसा मालूम हुआ कि

कोई स्त्री, जिसकी आकृति तुरीय से बहुत कुछ मिलती थी, लेकिन उससे कहीं अधिक भयावनी थी, दीवार फोड़कर भीतर घुस आई है। उसके हाथ में एक तेज छुरा है, जो लालटेन के प्रकाश में चमक रहा है। वह दबे पांव, सतर्क नेत्रों से ताकती हुई धीरे-धीरे मेरी ओर बढ़ रही है। मैं उसे देखकर उठना चाहता हूं लेकिन हाथ-पैर मेरे काबू में नहीं है। मानों उनमें जान है ही नहीं। वह स्त्री मेरे पास पहुंच गई। थोड़ी देर तक मेरी ओर देखा, फिर अपने छुरे वाले हाथ को ऊपर उठाया। मैं चिल्लाने का उपक्रम करने लगा लेकिन मेरी घिग्घी बंध गई। शब्द कंठ से फूटा ही नहीं। उसने मेरे दोनों हाथों को अपने घुटने के नीचे दबाया और मेरी छाती पर सवार हो गई। मैं छटपटाने लगा और मेरी आंखें खुल गई। सचमुच एक काबुली औरत मेरी छाती पर सवार थी। उसके हाथ में छुरा था। और वह छुरा मारना ही चाहती थी।

मैंने कहा - कौन, तुरीय ?

यह वास्तव में तुरीय ही थी। उसके मुझे बलपूर्वक दबाते हुए कहा - हां, मैं तुरीय ही हूं। आज तूने मेरे बाप का खून किया है, उसके बदले में तेरी जान जायेगी।

यह कहकर उसने अपना :छुरा उठाया। इस समय मेरे सामने जीवन और मरण का प्रश्न था। जीवन की लालसा ने मुझमें साहस का संचार किया। मैं मरने के लिए तैयार न था। मेरे अरमान और उमंग अब भी बाकी थी। मैंने बलपूर्वक अपना दाहिना हाथ छुड़ाने का प्रयत्न किया और एक ही झटके में मेरा हाथ छूट गया। मैंने अपनी पूरी ताकत से तुरीय का छुरा वाला हाथ पकड़ लिया। न मालूम क्यों तुरीय ने कुछ भी विरोध न किया। वह मेरे हाथ को देखती हुई मेरी छाती से उतर आयी। उसकी आंखें पथरायी हुई थी और वह एकटक हाथ की ओर देख रही थी।

मैंने हंसकर कहा - तुरीय, अब तो पासा पलट गया। अब तेरे मरने की बारी है। तेरे बाप को मारा, अब तुझे भी मारता हूं।

तुरीय अब भी एकटक मेरे हाथ की ओर देख रही थी। उसने कुछ भी उत्तर नहीं दिया। मैंने उसे झिंझोड़ते हुए कहा - बोलती क्यों नहीं? अब तो तेरी जान मेरी मुट्ठी में है। तुरीय का मोह टूटा। उसने बहुत गम्भीर और दृढ़ कंठ से कहा - तू मेरा भाई है। तूने अपने बाप को मारा है आज।

तुरीय की बात सुनकर मुझे उस पर भी हंसी आ गयी।

मैंने हंसते हुए कहा - अफ्रीदी मक्कार भी होते हैं, यह आज ही मुझे मालूम हुआ। तुरीय ने शांत स्वर में कहा - तू मेरा खोया हुआ बड़ा भाई नाजिर है। वह जो तेरे हाथ में निशान है, वहीं बतला रहा है कि तू मेरा खोया हुआ भाई है।

बचपन से ही मेरे हाथ में एक सांप गुदा हुआ था। और यही मेरी पहचान फौजी रजिस्टर में भी लिखी हुई थी।

मैंने हंसकर कहा - तुरीय, तू मुझे भुलावा नहीं दे सकती। मैं अब तुझे किसी तरह न छोडूंगा।

तुरीय ने अपने हाथ से छुरा फेंककर कहा - सचमुच तू मेरा भाई है। अगर तुझे विश्वास नहीं होता, तो देख, मेरे दाहिने हाथ में भी ऐसा ही सांप गुदा हुआ है।

मैंने तुरीय के हाथ पर दृष्टि डाली, तो वहां भी बिलकुल मेरे ही जैसा सांप गुदा हुआ था। मैंने कुछ सोचते हुए कहा - तुरीय, मैं तेरा विश्वास नहीं कर सकता, यह इत्तफाक की बात है।

तुरीय ने कहा - मेरा हाथ छोड़ दे। मैं तुझ पर वार न करूंगी। अफ्रीदी झूठ नहीं बोलते। मैंने उसका हाथ छोड़ दिया, वह पृथ्वी पर बैठ गई और मेरी ओर देखने लगी। थोड़ी देर बाद उसने कहा - अच्छा, तुझे अपने मां-बाप का पता है?

मैंने सिर हिलाकर उत्तर दिया - नहीं, मैं सरकारी अनाथालय में पाला गया हूं।

मेरी बात सुनकर तुरीय उठ खड़ी हुई और बोली - तब तू मेरा खोया हुआ बड़ा भाई नाजिर ही है। मेरे पैदा होने के एक साल पहले तू खोया था। मेरे मां-बाप तब सरकारी फौज पर छापा डालने के लिए आए थे और तू भी साथ था। मेरी मां लड़ने में बड़ी होशियार थी। तू उनकी पीठ से बंधा हुआ था और वे लड़ रही थी। इसी समय एक गोली उसके पैर में लगी और वह गिरकर बेहोश हो गई। बस, कोई तुझे खोल ले गया। मेरी मां को मेरा बाप अपने कंधे पर उठा लाया, लेकिन तुझे खोज न सका। बहुत तलाश की लेकिन कहीं भी तेरा पता न लगा। अम्मा अक्सर तेरी चर्चा किया करती थी। उसके हाथ में निशान था।

यह कहकर उसने फिर वही हाथ मुझे दिखलाया। मैं उसका और अपना सांप मिलाने लगा। वास्तव में दोनों सांप हू-ब-हू एक-से थे, बाल भर भी अन्तर न थी। मैं हताश-सा होकर चारपाई पर गिर पड़ा।

तुरीय मेरे पास बैठकर - स्नेह से मेरे माथे का पसीना पोंछने लगी। उसने कहा - नाजिर, मां कहती थी कि तू मरा नहीं, जिंदा है। एक दिन तू हम लोगों से मिलेगा। तुरीय की बातों पर अब मुझे विश्वास हो चला था। जाने कौन मेरे हृदय में बैठा हुआ कह रहा था कि तुरीय जो कहती है, ठीक है। मैंने एक लम्बी सांस लेकर कहा - क्यों तुरीय, मैंने जिसे आज मारा है, वह हम लोगों का बाप था?

तुरीय के मुंह पर शोक का एक छोटा-सा बादल घिर आया। उसने बड़े ही दुःखपूर्ण स्वर में कहा - नाजिर, वह अभागा बाप ही था। कौन जनता था कि वह अपने प्यारे लड़के के हाथों हलाल होगा।

फिर सांत्वना के स्वर में बोली - लेकिन नाजिर तूने तो अनजाने में यह काम किया है। बाप के मरने से मैं बिलकुल अकेली हो गई थी लेकिन अब तुझे पाकर बाप के रंज को भूल जाऊंगी। नाजिर, तू रंज न कर। तुझे क्या मालूम था कि कौन तेरा बाप है और कौन तेरी मां है। देख, मैं ही तुझे मारने के लिए आयी थी, तुझे मार डालती लेकिन खुदा की मेहरबानी से मैंने अपना खानदानी निशान देख लिया। खुदा की ऐसी ही मरजी थी।

तुरीय से मालूम हुआ कि मेरे बाप का नाम हैदर खां था, जो अफ्रीदियों के एक गिरोह का सरदार था। मैंने सरदार हिम्मत सिंह के संबंध में तुरीय से बातें की तो मालूम हुआ कि तुरीय सरदार साहब को प्यार करने लगी थी। वह हमारे बाप से लड़-भिड़ कर सरदार साहब से निकाह करने आयी थी, वहां इनकी स्त्री को पाकर वह ईर्ष्या और क्रोध से पागल हो गई, और उसने उनकी स्त्री की हत्या कर डाली। काबुली औरत के भेष में जाकर वह कुछ मजाक करना चाहती थी लेकिन घटना-चक्र उसे दूसरी ओर ले गया।

मैंने सरदार साहब की दशा का वर्णन किया। सुनकर वह कुछ सोचती रही और फिर कहा - नहीं, वह आदमी झूठा और दगाबाज है। मैं उससे विवाह नहीं करूंगी। लेकिन तेरी खातिर अब सब कुछ भूल जाऊंगी। कल उनके बच्चों को ले आना, मैं प्यार करूंगी।

प्रात:काल तुरीय को देखकर मेरा नौकर आश्चर्य करने लगा। मैंने उससे कहा - यह मेरी बहन है।

नौकर को मेरी बात पर विश्वास न हुआ। तब मैंने विस्तारपूर्वक सब हाल कहा और उसे उसी समय अपने बाप की लाश की खबर लेने के लिए भेजा। नौकर ने आकर कहा - लाश अभी तक थाने में रखी हुई है।

मैंने बड़े साहब के नाम एक पत्र लिखकर सब हाल बता दिया और लाश पाने के लिए दरखास्त की। उसी समय साहब के यहां से स्वीकृति आ गई।

एक पत्र लिखकर मेजर साहब को बुलवाया।

मेजर साहब ने आकर कहा - क्या बात है असद? इतनी जल्दी आने के लिए क्यों लिखा?

मैंने हंसते हुए कहा - मेजर साहब, मेरा नाम असद नहीं रहा, मेरा असली नाम है नाजिर।

मेजर साहब ने आश्चर्य से मेरी ओर देखते हुए कहा - रात भर में तुम पागल तो नहीं हो गए।

मैंने हंसते हुए कहा - नहीं सरदार साहब, अभी और सुनिए। तुरीय मेरी सगी बहन है, और जिसको कल मैंने मारा, वह मेरा बाप था।

सरदार साहब मेरी बात सुनकर मानो आकाश से गिर पड़े। उनकी आंखें कपाल पर चढ़ गई। उन्होंने कहा - क्यों असद, तुम मुझे पागल कर डालोगे।

मैंने सरदार साहब का हाथ पकड़कर कहा - आइए, तुरीय के मुंह से ही सब हाल सुन लीजिए। तुरीय मेरे यहां बैठी हुई आपकी प्रतीक्षा कर रही है।

सरदार साहब सकते की हालत में मेरे पीछे-पीछे चले। तुरीय उन्हें आते देखकर उठ खड़ी हुई और हंसती हुई बोली - कैदी, तुम वही गीत फिर गाओ।

तुरीय की बात सुनकर मैं और सरदार साहब भी हंसने लगे।

सरदार साहब को बिठाकर मैंने विस्तारपूर्वक सब हाल कहा। कहानी सुनकर सरदार साहब ने मुझसे कहा - नाजिर, अब तुम्हें नाजिर ही कहूंगा। तुरीय को मैं तुमसे मांगता हूं मैं इसके साथ विवाह करूंगा।

मैंने हंसकर कहा - मगर आप हिंदू हैं, और हम लोग मुसलमान।

सरदार साहब ने हंसकर कहा - पलटनियों की कोई जाति-पांति नहीं है।

तुरीय ने उसी समय कहा - लेकिन सरदार साहब, मैं तुमसे विवाह नहीं करूंगी। हां, अगर तुम अपने दोनों बच्चों को मेरे पास भेज दो, तो मैं उनकी मां बन जाऊंगी।

सरदार साहब हंसते हुए विदा हुए।

उसी दिन - शाम को हमने सरदार साहब, तुरीय और दूसरे पलटनियों के साथ जाकर अपने बाप की लाश दफनायी।

सूरज डूब रहा था। धीरे-धीरे अंधेरा हो रहा था और हम दोनों, तुरीय और मैं, अपने बाप की कब्र पर फातिहा पढ़ रहे थे।

***

बैर का अन्त

रामेश्वर राय अपने बड़े भाई के शव को खाट से नीचे उतारते हुए छोटे भाई से बोले - तुम्हारे पास कुछ रुपये हो तो लाओ, दाह-क्रिया की फिक्र करें। मैं बिलकुल खाली हाथ हूं। छोटे भाई का नाम विश्वेश्वर राय था। वह एक जमादार के कारिंदा थे, आमदनी अच्छी थी। बोले - आधे रुपये मुझसे ले लो। आधे तुम निकालो।

रामेश्वर - मेरे पास रुपये नहीं है।

विश्वेश्वर - तो फिर इनके हिस्से के खेत रेहन रख दो।

रामेश्वर - तो जाओ, कोई महाजन ठीक करो। देर न लगे। विश्वेश्वर राय ने अपने एक मित्र से कुछ रुपये उधार लिए, उस वक्त का काम चला। पीछे फिर कुछ रुपये लिए, खेत की लिखा-पढ़ी कर दी। कुल पांच बीघे जमीन थी। 300 रुपये मिले। गांव के लोगों का अनुमान है कि क्रिया-कर्म में मुश्किल से 100 रुपये उठे होंगे, विश्वेश्वर राय ने षोडशी के दिन 301 रुपये का लेखा भाई के सामने रख दिया। रामेश्वर राय ने चकित होकर पूछा - सब रुपये उठ गए?

विश्वेश्वर - क्या मैं इतना नीच हूं कि करनी के रुपये भी कुछ उठा रखूंगा! किसको यह पचेगा?

रामेश्वर - नहीं, मैं तुम्हें बेईमान नहीं बनाता, खाली पूछता था।

विश्वेश्वर - कुछ शक हो तो जिस बनिए से चीजें ली गई हैं, उससे पूछ लो।

2

साल भर के बाद एक दिन विश्वेश्वर राय ने भाई से कहा - रुपये हों तो लाओ, खेत छुड़ा लें।

रामेश्वर - मेरे पास रुपये कहां से आए? घर का हाल तुमसे छिपा थोड़े ही है।

विश्वेश्वर - तो मैं सब रुपये देकर जमीन छुड़ा लेता हूं। जब तुम्हारे पास रुपये हों, आधा देकर आधी जमीन मुझसे ले लेना।

रामेश्वर - अच्छी बात है, छुड़ा लो।

30 साल गुजर गए। विश्वेश्वर राय जमीन को भोगते रहे, उसे खाद-गोबर से खूब सजाया।

उन्होंने निश्चय कर लिया था कि यह जमीन न छोड़ूंगा। मेरा तो इस पर मौरूसी हक हो गया। अदालत से भी कोई नहीं ले सकता। रामेश्वर ने कई बार यत्न किया कि रुपये देकर अपना हिस्सा ले लें, पर तीस साल में वे कभी 150 रुपये जमा न कर सके।

अगर रामेश्वर राय का लड़का जागेश्वर कुछ संभल गया। वह गाड़ी लादने का काम करने लगा था और इस काम में उसे अच्छा नफा भी होता था। उसे अपने हिस्से की रात-दिन चिंता लगी रहती थी। अन्त में उसने रात-दिन श्रम करके यथेष्ट धन बटोर लिया और एक दिन चाचा से बोला - काका, अपने रुपये ले लीजिए। मैं अपना नाम चढ़ा लूं।

विश्वेश्वर - अपने बाप के तुम्हीं चतुर बेटे नहीं हो। इतने दिनों तक कान न हिलाए, जब मैंने जमीन को सोना बना लिया तब हिस्सा बांटने चले हो ?

रामेश्वर - तुमने जमीन को सोना बना दिया तो उसका नफा भी तो उठाया, मैं तुमसे मांगने तो नहीं गया था।

विश्वेश्वर - तो अब जमीन न मिलेगी।

रामेश्वर - भाई का हक मारकर कोई सुखी नहीं रहता।

विश्वेश्वर - जमीन हमारी है। भाई की नहीं है।

जागेश्वर - तो आप सीधे न दीजिएगा ?

विश्वेश्वर - न सीधे दूंगा न टेड़े से दूंगा। अदालत करो।

जागेश्वर - अदालत करने का मुझे सामर्थ्य नहीं है पर इतना कहे देता हूं कि जमीन चाहे मुझे न मिले पर आपके पास न रहेगी।

विश्वेश्वर - यह धमकी जाकर किसी और को दो।

जागेश्वर - फिर यह न कहिएगा कि भाई होकर बैरी हो गया।

विश्वेश्वर - एक हजार गांठ में रखकर तब जो कुछ जी में आए, करना।

जागेश्वर - - मैं गरीब आदमी, हजार रुपये कहां से लाऊंगा पर कभी-कभी भगवान दीनों पर दयालु हो जाते हैं।

विश्वेश्वर - मैं इस डर से बिल नहीं खोद रहा हूं।

रामेश्वर राय तो चुप रहा, पर जागेश्वर इतना क्षमाशील न था। वकीलों से बातचीत की। वह अब आधी नहीं पूरी जमीन पर दांत लगाए हुए था।

मृत सिद्धेश्वरी राय के एक लड़की तपेश्वरी थी। अपने जीवन-काल में वे उसका विवाह कर चुके थे। उसे कुछ मालूम ही न था कि बाप ने क्या छोड़ा और किसने लिया। क्रिया-कर्म अच्छी तरह हो गया, वह इसी में खुश थी। षोडशी में आयी थी। फिर ससुराल चली गयी। 30 वर्ष हो गए, न किसी ने बुलाया, न वह मैके आयी। ससुराल की दशा भी अच्छी न थी। पति का देहांत

हो चुका था। लड़के भी अल्प वेतन पर नौकर थे। जागेश्वर ने अपनी फूफी को उभारना शुरू किया। वह उसी को मुद्दई बनाना चाहता था।

तपेश्वरी ने कहा - बेटा, मुझे भगवान ने जो कुछ दिया है, उसी में मगन हूं। मुझे जगह-जमीन न चाहिए। मेरे पास अदालत करने का धन नहीं है।

जागेश्वर - रुपये मैं लगाऊंगा, तुम खाली दावा कर दो।

तपेश्वरी - भैया तुम्हें लड़ाकर किसी काल का न रखेंगे।

जागेश्वर - यह नहीं देखा जाता कि वे जायदाद लेकर मजे उड़ाये और हम मुंह ताकें। मैं अदालत का खर्च दे दूंगा। इस जमीन के पीछे बिक जाऊंगा, पर उनका गला न छेड़ेगा।

तपेश्वरी - अगर जमीन मिल भी गई, तो तुम अपने रुपयों के एवज में ले लोगे, मेरे हाथ क्या लगेगा? मैं भाई से क्यों बुरी बनूं।

जागेश्वर - जमीन आप ले लीजिएगा, मैं केवल चाचा साहब का घमंड तोड़ना चाहता हूं।

तपेश्वरी - अच्छा जाओ, मेरी तरफ से दावा कर दो।

जागेश्वर ने सोचा, जब चाचा साहब की मुट्ठी से जमीन निकल आएगी तब मैं दस-पांच रुपये साल पर इनसे ले लूंगा। इन्हें अभी कौड़ी नहीं मिलती। जो कुछ मिलेगा, उसी को बहुत समझेंगी। दूसरे दिन दावा कर दिया। मुंसिफ के इजलास से मुकदमा पेश हुआ। विश्वेश्वर राय ने सिद्ध किया कि तपेश्वरी सिद्धेश्वर की कन्या ही नहीं है।

गांव के आदमियों पर विश्वेश्वर का दबाव था। सब लोग उनसे रुपये-पैसे उधार ले जाते थे। मामले-मुकदमें में उनसे सलाह लेते। सबने अदालत में बयान किया कि हम लोगों ने कभी तपेश्वरी को नहीं देखा। सिद्देश्वर के कोई लड़की ही न थी। जागेश्वर ने बड़े-बड़े वकीलों से पैरवी कराई, बहुत धन खर्च किया, लेकिन मुंसिफ ने उसके विरुद्ध फैसला सुनाया। बेचारा हताश हो गया। विश्वेश्वर की अदालत में सबसे जान-पहचान थी। जागेश्वर को जिस काम के लिए मुट्ठियों रुपये खर्च करने पड़ते थे, वह विश्वेश्वर मुरौवत में करा लेता।

जागेश्वर ने अपील करने का निश्चय किया। रुपये न थे, गाड़ी-बैल बेच डाले। महीनों मुकदमा चला। बेचारा सुबह से शाम तक कचहरी के अमलों और वकीलों की खुशामद किया करता, रुपये भी उठ गए, महाजनों से ऋण लिया। बारे अबकी उसकी डिग्री हो गई। पांच सौ का बोझ सिर हो गया था, पर अब जीत ने आंसू पोंछ दिए।

विश्वेश्वर ने हाईकोर्ट में अपील की। जागेश्वर को अब कहीं से रुपये न मिले। विवश होकर अपने हिस्से की जमीन रेहन रखी। फिर घर बेचने की नौबत आई। यहां तक कि स्त्रियों के गहने भी बिक गए। अन्त में हाईकोर्ट से भी उसकी जीत हो गई। आनन्दोत्सव में बची-खुची पूंजी भी निकल गई। एक हजार पर पानी फिर गया। हां, संतोष यही था कि ये -पांचों बीघे मिल गए। तपेश्वरी क्या इतनी निर्दय हो जाएगी कि थाली मेरे सामने से खींच ले?

लेकिन खातों पर अपना नाम चढ़ाते ही तपेश्वरी की नीयत बदली। उसने एक दिन गांव में आकर पूछताछ की तो मालूम हुआ कि पांचों बीघे 100 रु में उठ सकते हैं। लगान केवल 25 रुपये था, 75 रु साल का नफा था। इस रकम ने उसे विचलित कर दिया। उसने आसामियों को बुलाकर उनके साथ बंदोबस्त कर दिया।

जागेश्वर राय हाथ मलता रह गया। आखिर उससे रहा न गया। बोला - फूफीजी, आपने जमीन तो दूसरों को दे दी, अब मैं कहां जाऊं?

तपेश्वरी बोली, पहले अपने घर में दिया जलाकर तब मस्जिद में जलाते हैं। इतनी जगह मिल गई, तो मैके से नाता हो गया, नहीं तो कौन पूछता।

जागेश्वर - मैं तो उजड़ गया।

तपेश्वरी - जिस लगान पर और लोग रहे है, उसमें दो-चार रुपये कम करके तुम्हीं क्यों नहीं ले लेते?

तपेश्वरी तो दो-चार दिन में बिदा हो गई। रामेश्वर राय पर वज्रपात-सा हो गया। बुढ़ापे में मजदूरी करनी पड़ी। मान-मर्यादा से हाथ धोया। रोटी के लाले पड़ गए। बाप-बेटे दोनों प्रात:काल से संध्या तक मजदूरी करते, तब कहीं आग जलती। दोनों में बहुधा तकरार हो जाती थी। रामेश्वर सारा अपराध बेटे के सिर रखता। जागेश्वर कहता, आपने मुझे रोका होता तो मैं क्यों इस विपत्ति में फंसता? उधर विश्वेश्वर ने महाजनों को उकसा दिया। साल भी न गुजरने पाया था कि बेचारे निराधार हो गए - जमीन निकल गई, घर नीलाम हो गया, दस-बीस पेड़ थे, वे भी नीलाम हो गए। चौबेजी, दूबे ही न बने, दरिद्र हो गए। इस पर विश्वेश्वर राय के ताने और भी गजब ढाते। यह विपत्ति का सबसे नोंकदार कांटा था। आतंक का सबसे निर्दय आघात था।

दो साल तक इस दु:खी परिवार ने जितनी मुसीबतें झेलीं, यह उन्हीं का दिल जानता है। कभी पेट भर भोजन न मिला। हां, इतनी आन थी कि नीयत नहीं बदली। दरिद्रता ने सब कुछ किया, पर आत्मा का पतन न कर सकी। कुल-मर्यादा में आत्मरक्षा की बड़ी शक्ति होती है।

एक दिन संध्या समय दोनों आदमी बैठे आग ताप रहे थे कि सहसा एक आदमी ने आकर कहा - ठाकुर चलो, विश्वेश्वर राय तुम्हें बुलाते हैं।

राजेश्वर ने उदासीन भाव से कहा - मुझे क्यों बुलाएंगे? मैं उनका कौन होता हूं? क्या कोई और उपद्रव खड़ा करना चाहते हैं?

इतने में दूसरा आदमी दौड़ा हुआ आकर बोला - ठाकुर, जल्दी चलो, विश्वेश्वर राय की दशा अच्छी नहीं है।

विश्वेश्वर राय को इधर कई दिनों से खासी-बुखार की शिकायत थी लेकिन शत्रुओं के विजय में हमें किसी अनिष्ट की शंका नहीं होती। रामेश्वर और जागेश्वर कभी कुशल-समाचार पूछने भी न गये। कहते, उन्हें क्या हुआ हैं! अमीरों को धन का रोग होता है। जब आराम करने का जी चाहा, पलंग पर लेट रहे, दूध में साबूदाना उबालकर मिश्री मिलाकर खाया और फिर उठ

बैठे। विश्वेश्वर राय की दशा अच्छी नहीं है, यह सुनकर भी दोनों जगह से न हिले। राजेश्वर ने कहा - दशा को क्या हुआ है। आराम से पड़े बातें तो कर रहे हैं।

जागेश्वर - किसी वेद-हकीम को बुलाने भेजना चाहते होंगे। शायद बुखार तेज हो गया हो।

राजेश्वर - यहां किसे इतनी फुरसत है। सारा गांव तो उनका हितू है, जिसे चाहें भेज दें।

जागेश्वर - हर्ज ही क्या है। जरा जाकर सुन आऊं।

रामेश्वर - जाकर थोड़े उपले बटोर लाओ, चूल्हा जले, फिर जाना। ठाकुर-सोहाती करनी आती तो आज यह दशा न होती।

जागेश्वर ने टोकरी उठाई और द्वार की तरफ चला कि इतने में विश्वेश्वर राय के घर से रोने की आवाजें आने लगी। उसने टोकरी फेंक दी और दौड़ा चाचा के घर में पहुंचा देखा, तो उन्हें लोग चारपाई से नीचे उतार रहे थे। जागेश्वर को ऐसा जान पड़ा, मेरे मुंह में कालिख लगी हुई है। वह आंगन से दालान में चला आया और दीवार में मुंह छिपाकर रोने लगा। युवावस्था आवेशमय होती है, क्रोध से आग हो जाती है, करुणा से पानी भी हो जाती है।

3

विश्वेश्वर राय के तीन बेटियां थी। उनके विवाह हो चुके थे। तीन पुत्र थे, वे अभी छोटे थे। सबसे बड़े की उम्र 10 से अधिक न थी, माता भी जीवित थी। खाने वाले तो चार थे, कमाने वाला कोई न था। देहात में जिसके घर में दोनों जून चूल्हा जले, वह धनी समझा जाता है। उसके धन के अनुमान में भी अत्युक्ति से काम लिया जाता है। लोगों का विचार था कि विश्वेश्वर राय ने हजारों रुपये जमा कर लिए है, पर वहां वास्तव में कुछ न था। आमदनी पर सबकी निगाह रहती है, खर्च कोई नहीं देखता। उन्होंने लड़कियों के विवाह खूब दिल खोलकर किए थे। भोजन-वस्त्र में, मेहमानों और नातेदारों के आदर-सत्कार में उनकी सारी आमदनी गायब हो जाती थी। अगर गांव में अपना रौब जमाने के लिए दो-चार सौ रुपयों का लेन-देन कर लिया था, तो कई महाजनों का कर्ज भी था। यहां तक कि छोटी लड़की के विवाह में अपनी जमीन गिरवी रख दी थी।

साल-भर तो विधवा ने ज्यों-त्यों करके बच्चों का भरण-पोषण किया, गहने बेचकर काम चलाती रही पर जब यह आधार भी न रहा, तब कष्ट होने लगा। निश्चय किया कि तीनों लड़की को तीनों कन्याओं के पास भेज दूं। रही अपनी जान, उसकी क्या चिंता। तीसरे दिन भी पाव-भर आटा मिल जाएगा तो दिन कट जाएंगे। लड़कियों ने पहले तो भाइयों को प्रेम से रखा, किंतु तीन महीने से ज्यादा कोई न रख सकी। उनके घरवाले चिढ़ाते थे और अनाथों को मारते थे। लाचार हो माता ने लड़कों को बुला लिया।

छोटे-छोटे लड़के दिन-दिन भर भूखे रह जाते। किसी को कुछ खाते देखते तो घर में जाकर मां से मांगते। फिर मां से मांगना छोड़ दिया। खाने वालों ही के सामने जाकर खड़े हो जाते और क्षुधित नेत्रों से देखते। कोई तो मुट्ठी भर चबेना दे देता पर प्राय: लोग दुत्कार देते थे।

जाड़ों के दिन थे। खेतों में मटर की फलियां लगी हुई थीं। एक दिन तीनों लड़के एक खेत में घुसकर मटर उखाड़ने लगे। किसान ने देख लिया। दयावान आदमी था। खुद एक बोझ मटर उखाड़कर विश्वेश्वर राय के घर पर लाया और ठकुराइन से बोला - काकी, लड़कों को डांट दो, किसी के खेत में न जाया करें। जागेश्वर राय उसी समय अपने द्वार पर बैठ चिलम पी रहा था, किसान को मटर लाते देखा - तीनों बालक पिल्लों की भांति पीछे पीछे दौड़े चले आते थे। उसकी आंखें सजल हो गई। घर में जाकर पिता से बोला - चाची के पास अब कुछ नहीं रहा, लड़के भूखों मर रहे हैं।

रामेश्वर - तुम त्रिया-चरित्र वहीं जानते। यह सब दिखावा है। जन्म-भर की कमाई कहां उड़ गई?

जागेश्वर - अपना काबू चलते हुए कोई लड़कों को भूखों नहीं मार सकता।

रामेश्वर - तुम क्या जानो। बड़ी चतुर औरत है।

जागेश्वर - लोग हमीं लोगों को हंसते होंगे।

रामेश्वर - हंसी की लाज है तो जाकर छांह कर लो, खिलाओ-पिलाओ। है दम?

जागेश्वर - न भर-पेट खाएंगे, आधे ही पेट सही। बदनामी तो न होगी? चाचा से लड़ाई थी। लड़कों ने हमारा क्या बिगाड़ा है?

राजेश्वर - वह चुड़ैल तो अभी जीती है न?

जागेश्वर चला आया। उसके मन में कई बार यह बात आई थी कि चाची को कुछ सहायता दिया करूं, पर उनकी जली-कटी बातों से डरता था। आज से उसने एक नया ढंग निकाला है। लड़कों को खेलते देखता तो बुला लेता, कुछ खाने को दे देता। मजूरों को दोपहर की छुट्टी मिलती है। अब वह अवकाश के समय काम करके मजूरी से पैसे कुछ ज्यादा पा जाता। घर चलते समय खाने की कोई न कोई चीज लेता आता और अपने घरवालों की आंख बचाकर उन अनाथों को दे देता। धीरे-धीरे, लड़के उससे इतना हिल-मिल गए कि उसे देखते ही भैया-भैया कहकर दौड़ते, दिन-भर उसकी राह देख करते। पहले माता डरती थी कि कहीं मेरे लड़कों को बहलाकर ये महाशय पुरानी अदावत तो नहीं निकालना चाहते हैं। वह लड़कों को जागेश्वर के पास जाने और उससे कुछ लेकर खाने से रोकती पर लड़के शत्रु और मित्र को बूढ़ों से ज्यादा पहचानते है। लड़के मां के मना करने की परवाह न करते, यहां तक कि शनैः शनैः माता को जागेश्वर की सहायता पर विश्वास आ गया।

एक दिन रामेश्वर ने बेटे से कहा - तुम्हारे पास रुपये बढ़ गये हैं, तो चार पैसे जमा क्यों नहीं करते। लुटाते क्यों हो?

जागेश्वर - मैं तो एक-एक कौड़ी की किफायत करता हूं।

राजेश्वर - जिन्हें अपना समझ रहे हो, वे एक दिन तुम्हारे शत्रु होंगे।

जागेश्वर - आदमी का धर्म भी तो कोई चीज है! पुराने बैर पर एक परिवार को भेंट नहीं कर सकता। मेरा बिगड़ता ही क्या है? यही न रोज घंटे-दो घंटे और मेहनत करनी पड़ती है। रामेश्वर ने मुंह फेर लिया। जागेश्वर घर में गया तो उसकी स्त्री ने कहा - अपने मन की ही करते हो, चाहे कोई कितना ही समझायें। पहले घर में आदमी दिया जलाता है।

जागेश्वर - लेकिन यह तो उचित नहीं कि अपने घर में दिया की जगह मोम-बत्तियां जलाये और मस्जिद को अंधेरा ही छोड़ दे।

स्त्री - मैं तुम्हारे साथ क्या पड़ी, मानो कुएं में गिर पड़ी। कौन सुख देते हो? गहने उतार लिए, अब सांस भी नहीं लेते।

जागेश्वर - मुझे तुम्हारे गहने से ज्यादा भाइयों की जान प्यारी है।

स्त्री ने मुंह फेर लिया और बोली - बैरी की सन्तान कभी अपनी नहीं होती।

जागेश्वर ने बाहर जाते हुए उत्तर दिया - बैर का अंत बैरी के जीवन के साथ हो जाता है।

***

दो भाई

प्रातःकाल सूर्य की सुहावनी सुनहरी धूप में कलावती दोनों बेटों को जाँघों पर बैठा दूध और रोटी खिलाती। केदार बड़ा था, माधव छोटा। दोनों मुँह में कौर लिये, कई पग उछल-कूद कर फिर जाँघों पर आ बैठते और अपनी तोतली बोली में इस प्रार्थना की रट लगाते थे, जिसमें एक पुराने सहृदय कवि ने किसी जाड़े के सताये हुए बालक के हृदयोद्गार को प्रकट किया है-

दैव-दैव घाम करो तुम्हारे बालक को लगता जाड़

माँ उन्हें चुमकार कर बुलाती और बड़े-बड़े कौर खिलाती। उसके हृदय में प्रेम की उमंग थी और नेत्रों में गर्व की झलक। दोनों भाई बड़े हुए। साथ-साथ गले में बाँहें डाले खेलते थे। केदार की बुद्धि चुस्त थी। माधव का शरीर। दोनों में इतना स्नेह था कि साथ-साथ पाठशाला जाते, साथ-साथ खाते और साथ ही साथ रहते थे ! दोनों भाइयों का ब्याह हुआ। केदार की वधू चम्पा अमित-भाषिणी और चंचला थी। माधव की वधू श्यामा साँवली-सलोनी, रूपराशि की खान थी। बड़ी ही मृदुभाषिणी, बड़ी ही सुशीला और शांतस्वभावा थी।

केदार चम्पा पर मोहे और माधव श्यामा पर रीझे। परंतु कलावती का मन किसी से न मिला। वह दोनों से प्रसन्न और दोनों से अप्रसन्न थी। उसकी शिक्षा-दीक्षा का बहुत अंश इस व्यर्थ के प्रयत्न में व्यय होता था कि चम्पा अपनी कार्यकुशलता का एक भाग श्यामा के शांत स्वभाव से बदल ले।

दोनों भाई संतानवान हुए। हरा-भरा वृक्ष खूब फैला और फलों से लद गया। कुत्सित वृक्ष में केवल एक फल दृष्टिगोचर हुआ, वह भी कुछ पीला-सा, मुरझाया हुआ; किंतु दोनों अप्रसन्न थे। माधव को धन-सम्पत्ति की लालसा थी और केदार को संतान की अभिलाषा।

भाग्य की इस कूटनीति ने शनैः-शनैः द्वेष का रूप धारण किया, जो स्वाभाविक था। श्यामा अपने लड़कों को सँवारने-सुधारने में लगी रहती; उसे सिर उठाने की फुरसत नहीं मिलती थी। बेचारी चम्पा को चूल्हे में जलना और चक्की में पिसना पड़ता। यह अनीति कभी-कभी कटु शब्दों में निकल जाती। श्यामा सुनती, कुढ़ती और चुपचाप सह लेती। परन्तु उसकी यह सहनशीलता चम्पा के क्रोध को शांत करने के बदले और बढ़ाती। यहाँ तक कि प्याला लबालब भर गया। हिरन भागने की राह न पा कर शिकारी की तरफ लपका। चम्पा और श्यामा समकोण बनानेवाली रेखाओं की भाँति अलग हो गयीं। उस दिन एक ही घर में दो चूल्हे जले, परन्तु भाइयों ने दाने की सूरत न देखी और कलावती सारे दिन रोती रही।

2

कई वर्ष बीत गये। दोनों भाई जो किसी समय एक ही पालथी पर बैठते थे, एक ही थाली में खाते थे और एक ही छाती से दूध पीते थे, उन्हें अब एक घर में, एक गाँव में रहना कठिन हो गया। परन्तु कुल की साख में बट्टा न लगे, इसलिए ईर्ष्या और द्वेष की धधकी हुई आग को राख के नीचे दबाने की व्यर्थ चेष्टा की जाती थी। उन लोगों में अब भ्रातृ-स्नेह न था। केवल भाई के नाम की लाज थी। माँ भी जीवित थी, पर दोनों बेटों का वैमनस्य देख कर आँसू बहाया करती। हृदय में प्रेम था, पर नेत्रों में अभिमान न था। कुसुम वही था, परंतु वह छटा न थी।

दोनों भाई जब लड़के थे, तब एक को रोते देख दूसरा भी रोने लगता था, तब वह नादान बेसमझ और भोले थे। आज एक को रोते हुए देख दूसरा हँसता और तालियाँ बजाता। अब वह समझदार और बुद्धिमान हो गये थे।

जब उन्हें अपने-पराये की पहचान न थी, उस समय यदि कोई छेड़ने के लिए एक को अपने साथ ले जाने की धमकी देता, तो दूसरा जमीन पर लोट जाता और उस आदमी का कुर्ता पकड़ लेता। अब यदि एक भाई को मृत्यु भी धमकाती तो दूसरे के नेत्रों में आँसू न आते। अब उन्हें अपने-पराये की पहचान हो गयी थी।

बेचारे माधव की दशा शोचनीय थी। खर्च अधिक था और आमदनी कम। उस पर कुल-मर्यादा का निर्वाह। हृदय चाहे रोये, पर होंठ हँसते रहें। हृदय चाहे मलिन हो, पर कपड़े मैले न हों। चार पुत्र थे, चार पुत्रियाँ और आवश्यक वस्तुएँ मोतियों के मोल। कुछ पाइयों की जमींदारी कहाँ तक सम्हालती। लड़कों का ब्याह अपने वश की बात थी। पर लड़कियों का विवाह कैसे टल सकता। दो पाई जमीन पहली कन्या के विवाह में भेंट हो गयी। उस पर भी बराती बिना भात खाये आँगन से उठ गये। शेष दूसरी कन्या के विवाह में निकल गयी। साल भर बाद तीसरी लड़की का विवाह हुआ, पेड़-पत्ते भी न बचे। हाँ, अब की डाल भरपूर थी। परन्तु दरिद्रता और धरोहर में वही सम्बन्ध है जो मांस और कुत्ते में।

3

इस कन्या का अभी गौना न हुआ था कि माधव पर दो साल के बकाया लगान का वारंट आ पहुँचा। कन्या के गहने गिरों (बंधक) रखे गये। गला छूटा। चम्पा इसी समय की ताक में थी। तुरन्त नये नातेदारों को सूचना दी। तुम लोग बेसुध बैठे हो, यहाँ गहनों का सफाया हुआ जाता है। दूसरे दिन एक नाई और दो ब्राह्मण माधव के दरवाजे पर आकर बैठ गये। बेचारे के गले में फाँसी पड़ गयी। रुपये कहाँ से आवें, न जमीन, न जायदाद, न बाग, न बगीचा। रहा विश्वास, वह कभी का उठ चुका था। अब यदि कोई सम्पत्ति थी, तो केवल वही दो कोठरियाँ, जिसमें उसने अपनी सारी आयु बितायी थी, और उनका कोई ग्राहक न था। विलम्ब से नाक कटी जाती थी। विवश हो कर केदार के पास आया और आँखों में आँसू भरे बोला, भैया इस समय मैं बड़े संकट में हूँ, मेरी सहायता करो।

केदार ने उत्तर दिया-मद्धू ! आजकल मैं भी तंग हो रहा हूँ, तुमसे सच कहता हूँ।

चम्पा अधिकारपूर्ण स्वर से बोली-अरे, तो क्या इनके लिए भी तंग हो रहे हैं ! अलग भोजन करने से क्या इज्जत अलग हो जायेगी !

केदार ने स्त्री की ओर कनखियों से ताक कर कहा-नहीं-नहीं, मेरा यह प्रयोजन नहीं था। हाथ तंग है तो क्या, कोई न कोई प्रबन्ध किया ही जायेगा।

चम्पा ने माधव से पूछा-पाँच बीस से कुछ ऊपर ही पर गहने रखे थे न।

माधव ने उत्तर दिया-हाँ, ब्याज सहित कोई सवा सौ रुपये होते हैं।

केदार रामायण पढ़ रहे थे। फिर पढ़ने में लग गये। चम्पा ने तत्त्व की बातचीत शुरू की-रुपया बहुत है, हमारे पास होता तो कोई बात न थी परन्तु हमें भी दूसरे से दिलाना पड़ेगा और महाजन बिना कुछ लिखाये-पढ़ाये रुपया देते नहीं।

माधव ने सोचा, यदि मेरे पास कुछ लिखाने-पढ़ाने को होता, तो क्या और महाजन मर गये थे, तुम्हारे दरवाजे आता क्यों? बोला-लिखने-पढ़ने को मेरे पास है ही क्या? जो कुछ जगह-जायदाद है, वह यही घर है।

केदार और चम्पा ने एक दूसरे को मर्मभेदी नयनों से देखा और मन ही मन कहा-क्या आज सचमुच जीवन की प्यारी अभिलाषाएँ पूरी होंगी। परन्तु हृदय की यह उमंग मुँह तक आते-आते गम्भीर रूप धारण कर गयी। चम्पा बड़ी गम्भीरता से बोली-घर पर तो कोई महाजन कदाचित् ही रुपया दे। शहर हो तो कुछ किराया ही आवे, पर गँवई में तो कोई सेंत में रहने वाला भी नहीं। फिर साझे की चीज ठहरी।

केदार डरे कि कहीं चम्पा की कठोरता से खेल बिगड़ न जाय। बोले-एक महाजन से मेरी जान-पहचान है। वह कदाचित् कहने-सुनने में आ जाय !

चम्पा ने गर्दन हिला कर इस युक्ति की सराहना की और बोली-पर दो-तीन बीस से अधिक मिलना कठिन है।

केदार ने जान पर खेल कर कहा-अरे, बहुत दबाने पर चार बीस हो जायेंगे। और क्या !

अबकी चम्पा ने तीव्र दृष्टि से केदार को देखा और अनमनी-सी होकर बोली-महाजन ऐसे अंधे नहीं होते।

माधव अपने भाई-भावज के इस गुप्त रहस्य को कुछ-कुछ समझता था। वह चकित था कि इन्हें इतनी बुद्धि कहाँ से मिल गयी। बोला-और रुपये कहाँ से आवेंगे।

चम्पा चिढ़ कर बोली-और रुपयों के लिए और फिक्र करो। सवा सौ रुपये इन दो कोठरियों के इस जनम में कोई न देगा, चार बीस चाहो तो एक महाजन से दिला दूँ, लिखा-पढ़ी कर लो।

माधव इन रहस्यमय बातों से सशंक हो गया। उसे भय हुआ कि यह लोग मेरे साथ कोई गहरी चाल चल रहे हैं। दृढ़ता के साथ अड़ कर बोला-और कौन सी फिक्र करूँ? गहने होते तो कहता, लाओ रख दूँ। यहाँ तो कच्चा सूत भी नहीं है। जब बदनाम हुए तो क्या दस के लिए क्या

पचास के लिए, दोनों एक ही बात है। यदि घर बेच कर मेरा नाम रह जाय, तो यहाँ तक तो स्वीकार है; परंतु घर भी बेचूँ और उस पर भी प्रतिष्ठा धूल में मिले, ऐसा मैं न करूँगा। केवल नाम का ध्यान है, नहीं एक बार नहीं कर जाऊँ तो मेरा कोई क्या करेगा। और सच पूछो तो मुझे अपने नाम की कोई चिंता नहीं है। मुझे कौन जानता है? संसार तो भैया को हँसेगा।

केदार का मुँह सूख गया। चम्पा भी चकरा गयी। वह बड़ी चतुर वाक्निपुण रमणी थी। उसे माधव जैसे गँवार से ऐसी दृढ़ता की आशा न थी। उसकी ओर आदर से देख कर बोली-लालू, कभी-कभी तुम भी लड़कों की-सी बातें करते हो? भला इस झोंपड़ी पर कौन सौ रुपये निकाल कर देगा? तुम सवा सौ के बदले सौ ही दिलाओ, मैं आज ही अपना हिस्सा बेचती हूँ। उतना ही मेरा भी तो है? घर पर तो तुमको वही चार बीस मिलेंगे। हाँ, और रुपयों का प्रबंध हम-आप कर देंगे। इज्जत हमारी-तुम्हारी एक ही है, वह न जाने पायेगी। वह रुपया अलग खाते में चढ़ा लिया जायेगा।

माधव की इच्छाएँ पूरी हुईं। उसने मैदान मार लिया। सोचने लगा, मुझे तो रुपयों से काम है। चाहे एक नहीं, दस खाते में चढ़ा लो। रहा मकान, वह जीते जी नहीं छोड़ने का। प्रसन्न हो कर चला। उसके जाने के बाद केदार और चम्पा ने कपट-भेष त्याग दिया और बड़ी देर तक एक दूसरे को इस कड़े सौदे का दोषी सिद्ध करने की चेष्टा करते रहे। अंत में मन को इस तरह संतोष दिया की भोजन बहुत मधुर नहीं, किंतु भर-कठौत तो है। घर, हाँ देखेंगे कि श्यामा रानी इस घर में कैसे राज करती हैं।

केदार के दरवाजे पर दो बैल खड़े हैं। इनमें कितनी संघ-शक्ति, कितनी मित्रता और कितना प्रेम है। दोनों एक ही जुए में चलते हैं, बस इनमें इतना ही नाता है। किंतु अभी कुछ दिन हुए, जब इनमें से एक चम्पा के मैके मँगनी गया था, तो दूसरे ने तीन दिन तक नाद में मुँह नहीं डाला। परंतु शोक, एक गोद के खेले भाई, एक छाती से दूध पीनेवाले आज इतने बेगाने हो रहे हैं कि एक घर में रहना भी नहीं चाहते।

4

प्रात:काल था। केदार के द्वार पर गाँव के मुखिया और नंबरदार विराजमान थे। मुंशी दातादयाल अभिमान से चारपाई पर बैठे रेहन का मसविदा तैयार करने में लगे थे। बार-बार कलम बनाते और बार-बार खत रखते, पर खत की शान न सुधरती थी। केदार का मुखारविंद विकसित था और चम्पा फूली नहीं समाती थी। माधव कुम्हलाया और म्लान था।

मुखिया ने कहा-भाई ऐसा हित, न भाई ऐसा शत्रु। केदार ने छोटे भाई की लाज रख ली।

नम्बरदार ने अनुमोदन किया-भाई हो तो ऐसा हो।

मुख्तार ने कहा-भाई, सपूतों का यही काम है।

दातादयाल ने पूछा-रेहन लिखनेवाले का नाम?

बड़े भाई बोले-माधव वल्द शिवदत्त।

'और लिखानेवाले का?'

'केदार वल्द शिवदत्त।'

माधव ने बड़े भाई की ओर चकित हो कर देखा। आँखें डबडबा आयीं। केदार उसकी ओर देख न सका। नंबरदार, मुखिया और मुख्तार भी विस्मित हुए। क्या केदार खुद ही रुपया दे रहा है? बातचीत तो किसी साहूकार की थी। जब घर ही में रुपया मौजूद है तो इस रेहननामे की आवश्यकता ही क्या थी? भाई-भाई में इतना अविश्वास । अरे, राम ! राम ! क्या माधव 80 रु. का भी महँगा है। और यदि दबा ही बैठता, तो क्या रुपये पानी में चले जाते।

सभी की आँखें सैन द्वारा परस्पर बातें करने लगीं, मानो आश्चर्य की अथाह नदी में नौकाएँ डगमगाने लगीं।

श्यामा दरवाजे की चौखट पर खड़ी थी। वह सदा केदार की प्रतिष्ठा करती थी, परंतु आज केवल लोकरीति ने उसे अपने जेठ को आड़े हाथों लेने से रोका।

बूढ़ी अम्माँ ने सुना तो सूखी नदी उमड़ आयी। उसने एक बार आकाश की ओर देखा और माथा ठोंक लिया।

अब उसे उस दिन का स्मरण हो आया जब ऐसा ही सुहावना सुनहरा प्रभात था और दो प्यारे-प्यारे बच्चे उसकी गोद में बैठे हुए उछल-कूद कर दूध-रोटी खाते थे। उस समय माता के नेत्रों में कितना अभिमान था, हृदय में कितनी उमंग और कितना उत्साह।

परन्तु आज, आह ! आज नयनों में लज्जा है और हृदय में शोक-संताप। उसने पृथ्वी की ओर देख कर कातर स्वर में कहा-हे नारायण ! क्या ऐसे पुत्रों को मेरी ही कोख में जन्म लेना था?

***

महातीर्थ

मुंशी इंद्रमणि की आमदनी कम थी और खर्च ज्यादा। अपने बच्चे के लिए दाई का खर्च न उठ सकते थे। लेकिन एक तो बच्चे की सेवा-शुश्रूषा की फिक्र और दूसरे अपने बराबर वालों से हेठी बनकर रहने का अपमान, इस खर्च को सहने पर मजबूर करता था। बच्चा दाई को बहुत चाहता था, हरदम उसके गले का हार बना रहता था। इसलिए दाई और भी जरूरी मालूम होती थी, पर शायद सबसे बड़ा कारण यह था कि वह मुरव्वत के वश दाई को जवाब देने का साहस नहीं कर सकते थे। बुढ़िया उनके यहां तीन साल से नौकर थी। उसने उनके इकलौते लड़के का लालन-पालन किया था। अपना काम बड़ी मुस्तैदी और परिश्रम से करती थी। उसे निकालने का कोई बहाना नहीं था और व्यर्थ खुचड़े निकालना इंद्रमणि जैसे भले आदमी के स्वभाव के विरुद्ध था, पर सुखदा इस संबंध में अपने पति से सहमत न थी। उसे संदेह था कि दाई हमें लूट लेती है। जब दाई बाजार से लौटी तो वह दालान में छिपी रहती कि देखूं दाई कहीं आटा छिपाकर तो नहीं रख देती। लकड़ी तो नहीं छिपा देती। उसकी लाई हुई चीजों को घंटों देखती, पूछताछ करती। बार-बार पूछती, इतना ही क्यों? क्या भाव है? क्या इतना मंहगा हो गया? दाई कभी तो इन सन्देहात्मक प्रश्नों का उत्तर नम्रतापूर्वक देती, किन्तु जब कभी बहूजी ज्यादा तेज हो जाती तो वह भी कड़ी पड़ जाती थी। शपथ खाती। सफाई की शहादतें पेश करती। वाद-विवाद में घंटों लग जाते थे। प्राय: नित्य यही दशा रहती थी और प्रतिदिन वह नाटक दाई के अश्रुपात के साथ समाप्त होता था। दाई का इतनी सख्तियां झेलकर पड़े रहना सुखदा के सन्देह को भी पुष्ट करता था। उसे कभी विश्वास नहीं होता था कि यह बुढ़िया केवल बच्चे के प्रेमवश पड़ी हुई है। वह बुढ़िया को इतनी बाल-प्रेमशीला नहीं समझती थी।

2

संयोग से एक दिन दाई को बाजार से लौटने में जरा देर हो गई। वहां दो कुंजड़ियों में देवासुर संग्राम मचा था। उनका चित्रमय हाव-भाव, उनका आग्नेय तर्क-वितर्क, उनके कटाक्ष और व्यंग्य सब अनुपम थे। विष के दो नद थे या ज्वाला के दो पर्वत, जो दोनों तरफ से उमड़ कर आपस में टकरा गए थे। क्या वाक्य-प्रवाह था, कैसी विचित्र विवेचना। उनका शब्द-बाहुल्य, उनकी मार्मिक विचारशीलता, उनके अलंकृत शब्द-विन्यास और उनकी उपमाओं की नवीनता पर ऐसा कौन-सा कवि है, जो मुग्ध न हो जाता। उनका धैर्य, उनकी शांति विस्मय जनक थी। दर्शकों की एक खासी भीड़ भी थी। वह लाज को भी लज्जित करने वाले इशारे, वह अश्लील शब्द, जिनसे मलिनता के भी कान खड़े होते, सहस्रों रसिकों के लिए मनोरंजन की सामग्री बने हुए थे।

दाई भी खड़ी हो गई कि देखूं क्या मामला है। तमाशा इतना मनोरंजक था कि उसे समय का बिलकुल ध्यान न रहा। एकाएक जब नौ के घंटे की आवाज कान में आई, तो चौंक पड़ी और लपकी हुई घर की ओर चली।

सुखदा भरी बैठी थी। दाई को देखते ही त्यौरी बदलकर बोली - क्या बाजार में खो गई थी।

दाई विनयपूर्ण भाव से बोली - एक जान-पहचान की महरी से भेंट हो गई। वह बातें करने लगी।

सुखदा इस जवाब से और भी चिढ़ कर बोली - यहां दफ्तर जाने को देर हो रही है और तुम्हें सैर-सपाटे की सूझती है।

परन्तु दाई ने इस समय दबने ही में कुशल समझी, बच्चे को गोद में लेने चली, पर सुखदा ने झिड़क कर कहा - रहने दो, तुम्हारे बिना वह व्याकुल नहीं हुआ जाता।

दाई ने इस आज्ञा को मानना आवश्यक नहीं समझा। बहूजी का क्रोध ठंडा करने के लिए इससे उपयोगी और कोई उपाय न सूझा। उसने रुद्रमणि को इशारे से अपने पास बुलाया। वह दोनों हाथ फैलाए लड़खड़ाता हुआ उसकी ओर चला। दाई ने उसे गोद में उठा लिया और दरवाजे की तरफ चली। लेकिन सुखदा बाज की तरह झपटी और रुद्र को उसकी गोद से छीनकर बोली - तुम्हारी यह धूर्तता बहुत दिनों से देख रही हूं। यह तमाशे किसी और को दिखाइये। यहां जी भर गया।

दाई रुद्र पर जान देती थी और समझी थी कि सुखदा इस बात को जानती है। उसकी समझ में सुखदा और उसके बीच यह ऐसा मजबूत संबंध था, जिसे साधारण झटके तोड़ न सकते थे। यही कारण था कि सुखदा के कटु-वचनों को सुनकर भी उसे यह विश्वास न होता था कि मुझे निकालने पर प्रस्तुत हैं। पर सुखदा ने यह बातें कुछ ऐसी कठोरता से कहीं और रुद्र को ऐसी निर्दयता से छीन लिया कि दाई से सहन न हो सका। बोली - बहूजी मुझसे कोई बड़ा अपराध तो नहीं हुआ, बहुत तो आधा घंटे की देर हुई होगी। इस पर आप इतना बिगड़ रही हैं तो साफ क्यों नहीं कह देती, दूसरा दरवाजा देखो। नारायण ने पैदा किया है तो खाने को भी देगा। मजदूरी का अकाल थोड़े ही है। सुखदा ने कहा - तो यहां तुम्हारी परवाह कौन करता है? तुम्हारी जैसी लौंडिन गली-गली में ठोकरें खाती फिरती हैं।

दाई ने जवाब दिया - हां, नारायण आपको कुशल से रखें। लौंडिन और दाइयां आपको बहुत मिलेंगी। मुझसे जो कुछ अपराध हुआ हो, उसे क्षमा कीजिएगा। मैं जाती हूं।

सुखदा - जाकर मरदाने में अपना हिसाब कर लो।

दाई - मेरी तरफ से रुद्र बाबू को मिठाइयां मंगवा दीजिएगा।

इतने में इंद्रमणि भी बाहर से आ गए, पूछा - क्या बात है?

दाई ने कहा - कुछ नहीं। बहूजी ने जवाब दे दिया है, घर जाती हूं।

इन्द्रमणि गृहस्थी के जंजाल से इस तरह बचते थे, जैसे कोई नंगे पैर वाला मनुष्य कांटों से बचे। उन्हें सारे दिन एक ही जगह खड़े रहना मंजूर था, पर कांटों में पैर रखने की हिम्मत न थी। खिन्न होकर बोले - बात क्या हुई?

सुखदा ने कहा - कुछ। अपनी इच्छा। जी नहीं चाहता, वहीं रखते किसी के हाथों बिक तो नहीं गये।

इंद्रमणि ने झुंझलाकर कहा - तुम्हें बैठे-बैठे एक-न-एक एक खुचड़ू सूझती रहती है। सुखदा ने तुनक कर कहा - हां, मुझे तो इसका रोग है। क्या करूं, स्वभाव ही ऐसा है। तुम्हें यह बहुत प्यारी है तो ले जाकर गले में बांध लो, मेरे यहां जरूरत नहीं।

दाई घर से निकली तो, आंखें डबडबायी हुई थी। हृदय रुद्रमणि के लिए तड़प रहा था। जी चाहता था कि एक बार बालक को लेकर प्यार कर लूं पर यह अभिलाषा लिए हुए ही उसे घर से बाहर निकलना पड़ा।

रुद्राणी दाई के पीछे-पीछे दरवाजे तक आया, पर दाई ने जब दरवाजा बाहर से बन्द कर दिया तो वह मचलकर जमीन पर लेट गया और अन्ना-अन्ना कहकर रोने लगा। सुखदा ने पुचकारा, प्यार किया, गोद में लेने की कोशिश की, मिठाई देने का लालच दिया, मेला दिखाने का वादा किया इससे जब काम न चला तो बन्दर, सिपाही लूलू और हौआ की धमकी दी पर रुद्र ने वह रौद्र भाव धारण किया कि किसी तरह चुप न हुआ। यहां तक कि सुखदा को क्रोध आ गया, बच्चे को वहीं छोड़ दिया और आकर घर के धंधे में लग गई। रोते -रोते रुद्र का मुंह और गाल लाल हो गए, आंखें सूज गई। अंत में वह वहीं जमीन पर सिसकते-सिसकते सो गया।

सुखदा ने समझा था कि बच्चा थोड़ी देर में रो-धोकर चुप हो जायेगा। रुद्र ने जागते ही अन्ना की रट लगाई। तीन बजे इन्द्रमणि दफ्तर से आये और बच्चे की दशा देखी तो स्त्री की तरफ कुपित नेत्रों से देखकर उसे गोद में उठा लिया और बहलाने लगे। जब अंत में बच्चे को यह विश्वास हो गया कि दाई मिठाई लेने गई है तो उसे संतोष हुआ।

परन्तु शाम होते ही उसने फिर चीखना शुरू किया - अन्ना, मिठाई ला।

इस तरह दो-तीन दिन बीत गए। रुद्र को अन्ना की रट लगाने और रोने के सिवाय और कोई काम न था। वह शांत प्रकृति कुत्ता, जो उसकी गोद से एक क्षण के लिए भी न उतरता था, वह मौन व्रतधारी बिल्ली जिसे ताख पर देखकर यह खुशी से फूला न समाता था, वह पंखहीन चिड़िया, जिस पर वह जान देता था, सब उसके चित्त से उतर गए। वह उसकी तरफ आंख उठाकर भी न देखता। अन्ना जैसी जीती-जागती, प्यार करने वाली, गोद में लेकर पुचकारने वाली, थपकी देकर सुलाने वाली, गा-गाकर खुश करने वाली चीज का स्थान उन निर्जीव चीजों से पूरा न हो सकता था। वह अक्सर सोते-सोते चौंक पड़ता और अन्ना-अन्ना पुकार कर हाथों से इशारा करता, मानो उसे बुला रहा है। अन्ना की खाली कोठरी में घंटों बैठा रहता। उसे आशा होती कि अन्ना यहां आती होगी। इस कोठरी का दरवाजा खुलते सुनता, तो अन्ना-अन्ना कहकर दौड़ता। समझता कि अन्ना आ गई। उसका भरा हुआ शरीर सूख गया, गुलाब जैसा चेहरा सूख

गया। मां और बाप उसकी मोहनी हंसी के लिए तरस कर रह जाते थे। यदि बहुत गुदगुदाने या छेड़ने से हंसता भी तो ऐसा जान पड़ता था कि दिल से नहीं हंसता, केवल दिल रख लेने के लिए हंस रहा है।

उसे अब दूध से प्रेम नहीं था, न मिश्री से, न मेवे से, न मीठे बिस्कुट से, न ताजी इमरती से। उनमें मजा तब था जब अन्ना अपने हाथों से खिलाती थी। अब उनमें मजा नहीं था। दो साल का लहलहाता हुआ सुन्दर पौधा मुरझा गया। वह बालक, जिसे गोद में उठते ही नरमी, गरमी और भारीपन का अनुभव होता था, अब सूखकर कांटा हो गया। सुखदा अपने बच्चे की यह दशा देखकर भीतर-ही-भीतर कुढ़ती और अपनी मूर्खता पर पछताती। इन्द्रमणि, जो शांतिप्रिय आदमी थे, अब बालक को गोद से अलग न करते थे, उसे रोज साथ हवा खिलाने ले जाते थे। नित्य नए खिलौने लाते थे, पर मुरझाया हुआ पौधा किसी तरह भी न पनपता था। दाई उसके लिए संसार की सूर्य थी। उसे स्वाभाविक गर्मी और प्रकाश से वंचित रहकर हरियाली को बाहर कैसे दिखाता? दाई के बिना उसके अब चारों ओर अंधेरा और सन्नाटा दिखाई देता था। दूसरी अन्ना तीसरे दिन ही रख ली गई थी। पर रुद्र उसकी सूरत देखते ही मुंह छिपा लेता था मानो वह कोई डायन चुड़ैल हो।

प्रत्यक्ष रूप में दाई को न देखकर रुद्र अब उसकी कल्पना में मग्न रहता। वहां उसकी अन्ना चलती-फिरती दिखाई देती थी उसकी वही गोद थी, वही स्नेह, वही प्यारी-प्यारी बातें, वहीं प्यारे गाने, वही मजेदार मिठाइयां, वही सुहावना संसार, वही आनंदमय जीवन। अकेले बैठकर कल्पित अन्ना से बातें करता, अच्छा, कुत्ता भूके। अन्ना, गाय दूध देती। अन्ना, उजला-उजला, घोड़ा दौड़े। सबेरा होते ही लोटा लेकर दाई की कोठरी में जाता और कहता - अन्ना, पानी। दूध का गिलास लेकर उसकी कोठरी में रख आता और कहता - अन्ना दूध पिला। अपनी चारपाई पर तकिया रखकर चादर से ढक देता, और कहता - अन्ना सोती है। सुखदा जब खाने बैठती तो कटोरे उठा-उठाकर अन्ना की कोठरी में ले जाता और कहता - अन्ना खाना खायेगी। अन्ना अब उसके लिए एक स्वर्ग की वस्तु थी, जिसके लौटने की अब उसे बिलकुल आशा न थी। रुद्र के स्वभाव में धीरे-धीरे बालकों की चपलता और सजीवता की जगह एक निराशाजनक धैर्य, एक आनंदविहीन शिथिलता दिखाई देने लगी। इस तरह तीन हफ्ते गुजर गए। बरसात का मौसम था। कभी बेचैन करने वाली गर्मी, कभी हवा के ठंडे झोंके। बुखार और जुकाम का जोर था। रुद्र की दुर्बलता इस ऋतु-परिवर्तन को बर्दाश्त न कर सकी। सुखदा उसे फलालैन का कुर्ता पहनाये रखती थी। पानी के पास नहीं जाने देती। नंगे पैर एक कदम भी नहीं चलने देती। पर सर्दी लग ही गयी। रुद्र को खांसी और बुखार आने लगा।

3

प्रभात का समय था। रुद्र चारपाई पर आंख बंद किये पड़ा था। डॉक्टरों का इलाज हुआ। सुखदा चारपाई पर बैठी उसकी छाती में तेल की मालिश कर रही थी और इन्द्रमणि विषाद की मूर्ति बने हुए करुणापूर्ण आंखों से बच्चे को देख रहे थे। इधर सुखदा से बहुत कम बोलते थे।

उन्हें उससे एक तरह की घृणा-सी हो गई थी। वह रुद्र की बीमारी का एकमात्र कारण उसी को समझते थे। वह उनकी दृष्टि में बहुत नीच स्वभाव की स्त्री थी। सुखदा ने डरते-डरते कहा - आज बड़े हकीम साहब को बुला लेते, शायद उनकी दवा से फायदा हो।

इन्द्रमणि ने काली घटाओं की ओर देखकर रुखाई से जवाब दिया - बड़े हकीम नहीं, यदि धन्वंतरि भी आवे तो उसे कोई फायदा न होगा।

सुखदा ने कहा - तो क्या अब किसी दवा न होगी?

इन्द्रमणि - बस, इसकी एक ही दवा है, और अलभ्य है।

सुखदा - तुम्हें तो बस वही धुन सवार है। क्या बुढ़िया आकर अमृत देगी?

इन्द्रमणि - वह तुम्हारे लिए चाहे विष हो पर लड़के के लिए अमृत ही होगा।

सुखदा - मैं नहीं समझती कि ईश्वरेच्छा उसके अधीन है।

इन्द्रमणि - यदि नहीं समझती हो और अब तक नहीं समझी, तो रोओगी। बच्चे से हाथ धोना पड़ेगा।

सुखदा - चुप भी रहो, क्या अशुभ मुंह से निकालते हो। यदि ऐसी ही जली-कटी सुनानी है, तो बाहर चले जाओ।

इन्द्रमणि - तो मैं जाता हूं। पर याद रखो, यह हत्या तुम्हारी ही गर्दन पर होगी। यदि लड़के को तंदुरुस्त देखना चाहती हो, तो उसी दाई के पास जाओ, उससे विनती और प्रार्थना करो, क्षमा मांगो। तुम्हारे बच्चे की जान उसी की दया के अधीन है।

सुखदा ने कुछ उत्तर नहीं दिया। उसकी आंखों से आंसू जारी थे।

इन्द्रमणि ने पूछा - क्या मर्जी है, जाऊं उसे बुला जाऊं?

सुखदा - तुम क्यों जाओगे, मैं आप चली जाऊंगी।

इन्द्रमणि - नहीं, क्षमा करो। मुझे तुम्हारे ऊपर विश्वास नहीं है। न जाने तुम्हारी जुबान से क्या निकल पड़े कि वह आती हो, तो न आवे।

सुखदा ने पति की ओर फिर तिरस्कार की दृष्टि से देखा और बोली - हां, और क्या, मुझे अपने बच्चे की बीमारी का शोक थोड़े ही है। मैंने लाज के मारे तुमसे कहा नहीं, पर मेरे मन में यह बात बार-बार आती है। यदि मुझे दाई के मकान का पता मालूम होता, तो मैं कब की उसे मना लायी होती। वह मुझसे कितनी ही नाराज हो, पर रुद्र से उसे प्रेम था। मैं आज ही उसके पास जाऊंगी। तुम विनती करने को कहते हो, मैं उनके पैरों पड़ने के लिए तैयार हूं। उसके पैरों को आंसुओं से भिगोऊंगी, और जिस तरह राजी होगी, राजी करूंगी। सुखदा ने बहुत धैर्य धर कर यह बातें कहीं, परन्तु उमड़े हुए आंसू न रुक सके। इंद्रमणि ने स्त्री की ओर सहानुभूतिपूर्ण देखा और लज्जित होकर बोले - मैं तुम्हारा जाना उचित नहीं समझता। मैं खुद ही जाता हूं।

कैलासी संसार में अकेली थी। किसी समय उसका परिवार गुलाब की तरह फूला हुआ था, परन्तु धीरे-धीरे उसकी सब पत्तियां गिर गईं। अब उसकी सब हरियाली नष्ट-भ्रष्ट हो गई, और अब वही एक सूखी हुई टहनी उस हरे-भरे पेड़ की चिह्न रह गयी थी।

परन्तु रुद्र को पाकर इस सूखी हुई टहनी में जान पड़ गई थी। इसमें हरी-भरी पत्तियां निकल आयी थी। वह जीवन जो अब तक नीरस और शुष्क था, अब सरस और सजीव हो गया था। अंधेरे जंगल में भटके हुए पथिक को प्रकाश की झलक आने लगी। अब उसका जीवन निरर्थक वहीं, बल्कि सार्थक हो गया था।

कैलासी रुद्र की भोली-भाली बातों पर निछावर हो गई, पर वह अपना स्नेह सुखदा से छिपाती थी, इसलिए कि मां के रूप में द्वेष न हो। वह रुद्र के लिए मां से छिपकर मिठाइयां लाती और उसे खिलाकर प्रसन्न होती। वह दिन में दो-तीन बार उसे उबटन मलती कि बच्चा खूब पुष्ट हो। वह दूसरों के सामने उसे कोई चीज नहीं खिलाती कि उसे नजर लग जाएगी। वह सदा दूसरों से बच्चे के अल्पाहार का रोना रोया करती। उसे बुरी नजर से बचाने के लिए ताबीज और गंडे लाती रहती। यह उसका विशुद्ध प्रेम था। उसमें स्वार्थ की गंध भी न थी। इस घर से निकल आज कैलासी की वह दशा थी, जो थियेटर में एकाएक बिजली के लैंप के बुझ जाने से दर्शकों की होती है। उसके सामने वही सूरत नाच रही थी। कानों में वही प्यारी-प्यारी बातें गूंज रही थी। उसे अपना घर काटे आता था। उस काल-कोठरी में दम घुट जाता था।

रात ज्यों-त्यों कर कटी। सुबह को घर में वह झाड़ू लगा रही थी। बाहर ताजे हलुवा की आवाज सुनकर बड़ी फुर्ती से घर से बाहर निकल आई। तब तक याद आ गया, आज हलुवा कौन खायेगा? आज गोद में बैठकर कौन चहकेगा। वह मधुर गान सुनने के लिए जो हलुवा खाते समय रुद्र की आंखों से, होठों से और शरीर से एक-एक अंग से बरसता, कैलासी का हृदय तड़प गया। वह आकुल होकर घर से बाहर निकली कि चलूं रुद्र को देख आऊं। पर आधे रास्ते से लौट आई।

रुद्र कैलासी के ध्यान से एक क्षण के लिये भी नहीं उतरता था। वह सोते-सोते चौंक पड़ती, जान पड़ता, रुद्र डंडे का घोड़ा दबाये चला आता है। पड़ोसियों के पास जाती तो रुद्र ही की चर्चा करती। रुद्र उसके दिल और मन में बसा हुआ था। सुखदा के कठोरता पूर्ण कुव्यवहार का उसके हृदय में ध्यान नहीं था। वह रोज इरादा करती कि आज रुद्र को देखने चलूंगी। उसके लिये बाजार से और खिलौने लाती। घर से चलती, पर रास्ते से लौट आती। कभी दो-चार कदम से आगे नहीं बढ़ा जाता। कौन मुंह लेकर जाऊं। जो प्रेम को धूर्तता समझता हो, उसे कौन-सा मुंह दिखाऊं? कभी सोचती, यदि रुद्र मुझे न पहचाने तो? बच्चों के प्रेम का ठिकाना ही क्या? नई दाई से हिल-मिल गया होगा। यह ख्याल उसके पैरों पर जंजीर का काम कर जाता था।

इस तरह दो हफ्ते बीत गये। कैलासी का जी उचट रहता, जैसे उसे कोई लम्बी यात्रा करनी हो। घर की चीजें जहां-की-तहां पड़ी रहती, न खाने की सुधि थी, न कपड़े की। रात-दिन रुद्र ही के ध्यान में डूबी रहती थी। संयोग से इन्हीं दिनों बद्रीनाथ की यात्रा का समय आ गया। मुहल्ले के कुछ लोग यात्रा की तैयारियां करने लगे। कैलासी की दशा इस समय उस पालतू चिड़िया की-सी

थी, जो पिंजड़े से निकलकर फिर किसी कोने की खोज में हो। उसे विस्मृति का यह अच्छा अवसर मिल गया। यात्रा के लिये तैयार हो गई।

5

आसमान पर काली घटाएं छायी हुई थी, और हल्की-हल्की फुहारें पड़ रही थी। देहली स्टेशन पर यात्रियों की भीड़ थी। कुछ गाड़ियों पर बैठे थे, कुछ अपने घरवालों से विदा हो रहे थे। चारों तरफ हलचल-सी मची थी। संसार की माया आज भी उन्हें जकड़े हुए थी। कोई स्त्री को सावधान कर रहा था कि धान कट जावे तो तालाब वाले खेत में मटर बो देना, और बाग के पास गेहूं। कोई अपने जवान लड़के को समझा रहा था, असामियों पर बकाया लगान की नालिश में देर न करना, और दो रुपया सैकड़ा सूद जरूर काट लेना। एक बूढ़े व्यापारी महाशय अपने मुनीम से कह रहे थे कि माल आने में देर हो तो खुद चले जाइयेगा, और चालू माल लीजिएगा, नहीं तो रुपया फंस जाएगा। पर कोई-कोई ऐसे श्रद्धालु मनुष्य भी थे, जो धर्म-मग्न दिखाई देते थे। वे या तो चुपचाप आसपास की ओर निहार रहे थे या माला फेरने में तल्लीन थे।

कैलासी भी एक गाड़ी में बैठी सोच रही थी, इन भले आदमियों को अब भी संसार की चिन्ता नहीं छूटती। वहीं बनिज-व्यापार, लेन-देन की चर्चा। रुद्र इस समय यहां होता, तो बहुत रोता, मेरी गोद से कभी न उतरता। लौटकर उसे अवश्य देखने जाऊंगी। या ईश्वर! किसी तरह गाड़ी चले, गरमी के मारे जी व्याकुल हो रहा है। इतनी घटा उमड़ी हुई फिर बरसने का नाम नहीं लेती। मालूम नहीं, यह रेलवे वाले क्यों देर कर रहे हैं। फालतू इधर-उधर दौड़ते-फिरते हैं। यह नहीं कि झटपट गाड़ी खोल दें। यात्रियों की जान-में-जान आए।

एकाएक उसने इन्द्रमणि को बाइसिकिल लिए प्लेटफार्म पर आते देखा। उनका चेहरा उतरा हुआ और कपड़े पसीने से तर थे। वह गाड़ियों में झांकने लगे। कैलासी केवल यह जताने के लिए कि मैं भी यात्रा करने जा रही हूं गाड़ी से बाहर निकल आई। और इंद्रमणि उसे देखते ही लपक कर करीब आ गए और बोले - क्यों कैलासी, तुम भी यात्रा को चली?

कैलासी ने सगर्व दीनता से उत्तर दिया - हां, यहां क्या करूं, जिन्दगी का कोई ठिकाना नहीं। मालूम नहीं, कब आंखें बंद हो जाएं, परमात्मा के यहां मुंह दिखाने का भी तो कोई उपाय होना चाहिए। रुद्र बाबू अच्छी तरह हैं?

इन्द्रमणि - अब तो जा रही हो। रुद्र का हाल पूछकर क्या करोगी? उसे आशीर्वाद देती रहना।

कैलासी की छाती धड़कने लगी। घबराकर बोली - उनका जी अच्छा नहीं है क्या? इन्द्रमणि - वह तो उसी दिन से बीमार है, जिस दिन तुम वहां से निकली। दो हफ्ते तक उसने अन्ना-अन्ना की रट लगाई। अब एक हफ्ते से खांसी और बुखार में पड़ा है। सारी दवाइयां करके हार गया, कुछ फायदा न हुआ। मैंने सोचा था कि चलकर तुम्हारी अनुनय-विनय करके लिवा लाऊंगा। क्या जाने तुम्हें देखकर उसकी तबीयत संभल जाये। पर तुम्हारे घर पर आया तो मालूम हुआ कि तुम यात्रा करने जा रही हो। अब किस मुंह से चलने को कहूं। तुम्हारे साथ सलूक ही कौन-

सा अच्छा किया था जो इतना साहस करूं। फिर पुण्य-कार्य में विघ्न डालने का भी डर है। जाओ, उसका ईश्वर मालिक है! आयु शेष है तो बच ही जाएगा, अन्यथा ईश्वरी गति में किसी का क्या वश।

कैलाशी की आंखों के सामने अंधेरा छा गया। सामने की चीजें तैरती हुई मालूम होने लगी। हृदय भावी अशुभ की आशंका से दहल गया। हृदय से निकल पड़ा - 'या ईश्वर! मेरे रुद्र का बाल बांका न हो।' प्रेम से गला भर आया। विचार किया, मैं कैसी कठोर हृदय हूं। प्यारा बच्चा रो-रोकर हलकान हो गया, और मैं उसे देखने तक नहीं गयी। सुखदा का स्वभाव अच्छा नहीं, न सही, किन्तु रुद्र ने मेरा क्या बिगाड़ा था कि मैंने मां का बदला बेटे से लिया। ईश्वर मेरा अपराध क्षमा करो। प्यारा रुद्र मेरे लिए हुड़क रहा है। इस ख्याल से कैलासी का कलेजा मसोस उठ, और आंखों से आंसू बह निकले। मुझे क्या मालूम था कि उसे मुझसे इतना प्रेम है। नहीं मालूम, बच्चे की क्या दशा है। भयातुर हो बोली - दूध तो पीते हैं न?

इन्द्रमणि - तुम दूध पीने को कहती हो, उसने दो दिन से आंखें तक नहीं खोली।

कैलासी - या मेरे परमात्मा! अरे कुली! कुली । बेटा, आकर मेरा सामान गाड़ी से उतार दे। अब मुझे तीरथ जाना नहीं सूझता। हां, बेटा, जल्दी कर, बाबूजी देखो, कोई इक्का तो ठीक कर लो।

इक्का रवाना हुआ। सामने सड़क पर बग्घियां खड़ी थी। घोड़ा धीरे-धीरे चल रहा था। कैलासी बार-बार झुंझलाती और इक्केवान से कहती थी, बेटा जल्दी कर। मैं तुझे कुछ ज्यादा दे दूंगी। रास्ते में मुसाफिरों की भीड़ देखकर उसे क्रोध आता था। उसका जी चाहता था कि घोड़े के पर लग जाते, जब इन्द्रमणि का मकान करीब आ गया तो कैलासी का हृदय उछलने लगा। बार-बार हृदय से रुद्र के लिए शुभ आशीर्वाद निकलने लगा। ईश्वर करे सब कुशल मंगल हो। इक्का इन्द्रमणि की गली की ओर मुड़ा। अकस्मात कैलासी के कान में रोने की ध्वनि पड़ी। कलेजा मुंह को आ गया। सिर में चक्कर आ गया। मालूम हुआ की नदी में डूबी जाती हूं। जी चाहा कि इक्के पर से कूद पड़ू। पर थोड़ी ही देर में मालूम हुआ कि कोई स्त्री मैके से विदा हो रही है, संतोष हुआ। अन्त में इन्द्रमणि का मकान आ पहुंचा। कैलासी ने डरते-डरते दरवाजे की तरफ देखा। जैसे कोई घर से भागा हुआ अनाथ लड़का शाम को भूखा-प्यासा घर आये, दरवाजे की ओर सटकी हुई आंखों से देखे कि कोई बैठा तो नहीं है। दरवाजे पर सन्नाटा छाया हुआ था। महाराज बैठा सुरती मल रहा था। कैलासी को जरा ढाढस हुआ। घर में बैठी तो नई दाई पुलटिस पका रही थी। हृदय में बल का संचार हुआ। सुखदा के कमरे में गयी तो उसका हृदय गर्मी के मध्याह्न काल के सदृश कांप रहा था। सुखदा रुद्र को गोद में लिये दरवाजे की ओर एकटक ताक रही थी। शोक और करुणा की मूर्ति बनी थी।

कैलासी ने सुखदा से कुछ नहीं पूछा। रुद्र को उसकी गोद से ले लिया और उसकी तरफ सजल नयनों से देखकर कहा - बेटा रुद्र, आंखें खोलो।

रुद्र ने आंखें खोली, क्षण भर दाई को चुपचाप देखता रहा, तब यकायक दाई के गले से लिपटकर बोला - अन्ना आयी! अन्ना आयी!!

रुद्र का पीला मुरझाया हुआ चेहरा खिल उठा, जैसे बुझते हुए दीपक में तेल पड़ जाये। ऐसा मालूम हुआ, मानो वह कुछ बढ़ गया है।

एक सप्ताह बीत गया। प्रातःकाल का समय था। रुद्र आंगन में खेल रहा था। इन्द्रमणि ने बाहर से आकर उसे गोद में उठा लिया, और प्यार से बोले - तुम्हारी अन्ना को मारकर भगा दें?

रुद्र ने मुंह बनाकर कहा - नहीं, रोएगी।

कैलासी बोली - क्यों बेटा, तुमने तो मुझे बद्रीनाथ नहीं जाने दिया। मेरी यात्रा का पुण्य-फल कौन देगा?

इन्द्रमणि ने मुस्कराकर कहा - तुम्हें उससे कहीं अधिक पुण्य हो गया। यह तीर्थ महातीर्थ है।

***

विस्मृति

चित्रकूट के सन्निकट धनगढ़ नामक एक गांव है। कुछ दिन हुए, वहां शानसिंह और गुमानसिंह दो भाई रहते थे। ये जाति के ठाकुर (क्षत्रिय) थे। युद्ध-स्थल में वीरता के कारण उनके पूर्वजों को भूमि का एक भाग माफी प्राप्त हुआ था। खेती करते थे, भैंसें पाल रखी थी, घी बेचते थे, मट्ठा खाते थे और प्रसन्नतापूर्वक समय व्यतीत करते थे। उनकी एक बहन थी, जिसका नाम दूजी था। यथा नाम तथा गुण। दोनों भाई परिश्रमी और अत्यन्त साहसी थे। बहिन अत्यन्त कोमल, सुकुमारी, सिर पर घड़ा रखकर चलती तो उसकी कमर बल खाती थी, किन्तु तीनों अभी तक कुंवारे थे। प्रकटत: उन्हें विवाह की चिन्ता न थी। बड़े भाई शानसिंह सोचते, छोटे भाई के रहते हुए मैं अपना विवाह कैसे करूं। छोटे भाई गुमानसिंह लज्जावश अपनी अभिलाषा प्रकट न करते थे कि बड़े भाई से पहले मैं अपना ब्याह कर लूं? वे लोगों से कहा करते थे कि - 'भाई, हम बड़े आनन्द में है, आनन्दपूर्वक भोजन कर मीठी नींद सोते हैं। कौन झंझट सिर पर ले?'

किन्तु लग्न के दिनों में कोई नाई या ब्राह्मण गांव में वर ढूंढ़ने आ जाता तो उसकी सेवा-सत्कार में यह कोई कसर न छोड़ते थे। पुराने चावल निकाले जाते, पालतू बकरे देवी को भेंट होते, और दूध की नदियां बहने लगती थी। यहां तक कि कभी-कभी उनका भ्रातृ स्नेह प्रतिद्वंद्विता एवं द्वेष के भाव के रूप में परिणत हो जाता था। इन दिनों में इनकी उदारता उमंग पर आ जाती थी, और इससे लाभ उठाने वालों की भी कमी न थी। कितने ही नाई और ब्राह्मण ब्याह के असत्य समाचार लेकर उनके यहां आते, और दो-चार दिन पूड़ी और कचौड़ी खा, कुछ विदाई लेकर वर-रक्षा (फलदान) भेजने का वादा करके अपने घर की राह लेते। किन्तु दूसरे लग्न तक वह अपना दर्शन तक न देते थे। किसी-न-किसी कारण भाइयों का यह परिश्रम निष्फल हो जाता था। अब कुछ आशा थी, तो दूजी से। भाइयों ने यह निश्चय कर लिया था कि इसका विवाह वहीं पर किया जाये, जहां से एक बहू प्राप्त हो सके।

2

इस बीच में गांव का बूढ़ा कारिंदा परलोक सिधारा। उसकी जगह पर एक नवयुवक ललनसिंह नियुक्त हुआ, जो अंग्रेजी की शिक्षा पाया हुआ, शौकीन, रंगीन और रसीला आदमी था। दो-चार ही दिनों में उसने पनघट, तालाबों और झरोखों की देख-भाल भली-भांति कर ली। अन्त में उसकी रसभरी दृष्टि दूजी पर पड़ी। उसकी सुकुमारता और रूप-लावण्य पर मुग्ध हो गया। भाइयों से प्रेम और परस्पर मेल-जोल पैदा किया। कुछ विवाह संबंधी बातचीत छेड़ दी। यहां तक कि हुक्का-पानी भी साथ-साथ होने लगा। सायं-प्रात: इनके घर पर आया करता। भाइयों ने भी उसके आदर-सम्मान की सामग्रियां जमा कीं। पानदान मोल लाए, कालीन खरीदी।

वह दरवाजे पर आता तो दूजी तुरन्त पान के बीड़ा बनाकर भेजती। बड़े भाई कालीन बिछा देते और छोटे भाई तश्तरी में मिठाइयां रख लाते। एक दिन श्रीमान् ने कहा - भैया शानसिंह, ईश्वर की कृपा हुई तो अब की लग्न में भाभी भी आ जायेंगी। मैंने सब बातें कर ली है।

शानसिंह की बांछें खिल गई। अनुग्रहपूर्ण दृष्टि से देखकर कहा - मैं अब इस अवस्था में क्या करूंगा। हां, गुमानसिंह की बातचीत कहीं ठीक हो जाती, तो पाप कट जाता।

गुमानसिंह ने ताड़ का पंखा उठा लिया और झलते हुए बोले - वाह भैया! कैसी बात कहते हो?

ललनसिंह ने अकड़कर शानसिंह की ओर देखते हुए कहा - भाई साहब, क्या कहते हो, अबकी लग्न में दोनों भाभियां छमाछम करती हुई घर में आवें तो बात! मैं ऐसा कच्चा मामला नहीं रखता। तुम तो अभी से बुड्ढों की भांति बातें करने लगे। तुम्हारी अवस्था यद्यपि पचास से भी अधिक हो गई, पर देखने में चालीस वर्ष से भी कम मालूम होती है। अब दोनों विवाह होंगे, बीच खेत होंगे। यह तो बताओ, वस्त्राभूषण का समुचित प्रबन्ध है न?

शानसिंह ने उनके जूतों को सीधा करते हुए कहा - भाई साहब! आप की यदि ऐसी कृपा-दृष्टि है तो सब कुछ हो जायेगा। आखिर इतने दिन कमा-कमाकर क्या किया है। गुमानसिंह घर में गए, हुक्का ताजा किया, तम्बाकू में दो-तीन बूंद इत्र के डाले, चिलम भरी, दूजी से कहा कि शरबत घोल दे और हुक्का लाकर ललनसिंह के सामने रख दिया।

ललनसिंह ने दो-चार कश लगाए और बोले - नाई दो-तीन दिन में आने वाला है। ऐसा घर चुना है कि चित्त प्रसन्न हो जाये। एक विधवा है। दो कन्याएं एक-से-एक सुन्दर। विधवा दो-एक वर्ष में संसार को त्याग देगी और तुम एक महत्त्वपूर्ण गांव में दो आने के हिस्सेदार बन जाओगे। गांव वाले जो अभी हंसी करते हैं, पीछे जल-जल मरेंगे। हां, भय इतना ही है कि कोई बुढ़िया के कान न भर दे कि सारा बना-बनाया खेल बिगड़ जाये।

शानसिंह के चेहरे पर हवाइयां उड़ने लगी। गुमानसिंह की मुखकांति मलिन हो गई। कुछ देर बाद शानसिंह बोले - अब तो आपकी ही आशा है, आपकी जैसी राय हो, किया जाये। जब कोई पुरुष हमारे साथ अकारण मित्रता का व्यवहार करने लगे तो हमको सोचना चाहिए कि इसमें उसका कोई स्वार्थ तो नहीं छिपा है। यदि हम अपने सीधेपन से इस भ्रम में पड़ जायें कि कोई मनुष्य हमको केवल अनुगृहीत करने के लिए हमारी सहायता करने में तत्पर हैं, तो हमें धोखा खाना पड़ेगा। किन्तु अपने स्वार्थ की धुन में ये छोटी-मोटी बातें भी हमारी निगाहों से छिप जाती है और छल अपने रंगे हुए भेष में आकर हमको सर्वदा के लिए परस्पर व्यवहार का उपदेश देता है। शानसिंह और गुमानसिंह ने विचार से कुछ भी काम न लिया और ललनसिंह के फंदे में नित्यप्रति गाढ़े होते गए। मित्रता ने यहां तक पांव पसारे भाइयों की अनुपस्थिति में भी वह बेधड़क घर में घुस जाता और आंगन में खड़े होकर छोटी बहिन से पान-हुक्का मांगता। दूजी उसे देखते ही अति प्रसन्नता से पान बनाती। फिर आंखें मिलती, एक प्रेमाकांक्षा से बेचैन, दूसरी

लज्जावश सकुची हुई। फिर मुस्कुराहट की झलक होठों पर आती। चितवनों की शीतलता कलियों को खिला देती। हृदय नेत्रों द्वारा बातें कर लेते।

इस प्रकार प्रेमलिप्सा बढ़ती गई। उस नेत्रालिंगन में, तो मनोभावों का बाह्यरूप था, उद्विग्नता और विकलता की दशा उत्पन्न हुई। वह दूजी, जिसे कभी मनिहार और बिसाती की रुचिकर ध्वनि भी चौखट से बाहर न निकाल सकती थी अब एक प्रेम विह्वलता की दशा में प्रतीक्षा की मूर्ति बनी हुई घंटों दरवाजे पर खड़ी रहती। उन दोहे और गीतों में, जिन्हें यह कभी विनोदार्थ गाया करती थी अब उसे विशेष अनुराग और विरह-वेदना का अनुभव होता। तात्पर्य यह है कि प्रेम का रंग गाढ़ा हो गया।

शनैः शनैः गांव में चर्चा होने लगी। घास और कास स्वयं उगते हैं। उखाड़ने से भी नहीं जाते। अच्छे पौधे बड़ी देख-रेख से उगते हैं। इसी प्रकार बुरे समाचार स्वयं फैलते हैं, छिपाने से नहीं छिपते। पनघट और तालाबों के किनारे इस विषय पर काना-फूसी होने लगी। गांव की बनियाइन, जो अपनी तराजू पर हृदयों, को तोलती थी और ग्वालिन जो जल में प्रेम का रंग जमाती थी, बैठकर दूजी की लोलुपता और निर्लज्जता का राग अलापने लगी। बेचारी दूजी को घर से निकलना दुर्लभ हो गया, सखी-सहेलियां एवं बड़ी-बुढ़िया सभी उसको ताने मारती। सखी सहेलियां हंसी से छेड़ती और वृद्धा स्त्रियां हृदय-विदारक व्यंग्य से।

मर्दों तक बातें फैली। ठाकुरों का गांव था। उनकी क्रोधाग्नि भड़की। आपस में सम्मति हुई कि ललनसिंह को इस दुष्टता का दण्ड देना उचित है। दोनों भाइयों को बुलाया और बोले - भैया, क्या अपनी मर्यादा नाश करके विवाह करोगे?

दोनों भाई चौंक पड़े। उन्हें विवाह की उमंग में यह सुधि ही नहीं थी कि घर में क्या हो रहा है। शानसिंह ने कहा - तुम्हारी बात मेरी समझ में नहीं आई। साफ-साफ क्यों नहीं कहते?

एक ठाकुर ने जवाब दिया - साफ-साफ क्या कहलाते हो! इस शोहदे ललनसिंह का अपने यहां आना-जाना बन्द कर दो। तुम तो अपनी आंखों पर पट्टी बांधे ही हो, पर उसकी जान की कुशल नहीं। हमने अभी तक इसीलिए तह दिया है कि कदाचित् तुम्हारी आंखें खुले, किन्तु ज्ञात होता है कि तुम्हारे ऊपर उसने मुर्दे का भस्म डाल दिया है। ब्याह क्या अपनी आबरू बेचकर करोगे? तुम लोग खेत में रहते हो और हम लोग अपनी आंखों से देखते है कि वह शोहदा अपना बनाव-संवार किए आता है और तुम्हारे घर में घंटों घुसा रहता है। तुम उसे अपना भाई समझते हो तो समझा करो, हम तो ऐसे भाई का गला काट ले, जो विश्वासघात करे। भाइयों के नेत्रपट खुले। दूजी के ज्वर के संबंध में जिस ज्वर का सन्देह था, वह प्रेम ज्वर निकला। रुधिर में उबाल आया। नेत्रों से चिनगारियां उड़ी। तेवर बदले। दोनों भाइयों एक-दूसरे की ओर क्रोधमय दृष्टि से देखा। मनोगत भाव जिह्वा तक न आ सके। अपने घर आये, किन्तु दर पर पांव रखा ही था कि ललनसिंह से मुठभेड़ हो गई।

ललनसिंह ने हंसकर कहा - वाह भैया! हम तुम्हारी खोज में बार-बार आते हैं, किन्तु तुम्हारे दर्शन तक नहीं मिलते। मैंने समझा, आखिर रात्रि में तो कुछ काम न होगा। किन्तु देखता हूं आपको इस समय भी छुट्टी नहीं है।

शानसिंह ने हृदय के भीतर क्रोधाग्नि को दबाकर कहा - हां, इस समय वास्तव में छुट्टी नहीं है।

ललनसिंह - आखिर काम क्या है? मैं भी सुनू।

शानसिंह - बहुत बड़ा काम है, आपसे छिपा न रहेगा ।

ललनसिंह - कुछ वस्त्राभूषण का भी प्रबंध कर रहे हो? अब लग्न सिर पर आ गया

शानसिंह - अब बड़ा लग्न सिर पर आ पहुंचा है, पहले इसका प्रबन्ध करना है।

ललनसिंह - क्या किसी से ठन गई?

शाजसिंह - भली भांति।

ललनसिंह - किससे?

शानसिंह - इस समय जाइए, प्रात:काल बताऊंगा।

3

दूजी भी ललनसिंह के साथ दरवाजे की चौखट तक आई थी। भाइयों की आहट पाते ही ठिनक गई और यह बातें सुनी। उसका माथा ठनका कि आज यह क्या मामला है? ललनसिंह का कुछ आदर-सत्कार नहीं हुआ। न हुक्का, न पान। क्या भाइयों के कानों में कुछ भनक तो नहीं पड़ी। किसी ने कुछ लगा तो नहीं दिया। यदि ऐसा हुआ तो कुशल नहीं।

इस उधेड़बुन में पड़ी थी कि भाइयों ने भोजन परोसने की आज्ञा दी। जब वह भोजन करने बैठे तो दूजी ने अपनी निर्दोषिता और पवित्रता प्रकट करने के लिए एवं अपने भाइयों के दिल का भेद जानने के लिए कुछ कहना चाहा। पर त्रिया-चरित्र में अभी निपुण न थी। बोली - भैया, ललनसिंह से कह दो, घर में न आया करें। आप घर में रहिए तो कोई बात नहीं, किन्तु कभी-कभी आप नहीं रहते तो मुझे अत्यन्त लज्जा आती है। आज ही आपको वह पूछते हुए चले आए, अब मैं उनसे क्या कहूं। आपको नहीं देखा तो लौट गए।

शानसिंह ने बहिन की तरफ ताने-भरे नेत्रों से देखकर कहा - अब वह घर में न आएंगे। गुमानसिंह बोले - हम इसी समय जाकर समझा देंगे।

भाइयों ने भोजन कर लिया। दूजी को पुन: कुछ कहने का साहस न हुआ। उसे उनके तेवर कुछ बदले हुए मालूम होते थे। भोजनोपरांत दोनों भाई दीपक लेकर भंडारे की कोठरी में गए। अनावश्यक बर्तन, पुराने सामान, पुरखों के समय के अस्त्र-शस्त्र आदि इसी कोठरी में रखे थे। गांव में जब कोई बकरा देवीजी को भेंट दिया जाता तो वह कोठरी खुलती थी। आज तो कोई

ऐसी बात नहीं है। इतनी रात गये यह कोठरी क्यों खोली जाती है? दूजी को किसी भावी दुर्घटना का संदेह हुआ। दबे पांव दरवाजे पर गई तो देखती क्या है कि गुमानसिंह एक भुजाली लिए पत्थर पर रगड़ रहा है। उसका कलेजा धक-धक करने लगा और पांव थर्राने लगे। वह उल्टे पांव लौटना चाहती थी कि शानसिंह की आवाज सुनाई दी - 'इसी समय एक घड़ी में चलना ठीक है। पहली नींद बड़ी गहरी होती है। बेधड़क सोता होगा।' गुमानसिंह बोले - 'अच्छी बात है, देखो, भुजाली की धार? एक हाथ में काम तमाम हो जायेगा।'

दूजी को ऐसा ज्ञात हुआ, मानो किसी ने पहाड़ पर से धकेल दिया। सारी बातें उसकी समझ में आ गई। वह भय की दशा में घर से निकली और ललनसिंह की चौपाल की ओर चली। किन्तु वह अंधेरी रात प्रेम की घाटी थी और वह रास्ता प्रेम का कठिन मार्ग। वह इस सुनसान अंधेरी रात में चौकन्ने नेत्रों से इधर-उधर देखती, विह्वलता की दशा में शीघ्रतापूर्वक चली जाती थी। किन्तु हाय निराशा! एक-एक पल उसे प्रेम-भवन से दूर लिए जाता था। उस अंधेरी भयानक रात्रि में भटकती, न जाने वह कहां चली जाती थी, किससे पूछे। लज्जावश, वह किसी से कुछ न पूछ सकती। कहीं चूड़ियों की झनझनाहट भेद न खोल दे! क्या इन अभागे आभूषणों को आज ही झनझनाना है? अन्त में एक वृक्ष के तले वह बैठ गई। सब चूड़ियां चूर-चूर कर दी। आभूषण उतारकर आंचल में बांध लिए। किन्तु हाय! यह चूड़ियां सुहाग की चूड़ियां थी और यह गहने सुहाग के गहने थे, जो एक बार उतारकर फिर न पहने गए।

उसी वृक्ष के नीचे पयस्विनी नदी पत्थर के टुकड़ों से टकराती हुई बहती थी। यहां नौकाओं का बहना दुश्कर था। दूजी बैठी हुई सोचती थी, क्या मेरे जीवन की नदी में प्रेम की नौका दु:ख की शिलाओं से टक्कर खाकर डूब जायेगी।

4

प्रात:काल ग्रामवासियों ने आश्चर्यपूर्वक सुना कि ठाकुर ललनसिंह की किसी ने हत्या कर डाली। सारे गांव के स्त्री-पुरुष, वृद्ध-युवा सहस्रों की संख्या में चौपाल के सामने जमा हो गए। स्त्रियां पनघट को जाती हुई रुक गई। किसान हल-बैल लिए ज्यों-त्यों खड़े रह गए। किसी की समझ में न आया था कि यह हत्या किसने की। कैसा मिलनसार, हंसमुख सज्जन मनुष्य था! उसका कौन ऐसा शत्रु था। बेचारे ने किसी पर इजाफा लगान या बेदखली की नालिश तक नहीं की। किसी को दो बात तक नहीं कहीं। दोनों भाइयों के नेत्रों से आंसू की धारा बहती थी। उनका घर उजड़ गया। सारी आशाओं पर तुषारपात हो गया। गुमानसिंह ने रोकर कहा - हम तीन भाई थे, अब दो ही रह गए! हमसे तो दांत-काटी रोटी थी। साथ उठना, हंसी-दिल्लगी, भोजन-छाजन एक हो गया था। हत्यारे से इतना भी नहीं देखा गया। हाय! अब हमको कौन सहारा देता?

शानसिंह ने आंसू पोंछते हुए कहा - हम दोनों भाई कपास निराने जा रहे थे। ललनसिंह से कई दिन से भेंट नहीं हुई थी। सोचे कि इधर से होते चलें, किन्तु पिछवाड़े आते ही सेंध दिखायी पड़ी। हाथों के तोते उड़ गये। दरवाजों पर जाकर देखा तो चौकीदार-सिपाही सब सो रहे है। उन्हें जगाकर ललनसिंह के किवाड़ खटखटाने लगे। परंतु बहुत बल करने पर भी किवाड़ अंदर से न

खुले तो सेंध के रास्ते से झांका। आह कलेजे में तीर लग गया। संसार अंधेरा दिखाई दिया। प्यारे ललनसिंह का सिर धड़ से अलग था। रक्त की नदी बह रही थी। शोक! भैया सदा के लिए बिछुड़ गए।

मध्याह्न काल तक इसी प्रकार विलाप होता रहा। दरवाजे पर मेला लगा हुआ था। दूर-दूर से लोग इस दुर्घटना का समाचार पाकर इकट्ठे होते जाते थे। संध्या होते-होते हलके के दरोगा साहब भी चौकीदार और सिपाहियों का एक झुंड लिए आ पहुंचे। कड़ाही चढ़ गई। पूरियां छलने लगी। दारोगाजी ने जांच करनी शुरू की। घटनास्थल देखा। चौकीदारों का बयान हुआ। दोनों भाइयों के बयान लिखे। आस-पास से पासी और चमार पकड़े गये और उन पर मार पड़ने लगी। ललनसिंह की लाश लेकर थाने पर गये। हत्यारे का पता न चला। दूसरे दिन इंस्पेक्टर-पुलिस का आगमन हुआ। उन्होंने भी गांव का चक्कर लगाया, चमारों और पासियों की फिर मरम्मत हुई, हलुआ-मोहन, गोश्त, पूड़ी के स्वाद लेकर सायंकाल को उन्होंने भी अपनी राह ली। कुछ पासियों पर, जो कि कई बार डाके-चोरी में पकड़े जा चुके थे, संदेह हुआ। उनका चालान किया। मजिस्ट्रेट ने गवाही पुष्ट पाकर अपराधियों को सेशन सुपुर्द किया और मुकदमें की पेशी होने लगी।

मध्याह्न का समय था। आकाश पर मेघ छाए हुए थे। कुछ बूंदें भी पड़ रही थी। सेशन जज कुंवर विनयकृष्ण बघेल के इजलास में मुकदमा पेश था। कुंवर साहब बड़े सोच-विचार में थे कि क्या करूं। अभियुक्तों के विरुद्ध साक्षी निर्बल थी। किंतु सरकारी वकील, जो एक प्रसिद्ध नीतिज्ञ थे, नजीरों पर नजीर पेश करते जाते थे कि अचानक दूजी श्वेत साड़ी पहने, घूंघट निकाले हुए निर्भय न्यायालय में आ पहुंची और हाथ जोड़कर बोली - श्रीमान्! मैं शानसिंह और गुमानसिंह की बहिन हूं। इस मामले में जो कुछ जानती हूं वह मुझसे भी सुन लिया जाये, इसके बाद सरकार जो फैसला चाहें, करें ।

कुंवर साहब ने आश्चर्य से दूजी की तरफ दृष्टि फेरी। शानसिंह और गुमानसिंह के शरीर में काटो तो रक्त नहीं। वकीलों ने आश्चर्य की दृष्टि से उसकी ओर देखना शुरू किया। दूजी के चेहरे पर दृढ़ता झलक रही थी। भय लेश-मात्र का न था। नदी आंधी के पश्चात स्थिर दशा में थी। उसने उसी प्रवाह में बहना प्रारम्भ किया - ठाकुर ललनसिंह की हत्या करने वाले मेरे दोनों भाई हैं।

कुंवर साहब के नेत्रों के सामने से पर्दा हट गया। सारी कचहरी दंग हो गयी और सब टकटकी बांधे दूजी की तरफ देखने लगे।

दूजी बोली - यह वह भुजाली है, जो ललनसिंह की गर्दन पर फेरी गयी है। अभी इसका खून ताजा है। मैंने अपनी आंखों से भाइयों को इसे पत्थर पर रगड़ते देखा, उनकी बातें सुनी। मैं उसी समय घर से बाहर निकली कि ललनसिंह को सावधान कर दूं किंतु मेरा भाग्य खोट था। चौपाल का पता न लगा। मेरे दोनों भाई सामने खड़े है, वह मर्द हैं, मेरे सामने असत्य कदापि न कहेंगे। इनसे पूछ लिया जाये और सच पूछिये तो यह छुरी मैंने चलायी है। मेरे भाइयों का अपराध नहीं है। यह सब मेरे भाग्य का खेल है। यह सब मेरे कारण हुआ और न्याय की तलवार मेरी ही गर्दन

पर पड़नी चाहिए। मैं ही अपराधिनी हूं और हाथ जोड़कर कहती हूं कि इस भुजाली से मेरी गर्दन काट ली जाये।

5

न्यायालय में एक स्त्री का आना बाजार में भानमती का आना है। अब तक अभियोग नीरस और अरुचिकर था। दूजी के आगमन ने उसमें प्राण डाल दिए। न्यायालय में एक भीड़ लग गई। मुवक्किल और वकील, अमले और दुकानदार असावधानी की दशा में इधर-उधर दौड़ते हुए चले आते थे। प्रत्येक पुरुष उसको देखने का इच्छुक था। सहस्रों नेत्र उसके मुखड़े की तरफ देखते थे और वह जनसमूह में शांति की मूर्ति बनी हुई निश्चल खड़ी थी।

इस घटना की प्रत्येक पुरुष अपनी-अपनी समझ के अनुसार आलोचना करता था। वृद्धजन कहते थे - बेहया है, ऐसी लड़की का सिर काट लेना चाहिए। भाइयों ने वहीं किया, जो मर्दों का काम था। इस निर्लज्ज का तो देखो कि अपना परदा ढांकने के बदले उसका डंका बजा रही है और भाइयों को भी डुबा देती है। आंखों का पानी गिर गया है। ऐसी न होती तो यह दिन ही क्यों आता?

मगर नवयुवकों, स्वतंत्रता पर जान न्यौछावर कर देने वाले वकीलों और अमलों में उसके साहस और निर्भयता की प्रशंसा हो रही थी। उनकी समझ में जब यहां तक नौबत आ गई थी, तो भाइयों का धर्म था कि दोनों का ब्याह कर देते।

कई वृद्ध वकीलों की अपने नवयुवक मित्रों से कुछ छेड़-छाड़ हो गयी। एक फैशनेबुल बैरिस्टर साहब ने हंसकर कहा - मित्र, और तो जो कुछ है सो है, यह स्त्री सहस्रों में एक है, रानी मालूम होती है। सर्वसाधारण ने इनका समर्थन किया। कुंवर विनय कृष्ण इस समय कचहरी से उठे थे। बैरिस्टर साहब की बात सुनी और घृणा से मुंह फेर लिया। वह सोच रहे थे कि जिस स्त्री के क्रोध में इतनी ज्वाला है, क्या उसका प्रेम भी इसी प्रकार ज्वाला पूर्ण होगा?

6

दूसरे दिन फिर दस बजे मुकदमा पेश हुआ। कमरे में तिल रखने की भी जगह न थी। दूजी कटघरे के पास सिर झुकाए खड़ी थी। दोनों भाई कई कांस्टेबलों के बीच में चुपचाप खड़े थे। कुंवर विनय कृष्ण ने उन्हें सम्बोधित करके उच्च-स्वर से कहा - ठाकुर शानसिंह, गुमानसिंह तुम्हारी बहिन ने तुम्हारे संबंध में अदालत में जो कुछ बयान किया है, उसका तुम्हारे पास क्या उत्तर है?

शानसिंह ने गर्वपूर्ण भाव से उत्तर दिया - बहिन ने जो कुछ बयान किया है, वह सत्य है। हमने अपना अपराध इसलिए छिपाया था कि हम बदनामी, बेइज्जती से डरते थे। किन्तु अब, जब हमारी बदनामी जो कुछ होनी थी हो चुकी तो हमको अपनी सफाई देने की कोई आवश्यकता नहीं। ऐसे जीवन से अब मृत्यु ही उत्तम है। ललनसिंह से हमारी हार्दिक मित्रता थी। आपस में कोई विभेद न था। हम उसे अपना भाई समझते थे, किन्तु उसने हमको धोखा दिया।

उसने हमारे कुल में कलंक लगा दिया और हमने उसका बदला लिया। उसने चिकनी- चुपड़ी बातों द्वारा हमारी इज्जत लेनी चाही। किंतु हम अपने कुल की मर्यादा इतनी सस्ती नहीं बेच सकते थे। स्त्रियां ही कुल-मर्यादा की सम्पत्ति होती हैं। मर्द उसके रक्षक होते हैं। जब इस सम्पत्ति पर कपट का हाथ उठे तो मर्दों का धर्म है कि रक्षा करें। इस पूंजी को अदालत का कानून, परमात्मा का भय या सद्विचार नहीं बचा सकता। हमको इसके लिए न्यायालय में जो दंड प्राप्त हो वह शिरोधार्य है।

जज ने शानसिंह की बात सुनी। कचहरी में सन्नाटा छा गया और सन्नाटे की दशा में उन्होंने अपना फैसला सुनाया। दोनों भाइयों को हत्या के अपराध में 15 वर्ष काले पानी का दंड मिला।

7

सायंकाल हो गया था। दोनों भाई कांस्टेबलों के बीच में कचहरी से बाहर निकले। हाथों में हथकड़ियां थी, पांवों में बेड़ियां। हृदय अपमान से संकुचित और सिर लज्जा के बोझ से झुके हुए थे। मालूम होता था, मानो सारी पृथ्वी हम पर हंस रही है।

दूजी पृथ्वी पर बैठी हुई थी कि उसने कैदियों के आने की आहट सुनी और उठ खड़ी हुई। भाइयों ने उसकी ओर देखा। परन्तु हाय! उन्हें ऐसा ज्ञात हुआ कि यह भी हमारे ऊपर हंस रही है। घृणा से नेत्र फेर लिया। दूजी ने भी उन्हें देखा, किंतु क्रोध और घृणा से नहीं, केवल एक उदासीन भाव से। जिन भाइयों की गोद में खेली और जिनके कंधों पर चढ़कर बाल्यावस्था व्यतीत की, जिन भाइयों पर प्राण न्यौछावर करती थी, आज वहीं दोनों भाई कालापानी को जा रहे है, जहां से कोई लौटकर नहीं आता और उसके रक्त में तनिक भी गति नहीं होती। रुधिर भी द्वेष से जल की भांति जम जाता है! सूर्य की किरणें वृक्षों की डालियों से मिली, फिर जड़ों को चूमती हुई चल दी। उनके लिए अंधकार गोद फैलाए हुए था। क्या इस अभागिनी स्त्री के लिए भी संसार में कोई ऐसा आश्रय नहीं था।

आकाश की लालिमा नीलावरण हो गयी। तारों के कंवल खिले। वायु के लिए पुष्प-शय्या बिछ गयी। ओस के लिए हरी मखमल का फर्श बिछ गया, किन्तु अभागिनी दूजी उसी वृक्ष के नीचे शिथिल बैठी थी। उसके लिए संसार में कोई स्थान न था। अब तक जिसे वह अपना घर समझती थी, उसके दरवाजे उसके लिए बंद थे। वहां क्या मुंह लेकर जाती? नदी को अपने उद्गम से चलकर अथाह समुद्र के अतिरिक्त अन्यत्र कहीं ठिकाना नहीं है।

दूजी उसी तरह निराशा के समुद्र में निमग्न हो रही थी, कि एक वृद्ध स्त्री उसके सामने आकर खड़ी हो गयी। दूजी चौंक कर उठ बैठी। वृद्धा स्त्री ने उसकी ओर आश्चर्यचकित होकर कहा - इतनी रात बीत गयी, अभी तक तुम यही बैठी हो।

दूजी ने चमकते हुए तारों को देखकर कहा - कहां जाऊं?

इन शब्दों में कैसा हृदय-विदारक आशय छिपा हुआ था! कहां जाये? संसार में उसके लिए अपमान की गली के सिवा और कोई स्थान नहीं था।

बुढ़िया ने प्रेममय स्वर में कहा - बेटी, भाग्य में जो कुछ लिखा है, वह तो होकर ही रहेगा, किन्तु तुम कब तक यहां बैठी रहोगी! मैं दीन ब्राह्मणी हूं। चलो मेरे घर रहो, जो कुछ भिक्षा-भवन मांगे मिलेगा, उसी में हम दोनों निर्वाह कर लेगी। न जाने पूर्वजन्म में हममें तुममें क्या संबंध था। जब से तुम्हारी दशा सुनी है, बेचैन हूँ। सारे शहर में आज घर-घर तुम्हारी चर्चा हो रही है। कोई कुछ कहता, कोई कुछ। बस अब उठो, यहां सन्नाटे में पड़ा रहना अच्छा नहीं। समय बुरा है। मेरा घर यहां से थोड़ी ही दूर पर है। नारायण का दिया बहुत कुछ है। मैं भी अकेली से दुकेली हो जाऊंगी। भगवान् किसी-न-किसी प्रकार दिन काट ही देंगे।

एक घने, सुनसान, भयानक वन में थका हुआ मनुष्य जिधर पगडंडियों का चिह्न पाता है, उसी मार्ग को पकड़ लेता है। वह सोच-विचार नहीं करता कि मार्ग मुझे कहां ले जाएगा। दूजी इस बुढ़िया के साथ चली। इतनी ही प्रसन्नता से वह कुएं में कूद पड़ती। वायु में उड़ने वाली चिड़िया दाने पर गिरी। क्या इन दोनों के नीचे जाल बिछ हुआ था?

8

दूजी को बूढ़ी कैलासी के साथ रहते हुए एक मास बीत गया। कैलासी देखने में दीन, किंतु मन की धनी थी। उसके पास संतोष रूपी धन था, जो किसी के सामने हाथ नहीं फैलाता। रीवां के महाराज के यहां से कुछ सहायता मिलती थी। यही उसके जीवन का अवलंब था। वह सर्वदा दूजी को ढाढस देती रहती थी। ज्ञात होता था कि यह दोनों -बेटी है। एक ओर से पूर्ण सहानुभूति और ढाढस, दूसरी ओर से सच्ची सेवकाई और विश्वास। कैलासी कुछ हिंदी जानती थी। दूजी को रामायण और सीता-चरित्र सुनाती। दूजी इन कथाओं को बड़े प्रेम से सुनती। उज्ज्वल वस्त्र पर रंग भली-भांति चढ़ता है। जिस दिल उसने सीता-वनवास की कथा सुनी, वह सारे दिन रोती रही। सोयी तो सीता की मूर्ति उसके सामने खड़ी थी। उसके शरीर पर उज्ज्वल साड़ी थी, आंखों और आंसू की ओट में प्यार छिपा हुआ था। दूजी हाथ फैलाए हुए लड़कों की भांति उनकी तरफ दौड़ी। माता, मुझको भी साथ लेती चलो। मैं वन में सेवा करूंगी। तुम्हारे लिए पुष्प-शय्या बिछाऊंगी, तुम्हें कमल के थाल में फलों का भोजन कराऊंगी। तुम वहां अकेली एक बुड्ढे साधु-के साथ कैसे रहोगी? मैं तुम्हारे चित्त को प्रसन्न रखूंगी। जिस समय हम और तुम वन में किसी सागर के किनारे घने वृक्षों की छाया में बैठेंगे, उस समय मैं वायु की धीमी-धीमी लहरों के साथ गाऊंगी।

सीता ने उसको तिरस्कार से देखकर कहा - तू कलंकित है, मैं तुझे स्पर्श नहीं कर सकती। तपस्या की आंच में अपने को पवित्र कर।

दूजी की आंखें खुल गई। उसने निश्चय किया, मैं इस कलंक को मिटाऊंगी।

आकाश के नीले समुद्र में तारागण पानी के बुलबुलों की भांति मिटते जाते थे। दूजी जे उन झिलमिलाते हुए तारों को देखा। मैं भी उन्हीं तारों की तरह सबके नेत्रों में छिप जाऊंगी। उन्हीं बुलबुलों की भांति मिट जाऊंगी।

विलासियों की रात हुई। संयोगी जागे। चक्कियों ने अपने सुहावने राग छेड़े। कैलासी स्नान करने चली। तब दूजी उठी और जंगल की ओर चल दी। चिड़िया पंखहीन होने पर भी सुनहरे पिंजड़े में न रह सकी।

9

प्रकाश की धुंधली-सी झलक में कितनी आशा, कितना बल, कितना आश्वासन है, यह उस मनुष्य से पूछो, जिसे अंधेरे ने एक घने वन में घेर लिया है। प्रकाश की वह प्रभा उसके लड़खड़ाते हुए पैरों को शीघ्रगामी बना देती है, उसके शिथिल शरीर में जान डाल देती है। जहां एक-एक पग रखना दुष्कर था, वहां इस जीवन-प्रकाश को देखते हुए यह मीलों और कोसों तक प्रेम की उमंगों से उछलता हुआ चला जाता है।

परन्तु दूजी के लिए आशा की यह प्रभा कहां थी? वह भूखी-प्यासी, उन्माद की दशा में चली जाती थी।

शहर पीछे छूटा। बाग और खेत आए। खेतों में हरियाली थी, वाटिकाओं में बसन्त की छटा। मैदान और पर्वत मिले। मैदानों में बांसुरी की सुरीली ताने आती थी। पर्वतों के शिखर मोरों की झंकार से गूंज रहे थे।

दिन चढ़ने लगा। सूर्य उसकी ओर आता दिखाई पड़ा। कुछ काल तक उसके साथ रहा। कदाचित् रूठे को मनाता पुन: अपनी राह चला गया। वसंत ऋतु की शीतल, मंद, सुगंधित वायु चलने लगी। खेतों ने कुहरे की चादरें ओढ़ ली। रात हो गयी और दूजी एक पर्वत के किनारे झाड़ियों से उलझती, चट्टानों से टकराती चली जाती थी, मानो किसी झील की मंद-मंद लहरों में किनारे पर उगे हुए झाऊ के पौधों का साया थरथरा रहा हो। इस प्रकार अज्ञात की खोज में अकेली निर्भय वह गिरती-पड़ती चली जाती थी। यहां तक कि भूख-प्यास और अधिक श्रम के कारण उनकी शक्तियों ने जवाब दे दिया। वह एक शिला पर बैठ गयी और भयभीत दृष्टि से इधर-उधर देखने लगी। दाहिने-बाएं घोर अंधकार था। उच्च पर्वत शिखाओं पर तारे जगमगा रहे थे। सामने एक टीला मार्ग रोके खड़ा था और समीप ही किसी जलधारा से दबी हई सांय-सांय की आवाज सुनायी देती थी।

10

दूजी थककर चूर हो गयी थी, पर उसे नींद न आई। सर्दी से कलेजा कांप रहा था। वायु के निर्दयी झोंके लेश-मात्र भी चैन न लेने देते थे। कभी-कभी एक क्षण के लिए आंखें झपक जाती और फिर चौंक पड़ती। रात्रि ज्यों-त्यों व्यतीत हुई। सवेरा हुआ। चट्टान से कुछ दूर एक घना पाकड़ का वृक्ष था, जिसकी जड़े सूखे पत्तों से चिपट यों रस खींचती थी, जैसे कोई महाजन दीन असामियों को बांधकर उनसे ब्याज के रुपए वसूल करता है। इस वृक्ष के सामने कई छोटी-छोटी चट्टानों ने मिलकर एक कोठरी की आकृति बन रखी थी। दाहिनी ओर लगभग दो सौ गज की दूरी पर नीचे की ओर पयस्विनी नदी चट्टानों और पाषाण-शिलाओं से उलझती, घूमती-घामती

बह रही थी, जैसे कोई दृढ़-प्रतिज्ञ मनुष्य बाधाओं का ध्यान न कर अपने-साधक के मार्ग पर बढ़ता चला जाता है। नदी के किनारे साधु प्रकृति बगुले चुपचाप मौन-व्रत धारण किए हुए बैठे थे। संतोषी जल-पक्षी पानी में तैर रहे थे। लोभी टिटहरियां नदी पर मंडराती थी और रह-रहकर मछलियों की खोज में टूटती थीं। खिलाड़ी मैंने निःशंक अपने पैरों को खुजला-खुजला कर स्नान कर रहे थे। और चतुर कौवे झुंड-के-झुंड भोजन संबंधी प्रश्न को हल कर रहे थे। एक वृक्ष के नीचे मोरों की सभा सुसज्जित थी और वृक्षों की शाखाओं पर कबूतर आनन्द कर रहे थे। एक दूसरे वृक्ष पर महाशय काग एवं श्रीमान् पं. नीलकंठ जी घोर शास्त्रार्थ में प्रवृत्त थे। महाशय काग ने छेड़ने के लिए पंडितजी के निवास स्थान की ओर दृष्टि डाली थी। इस पर पंडितजी इतने क्रोधित हुए कि महाशय काग के पीछे पड़ गए। महाशय काग अपनी स्वाभाविक बुद्धिमत्ता को काम में लाकर सहज ही में भाग खड़े हुए । श्रीमान- पंडितजी बुरा-भला कहते हुए काग के पीछे पड़े। किसी भांति महाशय जी की सर्वज्ञता ने उनकी जान बचाई।

थोड़ी देर में जंगली नील गायों का एक झुंड आया। किसी न पानी पीया, किसी ने सूंघकर छोड़ दिया। दो-चार युवावस्था के मतवाले हिरण आपस में सींग मिलाने लगे। फिर एक काला हिरण अभिमान-भरे नेत्रों से देखता ऐंठ-ऐंठ कर पग उठाता कुछ मृगनयनियों को साथ लिए नदी के किनारे आया। बच्चे थोड़ी दूर पर खेलते हुए चले जाते थे। कुछ और हटकर एक वृक्ष के नीचे बंदरों ने अपने डेरे डाल रखे थे। बच्चे क्रीड़ा करते थे। पुरुषों में छेड़छाड़ हो रही थी। रमणियां सानंद बैठी हुई एक-दूसरी के बालों से जुए निकालती थी और उन्हें अपने मुंह में रखती जाती थी। दूजी एक चट्टान पर अर्द्धनिद्रा की दशा में बैठी हुई यह दृश्य देख रही थी। घाम के कारण निद्रा आ गयी। नेत्रपट बंद हो गए।

11

प्रकृति की इस रंगभूमि में दूजी ने अपने चौदह वर्ष व्यतीत किए। वह प्रतिदिन प्रातःकाल इसी नदी के किनारे शिलाओं पर बैठी यह दृश्य देखती और लहरों की कारुणिक ध्वनि सुनती। उसी नदी की भांति उसके मन में लहरें उठती, जो कभी धैर्य और साहस के किनारों पर चढ़कर नेत्रों द्वारा बह निकलती। उसे मालूम होता कि वन के वृक्ष तथा जीव-जन्तु सब मेरी ओर व्यंग्य पूर्ण नेत्रों से देख रहे हैं। नदी भी उसे देखकर क्रोध से मुंह में फेन भर लेती जब यहां बैठे-बैठे उसका जी ऊब जाता, तो वह पर्वत पर चढ़ जाती और दूर तक देखती। पर्वतों के बीच में कहीं-कहीं मिट्टी के घरौंदे की भांति छोटे-छोटे मकान दिखाई देते, कही लहलहाती हुई हरियाली। सारा दृश्य एक नवीन वाटिका की भांति मनोरम था। उसके दिल में एक तीव्र इच्छा होती कि उड़कर उन चोटियों पर जा पहुंचे। नदी के किनारे या पाकड़ की घनी छाया में बैठी हुई घंटों सोचा करती। बचपन के वे दिन याद आ जाते, जब वह सहेलियों के गले में बांहें डालकर महुवा चुनने जाया करती थी। फिर गुड़ियों के ब्याह का स्मरण हो आता। पुनः अपनी प्यारी मातृभूमि का पनघट आंखों में फिर जाता। आज भी वहां भीड़ होगी, वही हास्य, चहल-पहल। पुनः अपना घर ध्यान में आता और वह गाय स्मरण आती, जो कि उसको देखकर हुंकारती हुई अपने प्रेम का परिचय देती थी। मन्नू स्मरण हो आता, जो उसके पीछे-पीछे छलांग मारता हुआ खेतों में जाया करता, जो

बर्तन धोते समय बार-बार बर्तनों में मुंह डालता। तब ललनसिंह नेत्रों के सामने आकर खड़े हो जाते थे। होठों पर वही मुस्कुराहट नेत्रों पर वहीं चंचलता। तब वह उठ खड़ी होती और अपना मन दूसरी ओर ले जाने की चेष्टा करती।

दिन गुजरते थे, किन्तु बहुत धीरे-धीरे। वसंत आया। सेमल की लालिमा एवं कचनार की ऊदी, पुष्प-माला अपनी यौवन छटा दिखलाने लगी। मकोय के फल महके। गरमी का आरम्भ हुआ, प्रातःकाल समीर के झोंके, दोपहर की लू, जलती हुई लपट। डालियां फूलों से लदी। फिर वह समय आया कि जब न दिन को सुख था और न रात को नींद। दिन तड़पता था, रात जलती थी, नदियां वाधिकों के हृदय की भांति सूख गई। वन के पशु मध्याह्न की धूप में प्यास के कारण जिह्वा निकाले पानी की खोज में इधर-उधर दौड़ते फिरते थे। जिस प्रकार द्वेष से भरे हुए दिल तनिक-तनिक-सी बातों पर जल उठते हैं, उसी प्रकार गर्मी से जलते हुए वन वृक्ष कभी-कभी वायु के झोंकों से परस्पर रगड़ खाकर जल उठते हैं। ज्वाला ऊंची उठी थी, मानो अग्निदेव ने तारागणों पर धावा मारा है। वन में भी भगदड़-सी पड़ जाती। फिर आंधी और तूफान के दिन आए। वायु की देवी गरजती हुई आती। पृथ्वी और आकाश थर्रा उठते, सूर्य छिप जाता, पर्वत भी कांप उठते। पुनः वर्षा ऋतु का जन्म हुआ। वर्षा की झड़ी लगी। वन लहराए, नदियों ने पुनः पुनः अपने सुरीले राग छेड़े। पर्वतों के कलेजे ठंडे हुए। सूखे मैदान में हरियाली छाई। सारस की ध्वनि पर्वतों में गूंजने लगी। आषाढ़ मास में बाल्यावस्था का अल्हड़पन था। श्रावण में युवावस्था के पग बड़े, फुहारें पड़ने लगी। भादों कमाई के दिन थे, जिसने झीलों के कोष भर दिए। पर्वतों को धनाढ्य कर दिया। अंत में बुढ़ापा आया। कास के उज्ज्वल बाल लहराने लगे। जाड़ा आ पहुंचा।

12

इस प्रकार ऋतु परिवर्तन हुआ। दिन और महीने गुजरे। वर्ष आए और गए, किंतु दूजी ने विंध्याचल के उस किनारे को न छेड़ा। गर्मियों के भयानक दिन और वर्षा की भयावनी रातें सब उसी स्थान पर काट दी। क्या भोजन करती थी, क्या पहनती थी इसकी चर्चा व्यर्थ है। मन पर चाहे जो बीते, किंतु भूख और मनु-सम्बन्धी कष्ट का निवारण करना ही पड़ता है। प्रकृति की थाल सजी हुई थी। कभी बनबेरी और शरीफें के पकवान थे, कभी तेंदू, कभी मकोय और कभी राम का नाम। वस्त्रों के लिए चित्रकूट के मेले में साल में केवल एक बार जाती, मोरों के पर, हिरणों के सींग, वन औषधियां महंगे दामों में बिकती। कपड़ा भी आया, बर्तन भी आए। यहां तक कि दीपक जैसी विलास-वस्तु भी एकत्र हो गई। एक छोटी-सी गृहस्थी जम गई।

दूजी ने निराशा की दशा में संसार से विमुख होकर जीवन व्यतीत करना जितना सहज समझा था उससे कहीं कठिन मालूम हुआ। आत्मानुराग में निमग्न वैरागी तो वन में रह सकता है, परन्तु एक स्त्री जिसकी अवस्था हंसने-खेलने में ही व्यतीत हुई हो, बिना किसी नौका के सहारे विराट-सागर को किस प्रकार पार करने में समर्थ हो सकती? दो वर्ष के पश्चात् दूजी को एक-एक दिन वहां वर्ष-सा प्रतीत होने लगा। कालक्षेप करना दुष्कर हो गया। घर की सुधि एक क्षण भी विस्मृत न होती। कभी-कभी वह इतनी व्यग्र होती कि क्षणमात्र के लिए अपमान का भी भय

न रहता। वह दृढ़-विचार करके उन पहाड़ियों के बीच शीघ्रता से पग बढ़ाती, घर की ओर चलती, मानो कोई अपराधी कारागार से भागा जा रहा हो। किंतु पहाड़ियों की सीमा के बाहर आते ही उसके पग स्वयं रुक जाते। वह आगे न बढ़ सकती। तब वह ठंडी सांस भरकर एक शिला पर बैठ जाती और फूट-फूटकर रोती। फिर वह भयानक रात्रि और वहीं सघन कुंज, वही नदी की भयावनी गरज और श्रृंगालों की वही विकराल ध्वनि।

'ज्यों-ज्यों भीजै कामरी, त्यों-त्यों भारी होय।' भाग्य को धिक्कारते-धिक्कारते उसने ललनसिंह को धिक्कारना आरम्भ किया। एकांतवास ने उसमें आलोचना और विवेचना की शक्ति पैदा कर दी। मैं क्यों इस वन में मुंह छिपाए दु:ख के दिन व्यतीत कर रही हूं? यह उसी निर्दयी ललनसिंह की लगाई आग है। कैसे सुख से रहती थी। इसी ने आकर मेरे झोंपड़े में आग लगा दी। मैं अबोध और अनजान थी। उसने जान-बूझकर मेरा जीवन भ्रष्ट कर डाला। मुझे अपने आमोद का केवल एक खिलौना बनाया था। यदि उसे मुझसे प्रेम होता तो क्या वह मुझसे विवाह न कर लेता? वह भी तो चंदेल ठाकुर था। हाय! मैं कैसी अज्ञान थी। अपने पैरों में आप कुल्हाड़ी मारी।

इस प्रकार मन से बातें करते-करते ललनसिंह की मूर्ति उसके नेत्रों के सम्मुख आ जाती तो वह घृणा से मुंह फेर लेती। वह मुस्कुराहट जो उसका मन हर लिया करती थी, वह प्रेममय मृदु भाषण जो उसकी नसों में सनसनाहट पैदा कर देता था, वह क्रीड़ामय हाव-भाव जिन पर मतवाली हो जाती थी, अब उसे एक दूसरे ही रूप में दृष्टिगोचर होते। उसमें अब प्रेम की झलक न थी। अब कपट प्रेम और काम-तृष्णा के गाढ़े रंग में रंगे हुए दिखाई देते थे। वह प्रेम का कच्चा घरौंदा, जिसमें वह गुड़िया बनी बैठी थी, वायु के झोंके में संभला, किन्तु जल के प्रबल प्रवाह में न संभल सका। अब वह अभागी गुड़िया निर्दयी चट्टान पर पटक दी गई है कि रो-रोकर जीवन के दिन काटे-उन गुड़ियों की भांति जो गोटे-पट्टे और आभूषणों से सजी हुई मखमली पिटारे में भोग-विलास के पश्चात् नदी और तालाब में बहा दी जाती है, डूबने के लिए, तरंगों में थपेड़े खाने के लिए।

ललनसिंह की तरफ से फिरते ही दूजी का मन एक अधीरता के साथ भाइयों की ओर जुड़ा। मैं अपने साथ उन बेचारों को व्यर्थ ले डूबी। मेरे सिर पर उस घड़ी न जाने कौन-सा भूत सवार था। उन बेचारों ने जो कुछ किया, मेरी मर्यादा रखने के लिए किया। मैं तो उन्मत्त हो रही थी। समझाने-बुझाने से क्या काम चलता और समझाना-बुझाना तो स्त्रियों का काम है। मर्दों का समझाना तो उसी ढंग का होना चाहिए, और होता ही है। नहीं मालूम, उन बेचारों पर क्या बीती! क्या मैं उन्हें फिर कभी देखूंगी? यह विचारते-विचारते भाइयों की वह मूर्ति उसके नेत्रों में फिर जाती, जो उसने अन्तिम बार देखी थी, जब वह उस देश को जा रहे थे, जहां से लौटकर फिर आना मानो मृत्यु के मुंह से निकल आना है - वह रक्त वर्ण नेत्र, वह अभिमान से भरी हुई चाल, वह फिरे हुए नेत्र जो एक बार उसकी ओर उठ गए थे। आह! उनमें क्रोध का द्वेष न था, केवल क्षमा थी। वह मुझ पर क्रोध क्या करते। फिर अदालत के इजलास का चित्र नेत्रों के सामने खिंच जाता। भाइयों के वह तेवर, उनकी वह आंखों जो क्षणमात्र के लिए क्रोधाग्नि से फैल गई थी,

फिर उनकी प्यार की बातें, उनका प्रेम स्मरण आता। पुन: वे दिन याद आते जब वह उनकी गोद में खेलती थी, जब वह उनकी उंगली पकड़कर खेतों को जाया करती थी। हाय! क्या वह दिन भी आएंगे कि मैं उनको पुन: देखूंगी।

एक दिन वह था कि दूजी अपने भाइयों के रक्त की प्यासी थी, निदान एक दिन आया कि वह पयस्विनी नदी के तट पर कंकड़ियों द्वारा दिनों की गणना करती थी। एक कृपण जिस सावधानी से रुपयों को गिन-गिनकर इकट्ठा करता है, उसी सावधानी से दूजी इन कंकड़ियों को गिन-गिनकर इकट्ठा करती थी। नित्य संध्या वह इस ढेर में पत्थर का एक टुकड़ा और रख देती तो उसे क्षणमात्र के लिए मानसिक सुख प्राप्त होता। इन कड़ियों का ढेर अब उसका जीवन-धन था। दिन में अनेक बार इन टुकड़ों को देखती और गिनती। असहाय पक्षी पत्थर के ढेर से आशा के घोंसले बनाता था।

यदि किसी को चिंता और शोक की मूर्ति देखनी हो, तो वह पयस्विनी नदी के तट पर प्रतिदिन सांयकाल दिख पड़ती है। डूबे हुए सूर्य की किरणों की भांति उसका मुख-मंडल पीला है। वह अपने दुखमय विचारों में डूबी हुई, तरंगों की ओर दृष्टि लगाए बैठी रहती है। यह तरंगे इतनी शीघ्रता से कहां जा रही है? मुझे भी अपने साथ क्यों नहीं ले जाती? क्या मेरे लिए वहां भी स्थान नहीं है? कदाचित् शोक-क्रंदन में यह भी मेरी संगिनी है। तरंगों की ओर देखते-देखते उसे ऐसा ज्ञात होता है कि मानों वह स्थिर हो गई और मैं शीघ्रता से बही जा रही हूं। तब वह चौंक पड़ती है और अंधेरी शिलाओं के बीच मार्ग खोजती हुई फिर अपने शोक-स्थल पर आ जाती है।

इसी प्रकार दूजी वे अपने दु:ख के दिन व्यतीत किए। तीस-तीस के ढेलों के बारह ढेर बन गए, तब उसने उन्हें एक स्थान पर इकट्ठा कर दिया। वह आशा का मन्दिर उसी हार्दिक अनुशय से बनता रहा, जो किसी भक्त को अपने इष्टदेव के साथ होता है। रात्रि के बारह घंटे बीत गए। पूर्व की ओर प्रात:काल का प्रकाश दिखाई देने लगा। मिलाप का समय निकट आया। इच्छा रूपी अग्नि की लपट बढ़ी दूजी उन ढेरों को बार-बार गिनती, महीनों के दिनों की गणना करती कदाचित एक दिन कम हो जाये। हाय! आजकल उसके मन की वह दशा थी जो प्रात:काल सूर्य में सुनहले प्रकाश में हलकोरे लेने वाले सागर की होती है, जिसमें वायु की तरंगों से मुस्कुराता हुआ कमल झूलता है।

13

आज दूजी, इन पर्वतों और वनों से विदा होती है। वह दिन आ पहुंचा जिसकी राह देखते-देखते एक पूरा युग बीत गया। आज चौदह वर्ष पश्चात उसकी पलकें नदी में लहरा रही हैं। बरगद की जटाएं नागिन बन गई है।

उस सुनसान वन से उसका चित्त कितना दु:खित था। किन्तु आज उससे पृथक होते हुए दूजी के नेत्र-भर आते है। जिस पाकड़ की छाया में उसने दु:ख के दिन बिताए, जिस गुफा में उसने रो-रोकर रातें काटी, उसे छोड़ते आज शोक हो रहा है। यह दु:ख के साथी हैं। सूर्य की किरणें

दूजी की आशाओं की भांति कुहरा की घटाओं को हटाती चली जाती थी। उसने अपने दु:ख के मित्रों को अश्रुपूर्ण नेत्रों से देखा। पुन: ढेरों के पास गयी, जो उसके चौदह वर्ष की तपस्या के स्मारक चिह्न थे। उन्हें एक-एक कर चूमा, मानो वह देवी जी के चेहरे हैं। तब वह रोती हुई चली, जैसे लड़कियां ससुराल को चलती हैं।

संध्या समय उसने शहर में प्रवेश किया और पता लगाते हुए कैलासी के घर आयी। घर सूना पड़ा था। तब वह विजयकृष्ण बघेल का घर पूछते-पूछते उनके बंगले पर आयी। कुंवर महाशय टहल कर आये ही थे कि उसे खड़ी देखा। पास आये। उसके मुख पर घूंघट था। दूजी ने कहा - महाराज, मैं एक अनाथ दुखिया हूं।

कुंवर साहब ने आश्चर्य से पूछा - तुम दूजी हो। तुम इतने दिनों तक कहां रही? कुंवर साहब के प्रेम-भाव ने घूंघट और बढ़ा दिया। इन्हें मेरा नाम स्मरण है, यह सोचकर दूजी का कलेजा धड़कने लगा। लज्जा से सर नीचे झुक गया था। लजाती हुई बोली - जिसका कोई हितू नहीं है, उसका वन के सिवा अन्यत्र कहीं ठिकाना है। मैं भी वनों में रही। पयस्विनी नदी के किनारे एक गुफा में पड़ी रहती थी।

कुंवर साहब विस्मित हो गए। चौदह वर्ष और नदी के किनारे गुफा में क्या कोई संन्यासी इससे अधिक त्याग कर सकता है? वह आश्चर्य से कुछ न बोल सके।

दूजी उन्हें चुपचाप देखकर बोली, मैं कैलासी के घर से सीधे पर्वत पर चली गई और वही इतने दिन व्यतीत किए। चौदह वर्ष पूरे हो गए। जिन भाइयों की गर्दन पर छुरी चलायी, उनके छूटने के दिन अब आये हैं। नारायण उन्हें अब कुशल पूर्वक लावे। मैं चाहती हूं कि उनके दर्शन करूं और उनकी ओर से मेरे दिल में जो इच्छाएं हैं, पूर्ण हो जाये।

कुंवर साहब बोले - तुम्हारा हिसाब बहुत ठीक है। मेरे पास आज कलकत्ते से सरकारी पत्र आया है कि दोनों भाई चौदह तारीख को कलकत्ता पहुंचेंगे, उनके संबंधियों को सूचना दी जाये। यहां कदाचित् दो-तीन दिन में आ जायेंगे। मैं सोच ही रहा था कि सूचना किसे दूं।दूजी ने विनयपूर्वक कहा - मेरा जी चाहता है कि वे जहाज पर से उतरें, तो मैं उनके पैरों पर माथा नवाऊं, उसके पश्चात् संसार में मुझे कोई अभिलाषा न रहेगी। इसी लालसा ने मुझे इतने दिनों तक जिलाया है, नहीं तो मैं आपके सम्मुख कदापि न खड़ी होती।

कुंवर विजयकृष्ण गम्भीर स्वभाव के मनुष्य थे। दूजी के आन्तरिक रहस्य उनके दिल पर गहरा प्रभाव डाल जाते थे। जब सारी अदालत दूजी पर हंसती थी, तब उन्हें उसके साथ सहानुभूति थी और आज इसके वृत्तांत सुनकर वे इस ग्रामीण स्त्री के भक्त हो गए। बोले - यदि तुम्हारी यही इच्छा है तो मैं स्वयं तुम्हें कलकत्ता पहुंचा दूंगा। तुमने उनसे मिलने की जो रीति सोची है, उससे उत्तम ध्यान में नहीं आ सकती, परन्तु तुम खड़ी हो और मैं बैठा हूं यह अच्छा नहीं लगता दूजी मैं बनावट नहीं करता। जिसमें इतना त्याग और संकल्प हो, वह यदि पुरुष है तो देवता है, स्त्री है तो देवी है। जब मैंने तुम्हें पहले देखा, उसी समय मैंने समझ लिया कि तुम साधारण स्त्री नहीं हो। जब तुम कैलासी के घर से चली गई तो सब लोग कहते थे कि तुम जान

पर खेल गई। परन्तु मेरा मन कहता था कि तुम जीवित हो। नेत्रों से पृथक होकर भी तुम मेरे ध्यान से बाहर न हो सकी। मैंने वर्षों तुम्हारी खोज की, अगर तुम ऐसी खोह में जा छिपी थी कि तुम्हारा कुछ पता न चला।

इन बातों में कितना अनुराग था! दूजी को रोमांच हो गया। हृदय बल्लियों उछलने लगा। उस समय उसका मन चाहता था कि इनके पैरों में सिर रख दूं। कैलासी ने एक बार जो बात उससे कही थी, वह बात उसे इस समय स्मरण आयी। उसने भोलेपन से पूछा - क्या आप ही के कहने से कैलासी ने मुझे अपने घर में रख लिया था?

कुंवर साहब लज्जित होकर बोले - मैं इसका उत्तर कुछ न दूंगा।

रात को जब दूजी एक ब्राह्मणी के घर में नर्म बिछावन पर लेटी हुई थी, तो उसके मन की वह दशा हो रही थी, जो अश्विन आस के आकाश की होती है, एक ओर चंद्र-प्रकाश, दूसरी ओर घनी घटा और तीसरी ओर झिलमिलाते हुए तारे।

14

प्रात:काल का समय था। गंगा नामक स्टीमर बंगाल की खाड़ी में अभिमान से गर्दन उठाए, समुद्र की लहरों को पैरों से कुचलता हुगली के बंदरगाह की ओर चला आता था। डेढ़ सहस्र से अधिक आदमी उसकी गोद में थे। अधिकतर व्यापारी थे। कुछ वैज्ञानिक तत्त्वों के अनुरागी, कुछ भ्रमण करने वाले और कुछ ऐसे हिन्दुस्तानी मजदूर, जिनको अपनी मातृभूमि आकर्षित कर रही थी। उसी में दोनों भाई शानसिंह और गुमानसिंह एक कोने में बैठे निराशा की दृष्टि से किनारे की ओर देख रहे थे। दोनों हड्डियों के दो ढांचे थे, उन्हें पहचानना कठिन था। जहाज घाट पर पहुंचा। यात्रियों के मित्र और परिचित जन किनारे पर स्वागत करने के लिए अधीर हो रहे थे। जहाज पर से उतरते ही प्रेम की बाढ़ आ गयी। मित्रगण परस्पर हाथ मिलाते थे। उसके नेत्र प्रेमाश्रु से परिपूर्ण थे। यह दोनों भाई शनै: शनै: जहाज से उतरे, मानो किसी ने धकेलकर उतार दिया। उनके लिए जहाज के तख्ते और मातृ-भूमि में कुछ अन्तर न था। वे आये नहीं बल्कि लाए गए। चिरकाल के कष्ट और शोक ने जीवन का ज्ञान भी शेष न छोड़ा था। साहस लेश-मात्र भी न था। इच्छाओं का अन्त हो चुका था। वह तट पर खड़े विस्मित दृष्टि से सामने देखते थे। कहां जाएं? उनके लिए इस संसार-क्षेत्र में कोई स्थान दिखाई नहीं देता था।

तब दूजी उस भीड़ में से निकलकर आती दिखाई दी। उसने भाइयों को खड़े देखा। तब जिस भांति जल ढाल की ओर गिरता है, उसी प्रकार अधीरता की उमंग में वह रोती हुई उनके चरणों में चिपट गई। दाहिने हाथ में शानसिंह के चरण थे, बायें हाथ में गुमानसिंह के, और नेत्रों में अश्रु धाराएं प्रवाहित थी, मानों दो सूखे वृक्षों की जड़ों में एक मुरझायी बेल चिमटी हुई है या दो संन्यासी माया और मोह की बेड़ी में बंधे खड़े हैं। भाइयों के नेत्रों से भी आंसू बहने लगे। उनके मुख-मंडल बादलों में निकलने वाले तारों की भांति प्रकाशित हो गए। वह दोनों पृथ्वी पर बैठ गए और तीनों भाई-बहिन परस्पर गले मिलकर बिलख-बिलख रोए। वह गहरी खाड़ी जो भाइयों और बहिन के बीच में थी, अश्रुधारा से परिपूर्ण हो गई। आज चौदह वर्ष के पश्चात् भाई और

बहिन में मिलाप हुआ और वह घाव जिसने मांस को मांस से रक्त को रक्त से विलग किया था, परिपूर्ण हो गया और वह उस मरहम का काम था, जिससे अधिक लाभकारी और कोई मरहम नहीं होता, जो मन के मैल को साफ करता है, जो दु:ख को भुलाने वाला और हृदय की दाह को शांत करने वाला है, जो व्यंग्य विषैले घावों को भर देता है। यह काल का मरहम है।

दोनों भाई घर को लौटे। पट्टीदारों के स्वप्न भंग हो गए। हित-मित्र इकट्ठे हुए। ब्रह्मभोज का दिन निश्चित हुआ। पूड़ियां पकने लगी, घी की सर्वश्रेष्ठ ब्राह्मणों के लिए, तेल की पासी-चमारों के लिए। काले पानी का पाप इसी घी के साथ भस्म हो गया।

दूजी भी कलकत्ते से भाइयों के साथ चली, प्रयाग तक आयी। कुंवर विजयकृष्ण भी उनके साथ थे। भाइयों से कुंवर साहब ने दूजी के संबंध में कुछ बातें की, उसकी भनक दूजी के कानों में पड़ी। प्रयाग में दोनों भाई-बहिन रुक गए कि त्रिवेणी में स्नान करने चले। कुंवर विजयकृष्ण अपने ध्यान में सब ठीक करके मन प्रसन्न करने वाली आशाओं का स्वप्न देखते हुए चले गए, किन्तु फिर वहां से दूजी का पता न चला। मालूम नहीं क्या हुई, कहां चली गई। कदाचित गंगाजी ने उसे अपनी गोद में लेकर सदा के दु:ख से मुक्त कर दिया। भाई बहुत रोए-पीटे किन्तु क्या करते। जिस स्थान पर दूजी ने अपने वनवास के चौदह वर्ष व्यतीत किए थे, वहां दोनों भाई प्रतिवर्ष जाते हैं और उन पत्थरों के ढेरों से चिपट चिपटकर रोते हैं।

कुंवर साहब ने भी पेंशन ले ली। अब चित्रकूट में रहते हैं। दार्शनिक विचारों के पुरुष थे, जिस प्रेम की खोज थी, वह न मिला। एक बार कुछ आशा दिखाई दी थी, जो चौदह वर्ष एक विचार के रूप में स्थित रही। एकाएक आशा की वह धुंधली झलक भी एक बार झिलमिलाते हुए दीपक की भांति हंसकर सदा के लिए अदृश्य हो गई।

***

प्रारब्ध

लाला जीवनदास को मृत्युशय्या पर पड़े छह मास हो गए हैं। अवस्था दिनोंदिन शोचनीय होती जाती है। चिकित्सा पर उन्हें अब जरा भी विश्वास नहीं रहा। केवल प्रारब्ध का ही भरोसा है। कोई हितैषी वैद्य या डॉक्टर का नाम लेता है तो मुंह फेर लेते हैं। उन्हें जीवन की अब कोई आशा नहीं है। यहां तक कि अब उन्हें अपनी बीमारी के जिक्र से भी घृणा होती है। एक क्षण के लिए भूल जाना चाहते हैं कि काल के मुख में हूं। एक क्षण के लिए इस दुस्साध्य चिन्ता-भार को सिर से फेंककर स्वाधीनता से सांस लेने के लिए उनका चित्त लालायित हो जाता है। उन्हें राजनीति में कभी रुचि नहीं रही। अपनी व्यक्तिगत चिंताओं ही में लीन रहते हैं। लेकिन अब उन्हें राजनीतिक विषयों से विशेष प्रेम हो गया है। अपनी बीमारी की चर्चा के अतिरिक्त वह प्रत्येक विषय को शौक से सुनते हैं, किन्तु ज्यों ही किसी ने सहानुभूति से किसी औषधि का नाम लिया कि उनकी त्यौरी बदल जाती है। अन्धकार में विलाप-ध्वनि इतनी आशाजनक नहीं होती, जितनी प्रकाश की एक झलक।

वह यथार्थवादी पुरुष थे। धर्म-अधर्म, स्वर्ग-नरक की व्यवस्थाएं उनकी विचार-परिधि से बाहर थी। यहां तक कि अज्ञात भय से भी वे शंकित न होते थे लेकिन उसका कारण उनकी मानसिक शिथिलता न थी, बल्कि लोक चिंता ने परलोक-चिंता का स्थान ही शेष न रखा था। उनका परिवार बहुत छोटा था, पत्नी थी और एक बालक। लेकिन स्वभाव उदार था, ऋण से दबा रहता था। उस पर इस असाध्य और चिरकालीन रोग ने ऋण पर कई दर्जे की वृद्धि कर दी थी। मेरे पीछे नि:सहायों का क्या हाल होगा? ये किसके सामने हाथ फैलाएंगे, कौन इनकी खबर लेगा? हाय! मैंने विवाह क्यों किया? पारिवारिक बंधन में क्यों फंसा, क्या इसीलिए कि ये संसार के हिम-तुल्य दया के पात्र बनें? क्या अपने कुल की प्रतिष्ठ और सम्मान को यों विनष्ट होने दूं? जिस जीवनदास ने सारे नगर को अपनी अनुग्रह-दृष्टि से प्लावित कर दिया था, उसी के पोते और बहू द्वार-द्वार ठोकरें खाते फिरें, हाय, क्या होगा? कोई अपना नहीं, चारों ओर भयावह वन है! कही मार्ग का पता नहीं! वह सरल रमणी, यह अबोध बालक। इन्हें किस पर छोड़ूं?

हम अपनी आन पर जान देते थे। हमने किसी के सामने सिर नहीं झुकाया। किसी के ऋणी नहीं हुए। सदैव गर्दन उठाकर चले, और अब यह नौबत है कि कफ़न का भी ठिकाना नहीं।

2

आधी रात गुजर चुकी। जीवनदास की हालत आज बहुत नाजुक थी। बार-बार मूर्छा आ जाती। बार-बार हृदय की गीत रुक जाती। उन्हें ज्ञान होता था कि अब अन्त निकट है। कमरे में

एक लैम्प जल रहा था। उनकी चारपाई के समीप ही प्रभावती और उसका बालक साथ सोए हुए थे। जीवनदास ने कमरे की दीवारों को निराशाजनक नेत्रों से देखा, जैसे कोई भटका हुआ पथिक निवास स्थान की खोज में हो। चारों ओर से घूमकर उनकी आंखें प्रभावती के चेहरे पर जम गई। हां! यह सुन्दरी एक क्षण में विधवा हो जायेगी। यह बालक पितृहीन हो जायेगा! यही दोनों व्यक्ति मेरी जीवन-आशाओं के केन्द्र थे। मैंने जो कुछ किया, इन्हीं के लिए किया। मैंने अपना जीवन इन्हीं पर समर्पण कर दिया था, और अब इन्हें मझधार में छोड़े जाता हूं। इसलिए कि वे विपत्ति और भंवर के कौर बन जायें। इन विचारों ने उनके हृदय को मसोस दिया। आंखों से आंसू बहने लगे।

अचानक उनके विचार-प्रवाह में एक विचित्र परिवर्तन हुआ। निराशा की जगह सुख पर एक दृढ़ संकल्प की आभा दिखाई दी, जैसे किसी गृह स्वामिनी की झिड़कियां सुनकर एक दीन भिक्षुक के तेवर बदल जाते हैं। 'नहीं, कदापि नहीं मैं अपने प्रिय पुत्र और अपनी प्राण-प्रिया पत्नी पर प्रारब्ध का अत्याचार न होने दूंगा'। अपने कुल की मर्यादा को भ्रष्ट न होने दूंगा। एक अबला को जीवन की कठिन परीक्षा में न डालूंगा। मैं मर रहा हूं लेकिन प्रारब्ध के सामने सिर न झुकाऊंगा। उसका दास नहीं, स्वामी बनूंगा। अपनी नौका को निर्दय तरंगों की आश्रित न बनने दूंगा।

'निस्संदेह संसार मुंह बनाएगा। मुझे दुरात्मा, घातक, नराधम कहेगा। इसलिए कि उसके पाशविक आमोद में, उसकी पैशाचिक क्रीड़ाओं में एक व्यवस्था कम हो जायेगी । कोई चिन्ता नहीं, मुझे संतोष तो रहेगा कि उसका अत्याचार मेरा बाल भी बांका नहीं कर सकता, उसकी अनर्थ-लीला से मैं सुरक्षित हूं।'

जीवनदास के मुख पर वर्णहीन संकल्प अंकित था। वह संकल्प जो आत्म-हत्या का सूचक है। वह बिछौने से उठे, मगर हाथ-पांव थर-थर कांप रहे थे। कमरे की प्रत्येक वस्तु उन्हें आंखें फाड़-फाड़कर देखती हुई जान पड़ती थी। अलमारी के शीशे में अपनी परछाई दिखाई दी। चौंक पड़े, वह कौन? ख्याल आ गया, यह तो अपनी छाया है। उन्होंने अलमारी से एक चमचा और एक प्याला निकाला। प्याले में वह जहरीली दवा थी, जो डॉक्टर ने उनकी छाती पर मलने के लिए दी थी। प्याले को हाथ में लिए चारों ओर सहमी हुई दृष्टि से ताकते हुए वह प्रभावती के सिरहाने आकर खड़े हो गए। हृदय पर करुणा का आवेश हुआ - 'आह! इन प्यारों को क्या मेरे ही हाथों मरना लिखा था? मैं ही इनका यमदूत बनूंगा। यह अपने ही कर्मों का फल है। मैं आंखें बन्द करके वैवाहिक बन्धन में फंसा। इन भावी आपदाओं की ओर क्यों मेरा ध्यान न गया? मैं उस समय ऐसा हर्षित और प्रफुल्लित था, मानो जीवन एक अनादि सुख-स्वर है, एक सुधामय आनन्द-सरोवर। यह इसी अदूरदर्शिता का परिणाम है कि आज मैं यह दुर्दिन देख रहा हूं।'

हठात् उनके पैरों में कम्पन हुआ, आंखों में अंधेरा छा गया, नाड़ी की गति बन्द होने लगी। वे करुणामयी भावनाएं मिट गई। शंका हुई, कौन जाने यही दौरा जीवन का अन्त न हो। वह संभल कर उठे और प्याले से दवा का एक चम्मच निकालकर प्रभावती के मुंह में डाल दिया। उसने

नींद में दो-एक बार मुंह डुलाकर करवट बदल ली। तब उन्होंने लखनदास का मुंह खोलकर उसमें भी एक चम्मच भर दवा डाल दी और प्याले को जमीन पर पटक दिया। पर, हा! मानव-परवशता। हा प्रबल भावी! भाग्य की विषय क्रीड़ा अब भी उससे चाल चल रही थी। प्याले में विष न था। वह टॉनिक था, जो डॉक्टर ने उनका बल बढ़ाने के लिए दिया था।

प्याले को रखते ही उनके कांपते पैर स्थिर हो गए, मूर्च्छा के सब लक्षण जाते रहे, चित्त पर भय का प्रकोप हुआ। वह कमरे में एक क्षण भी न ठहरकर सके। हत्या-प्रकाश का भय हत्या-कर्म से भी कहीं दारुण था। उन्हें दंड की चिंता न थी, पर निन्दा और तिरस्कार से बचना चाहते थे। वह घर से इस तरह निकले, जैसे किसी ने उन्हें घर से धकेल दिया हो। उनके अंगों में कभी इतनी स्फूर्ति न थी, घर सड़क पर था, हार पर एक तांगा मिला! उस पर जा बैठे। नाड़ियों में विद्युत-शक्ति दौड़ रही थी।

तांगेवाले ने पूछा - कहां चलूं ?

जीवनदास - जहां चाहो ?

तांगेवाला - स्टेशन चलूं।

जीवनदास - वहीं सही।

तांगेवाला - छोटी लेन चलूं या बड़ी लेन।

जीवनदास - जहां गाड़ी जल्दी मिल जाये ।

तांगेवाले ने उन्हें कौतूहल से देखा। परिचित था, बोला - आपकी तबीयत अच्छी नहीं है, क्या और कोई साथ न जायेगा ?

जीवनदास ने जवाब दिया - नहीं, मैं अकेला ही जाऊंगा।

तांगेवाला - आप कहां जाना चाहते हैं ?

जीवनदास - बहुत बातें न करो। यहां से जल्दी चलो।

तांगेवाले ने घोड़े को चाबुक लगाया और स्टेशन की ओर चला। जीवनदास वहां पहुंचते ही तांगे से कूद पड़े और स्टेशन के अंदर चले। तांगेवाले ने कहा - पैसे ?

जीवनदास को अब ज्ञात हुआ कि मैं घर से कुछ लेकर नहीं चला, यहां तक कि शरीर पर वस्त्र भी न थे। बोले - पैसे फिर मिलेंगे।

तांगेवाला - आप न जाने कब लौटेंगे।

जीवनदास - मेरा जूता नया है, ले लो।

तांगेवाले का आश्चर्य और भी बढ़ा। समझा, इन्होंने शराब पी है, अपने-आप में नहीं हैं। चुपके से जूते लिए और चलता हुआ।

गाड़ी के आने में अभी घंटों की देर थी। जीवनदास प्लेटफार्म पर जाकर टहलने लगे। धीरे-धीरे उनकी गति तीव्र होने लगी, मानो कोई पीछा कर रहा है। इन्हें बिलकुल चिन्ता न थी मैं खाली हाथ हूं। जाड़े के दिन थे। सर्दी के मारे ठिठुरे जाते थे, किन्तु उन्हें ओढ़ने-बिछौने की सुधि न थी। उनकी चैतन्य-शक्ति नष्ट हो गई थी, केवल अपने दुष्कर्म का ज्ञान जीवित था। ऐसी शंका होती थी कि प्रभावती मेरे पीछे दौड़ी चली आती है, कभी भ्रम होता कि लखनदास भागता हुआ आ रहा है, कभी पड़ोसियों की धर-पकड़ की आवाज कानों में आती थी, उनकी कल्पना प्रतिक्षण उत्तेजित होती जाती थी, यहां तक कि प्राण-भय से माल के बोरों के बीच में जा छिपे। एक-एक मिनट पर चौंक पड़ते थे और सशंक नेत्रों से इधर-उधर देखकर फिर छिप जाते थे। उन्हें अब यह भी स्मरण न रहा कि मैं यहां क्या करने आया हूं केवल अपनी प्राण-रक्षा का ज्ञान शेष था। घंटियां बजी, मुसाफिरों के झुंड-के-झुंड आने लगे, कुलियों की बक-झक, मुसाफिरों की चीख और पुकार, आने-जाने वाले इंजन की धक-धक से हाहाकार मचा हुआ था। जीवनदास उन बोरों के बीच में इस तरह पैंतरे बदल रहे थे, मानो वे चैतन्य होकर उन्हें घेरना चाहते हैं।

निदान गाड़ी स्टेशन पर आकर खड़ी हो गई। जीवनदास संभल गए। स्मृति जागृत हो गई। लपक कर बोरों में से निकले और एक डिब्बे में जा बैठे।

इतने में गाड़ी के द्वार पर 'खट-खट' की ध्वनि सुनाई दी। जीवनदास ने चौंक कर देखा, टिकट का निरीक्षक खड़ा था। उनकी अचेतावस्था भंग हो गई। वह कौन-सा नशा है, जो मार के आगे भाग न जाये। व्याधि की शंका संज्ञा को जागृत कर देती है। उन्होंने शीघ्रता से जल-गृह खोला और उसमें घुस गए। निरीक्षक ने पूछा - 'और कोई नहीं ?' मुसाफिरों ने एक स्वर से कहा - 'अब कोई नहीं है।' जनता को अधिकारी वर्ग से एक नैसर्गिक द्वेष होता है। गाड़ी चली तो जीवनदास बाहर निकले। यात्रियों ने प्रचंड हास्य ध्वनि से उसका स्वागत किया। यह देहरादून मेल थी।

3

रास्ते-भर जीवनदास कल्पनाओं में मग्न रहे। हरिद्वार पहुंचे तो उनकी मानसिक अशांति बहुत कम हो गई थी। एक क्षेत्र से कम्बल लाए, और भोजन किया और वहीं पड़ रहे। अनुग्रह के कच्चे धागे को वह लोहे की बेड़ी समझते थे, पर दुरावस्था ने आत्म-गौरव का नाश कर दिया था।

इस भांति कई दिन बीत गए, किन्तु मौत का कहना ही क्या, वह व्याधि भी शांत होने लगी, जिसने जीवन से निराश कर दिया था। उनकी शक्ति दिनों-दिन बढ़ने लगी। मुख की कांति प्रदीप्त होने लगी, वायु का प्रकोप शांत हो गया, मानो दो प्रिय प्राणियों के बलिदान ने मृत्यु को तृप्त कर दिया था।

जीवनदास को यह रोग-निवृत्ति उस दारुण रोग से भी अधिक दुखदाई प्रतीत होती थी। वे अब मृत्यु-आह्वान करते, ईश्वर से प्रार्थना करते कि फिर उसी जीर्णावस्था का दुरागमन हो, नाना प्रकार के कुपथ्य करते, किन्तु कोई प्रयत्न सफल न होता था। उन बलिदानों ने वास्तव में यमराज को सन्तुष्ट कर दिया था।

अब उन्हें चिंता होने लगी, क्या मैं वास्तव में जिन्दा रहूंगा। लक्षण ऐसे ही दीख पड़ते थे। नित्यप्रति यह शंका होती जाती थी। उन्होंने प्रारब्ध को अपने पैरों पर झुकाना चाहा था, पर अब स्वयं उसके पैरों की रज चाट रहे थे। उन्हें बार-बार अपने ऊपर क्रोध आता, कभी व्यग्र हो कह उठते कि जीवन का अन्त कर दूं तकदीर को दिखा दूं कि मैं अब भी उसे कुचल सकता हूं किन्तु उसके हाथों में विकट यंत्रणा भोगने के बाद उन्हें भय होता था कि कहीं इससे भी जीवट समस्या न उपस्थित हो जाये, क्योंकि उन्हें उसकी शक्ति का कुछ-कुछ अनुमान हो गया था। इन विचारों ने उनके मन में नास्तिकता के भाव उत्पन्न किए। वर्तमान भौतिक-शिक्षा ने उन्हें पहले ही आत्मवादी बना दिया था। अब उन्हें समस्त प्रकृति अनर्थ और अधर्म के रंग में डूबी हुई मालूम होने लगी। यहां न्याय नहीं, दया नहीं, सत्य नहीं। असम्भव है कि वह सृष्टि किसी कृपालु की शक्ति के अधीन हो और उसके ज्ञान में नित्य ऐसे वीभत्स, ऐसे भीषण अभिनय होते रहें। वह न दयालु है, न वत्सल है। वह सर्वज्ञानी और अन्तर्यामी भी नहीं, निस्संदेह वह एक विनाशिनी, वक्र और विकारमयी शक्ति है। सांसारिक प्राणियों ने उसकी अनिष्टा क्रीड़ा से भयभीत होकर उसे सत्य का सागर, दया और धर्म का भण्डार प्रकाश और ज्ञान का स्रोत बना दिया है। यह हमारा दीन-विलाप है। अपनी दुर्बलता का करुण अश्रुपात। इसी शक्तिहीनता को, इसी विसहायता को हम उपासना और आराधना कहते हैं और उस पर गर्व करते हैं। दार्शनिकों का कथन है कि यह प्रकृति अटल नियमों के अधीन है, यह भी उनकी श्रद्धालुता है। नियम जड़, अचैतन्य होते हैं, उनमें कपट के भाव कहां? इन नियमों का संचालक इस इन्द्रजाल का मदारी अवश्य है, यह स्पष्ट है किन्तु वह प्राणी देवता नहीं पिशाच है। इन भावों ने शनैः शनैः क्रियात्मक रूप धारण किया। सद्भक्ति हमें ऊपर ले जाती है, असद्भक्ति हमें नीचे गिराती है। जीवनदास की नौका का लंगर उखड़ गया, अब उसका न कोई लक्ष्य था और न कोई आधार, तरंगों में डावांडोल होती रहती थी।

4

पन्द्रह वर्ष बीत गए। जीवनदास का जीवन आनन्द और विलास में कटता था। रमणीक निवास-स्थान था, सवारियां थी, नौकर-चाकर थे। नित्य राग-रंग होता रहता था। अब इंद्रियलिप्सा उनका धर्म था, वासना-तृप्ति उनका जीवन तत्त्व। वे विचार और विवेक के बन्धनों से मुक्त हो गए थे। नीति और अनीति का ज्ञान लुप्त हो गया था। साधनों की भी कमी नहीं थी। बंधे बैल और खुले सांड़ में बड़ा अन्तर है। एक रातिब पाकर भी दुर्बल है, दूसरा घास-पात ही खाकर मस्त हो रहा है। स्वाधीनता बड़ी पोषक वस्तु है।

जीवनदास को अब अपनी स्त्री और बालक की याद न सताती थी। भूत और भविष्य का उनके हृदय पर कोई चिह्न न था। उसकी निगाह केवल वर्तमान पर रहती थी। वह धर्म को अधर्म समझते थे और अधर्म को धर्म। उन्हें सृष्टि का यह मूलतत्त्व प्रतीत था। उसका जीवन स्वयं इसी दुर्नीति का उज्ज्वल प्रमाण था। आत्म-बंधन को तोड़कर- जितना उत्सित हुए, वहां तक उन बंधनों में पड़े हुए उनकी दृष्टि भी न पहुंच सकती थी। जिधर आंखें उठती, अधर्म का साम्राज्य दीख पड़ता था। यही जीवन का सफल मंत्र था। स्वेच्छाचारी हवा में उड़ते हैं, धर्म के सेवक एड़ियां रगड़ते हैं। व्यापार और राजनीति के भवन, ज्ञान और भक्ति के मंदिर, साहित्य और काव्य की रंगशाला, प्रेम और अनुराग की मंडलियां - सब इसी दीपक से आलोकित हो रही हैं। ऐसे विराट् ज्योति की आराधना क्यों न की जाये?

गर्मी के दिन थे, संध्या का समय। हरिद्वार रेलवे स्टेशन पर यात्रियों की भीड़ थी। जीवनदास एक गेरुआ रंग की रेशमी चादर गले में डाले, सुनहरा चश्मा लगाए, दिव्य ज्ञान की मूर्ति बने हुए अपने सहचरों के साथ प्लेटफार्म पर टहल रहे थे। उनकी भेदक दृष्टि यात्रियों पर लगी हुई थी अचानक उन्हें दूसरे दर्जे के कमरे में एक शिकार दिखाई दिया। यह एक रूपवान युवक था। चेहरे से प्रतिभा झलक रही थी। उसकी घड़ी की जंजीर सुनहरी थी, तनजेब की अचकन के बटन भी सोने के थे। जिस प्रकार बधिक की दृष्टि पशु के मांस और चर्म पर रहती है, उसी प्रकार जीवनदास की दृष्टि में मनुष्य एक भोग्य पदार्थ था। उनके अनुमान ने आश्चर्यजनक कुशलता प्राप्त कर ली थी और उससे कभी भूल न होती थी। वह युवक अवश्य कोई रईस है। सरल और गौरवशील भी है, अतएव सुगमता से जाल में फंस जायेगा। उस पर अपनी सिद्धांत का सिक्का बिठाना चाहिए। उसकी सरल-हृदयता पर निशान मारना चाहिए। मैं गुरु बनूं यह दोनों मेरे शिष्य बज जायें, छल की घातें चलें, मेरे अपार विद्वता, अलौकिक कीर्ति और अगाध वैराग्य का मधुर गान हो, शब्दाडम्बरों के दाने बिखेर दिए जायें और मृग पर फंदा डाल दिया जाये।

यह निश्चय करके जीवनदास कमरे में दाखिल हुए। युवक ने उनकी ओर गौर से देखा, जैसे अपने भूले हुए मित्र को पहचानने की चेष्टा कर रहा हो। अब अधीर होकर बोला - महात्माजी, आपका स्थान कहां है?

जीवनदास प्रसन्न होकर बोले - बच्चा, संतों का स्थान कहां? समस्त संसार हमारा स्थान है। युवक ने पूछा - आपका शुभ नाम लाला जीवनदास तो नहीं है?

जीवनदास चौंक पड़े। छाती बल्लियों उछलने लगी। चेहरे पर हवाइयां उड़ने लगी। कहीं यह खुफिया पुलिस का कर्मचारी तो नहीं है? कुछ निश्चय न कर सके, क्या उत्तर दूं। गुम-सुम हो गए।

युवक ने असमंजस में पड़े देखकर कहा - मेरी यह धृष्टता क्षमा कीजिएगा । मैंने यह बात इसलिए पूछी कि आपका श्रीमुख मेरे पिताजी से बहुत मिलता है। वे बहुत दिनों से गायब हैं। लोग कहते हैं, संन्यासी हो गए। बरसों से उन्हीं की तलाश में मारा फिर रहा हूं।

जिस प्रकार क्षितिज पर मेघ राशि चढ़ती है और क्षण-मात्र में वायुमंडल को घेर लेती है, उसी प्रकार जीवनदास को अपने रूप में पूर्व-स्मृतियों की एक लहर-सी उठी हुई मालूम हुई। गला फंस गया और आंखों के सामने प्रत्येक वस्तु तैरती हुई जान पड़ने लगी। युवक की ओर सचेष्ट नेत्रों से देखा, स्मृति सजग हो गयी। उसके गले से लिपटकर बोले - लक्खू?

लखनदास उनके पैरों पर गिर पड़ा।

मैंने बिलकुल नहीं पहचाना।

एक युग हो गया।

5

आधी रात गुजर चुकी थी। लखनदास सो रहा था और जीवनदास खिड़की से सिर निकाले विचारों में मग्न थे। प्रारब्ध का एक नया अभिनय उनके नेत्रों के सामने था। वह धारणा, जो अतीत काल से उनकी पथ-प्रदर्शक बनी हुई थी, हिल गयी। मुझे अहंकार ने कितना विवेकहीन बना दिया था! समझता था, मैं ही सृष्टि का संचालक हूं मेरे मरने पर परिवार का अद्य पतन हो जाएगा, पर मेरी यह दुश्चिंता कितनी मिथ्या निकली। जिन्हें मैंने विष दिया, वे आज जीवित हैं, सुखी है और सम्पत्तिशाली है। असम्भव था कि लक्खू को ऐसी उच्च शिक्षा दे सकता। माता के पुत्र-प्रेम और अध्यवसाय ने कठिन मार्ग कितना सुगम कर दिया। मैं उसे इतना सच्चरित्र, इतना दृढ़ संकल्प, इतना कर्त्तव्यशील कभी न बना सकता। यह स्वावलम्बन का फल है। मेरा विष उसके लिए अमृत हो गया। कितना विनयशील, हंसमुख, निस्पृह और चतुर युवक है। मुझे तो अब उसके साथ बैठते भी संकोच होता है। मेरा सौभाग्य कैसे उदय हुआ है। मैं विराट जगत् को किसी पैशाचिक शक्ति के अधीन समझता था, जो दीन प्राणियों के साथ बिल्ली और चूहे का खेल खिलाती है! हां मूर्खता! हां अज्ञान! आज मुझ जैसा पापी मनुष्य इतना सुखी है। इसमें संदेह नहीं कि इस जगत् का स्वामी दया और कृपा का महासागर है। प्रात:काल मुझे उस देवी से साक्षात् होगा जिसके साथ जीवन के क्या-क्या सुख नहीं भोगे। मेरे पोते और पोतियां मेरी गोद में खेलेंगे। मित्रगण मेरा स्वागत करेंगे। ऐसे दयामय भगवान् को मैं अमंगल का मूल समझता था।

इस विचार में पड़े हुए जीवनदास को नींद आ गयी। जब आंखें खुली तो लखनऊ की प्रिय और चिरपरिचित ध्वनि कानों में आयी। वे चौंक कर उठ बैठे। लखनदास असबाब उतरवा रहे थे। स्टेशन के बाहर उनकी फिटन खड़ी थी। दोनों आदमी उस पर बैठे। जीवनदास का हृदय आह्लाद से भर रहा था। मौन-रूप बैठे हुए थे, मानो समाधि में हों।

फिटन चली। जीवनदास को प्राय: सभी चीजें नई मालूम होती थी। न वे बाजार थे, न वे गली-कूचे, न वे प्राणी थे। युगांतर-सा हो गया था। निदान उन्हें एक रमणीक बंगला-सा दिखायी पड़ा, जिसके द्वार पर मोटे अक्षरों में अंकित था -

'जीवनदास पाठशाला'

जीवनदास ने विस्मित होकर पूछा - यह क्या है?

लखनदास ने कहा - माताजी ने आपके स्मृति-रूप यह पाठशाला खोली है। कई लड़के छात्र-वृत्ति पाते हैं।

जीवनदास का दिल और भी बैठ गया। मुंह से एक ठंडी सांस निकल आई।

थोड़ी देर के बाद फिटन रुकी लखनदास उतर पड़े। नौकरों ने असबाब उतारना शुरू किया। जीवनदास ने देखा, एक पक्का दो-मंजिला मकान था। उनके पुराने खपरैल वाले घर का कोई चिह्न न था। केवल एक नीम का वृक्ष बाकी था। दो कोमल बालक 'बाबूजी' कहते हुए दौड़े और लखनदास के पैरों से लिपट गए। घर में एक हलचल-सी मच गयी। दीवानखाने के पीछे एक सुन्दर पुष्प-वाटिका थी। जीवनदास ऐसे चकित हो रहे थे, मानो कोई तिलस्म देख रहे हों।

6

रात्रि का समय था, बारह बज चुके थे। जीवनदास को किसी करवट नींद न आती थी। अपने जीवन का चित्र उनके सामने था। इन पंद्रह वर्षों में उन्होंने जो कांटे बोए थे, वे इस समय उनके हृदय में चुभ रहे थे। जो गड्ढे खोदे थे, वे उन्हें निगलने के लिए मुंह खोले हुए थे। उनकी दशा में एक ही दिन में घोर परिवर्तन हो गया। अभक्ति और अविश्वास की जगह विश्वास का अभुदय हो गया था, और यह विश्वास केवल मानसिक न था, वरन् प्रत्यक्ष था। ईश्वरीय न्याय का भय भयंकर मूर्ति के सदृश उनके सामने खड़ा था। उससे बचने की अब उन्हें कोई युक्ति नजर न आती थी। अब तक उनकी स्थिति उस आग की चिनगारी के समान थी, जो किसी मरुभूमि पर पड़ी हुई हो। उससे हानि की कोई शंका न थी, लेकिन आज वह चिनगारी एक खलिहान के पास पड़ी हुई थी। मालूम नहीं, कब वह प्रज्ज्वलित होकर खलिहान को भस्मीभूत कर दे।

ज्यों-ज्यों रात गुजरती थी, यह भय ग्लानि का रूप धारण करता जाता था। 'हां शोक! मैं इस योग्य भी नहीं कि इस साक्षात् क्षमा-दया को अपना कलुषित मुंह दिखाऊं। उसने मुझ पर सदैव करुणा और वात्सल्य की दृष्टि रखी और यह शुभ दिन दिखाया। मेरी कालिमा उसकी उज्ज्वल कीर्ति पर एक काला दाग है। मेरी कलुषता क्या इस मंगल चित्त को कलुषित न कर देगी? मेरी पापाग्नि के स्पर्श से क्या यह हरा-भरा उद्यान मटियामेट न हो जाएगा? मेरी अपकीर्ति कभी-न-कभी प्रकट होकर इस कुल की मर्यादा और सम्मान को जड़ न कर देगी? मेरे जीवन से अब किसको सुख है? कदाचित् भगवान् ने मुझे लज्जित करने के लिए, मुझे अपनी तुच्छता को अवगत करने के लिए, मेरे गले में अनुपात की फांसी डालने के लिए यह अद्भुत लीला दिखाई है। हां! इसी कुल की मर्यादा-रक्षा के लिए भीषण हत्याएं की थी। क्या अब जीवित रहकर इसकी वह दुर्दशा कर दूं जो मरकर भी न कर सका? मेरे हाथ खून से लाल हो रहे हैं। परमात्मा! वह खून रंग न लाए। यह हृदय पापों के कीटाणुओं से जर्जर हो रहा है। भगवान, यह कुल उनकी छूत से बचा रहे।'

इन विचारों ने जीवनदास में ग्लानि और भय के भावों को इतना उत्तेजित किया कि वह विकल हो गए। जैसे परती भूमि में बीज का असाधारण विकास और प्रचार होता है, उसी प्रकार विश्वासहीन हृदय में जब विश्वास का बीज पड़ता है तो उसमें सजीवता और विकास का प्रादुर्भाव होता है। उसमें विचार के बदले व्यवहार का प्राधान्य होता है। आत्म-समर्पण उसका विशेष लक्ष्य होता है। जीवनदास को अपने चारों तरफ एक सर्वव्यापी शक्ति, एक विराट आत्मा का अनुभव हो रहा है। प्रतिक्षण उनकी कल्पना सजग और प्रदीप्त होती जाती थी। अपने जीवन की घटनाएं ज्वाला-शिखा बन-बनकर उस घर की ओर, उस मंगल और आनंद के निवास-भवन की ओर दौड़ती हुई जान पड़ती थी, मानो उसे निगल जायेंगी।

पूर्व की ओर आकाश अरुण वर्ण हो रहा था। जीवनदास की आंखें भी अरुण थी। वे घर से निकले। हाथ में केवल एक धोती थी। उन्होंने अपने अनिष्टमय अस्तित्व को मिटा देने का निश्चय कर लिया था। अपनी पापाग्नि की आंच से अपने परिवार को बचाने का संकल्प कर चुके थे। प्राणपण से अपने आत्मा-शोक और हृदय-दाह को शांत करने पर उद्यत हो गए थे। सूर्योदय हो रहा था। उसी समय जीवनदास गोमती की लहरों में समा गए।

***

सुहाग की साड़ी

यह कहना भूल है कि दाम्पत्य-सुख के लिए स्त्री-पुरुष के स्वभाव में मेल होना आवश्यक है। श्रीमती गौरा और श्रीमान् कुँवर रतनसिंह में कोई बात न मिलती थी। गौरा उदार थी, रतनसिंह कौड़ी-कौड़ी को दाँतों से पकड़ते थे। वह हँसमुख थी, रतनसिंह चिंताशील थे। वह कुल-मर्यादा पर जान देती थी, रतनसिंह इसे आडम्बर समझते थे। उनके सामाजिक व्यवहार और विचार में भी घोर अंतर था। यहाँ उदारता की बाजी रतनसिंह के हाथ थी। गौरा को सहभोज से आपत्ति थी, विधवा-विवाह से घृणा और अछूतों के प्रश्न से विरोध। रतनसिंह इन सभी व्यवस्थाओं के अनुमोदक थे। राजनीतिक विषयों में यह विभिन्नता और भी जटिल थी ! गौरा वर्तमान स्थिति को अटल, अमर, अपरिहार्य समझती थी, इसलिए वह नरम-गरम, कांग्रेस, स्वराज्य, होमरूल सभी से विरक्त थी। कहती-''ये मुट्ठी भर पढ़े-लिखे आदमी क्या बना लेंगे, चने कहीं भाड़ फोड़ सकते हैं?'' रतनसिंह पक्के आशावादी थे, राजनीतिक सभा की पहली पंक्तियों में बैठनेवाले, कर्मक्षेत्र में सबसे पहले कदम उठानेवाले, स्वदेशव्रतधारी और बहिष्कार के पूरे अनुयायी। इतनी विषमताओं पर भी उनका दाम्पत्य-जीवन सुखमय था। कभी-कभी उनमें मतभेद अवश्य हो जाता था, पर वे समीर के वे झोंके थे, जो स्थिर जल को हलकी-हलकी लहरों से आभूषित कर देते हैं; वे प्रचंड झोंके नहीं जिनसे सागर विप्लवक्षेत्र बन जाता है। थोड़ी-सी सदिच्छा सारी विषमताओं और मतभेदों का प्रतिकार कर देती थी।

2

विदेशी कपड़ों की होलियाँ जलायी जा रही थीं। स्वयंसेवकों के जत्थे भिखारियों की भाँति द्वारों पर खड़े हो-हो कर विलायती कपड़ों की भिक्षा माँगते थे और ऐसा कदाचित् ही कोई द्वार था जहाँ उन्हें निराश होना पड़ता हो। खद्दर और गाढ़े के दिन फिर गये थे। नयनसुख, नयनदुख, मलमल और तनजेब तनबेध हो गये थे। रतनसिंह ने आकर गौरा से कहा-लाओ, अब सब विदेशी कपड़े संदूक से निकाल दो, दे दूँ।

गौरा-अरे तो इसी घड़ी कोई साइत निकली जाती है, फिर कभी दे देना।

रतन-वाह, लोग द्वार पर खड़े कोलाहल मचा रहे हैं और तुम कहती हो, फिर कभी दे देना।

गौरा-तो यह कुंजी लो, निकाल कर दे दो। मगर यह सब है लड़कों का खेल। घर फूँकने से स्वराज्य न कभी मिला है और न मिलेगा।

रतन-मैंने कल ही तो इस विषय पर तुमसे घंटों सिरपच्ची की थी और उस समय तुम मुझसे सहमत हो गयी थीं, आज तुम फिर वही शंकाएँ करने लगीं?

गौरा-मैं तुम्हारे अप्रसन्न हो जाने के डर से चुप हो गयी थी।

रतन-अच्छा, शंकाएँ फिर कर लेना, इस समय जो करना है वह करो।

गौरा-लेकिन मेरे कपड़े तो न लोगे न?

रतन-सब देने पड़ेंगे, विलायत का एक सूत भी घर में रखना मेरे प्रण को भंग कर देगा।

इतने में रामटहल साईस ने बाहर से पुकारा-सरकार, लोग जल्दी मचा रहे हैं, कहते हैं, अभी कई मुहल्लों का चक्कर लगाना है। कोई गाढ़े का टुकड़ा हो तो मुझे भी मिल जाय, मैंने भी अपने कपड़े दे दिये।

केसर महरी कपड़ों की एक गठरी लेकर बाहर जाती हुई दिखायी दी। रतनसिंह ने पूछा-क्या तुम भी अपने कपड़े देने जाती हो?

केसर ने लजाते हुए कहा-हाँ सरकार, जब देश छोड़ रहा है तो मैं कैसे पहनूँ?

रतनसिंह ने गौरा की ओर आदेशपूर्ण नेत्रों से देखा। अब वह विलम्ब न कर सकी। लज्जा से सिर झुकाये संदूक खोलकर कपड़े निकालने लगी। एक संदूक खाली हो गया तो उसने दूसरा संदूक खोला। सबसे ऊपर एक सं ुदर रेशमी सूट रखा हुआ था जो कुँवर साहब ने किसी अँगरेजी कारखाने में सिलाया था।

गौरा ने पूछा-क्या सूट भी निकाल दूँ?

रतन-हाँ-हाँ, इसे किस दिन के लिए रखोगी?

गौरा-यदि मैं यह जानती कि इतनी जल्दी हवा बदलेगी तो कभी यह सूट न बनवाने देती। सारे रुपये खून हो गये।

रतनसिंह ने कुछ उत्तर न दिया। तब गौरा ने अपना संदूक खोला और जलन के मारे स्वदेशी-विदेशी सभी कपड़े निकाल-निकाल कर फेंकने लगी। वह आवेश-प्रवाह में आ गयी। उनमें कितनी ही बहुमूल्य फैंसी जाकेट और साड़ियाँ थीं जिन्हें किसी समय पहन कर वह फूली न समाती थी। बाज-बाज साड़ियों के लिए तो उसे रतनसिंह से बार-बार तकाजे करने पड़े थे। पर इस समय सब की सब आँखों में खटक रही थीं। रतनसिंह उसके भावों को ताड़ रहे थे। स्वदेशी कपड़ों का निकाला जाना उन्हें अखर रहा था, पर इस समय चुप रहने ही में कुशल समझते थे। तिस पर भी दो-एक बार वाद-विवाद की नौबत आ ही गयी। एक बनारसी साड़ी के लिए तो वह झगड़ बैठे, उसे गौरा के हाथों से छीन लेना चाहा, पर गौरा ने एक न मानी, निकाल ही फेंका। सहसा संदूक में से एक केसरिया रंग की तनजेब की साड़ी निकल आयी जिस पर पक्के आँचल और पल्ले टँके हुए थे। गौरा ने उसे जल्दी से लेकर अपनी गोद में छिपा लिया।

रतनसिंह ने पूछा-कैसी साड़ी है।

गौरा-कुछ नहीं, तनजेब की साड़ी है। आँचल पक्का है।

रतन-तनजेब की है तब तो जरूर ही विलायती होगी। उसे अलग क्यों रख लिया? क्या वह बनारसी साड़ियों से अच्छी है?

गौरा-अच्छी तो नहीं है, पर मैं इसे न दूँगी।

रतन-वाह, विलायती चीज को मैं न रखने दूँगा। लाओ इधर।

गौरा-नहीं, मेरी खातिर से इसे रहने दो।

रतन-तुमने मेरी खातिर से एक भी चीज न रखी, मैं क्यों तुम्हारी खातिर करूँ।

गौरा-पैरों पड़ती हूँ, जिद न करो।

रतन-स्वदेशी साड़ियों में से जो चाहो रख लो, लेकिन इस विलायती चीज को मैं न रखने दूँगा। इसी कपड़े की बदौलत हम गुलाम बने, यह गुलामी का दाग़ मैं अब नहीं रख सकता। लाओ इधर।

गौरा-मैं इसे न दूँगी, एक बार नहीं हज़ार बार कहती हूँ कि न दूँगी।

रतन-मैं इसे लेकर छोड़ूँगा, इस गुलामी के पटके को, इस दासत्व के बंधन को किसी तरह न रखूँगा।

गौरा-नाहक जिद करते हो।

रतन-आखिर तुमको इससे क्यों इतना प्रेम है?

गौरा-तुम तो बाल की खाल निकालने लगते हो। इतने कपड़े थोड़े हैं? एक साड़ी रख ही ली तो क्या?

रतन-तुमने अभी तक इन होलियों का आशय ही नहीं समझा।

गौरा-खूब समझती हूँ। सब ढोंग है। चार दिन में जोश ठंडा पड़ जायेगा।

रतन-तुम केवल इतना बतला दो कि यह साड़ी तुम्हें क्यों इतनी प्यारी है, तो शायद मैं मान जाऊँ।

गौरा-यह मेरी सुहाग की साड़ी है।

रतन-(जरा देर सोच कर) तब तो मैं इसे कभी न रखूँगा। मैं विदेशी वस्त्र को यह शुभस्थान नहीं दे सकता। इस पवित्र संस्कार का यह अपवित्र स्मृति-चिह्न घर में नहीं रख सकता। मैं इसे सबसे पहले होली की भेंट करूँगा। लोग कितने हतबुद्धि हो गये थे कि ऐसे शुभ कार्यों में भी विदेशी वस्तुओं का व्यवहार करने में संकोच न करते थे। मैं इसे अवश्य होली में दूँगा।

गौरा-कैसा असगुन मुँह से निकालते हो।

रतन-ऐसी सुहाग की साड़ी का घर में रखना ही अशकुन, अमंगल, अनिष्ट और अनर्थ है।

गौरा-यों चाहे जबरदस्ती छीन ले जाओ, पर खुशी से न दूँगी।

रतन-तो फिर मैं जबरदस्ती ही करूँगा। मजबूरी है।

यह कह कर वह लपके कि गौरा के हाथों से साड़ी छीन लूँ। गौरा ने उसे मजबूती से पकड़ लिया और रतन की ओर कातर नेत्रों से देखकर कहा-तुम्हें मेरे सिर की कसम।

केसर महरी बोली-बहू जी की इच्छा है तो रहने दीजिए।

रतनसिंह के बढ़े हुए हाथ रुक गये, मुख मलिन हो गया। उदास हो कर बोले-मुझे अपना व्रत तोड़ना पड़ेगा। प्रतिज्ञा-पत्र पर झूठे हस्ताक्षर करने पड़ेंगे। खैर, यही सही।

3

शाम हो गयी थी। द्वार पर स्वयंसेवकगण शोर मचा रहे थे, कुँवर साहब जल्दी आइए, श्रीमती जी से भी कह दीजिए, हमारी प्रार्थना स्वीकार करें। बहुत देर हो रही है। उधर रतनसिंह असमंजस में पड़े हुए थे कि प्रतिज्ञा-पत्र पर कैसे हस्ताक्षर करूँ। विदेशी वस्त्र घर में रख कर स्वदेशी व्रत का पालन क्योंकर होगा? आगे कदम बढ़ा चुका हूँ, पीछे नहीं हट सकता। लेकिन प्रतिज्ञा का अक्षरशः पालन करना अभीष्ट भी तो नहीं, केवल उसके आशय पर लक्ष्य रहना चाहिए। इस विचार से मुझे प्रतिज्ञा-पत्र पर हस्ताक्षर करने का पूरा अधिकार है। त्रिया-हठ के सामने किसी की नहीं चलती। यों चाहूँ तो एक ताने में काम निकल सकता है, पर उसे बहुत दु:ख होगा, बड़ी भावुक है, उसके भावों का आदर करना मेरा कर्तव्य है।

गौरा भी चिंता में डूबी हुई थी। सुहाग की साड़ी सुहाग का चिह्न है, उसे आग ... कितने अशकुन की बात है। ये कभी-कभी बालकों की भाँति जिद करने लगते हैं, अपनी धुन में किसी की सुनते नहीं। बिगड़ते हैं तो मानो मुँह ही नहीं सीधा होता।

लेकिन वे बेचारे भी तो अपने सिद्धांतों से मजबूर हैं। झूठ से उन्हें घृणा है। प्रतिज्ञा-पत्र पर झूठी स्वीकृति लिखनी पड़ेगी, उनकी आत्मा को बड़ा दु:ख होगा, घोर धर्मसंकट में पड़े होंगे, यह भी तो नहीं हो सकता कि सारे शहर में स्वदेशानुरागियों के सिरमौर बन कर उस प्रतिज्ञा-पत्र पर हस्ताक्षर करने से आनाकानी करें। कहीं मुँह दिखाने को जगह न रहेगी, लोग समझेंगे, बना हुआ है। पर शकुन की चीज कैसे दूँ?

इतने में उसने रामटहल साईस को सिर पर कपड़ों का गट्ठर लिये बाहर जाते देखा। केसर महरी भी एक गट्ठर सिर पर रखे हुए थी। पीछे-पीछे रतनसिंह हाथ में प्रतिज्ञा-पत्र लिये जा रहे थे। उनके चेहरे पर ग्लानि की झलक थी जैसे कोई सच्चा आदमी झूठी गवाही देने जा रहा हो। गौरा को देखकर उन्होंने आँखें फेर लीं और चाहा कि उसकी निगाह बचाकर निकल जाऊँ। गौरा को ऐसा जान पड़ा कि उनकी आँखें डबडबायी हुई हैं। वह राह रोककर बोली-जरा सुनते जाओ।

रतन-जाने दो, दिक न करो; लोग बाहर खड़े हैं।

उन्होंने चाहा कि पत्र को छिपा लूँ; पर गौरा ने उसे उनके हाथ से छीन लिया, उसे गौर से पढ़ा और एक क्षण चिन्तामग्न रहने के बाद बोली-वह साड़ी भी लेते जाओ।

रतन-रहने दो, अब तो मैंने झूठ लिख ही दिया।

गौरा-मैं क्या जानती थी कि तुम ऐसी कड़ी प्रतिज्ञा कर रहे हो।

रतन-यह तो मैं तुमसे पहले कह चुका था।

गौरा-मेरी भूल थी, क्षमा कर दो और इसे लेते जाओ।

रतन-जब तुम इसे देना अशकुन समझती हो तो रहने दो। तुम्हारी खातिर थोड़ा-सा झूठ बोलने में मुझे कोई आपत्ति नहीं है।

गौरा-नहीं, लेते जाओ। अमंगल के भय से तुम्हारी आत्मा का हनन नहीं करना चाहती।

यह कहकर उसने अपनी सुहाग की साड़ी उठाकर पति के हाथों में रख दी। रतन ने देखा, गौरा के चेहरे पर एक रंग आता है, एक रंग जाता है, जैसे कोई रोगी अंतरस्थ विषम वेदना को दबाने की चेष्टा कर रहा हो। उन्हें अपनी अहृदयता पर लज्जा आयी। हा ! केवल अपने सिद्धान्त की रक्षा के लिए, अपनी आत्मा के सम्मान के लिए, मैं इस देवी के भावों का वध कर रहा हूँ ! यह अत्याचार है। साड़ी गौरा को दे कर बोले-तुम इसे रख लो, मैं प्रतिज्ञा-पत्र को फाड़े डालता हूँ।

गौरा ने दृढ़ता से कहा-तुम न ले जाओगे तो मैं खुद जा कर दे आऊँगी।

रतनसिंह विवश हो गये। साड़ी ली और बाहर चले आये।

4

उसी दिन से गौरा के हृदय पर एक बोझ-सा रहने लगा। वह दिल बहलाने के लिए नाना उपाय करती; जलसों में भाग लेती, सैर करने जाती, मनोरंजक पुस्तकें पढ़ती, यहाँ तक कि कई बार नियम के विरुद्ध थियेटरों में भी गयी, किसी प्रकार अमंगल कल्पना को शान्त करना चाहती थी, पर यह आशंका एक मेघमंडल की भाँति उसके हृदय पर छायी रहती थी।

जब एक पूरा महीना गुजर गया और उसकी मानसिक वेदना दिनोंदिन बढ़ती ही गयी तो कुँवर साहब ने उसे कुछ दिनों के लिए अपने इलाके पर ले जाने का निश्चय किया। उसका मन उन्हें उनके आदर्श-प्रेम का नित्य तिरस्कार किया करता था। वह अक्सर देहातों में प्रचार का काम करने जाया करते थे ! पर अब अपने गाँवों से बाहर न जाते, या जाते तो संध्या तक जरूर लौट आते। उनकी एक दिन की देर, उनका साधारण सिर दर्द और जुकाम उसे अव्यवस्थित कर देते थे। वह बहुधा बुरे स्वप्न देखा करती। किसी अनिष्ट के काल्पनिक अस्तित्व की छाया उसे अपने चारों ओर मँडराती हुई प्रतीत होती थी।

वह तो देहात में पड़ी हुई आशंकाओं की कठपुतली बनी हुई थी। इधर उसकी सुहाग की साड़ी स्वदेश-प्रेम की वेदी पर भस्म होकर ऋद्धि-प्रदायिनी भभूत बनी हुई थी।

दूसरे महीने के अन्त में रतनसिंह उसे ले कर लौट आये।

5

गौरा को वापस आये तीन-चार दिन हो चुके थे, पर असबाब के सँभालने और नियत स्थान पर रखने में वह इतनी व्यस्त रही कि घर से बाहर न निकल सकी थी। कारण यह था कि केसर महरी उसके जाने के दूसरे ही दिन छोड़कर चली गयी थी और अभी उतनी चतुर दूसरी महरी मिली न थी। कुँवर साहब का साईस रामटहल भी छोड़ गया था। बेचारे कोचवान को साईस का भी काम करना पड़ता था।

संध्या का समय था। गौरा बरामदे में बैठी आकाश की ओर एकटक होकर ताक रही थी। चिन्ताग्रस्त प्राणियों का एकमात्र यही अवलम्ब है ! सहसा रतनसिंह ने आकर कहा-चलो, आज तुम्हें स्वदेशी बाजार की सैर करा लावें। यह मेरा ही प्रस्ताव था, पर चार दिन यहाँ आये हो गये, उधर जाने का अवकाश ही न मिला।

गौरा-मेरा तो जाने को जी नहीं चाहता। यहीं बैठकर कुछ बातें करो।

रतन-नहीं, चलो देख आवें। एक घंटे में लौट आवेंगे।

अंत में गौरा राजी हो गयी। इधर महीनों से बाहर न निकली थी। आज उसे चारों तरफ एक विचित्र शोभा दिखायी दी। बाजार कभी इतनी रौनक पर न था। वह स्वदेशी बाजार में पहुँची तो जुलाहों और कोरियों को अपनी-अपनी दुकानें सजाये बैठे देखा। सहसा एक वृद्ध कोरी ने आकर रतनसिंह को सलाम किया। रतनसिंह चौंककर बोले-रामटहल, तुम अब कहाँ हो ?

रामटहल का चेहरा श्रीसम्पन्न था। उसके अंग-अंग से आत्म-सम्मान की आभा झलक रही थी। आँखों में गौरव-ज्योति थी। रतनसिंह को कभी अनुमान न हुआ था कि अस्तबल साफ करनेवाला बुड्ढा रामटहल इतना सौम्य, इतना भद्र पुरुष है। वह बोला-सरकार, अब तो अपना कारबार करता हूँ। जब से आपकी गुलामी छोड़ी तब से अपने काम में लग गया। आप लोगों की निगाह हम गरीबों पर हो गयी हमारा भी गुजर हो रहा है, नहीं तो आप जानते ही हैं, कि किस हालत में पड़ा हुआ था। जात का कोरी हूँ, पर पापी पेट के लिए चमार बन गया था।

रतन-तो भाई, अब मुँह मीठा कराओ। यह बाजार लगाने की मेरी ही सलाह थी, बिक्री तो अच्छी होती है।

रामटहल-हाँ सरकार ! आजकल खूब बिक्री हो रही है। माल हाथो-हाथ उड़ जाता है। यहाँ बैठते हुए एक महीना हो गया है, पर आपकी कृपा से लोगों के चार पैसे थे वे बेबाक हो गये। भगवान् की दया से रूखा-सूखा भोजन भी दोनों समय मिल जाता है और क्या चाहिए। मलकिन की सुहाग की साड़ी का होली में आना कहिए और बाजार का चमकना कहिए। लोगों ने कहा, जब इतने बड़े आदमी हो कर ऐसे शकुन की चीज की परवाह नहीं करते तो फिर हम विदेशी कपड़े क्यों रखें। जिस दिन होली जली है उसके दो-तीन दिन पहले ही सरकार इलाके पर चले गये थे। उसके पहले भी सरकार कई दिनों तक घर से बहुत कम निकलते थे। मैं तो यही कहूँगा कि यह सारी माया उसी सुहाग की साड़ी की है।

इतने में एक अधेड़ स्त्री गौरा के सामने आ कर बोली-बहू जी, मुझे भूल तो नहीं गयीं?

गौरा ने सिर उठाया तो सामने केसर महरी खड़ी थी। वह सुंदर साड़ी पहने हुए थी, हाथ-पाँव में मामूली गहने भी थे, चेहरा खिला हुआ था। स्वाधीन जीवन का गौरव एक-एक भाव से प्रस्फुटित हो रहा था।

गौरा ने कहा-इतनी जल्दी भूल जाऊँगी? अब कहाँ हो? हमें लौटने भी न दिया, बीच में ही उड़ भागी।

केसर-क्या करूँ सरकार, अपना काम चलते देख कर सबर न हो सका। जब तक रोजगार न चलता था तब तक लाचारी थी। पेट के लिए सेवा-टहल, करम-कुकरम सभी करना पड़ता था। अब आप लोगों की दया से हमारे भी दिन लौटे हैं, अब दूसरा काम नहीं किया जाता। अगर बाजार का यही रंग रहा तो अपनी कमाई खाये न चुकेगी। यह सब आपकी साड़ी की महिमा है। उसकी बदौलत हम गरीबों के कितने ही घर बस गये। एक महीना पहले इन दूकानवालों में से किसी को रोटियों का ठिकाना न था। कोई साईसी करता था, कोई तासे बजाता था, यहाँ तक कि कई आदमी मेहतर का काम करते थे। कितने ही भीख माँगते थे। अब सब अपने धंधे में लग गये हैं। सच पूछो तो तुम्हारी सुहाग की साड़ी ने हमें सुहागिन बना दिया, नहीं तो हम सुहागिन होते हुए भी विधवाएँ थीं। सच कहती हूँ, सैकड़ों जबानों से नित्य यही दुआ निकलती है कि आपका सुहाग अमर हो, जिसने हमारी राँड़ जात को सुहाग दान दिया।

रतनसिंह एक दूकान पर बैठकर कुछ कपड़े देखने लगे। गौरा का भावुक हृदय आनंद से पुलकित हो रहा था। उसकी सारी अमंगल कल्पनाएँ स्वप्नवत् विच्छिन्न होती जाती थीं। आँखें सजल हो गयी थीं और सुहाग की देवी अश्रुसंचित नेत्रों के सामने खड़ी आँचल फैला कर उसे आशीर्वाद दे रही थी।

उसने रतनसिंह को भक्तिपूर्ण आँखों से देख कर कहा-मेरे लिए भी एक साड़ी ले लो।

जब गौरा यहाँ से चली तो सड़क की बिजलियाँ जल चुकी थीं। सड़कों पर खूब प्रकाश था। उसका हृदय भी आनंद के प्रकाश से जगमगा रहा था।

रतनसिंह ने पूछा-सीधे घर चलूँ?

गौरा-नहीं, छावनी की तरफ होते चलो।

रतन-बाजार खूब सजा हुआ था।

गौरा-यह जमीन ले कर एक स्थायी बाजार बनवा दो। स्वदेशी कपड़ों की दूकानें हों और किसी से किराया न लिया जाय।

रतन-बहुत खर्च पड़ेगा।

गौरा-मकान बेच दो, रुपये ही रुपये हो जायेंगे।

रतन-और रहें, पेड़ तले?

गौरा-नहीं, गाँववाले मकान में।

रतन-सोचूँगा।

गौरा-(जरा देर में) इलाके-भर में खूब कपास की खेती कराओ, जो कपास बोये उसकी बेगार माफ कर दो।

रतन-हाँ, तदबीर अच्छी है, दूनी उपज हो जायेगी।

गौरा-(कुछ देर सोचने के बाद) लकड़ी बिना दाम दो तो कैसा हो? जो चाहे, चरखे बनवाने के लिए काट ले जाये।

रतन-लूट मच जायेगी।

गौरा-ऐसी बेईमानी कोई न करेगा।

जब उसने गाड़ी से उतर कर घर में कदम रखा तो चित्त शुभ-कल्पनाओं से प्रफुल्लित हो रहा था। मानो कोई बछड़ा खूँटे से छूटकर किलोलें कर रहा हो।

***

लोकमत का सम्मान

बेचू धोबी को अपने गांव और घर से उतना ही प्रेम था, जितना प्रत्येक मनुष्य को होता है। उसे रूखी-सूखी और आधे पेट खाकर भी अपना गांव समग्र संसार से प्यारा था। यदि उसे वृद्धा किसान स्त्रियों की गालियां खानी पड़ती थी तो बहुओं से बेचू दादा कहकर पुकारे जाने का गौरव भी प्राप्त होता था। आनन्द और शोक के प्रत्येक अवसर पर उसका बुलावा होता था, विशेषत: विवाहों में तो उसकी उपस्थिति वर और वधू से कम आवश्यक न थी। उसकी स्त्री घर में पूजी जाती थी, द्वार पर बेचू का स्वागत होता था! वह पेशवाज़ पहने कमर में घंटियां बांधे साजिंदों को साथ लिए एक हाथ मृदंग और दूसरा अपने कान पर रखकर जब तत्काल रचित विरह और बोल कहने लगता तो आत्म-सम्मान से उसकी आंखें उन्मत्त हो जाती थी। हां, धेले पर कपड़े धोकर वह अपनी दशा से संतुष्ट रह सकता था किंतु जमींदार के नौकरों की क्रूरता और अत्याचार कभी-कभी इतने असह्य हो जाते थे कि उसका जी गांव छोड़कर भाग जाने को चाहने लगता था। गांव में कारिंदा साहब के अतिरिक्त पांच-छह चपरासी थे। उनके सहवासियों की संख्या कम न थी। बेचू को इन सज्जनों के कपड़े मुफ्त धोने पड़ते थे। उसके पास इस्तरी न थी, उनके कपड़ों पर इस्तरी करने के लिए उसे दूसरे-दूसरे गांव के धोबियों की चिरौरी करनी पड़ती थी। अगर कभी बिना इस्तरी किए ही कपड़े ले जाता तो उसकी शामत आ जाती थी। मार पड़ती, घंटों चौपाल के सामने खड़ा रहना पड़ता, गालियों की वह बौछार पड़ती कि सुनने वाले कानों पर हाथ रख लेते, उधर से गुजरने वाली स्त्रियां लज्जा से सिर झुका लेती।

जेठ का महीना था। आस-पास की ताल-तलैया सूख गयी थी। बेचू को पहर रात रहते दूर के ताल पर जाना पड़ता था। यहां भी धोबियों की ओसरी बंधी हुई थी। बेचू की ओसरी पांचवे दिन पड़ती थी। पहर रात रहे, लादी लादकर ले जाता। मगर जेठ की धूप में 9-10 बजे के बाद खड़ा न हो सकता। आधी लादी भी न धुल पाती, बिना धुले कपड़े समेटकर घर चला आता। गांव के सरल यजमान उसकी विपत्ति-कथा सुनकर शांत हो जाते थे, न कोई गालियां देता, न मारने दौड़ता। जेठ की धूप में इन्हें भी पुर चलाना और खेत जोतना पड़ता था। अपने पैरों में बिवाई फटी थी, उसकी पीर जानते थे। परन्तु कारिंदा महाशय को प्रसन्न करना इतना सरल न था। उनके आदमी नित्य बेचू के सिर पर सवार रहते थे। यह बड़ी गम्भीरता से कहते - 'तू एक एक अठवारे तक कपड़े नहीं लाता, क्या यह भी कोई जाड़े के दिन हैं? आजकल पसीने से दूसरे दिन कपड़े मैले हो जाते हैं, कपड़ों से बू आने लगती है और तुझे कुछ परवाह नहीं रहती।' बेचू हाथ-पैर जोड़ कर किसी तरह उन्हें मनाता रहता था, यहां तक कि एक बार उसे बातें करते 9 दिन हो गए और कपड़े तैयार न हो सके। धुल तो गए थे, पर इस्तरी न हुई थी। अंत में विवश

होकर बेचू दसवें दिन कपड़े लेकर चौपाल पहुंचा। मारे डर के पैर न उठते थे। कारिंदा साहब उसे देखते ही क्रोध से लाल हो गए। बोले - क्यों बे पाजी, तुझे गांव में रहना है कि नहीं?

बेचू ने कपड़े की गठरी तख्त पर रख दी और बोला - क्या करूं सरकार, कहीं भी पानी नहीं है और न मेरे पास इस्तरी है।

कारिंदा - पानी तेरे पास नहीं है और सारी दुनिया में है। अब तेरा इलाज इसके सिवाय और कुछ नहीं है कि गांव से निकाल दूं। शैतान, दाई से पेट छिपाने चला है, कपड़े दूसरों को बारात करने के लिए देता है, उस पर बहाने बताता है, पानी नहीं, इस्तरी नहीं।

बेचू - मालिक, गांव आपका है, चाहे रहने दें, चाहें निकाल दें, लेकिन यह कलंक न लगाएं। इतनी उमिर आप ही लोगों की खिदमत करते हो गई, पर चाहे कितनी ही भूल-चूक हो, कभी नीयत बद नहीं हुई। अगर गांव में कोई कह दे कि मैंने कभी ग्राहकों के साथ ऐसी चाल चली है तो उसकी टांग की राह निकल जाऊं। यह दस्तूर शहर के धोबियों का है। निरंकुशता का तर्क से विरोध है। कारिंदा साहब ने और कुछ अपशब्द कहे। बेचू ने भी न्याय और दया की दुहाई दी। फल यह हुआ कि उसे आठ दिन हल्दी और गुड़ पीना पड़ा। नवें दिन उसने सब ग्राहकों के कपड़े जैसे तैसे धो दिए, अपनी बोरिया-बंधना संभाला और बिना किसी से कुछ कहे सुने रात को पटने की राह ली। अपने पुराने ग्राहकों से विदा होने के लिए जितने धैर्य की जरूरत थी, उससे वह वंचित था।

2

बेचू शहर में आया तो ऐसा जान पड़ा कि मेरे लिए पहले से ही जगह खाली थी। उसे केवल एक कोठरी किराये पर लेनी पड़ी और काम चल निकला। पहले तो वह किराया सुनकर चकराया। देहात में तो महीने भर में इतनी धुलाई भी न मिलती थी, पर जब धुलाई की दर मालूम हुई तो किराये की अखर मिट गई। एक ही महीने में ग्राहकों की संख्या उसकी गणना-शक्ति से अधिक हो गई। यहां पानी की कमी न थी। वह वादे का पक्का था। अभी नागरिक-जीवन के कुसंस्कारों से मुक्त था। कभी-कभी उसकी एक दिन की मजूरी देहात की वार्षिक आय से बढ़ जाती थी।

लेकिन तीन ही चार महीनों में उसे शहर की हवा लगाने लगी। पहले नारियल पीता था, अब एक गुड़गुड़ी लाया नंगे पांव जूते से वेष्टित हो गए और मोटे अनाज से पाचन क्रिया में विघ्न पड़ने लगा। पहले कभी-कभी तीज त्यौहार के दिन शराब पी लिया करता था, अब थकान मिटाने के लिए नित्य उसका सेवन होने लगा। स्त्री को आभूषणों की चाट पड़ी। लड़के खोंचे पर लट्टू हुए, हलुवा और मूंगफली की आवाज सुनकर अधीर हो जाते। उधर मकान मालिक ने किराया बढ़ा दिया, भूसा और खली भी मोतियों के मोल बिकती थी, लादी के दोनों बैलों पर पेट भरने में एक खासी रकम निकल जाती थी। अतएव पहले के महीने में जो बचत हो जाती थी, वह अब गायब हो गई। कभी-कभी खर्च का पलड़ा भारी हो जाता, लेकिन किफायत करने की कोई विधि समझ में न आती थी। निदान स्त्री ने बेचू की निगाह बचाकर ग्राहकों के कपड़े पछई

देने शुरू किए। बेचू को यह बात मालूम हुई तो बिगड़ कर बोला - अगर मैंने फिर यह शिकायत सुनी तो मुझसे बुरा कोई न होगा। इसी इल्जाम पर तो मैंने बाप-दादों का गांव छेड़ दिया। यहां से भी निकालना चाहती है क्या?

स्त्री ने उत्तर दिया - तुम्हीं से तो एक दिन भी दारू के बिना नहीं रहा जाता। मैं क्या पैसे लाकर लुटाती हूं। जो खर्च लगे वह देते जाओ। मुझे इससे कुछ मिठाई थोड़े ही मिलती है।

पर शनैः शनैः नैतिक ज्ञान ने आवश्यकता के सामने सिर झुकाना शुरू किया। एक बार उसे कई दिन तक ज्वर आया। स्त्री उसे डोली में बिठाकर वैद्य जी के यहां ले गई। वैद्य जी ने नुस्खा लिख दिया। घर में पैसे न थे। बेचू स्त्री को कातर नेत्रों से देखकर बोला - तो क्या होगा? दवा मंगानी ही है?

स्त्री - जो कहो वह करूं।

बेचू - किसी से उधार न मिलेगा?

स्त्री - सबसे तो उधार ले चुकी। मुहल्ले में राह चलना मुश्किल है। अब किससे लूं? अकेले जितना काम हो सकता है, करती हूं। अब छाती फाड़कर मर थोड़े ही जाऊंगी? कुछ पैसे ऊपर से मिल जाते थे, लेकिन तुमने उसकी मनाही कर दी है। तो मेरा क्या बस है? दो दिन से बैल भूखे खड़े हैं। दो रुपये हों तो इनका पेट भरे।

बेचू - अच्छा, जो तेरे जी में आये कर, किसी तरह काम तो चला। मुझे मालूम हो गया कि शहर में अच्छी नीयत वाले आदमी का निर्वाह नहीं हो सकता।

उस दिन से यहां अन्य धोबियों की नीति का व्यवहार होने लगा।

3

बेचू के पड़ोस में एक वकील के मुहर्रिर मुंशी दाताराम रहा करते थे। बेचू कभी-कभी अवकाश के दिन उनके पास जा बैठता। पड़ोस की बात थी, धुलाई का कोई हिसाब-किताब न था। मुंशीजी बेचू की खातिर करते, अपनी चिलम उतारकर उसकी तरफ बड़ा देते, कभी घर में अच्छी चीज पकती तो बेचू के लड़कों के लिए भिजवा देते। हां, इसका विचार रखते थे कि इन सत्कारों का मूल्य धुलाई के पैसे से बढ़ने न पाए।

गर्मियों के दिन थे, बारातों की घूम थी। मुंशीजी को एक बारात में शरीक होना था। गुड़गुड़ी के लिए पेचवान बनवाया, रोगनी चिलम लाए, सलेमशाही जूते खरीदे, अपने वकील साहब के घर से एक कालीन मंगनी लाये, अपने मित्र से सोने की अंगूठी और बटन लिए। इन सामग्रियों को एकत्रित करने में ज्यादा कठिनाई न पड़ी, किंतु कपड़े मंगनी लेते हुए शर्म आती थी। बारात के योग्य कपड़े बनवाने की गुंजाइश न थी। तनजेब के कुरते, रेशमी अचकन, नैनसुख का चुन्नटदार पायजामा, बनारसी साफा बनवाना आसान न था। खासी रकम लगती थी। रेशमी किनारे की धोतियां और काशी सिल्क की चादर खरीदनी भी कठिन समस्या थी। कई दिनों तक बेचारे इसी चिंता में पड़े रहे। अंत में बेचू के सिवाय और कोई इस चिंता का निवारण करने

वाला न दिखाई दिया। संध्या समय जब बेचू उनके पास आकर बैठ तो बड़ी नम्रता से बोले - बेचू एक बारात में जाना था। और सब सामान तो मैंने जमा कर लिए है, मगर कपड़े बनवाने में झंझट है। रुपयों की तो कोई चिंता नहीं, तुम्हारी दया से कभी हाथ खाली नहीं रहता। पेशा भी ऐसा कि जो कुछ मिल जाये, वह थोड़ा है। एक-न-एक आंख का अंधा, गांठ का पूरा नित्य फंसा ही रहता है, पर जानते हो, आजकल लग्न की तेजी है। दर्जियों को सिर उठाने की फुरसत नहीं, दूनी सिलाई लेते हैं, तिस पर भी महीनों दौड़ाते हैं। अगर तुम्हारे यहां मेरे लायक कपड़े हों तो दो-तीन दिन के लिए दे दो, किसी तरह सिर से यह बला टले। नेवता दे देने में किसी का क्या खर्च होता है, बहुत किया तो पत्र छपवा लिए, लेकिन लोग यह नहीं सोचते कि बारातियों को कितनी तैयारियां करनी पड़ती हैं, क्या-क्या कठिनाइयां पड़ती हैं। अगर बिरादरी में यह रिवाज हो जाता कि जो महाशय निमंत्रण भेजे वही उनके लिए सब सामान जुटाएं तो लोग इतनी बेपरवाही से नेवते न दिया करते। तो बोलो - 'मेरी मदद करोगे न?'

बेचू ने मुरव्वत में पड़कर कहा - मुंशीजी आपके लिए किसी बात से इंकार थोड़ी ही है। लेकिन बात यह है कि आजकल लगन की तेजी से सभी ग्राहक अपने-अपने कपड़ों की जल्दी मचा रहे हैं, दिन में दो-तीन बार आदमी भेजते हैं। ऐसा न हो, इधर आपको कपड़े दे दूं उधर कोई जल्दी मचाने लगे।

मुंशी - अजी दो-तीन दिन के लिए टालना कौन बड़ा काम है। तुम चाहो तो हफ्तों टाल सकते हो। अभी भट्टी नहीं दी, अभी इस्तरी नहीं हुई, घाट बंद है। तुम्हारे पास बहानों की क्या कमी है। पड़ोस में रहकर मेरी खातिर से इतना भी न करोगे?

बेचू - नहीं मुंशीजी, आपके लिए जान हाजिर है। चलिए, कपड़े पसंद कर लीजिए, तो मैं उन पर और एक बेरी इस्तरी करके ठीक कर दूं। यही न होगा, ग्राहकों की घुड़कियां खानी पड़ेगी। दो-चार ग्राहक टूट भी जायेंगे तो कौन गम है। मुंशी दाताराम ठाठ से बारात में पहुंचे। वहां उनके बनारसी साफे, रेशमी अचकन और रेशमी चादर ने ऐसा रंग जमाया कि लोग समझने लगे, यह कोई बड़े रईस है। बेचू भी उनके साथ हो लिया था। मुंशीजी उसकी बड़ी खातिर कर रहे थे। उसे एक बोतल शराब दिला दी, भोजन करने गए तो एक पत्तल उसके वास्ते भी लेते आये। बेचू के बदले उसे चौधरी कहकर पुकारते थे। यह सारा ठाट-बाट उसी की बदौलत जो था।

आधी रात गुजर चुकी थी। महफिल उठ गयी थी। लोग सोने की तैयारियां कर रहे थे। बेचू मुंशीजी की चारपाई के पास एक चादर ओढ़े पड़ा था। मुंशीजी ने कपड़े उतारे और बड़ी सावधानी से अलगनी पर लटका दिए। हुक्का तैयार था, लेकर पीने लगे कि अकस्मात् साजिंदों में एक अताई आकर सामने खड़ा हो गया और बोला - कहिए, हजरत, यह अचकन और साफा आपने कहां पाया?

मुंशीजी ने उसकी ओर सशंक नेत्रों से देखकर कहा - इसका क्या मतलब।

अताई - इसका मतलब यह है, यह दोनों चीजें मेरी हैं।

मुंशी ने दुस्साहसपूर्ण भाव से कहा - क्या तुम्हारे खयाल में रेशमी अचकन और साफा तुम्हारे सिवाय और किसी के पास हो ही नहीं सकता।

अताई - हो क्यों नहीं सकता। अल्लाह ने जिसे दिया है, वह पहनता है। एक-से-एक पड़े हुए हैं। मैं किस गिनती में हूं। लेकिन यह दोनों चीजें मेरी हैं। अगर ऐसी अचकन शहर में किसी के पास निकल आये तो जो जरीवाना कहिए दूं। मैंने इसकी सिलाई दस रुपए दिये हैं। ऐसा कोई कारीगर ही शहर में नहीं। ऐसी तराश करता है कि हाथ चूम लें। साफे पर भी मेरा निशान बना हुआ है, लाइए दिखा दूं। मैं आपसे महज इतना पूछा चाहता हूं कि आपने यह चीजें कहां से पाई।

मुंशीजी समझ गए कि अब अधिक तर्क-वितर्क का स्थान नहीं है। कहीं बात बढ़ जाये तो बेइज्जती हो। कूटनीति से काम न चलेगा। नम्रता से बोले - भाई, यह न पूछो। यहां इन बातों के कहने का मौका नहीं है। हमारी और तुम्हारी इज्जत एक है। बस, इतना ही समझ लो कि इसी तरह दुनिया का काम चलता है। अगर ऐसे कपड़े बनवाने बैठता तो इस वक्त सैकड़ों के माथे जाती। यहां तो किसी तरह नेवते में शरीक होना था। तुम्हारे कपड़े खराब न होंगे, इसका जिम्मा मेरा। मैं इनकी एहतियात अपने कपड़ों से भी ज्यादा करता हूं।

अताई - कपड़े की मुझे फिक्र नहीं, आपकी दुआ से अल्लाह ने बहुत दिया है। रईसों को खुदा सलामत रखे, उनकी बदौलत पांचों अंगुलियां घी में है। न मैं आपको बदनाम करना चाहता हूं। आपकी जूतियों का गुलाम हूं। मैं सिर्फ इतना जानना चाहता था कि यह कपड़े आपने किससे पाए। मैंने बेचू धोबी को धोने के लिए दिए थे। ऐसा तो नहीं हुआ कि कोई चोर बेचू के घर से उड़ा लाया हो, या किसी धोबी ने बेचू के घर से चुराकर आपको दे दिए हों, क्योंकि बेचू ने अपने हाथ से आपको हरगिज कपड़े न दिये होंगे। वह ऐसा छिछोरापन नहीं करता। मैं खुद उससे इस तरह का मामला करना चाहता था, हाथों पर रुपये रखे देता था, पर उसने कभी परवाह न की। साहब, रुपये उठकर फेंक दिए और ऐसी डांट बताई कि मेरे होश उड़ गए। इधर का हाल मैं नहीं जानता, क्योंकि अब मैं उससे कभी ऐसी बातचीत ही नहीं करता। पर मुझे यकीन नहीं आता कि वह इतना बदनियत हो गया होगा। इसलिए आपसे बार-बार पूछा हूं कि आपने यह कपड़े कहां पाए ?

मुंशीजी - बेचू की निस्बत तुम्हारा जो ख्याल है, वह बिलकुल ठीक है। वह ऐसा ही बेगरज आदमी है, लेकिन भाई, पड़ोस का भी तो कुछ हक होता है। मेरे पड़ोस में रहता है, आठों पहर का साथ है। इधर से भी कुछ- न-कुछ सलूक होता ही रहता है। मेरी जरूरत देखी, पसीज गया। बस और कोई बात नहीं।

अताई ने बेचू की निस्पृहता के विषय में बड़ी अतिशयोक्ति से काम लिया था। न उसने बेचू के हाथ पर रुपये रखे थे और न बेचू ने कभी उसे डांट बताई थी, पर इस अतिशयोक्ति का प्रभाव बेचू पर उनसे कहीं ज्यादा पड़ा, जितना केवल बात को यथार्थ कह देने से पड़ सकता था। बेचू नींद में न सोया था। अताई की एक-एक बात उसने सुनी थी। उसे ऐसा जान पड़ता था कि मेरी आत्मा किसी गहरी नींद से जाग रही है। दुनिया मुझे कितना ईमानदार, कितना सच्चा, कितना निष्कपट समझती है और मैं कितना बेईमान, कितना दगाबाज हूं। इसी झूठे इल्जाम पर मैंने वह

गांव छेड़ा, जहां बाप-दादों से रहता आया था। लेकिन यहां आकर दारू-शराब, घी-चीनी के पीछे तबाह हो गया।

बेचू यहां से लौट तो दूसरा ही मनुष्य हो गया था, या यों कहिए कि वह फिर अपनी खोई हुई आत्मा को पा गया।

5

छह महीने बीत गए। संध्या का समय था। बेचू के लड़के मलखान के ब्याह की बातचीत करने के लिए मेहमान लोग आए हुए थे। बेचू स्त्री से कुछ सलाह करने के लिए घर में आया तो वह बोली - दारू कहां से आयेगी? तुम्हारे पास कुछ है?

बेचू - मेरे पास जो कुछ था, वह तुम्हें पहले ही नहीं दे दिया था?

स्त्री - उससे तो मैं चावल, दाल, घी यह सब सामान लायी। सात आदमियों का खाना बनाया है। सब उठ गए।

बेचू - तो फिर मैं क्या करूं?

स्त्री - बिना दारू लिए वह लोग भला खाने उठेंगे? कितनी नामूसी होगी।

बेचू - नामूसी हो चाहे बदनामी हो, दारू लाना मेरे बस की बात नहीं। यही न होगा, ब्याह न ठीक होगा, न सही।

स्त्री - वह दुशाला घुलने के लिए नहीं आया है? न हो किसी बनिए के यहां गिरवी रखकर चार-पांच रुपये ले आओ, दो-तीन दिन में छुड़ा लेना, किसी तरह मरजाद तो निभानी चाहिए? सब कहेंगे, नाम बड़े दरसन थोड़े। दारू तक न दे सका।

बेचू - कैसी बात करती है। यह दुशाला मेरा है?

स्त्री - किसी का हो, इस बख्त काम निकाल लो। कौन किसी से कहने जाता है।

बेचू - न, यह मुझसे न होगा, चाहे दारू मिले या न मिले।

बेचू यह कहकर बाहर चला आया। दोबारा भीतर गया तो देखा, स्त्री जमीन से खोदकर कुछ निकाल रही है। उसे देखते ही गड्डे आंचल से छिपा लिया।

बेचू मुस्कुराता हुआ बाहर चला आया।

***

नाग-पूजा

प्रातःकाल था। आषाढ़ का पहला दांगड़ा निकल गया था। कीट-पतंग चारों तरफ रेंगते दिखाई देते थे। तिलोत्तमा ने वाटिका की ओर देखा तो वृक्ष और पौधे ऐसे निखर गए थे, जैसे साबुन से मैले कपड़े निखर जाते हैं। उन पर एक विचित्र आध्यात्मिक शोभा छाई हुई थी, मानो योगीवर आनंद में मग्न पड़े हों। चिड़ियों में असाधारण चंचलता थी। डाल-डाल, पात-पात चहकती फिरती थी। तिलोत्तमा बाग में निकल आई। वह भी इन्हीं पक्षियों की भांति चंचल हो गई थी। कभी किसी पौधे को देखती, कभी किसी फूल पर पड़ी हुई जल की बूंदों को हिलाकर अपने मुंह पर उसके शीतल छींटे डालती। लाल बीरबहूटियां रेंग रही थी। वह उन्हें चुनकर हथेली पर रखने लगी। सहसा उसे एक काला बृहतकाय सांप रेंगता दिखाई दिया। उसने चिल्लाकर कहा - अम्मा, अम्मा, नागजी जा रहे हैं। लाओ, थोड़ा-सा दूध उनके लिए कटोरे में रख दूं।

अम्मा ने कहा - जाने दो बेटा, हवा खाने निकले होंगे।

तिलोत्तमा - गर्मियों में कहां चले जाते हैं? दिखाई नहीं देते।

मां - कहीं नहीं बेटी, अपनी बॉबी में पड़े रहते हैं।

तिलोत्तमा - और कहीं नहीं जाते?

मां - बेटी, हमारे देवता हैं और कहीं क्यों जायेंगे? तुम्हारे जन्म के साल से ये बराबर यहां दिखाई देते है। किसी से नहीं बोलते। बच्चा पास से निकल जाये, पर जरा भी नहीं ताकते। आज तक कोई चुहिया भी नहीं पकड़ी।

तिलोत्तमा - तो खाते क्या होंगे।

मां - बेटी, यह लोग हवा पर रहते हैं। इसी से इनकी आत्मा दिव्य हो जाती है। अपने पूर्वजन्म की बातें इन्हें याद रहती हैं। आने वाली बातों को भी जानते हैं। कोई बड़ा योगी जब अहंकार करने लगता है तो उसे दंडस्वरूप इस योनि में जन्म लेना पड़ता है। जब तक प्रायश्चित्त पूरा नहीं होता तब तक वह इस योनि में रहता है। कोई-कोई तो सौ-सौ, दो-दो सौ वर्ष तक जीते रहते हैं।

तिलोत्तमा इनकी पूजा न करो तो क्या करें?

मां - बेटी, कैसी बच्चों की-सी बातें करती हो। नाराज हो जायें तो सिर पर न जाने क्या विपत्ति आ पड़े। तेरे जन्म के साल पहले-पहल दिखाई दिए थे। जब से साल में दस-पांच बार अवश्य दर्शन दे जाते हैं। इनका ऐसा प्रमाद है कि आज तक किसी के सिर में दर्द तक नहीं हुआ।

2

कई वर्ष हो गए। तिलोत्तमा बालिका से युवती हुई। विवाह का शुभ अवसर आ पहुंचा। बरात आई, विवाह हुआ, तिलोत्तमा के पति-गृह जाने का मुहूर्त आ पहुंचा।

नई वधू का श्रृंगार हो रहा था। भीतर-बाहर हलचल मची हुई थी, ऐसा जान पड़ता था, भगदड़ पड़ी हुई है। तिलोत्तमा के हृदय में वियोग, दु:ख की तरंगें उठ रही है। वह एकांत में बैठकर रोना चाहती है। आज आता-पिता, भाई-बंद, सखियां-सहेलियां सब छूट जायेंगी। फिर मालूम नहीं, कब मिलने का संयोग हो। न जाने अब कैसे आदमियों से पाला पड़ेगा। न जाने उनका स्वभाव कैसा होगा। न जाने कैसा बर्ताव करेंगे। अम्मा की आंखें एक क्षण भी न थमेंगी। मैं एक दिन के लिये कहीं चली जाती थी, तो वो रो-रोकर व्यथित हो जाती थी। अब यह जीवन पर्यन्त का वियोग कैसे सहेंगी। उनके सिर में दर्द होता था तो जब तक मैं धीरे-धीरे न मलूं उन्हें किसी तरह कल-चैन ही न पड़ती थी। बाबूजी को पान बनाकर कौन देगा? मैं जब तक उनका भोजन न बनाऊं, कोई चीज उन्हें रचती ही न थी? अब उनका भोजन कौन बनाएगा? मुझसे इनको देखे बिना कैसे रहा जायेगा? यहां जरा सिर में दर्द भी होता था, तो अम्मा और बाबूजी घबरा जाते थे। तुरन्त वैद्य-हकीम आ जाते थे। वहां न जाने क्या हाल होगा। भगवान्, बंद घर में कैसे रहा जायेगा? न जाने वहां खुली छत है या नहीं। होगी भी तो मुझे कौन सोने देगा? भीतर घुट-घुट कर मरूंगी। जगने में जरा देर हो जायेगी तो ताने मिलेंगे। यहां सुबह को कोई जगाता था, तो अम्मा कहती थी, सोने दो। कच्ची नींद जाग जायेगी तो सिर में पीड़ा होने लगेगी। वहां व्यंग्य सुनने पड़ेंगे, बहू आलसी है, दिन-भर खाट पर पड़ी रहती है। वे पति तो बहुत सुशील मालूम होते हैं। हां, कुछ अभिमानी अवश्य हैं। कहीं उनका स्वभाव निष्ठुर हो तो...

सहसा उसकी माता ने आकर कहा - बेटी, तुझसे एक बात कहने की याद न रही। वहां नाग-पूजा अवश्य करती रहना। घर के और लोग चाहे मना करें, पर तुम इसे अपना कर्त्तव्य समझना। अभी मेरी आंखें जरा-जरा झपक गई थी। नाग बाबा ने स्वप्न में दर्शन दिए।

तिलोत्तमा - अम्मा, मुझे भी उनके दर्शन हुए है, पर मुझे तो उन्होंने बड़ा विकराल रूप दिखाया। बड़ा भयंकर स्वप्न था।

मां - देखना, तुम्हारे घर में कोई सांप न मारने पाए। यह मंत्र नित्य अपने पास रखना।

तिलोत्तमा - अभी कुछ जवाब न देने पाई थी कि अचानक बरात की ओर से रोने के शब्द सुनाई दिए, एक क्षण में हाहाकर मच गया। भयंकर शोक-घटना हो गयी। वर को सांप ने काट लिया। वह बहू की बिदा कराने आ रहा था। पालकी में मसनद के नीचे एक काला सांप छिपा हुआ था। वर ज्यों ही पालकी में बैठा, सांप ने काट लिया।

चारों ओर कुहराम मच गया। तिलोत्तमा पर तो मानो वज्रपात हो गया। उसकी मां सिर पीट-पीट कर रोने लगी। उनके पिता बाबू जगदीशचंद्र मूर्च्छित होकर गिर पड़े। हृदय रोग से पहले ही

से ग्रस्त थे। झाड़-फूंक करने वाले आये, डॉक्टर बुलाए गए, पर विष घातक था। जरा देर में वर के होंठ नीले पड़ गये, नख काले हो गए, मूर्च्छा आने लगी। देखते-देखते शरीर ठंडा पड़ गया। इधर उषा की लालिमा ने प्रकृति को आलोकित किया, उधर टिमटिमाता हुआ दीपक बुझ गया।

जैसे कोई मनुष्य बोरों से लदी हुई नाव पर बैठा हुआ मन में झुंझलाता है कि यह और- तेज क्यों नहीं चलती, कहीं आराम से बैठने की जगह नहीं, यह इतनी हिल क्यों रही है, मैं व्यर्थ ही इसमें बैठा, पर अकस्मात नाव को भंवर में पड़ते देखकर उसके मसूल से चिपट जाता है, वही दशा तिलोत्तमा की हुई। अभी तक वह वियोग-दु:ख में ही मग्न थी, ससुराल के कष्टों और दुर्व्यवस्था की चिंताओं में पड़ी हुई थी। पर, अब उसे होश आया जिस नाव के साथ मैं भी डूब रही हूं। एक क्षण पहले वह कदाचित् जिस पुरुष पर झुंझला रही थी, जिसे लुटेरा और डाकू समझ रही थी, वह अब कितना प्यारा था। उसके बिना जीवन एक दीपक था - बुझा हुआ। एक वृक्ष था - फल-फूल विहीन। अभी एक क्षण पहले वह दूसरों की ईर्ष्या का कारण थी, अब दया और करुणा की।

थोड़े ही दिनों में उसे ज्ञात हो गया कि मैं पति-विहीन होकर संसार के सब- सुखों से, वंचित हो गई।

3

एक वर्ष बीत गया। जगदीशचंद्र पक्के धर्मावलम्बी आदमी थे, पर तिलोत्तमा का वैधव्य उनसे न सहा गया। उन्होंने तिलोत्तमा के पुनर्विवाह का निश्चय कर लिया। हंसने वालों ने तालियां बजायीं, पर जगदीश बाबू ने साहस से काम लिया। तिलोत्तमा पर सारा घर जान देता था। उसकी इच्छा के विरुद्ध कोई बात न होने पाती, यहां तक कि वह घर की मालकिन बना दी गई थी। सभी ध्यान रखते कि उसका रंज ताजा न होने पाए। लेकिन उसके चेहरे पर उदासी छायी रहती थी, जिसे देखकर लोगों को दु:ख होता था। पहले तो मां भी इस सामाजिक अत्याचार पर सहमत न हुई, लेकिन बिरादरी वालों का विरोध ज्यों-ज्यों बढ़ता गया, उसका विरोध ढीला पड़ता गया। सिद्धान्त रूप से प्राय: किसी को आपत्ति न थी, किन्तु उसे व्यवहार में लाने का साहस किसी में न था।

कई महीनों के लगातार प्रस्ताव के बाद एक कुलीन सिद्धांतवादी, सुशिक्षित वर मिला। उसके घरवाले भी राजी हो गये। तिलोत्तमा को समाज में अपना नाम बिकते देखकर दु:ख होता था। वह मन में कुढ़ती थी कि पिताजी नाहक मेरे लिए समाज में नक्कू बन रहे हैं। अगर मेरे भाग्य में सुहाग लिखा होता तो यह वज्र ही क्यों गिरता? उसे कभी-कभी ऐसी शंका होती थी कि मैं फिर विधवा हो जाऊंगी। जब विवाह निश्चिंत हो गया और वर की तस्वीर उसके सामने आई, तो उसकी आंखों में आंसू भर आए। चेहरे से कितनी सज्जनता, कितनी दृढ़ता, कितनी विचारशीलता टपकती थी। वह चित्र को लिए हुए माता के पास गयी और शर्म से सिरे झुकाकर बोली - अम्मा, मुझे मुंह तो न खोलना चाहिए, पर अवस्था ऐसी आ पड़ी है कि बिना मुंह खोले

रहा नहीं जाता। आप बाबूजी को मना कर दें। मैं जिस दशा में हूं सन्तुष्ट -हूं। मुझे ऐसा भय हो रहा है कि अबकी फिर वही शोक-घटना...

मां ने सहमी हुई आंखों से देखकर कहा - बेटी, कैसी असगुन की बात मुंह से निकाल रही हो। तुम्हारे मन में भय समा गया है, इसी से यह भ्रम होता हैं। जो होनी थी, वह हो चुकी थी। अब क्या ईश्वर तुम्हारे पीछे पड़े ही रहेंगे?

तिलोत्तमा - हां, मुझे तो ऐसा मालूम होता है।

मां - क्यों तुम्हें शंका क्यों होती है?

तिलोत्तमा - क्या जाने क्यों? कोई मेरे मन में बैठ हुआ कह रहा है कि फिर अनिष्ट होगा। मैं प्राय: नित्य डरावने स्वप्न देखा करती हूं। रात को मुझे ऐसा जान पड़ता है कि कोई प्राणी जिसकी सूरत सांप से बहुत मिलती-जुलती है, मेरी चारपाई के चारों ओर घूमता है। मैं भय के मारे चुप्पी साध लेती हूं। किसी से कुछ कहती नहीं।

मां ने समझा, यह सब भ्रम है। विवाह की तिथि नियत हो गई। यह केवल तिलोत्तमा का पुनर्संस्कार ही नहीं था, बल्कि समाज-सुधार का एक क्रियात्मक उदाहरण था। समाज-सुधारकों के दल दूर से विवाह में सम्मिलित होने के लिए आने लगे, विवाह वैदिक रीति से हुआ। मेहमानों ने खूब व्याख्यान दिए। पत्रों ने खूब आलोचनाएं की। बाबू जगदीशचंद्र के नैतिक साहस की सराहना होने लगी! तीसरे दिन बहू के विदा होने का मुहूर्त था।

जनवासे में यथासाध्य रक्षा के सभी साधनों से काम लिया गया था। बिजली की रोशनी से सारा जनवासा दिन-सा हो गया था। भूमि पर रेंगती हुई चीज दिखाई देती थी। आकाशी में न कहीं शिकन थी, न सिलवट और न झोल। शामियाना के चारों तरफ कनातें खड़ी कर दी गयी थी। किसी तरफ से कीड़े-मकोड़ों के आने की सम्भावना न थी, पर भावी प्रबल होती है। प्रात-काल के चार बजे थे। तारागणों की बारात विदा हो रही थी। बहू की विदाई की तैयारी हो रही थी।। एक तरफ शहनाइयां बज रही थीं, दूसरी तरफ से विलाप की आर्तध्वनि उठ रही थी। पर तिलोत्तमा की आंखों में आंसू न थे, समय नाजुक था। वह किसी तरह घर से बाहर निकल जाना चाहती थी। उसके सिर पर तलवार लटक रही थी। रोने और सहेलियों से गले मिलने में कोई आनंद न था। जिस प्राणी का फोड़ा चिलक रहा हो, उसे जर्राह का घर बाग में सैर करने से ज्यादा अच्छा लगे, तो क्या आश्चर्य है।

वर को लोगों ने जगाया। बाजा बजने लगा। वह पालकी में बैठने को चला कि वधू को विदा करा लाये। पर जूते में पैर डाला ही था कि चीख मारकर पैर खींच लिया। मालूम हुआ, पांव चिनगारियों पर पड़ गया। देखा तो एक काला सांप जूते में से निकलकर रेंगता चला जाता था। देखते-देखते गायब हो गया। वर ने एक सर्द आह भरी और बैठ गया। आंखों में अंधेरा छा गया।

एक क्षण में सारे जनवासे में खबर फैल गयी, लोग दौड़ पड़े। औषधियां पहले ही रख ली गयी थी। सांप का मंत्र जानने वाले कई आदमी बुला लिए गए थे। सभी ने दवाइयां दी। झाड़-

फूंक शुरू हुई। औषधियां भी दी गई, पर काल के सामने किसी का वश न चला। शायद मौत सांप का भेष धर कर आई थी। तिलोत्तमा ने सुना तो सिर पीट लिया। वह विकल होकर जनवासे की तरफ दौड़ी। चादर ओढ़ने की भी सुधि न रही। वह अपने पति के चरणों को माथे से लगाकर अपना जीवन सफल करना चाहती थी। घर की स्त्रियों ने रोका। माता भी रो-रोकर समझाने लगी। लेकिन बाबू जगदीशचंद्र ने कहा - कोई हर्ज नहीं, जाने दो। पति का दर्शन तो कर ले। यह अभिलाषा क्यों रह जाये? उसी शोकग्रस्त दशा में तिलोत्तमा जनवासे में पहुंची, पर वहां उसकी तस्कीन के लिए केवल मरने वाले की उल्टी- सांसें थी। उन अधखुले नेत्रों में असह्य आत्मवेदना थी और दारुण नैराश्य।

4

इस अद्भुत घटना का समाचार दूर-दूर तक फैल गया। जड़वादीगण चकित थे, यह क्या माजरा है। आत्मवाद के भक्त ज्ञातभाव सिर हिलाते थे, मानो वे त्रिकालदर्शी हैं। जगदीशचंद्र ने नसीब ठीक लिया। निश्चय हो गया कि कन्या के भाग्य में विधवा रहना ही लिखा है। नाग की पूजा साल में दो बार होने लगी। तिलोत्तमा के चरित्र में भी एक विशेष अन्तर दीखने लगा। भोग और बिहार के दिन भक्ति-देवाराधना में कटने लगे। निराश प्राणियों का यही अवलम्ब है। तीन साल बीते थे कि ढाका विश्वविद्यालय के अध्यापक दयाराम ने इस किस्से को फिर ताजा किया। वे पशु-शास्त्र के ज्ञाता थे। उन्होंने साँपों के आचार-व्यवहार का विशेष रीति से अध्ययन किया था। इस रहस्य को खोलना चाहते थे। जगदीशचंद्र को विवाह का संदेश भेजा। उन्होंने टाल-मटोल किया। दयाराम ने और भी आग्रह किया। लिखा, मैंने वैज्ञानिक अन्वेषण के लिए ये निश्चय किया है। मैं इस विषधर नाग से लड़ना चाहता हूं। वह अगर सौ दांत लेकर आए तो भी मुझे कोई हानि नहीं पहुंचा सकता, वह मुझे काटकर आप ही मर जायेगा। अगर वह मुझे काट भी ले, तो मेरे पास ऐसे मंत्र और औषधियां है कि मैं एक क्षण में उसके विष को उतार सकता हूं। आप इस विषय में कुछ चिंता मत कीजिए। मैं विष के लिए अजेय हूं। जगदीशचंद को अब कोई उपाय न सूझा। हां, उन्होंने एक विशेष प्रयत्न यह किया कि ढाके में ही विवाह हो। अतएव वे अपने कुटुंबियों का साथ लेकर विवाह के एक सप्ताह पहले गये। चलते समय संदूक, बिस्तर आदि खूब देख-भाल कर रखे कि सांप कहीं उनमें छुपकर न बैठ जाये। शुभ लग्न में विवाह-संस्कार हो गया। तिलोत्तमा विकल हो रही थी। मुख पर एक रंग आता था, एक रंग जाता था, पर संस्कार में कोई विघ्न-बाधा न पड़ी। तिलोत्तमा रो-धोकर ससुराल गयी। जगदीशचंद्र घर लौट आए, पर ऐसे चिंतित थे, जैसे कोई आदमी सराय में खुला हुआ संदूक छोड़कर बाजार चला जाये।

तिलोत्तमा के स्वभाव में अब एक विचित्र रूपांतर हुआ। वह औरों से हंसती-बोलती, आराम से खाती-पीती, सैर करने जाती, थियेटरों और अन्य सामाजिक सम्मेलनों में शरीक होती। इन अवसरों पर प्रोफेसर दयाराम से भी बड़े प्रेम का व्यवहार करती, उनके आराम का बहुत ध्यान

रखती। कोई काम उनकी इच्छा के विरुद्ध न करती। कोई अजनबी आदमी उसे देखकर कहकर सकता था, गृहिणी हो तो ऐसी हो। दूसरों की दृष्टि में इस दम्पत्ति का जीवन आदर्श था, किंतु आंतरिक दशा कुछ और ही थी।।. उनके साथ शयनागार में जाते ही उसका मुख विकृत हो जाता, पलकें खुली रह जाती, नेत्रों से ज्वाला-सी निकलने लगती और उनमें से झुलसती हुई लपटें निकलती, मुख पर कालिमा छा जाती और यद्यपि स्वरूप में कोई विशेष अन्तर न दिखाई देता, पर न जाने क्यों भ्रम होने लगता, यह कोई नागिन है। कभी-कभी वह फुफकारने भी लगती। इस स्थिति में दयाराम को उसके समीप जाने या उससे कुछ बोलने की हिम्मत न पड़ती। वे उसके रूप-लावण्य पर मुग्ध थे किंतु इस अवस्था में उन्हें उससे घृणा होती। उसे इसी उन्माद के आवेश में छोड़कर बाहर निकल आते। डॉक्टरों से सलाह ली, स्वयं इस विषय की कितनी ही किताबों का अध्ययन किया, पर रहस्य कुछ समझ में न आया। उन्हें भौतिक-विज्ञान में अपनी अल्पज्ञता स्वीकार करनी पड़ी।

उन्हें अब अपना जीवन असह्य जान पड़ता। अपने दुस्साहस पर पछताते नाहक इस विपत्ति में अपनी जान फंसाई। उन्हें शंका होने लगी कि अवश्य कोई प्रेत-लीला है। मिथ्यावादी न थे, पर जहां बुद्धि और तर्क का कुछ वश नहीं चलता, वहां मनुष्य विवश होकर मिथ्यावादी हो जाता है।

शनैः शनैः उनकी यह हालत हो गई कि सदैव तिलोत्तमा से सशंक रहते। उसका उन्माद, विश्व मुखाकृति उनके ध्यान से न उतरती। डर लगता कि कहीं यह मुझे मार न डाले। न जाने कब उन्माद का आवेग हो। यह चिंता लय को व्यथित किया करती। हिप्नोटिज्म, विद्युत-शक्ति और नई नए आरोग्य-विधानों की परीक्षा की गयी। उन्हें हिप्नोटिज्म पर बहुत भरोसा था, लेकिन जब यह योग भी निष्फल हो गया तो वे निराश हो गए।

5

एक दिन प्रोफेसर दयाराम किसी वैज्ञानिक सम्मेलन में गए हुए थे। लौटे तो बारह बज गए थे। वर्षा के दिन थे। नौकर-चाकर सो रहे थे। वे तिलोत्तमा के शयनगृह में यह पूछने गये कि मेरा भोजन कहां रखा है। अन्दर कदम रखा ही था कि तिलोत्तमा के सिरहाने की ओर उन्हें एक अति भीमकाय काला सांप -बैठा हुआ दिखाई दिया। प्रो. साहब चुपके से लौट आए। अपने कमरे में जाकर किसी औषधि की एक खुराक पी और पिस्तौल तथा सांगा लेकर फिर तिलोत्तमा के कमरे में पहुंचे। विश्वास हो गया कि यह वही मेरा पुराना शत्रु है। इतने दिनों में टोह लगाता हुआ यहां आ पहुंचा। पर इसे तिलोत्तमा से क्यों इतना स्नेह है। उसके सिरहाने यों बैठा हुआ है, मानो कोई रस्सी का टुकड़ा है। यह क्या रहस्य है। उन्होंने सांपों के विषय में बड़ी अद्भुत कथाएं पड़ी और सुनी थी, पर ऐसी कुतूहल-जनक घटना का उल्लेख कहीं न देखा था।

वे इस भांति सशस्त्र होकर फिर कमरे में पहुंचे, तो सांप का पता न था। हां, तिलोत्तमा के सिर भूत सवार हो गया था। वह बैठी हुई आग्नेय नेत्रों से द्वार की ओर ताक रही थी। उसके नयनों से ज्वाला निकल रही थी, जिसकी आंच दो गज तक लगती। इस समय उन्माद अतिशय प्रचंड था।

दयाराम को देखते ही बिजली की तरह उन पर टूट पड़ी और हाथों से आघात करने के बदले उन्हें दांतों से काटने की चेष्टा करने लगी। इसके साथ ही अपने दोनों हाथ उनकी गर्दन में डाले दिए। दयाराम ने बहुतेरा चाहा, एड़ी-चोटी का जोर लगाया कि अपना गला छुड़ा लें, लेकिन तिलोत्तमा का बाहुपाश प्रतिक्षण सांप की कुंडली की भांति कठोर एवं संकुचित होता जाता था। उधर यह संदेह था कि इसने मुझे काटा तो कदाचित इसे जान से हाथ धोना पड़े। उन्होंने अभी जो औषधि पी थी, वह सर्प विष से अधिक घातक थी। इस दशा में उन्हें यह शोकमय विचार उत्पन्न हुआ। यह भी कोई जीवन है कि दंपत्ति का उत्तरदायित्व तो सब सिर पर सवार, पर उसका सुख नाम का नहीं, उलटे रात-दिन जान का खटका। यह क्या माया है। सांप कोई प्रेत तो नहीं है जो इसके सिर आकर यह दशा कर दिया करता है। कहते हैं, ऐसी अवस्था में रोगी पर जो चोट की जाती है, वह प्रेत पर ही पड़ती है। नीची जातियों में इसके उदाहरण भी देखे है। वे इसी हैस-बैस में पड़े हुए थे कि उनका दम घुटने लगा। तिलोत्तमा के हाथ रस्सी के फंदों की भांति उनकी गर्दन को कस रहे थे। वे दीन असहाय भाव से इधर-उधर ताकने लगे। क्यों कर जान बचे, कोई उपाय न सूझ पड़ता था। सांस लेना दुस्तर हो गया, देह शिथिल पड़ गयी, पैर थरथराने लगे। सहसा तिलोत्तमा ने उनकी बांहों की ओर मुंह बढ़ाया। दयाराम कांप उठे। मृत्यु आंखों के सामने नाचने लगी। मन में कहा - यह इस समय मेरी स्त्री नहीं, विषैली-भयंकर नागिन है। इसके विष से जान बचनी मुश्किल है। अपनी औषधि पर जो भरोसा था, वह जाता रहा। चूहा उन्मत्त दशा में काट लेता है तो जान के लाले पड़ जाते हैं। भगवान! कितना विकराल स्वरूप है? प्रत्यक्ष नागिन मालूम हो रही है। अब उलटी पड़े या सीधी, इस दशा का अंत करना ही पड़ेगा। उन्हें ऐसा जान पड़ा कि अब गिरा ही चाहता हूं। तिलोत्तमा बार-बार सांपों की भांति फुफकार मारकर जीभ निकाले हुए उनकी ओर झपटी थी। एकाएक वह बड़े कर्कश स्वर से बोली - 'मूर्ख? तेरा इतना साहस कि तू इस सुंदरी से प्रेमालिंगन करे।' यह कहकर वह बड़े वेग से काटने को दौड़ी। दयाराम का धैर्य जाता रहा। उन्होंने दाहिना हाथ सीधा किया और तिलोत्तमा की छाती पर पिस्तौल चला दी। तिलोत्तमा पर कुछ असर न हुआ। उसकी बांहें और भी कड़ी हो गई, आंखों से चिनगारियां निकलने लगीं। दयाराम ने दूसरी गाली दाग दी। यह चोट पूरी पड़ी। तिलोत्तमा का बाहु-बंधन ढीला पड़ गया। एक क्षण में उसके हाथ नीचे को लुढ़क गए, सिर झुक गया और वह भूमि पर गिर पड़ी।

तब वह दृश्य देखने में आया, जिसका उदाहरण कदाचित आलिफ लैला और चंद्रकांता में भी न मिले। वहीं पलंग के पास, जमीन पर एक काला, दीर्घकाय सर्प पड़ा तड़प रहा था, उसकी छाती और मुंह से खून की धारा बह रही थी।

दयाराम को अपनी आंखों पर विश्वास न आता था। यह कैसी अद्भुत प्रेत-लीला थी। समस्या क्या है। किससे पूंछूं इस तिलस्म को तोड़ने का प्रयत्न करक मेरे जीवन का एक कर्तव्य हो गया। उन्होंने सांगे से सांप की देह में एक कोंचा मारा और फिर वे उसे लटकाए हुए आंगन में लाये। बिलकुल बेदम हो गया था। उन्होंने उसे अपने कमरे में ले जाकर एक खाली संदूक में बंद

कर दिया। उसमें भुस भरवाकर बरामदे में लटकाना चाहते थे। इतना बड़ा गेहुंयन सांप किसी ने न देखा होगा।

तब वे तिलोत्तमा के पास गये। डर के मारे कमरे में कदम रखने की हिम्मत न पड़ती थी। हां, इस विचार से कुछ तस्कीन होती थी कि सर्प प्रेत मर गया है, तो उसकी जान बच गई होगी। इस आशा और भय की दशा में वे अन्दर गए तो तिलोत्तमा आईने के सामने खड़ी केश सवार रही थी।

दयाराम को मानों चारों पदार्थ मिल गए। तिलोत्तमा का मुख-कमल खिला हुआ था। उन्होंने कभी उसे इतना प्रफुल्लित न देखा था। उन्हें देखते ही वह उनकी ओर प्रेम से चली और बोली - आज इतनी रात तक कहां रहें?

दयाराम प्रेमोन्मत होकर बोले - एक जलसे में चला गया था। तुम्हारी तबीयत कैसी है? कहीं दर्द तो नहीं?

तिलोत्तमा ने उनको आश्चर्य से देखकर पूछा - तुम्हें कैसे मालूम हुआ? मेरी छाती में ऐसा दर्द हो रहा है, जैसे चिलक पड़ गई हो।

***

www.ingramcontent.com/pod-product-compliance
Ingram Content Group UK Ltd.
Pitfield, Milton Keynes, MK11 3LW, UK
UKHW042132021026
15589UKWH00003B/787

9 789390 852093